毁灭天使

人民文学出版社

[美] 凯斯·唐纳胡 著　有印良品 译

Angels of Destruction

KEITH DONOHUE

著作权合同登记号:图字 01-2013-1194
Keith Donohue
Angels of Destruction

图书在版编目(CIP)数据

毁灭天使/(美)唐纳胡著;有印良品译.—北京:人民文学出版社,2013
ISBN 978-7-02-010100-9

Ⅰ.①毁… Ⅱ.①唐… ②有… Ⅲ.①长篇小说-美国-现代 Ⅳ.①I712.45

中国版本图书馆 CIP 数据核字(2013)第 230235 号

特约策划:徐曙蕾
责任编辑:王海波 苏福忠
封面设计:董红红

出版发行	人民文学出版社
社　　址	北京市朝内大街 166 号
邮政编码	100705
网　　址	http://www.rw-cn.com
印　　制	山东德州新华印务有限责任公司
经　　销	全国新华书店等
字　　数	280 千字
开　　本	890×1240 毫米 1/32
印　　张	10.75
版　　次	2014 年 1 月北京第 1 版
印　　次	2014 年 1 月第 1 次印刷
书　　号	978-7-02-010100-9
定　　价	35.00 元

献给我的兄弟姐妹

第一部

（一九八五年一月）

1

她又听见叩门声了，试探地，轻轻地。

她掀开羽绒被，起身离开裹得像蚕茧似的床铺，再披上条披肩以避冬夜风寒。独自在家的玛格丽特小心翼翼地走下楼梯，屏住呼吸，极力分辨着门外传来的动静，担心着可千万别又是一次幻听，从而惊扰了自己来之不易的睡眠。在距楼下还有四级台阶的当儿，她悄悄透过气窗向外瞄了瞄，除了那一片慑人的漆黑，以及月亮和星光映照在满地新雪上折射回来的蓝色光影——之外，什么都没有。她低声祈祷着：千万别伤害我……

玛格丽特手掌按在橡木门上，断定门的另一边确实有人。她看不到是谁，也没被谁看到她，仅仅凭着信念便扭开了门锁，把门大敞开来。门前立着一个冻得浑身打哆嗦的小女孩，这孩子顶多九岁，一只破旧的手提箱斜靠在她脚边，大衣下摆和及膝袜间那一截裸露的皮肤泛着冻起的红光。女孩没戴帽子，即使在如此昏暗的光线下，仍然能看到她金发下冻得通红的耳朵。有一股明显可见的寒冷沿着女孩的脊椎骨一路往上直窜到肩膀，她细瘦的双膝打着抖，连带着单薄的小屁股也跟着一道打寒战，上下牙不由自主地磕碰着喀啦喀啦响。她曲着手指握成拳以保持血液循环，而身上那件破旧的花格大衣显然更适合初秋的天气。裹在大衣里的女孩好像只是一副骨头架子似的，全身只剩下直线和尖锐的棱角了。严冬的寒冷穿透了她。

“你这小可怜，快进来。在外边冻了多久啦？”

玛格丽特·奎恩打量着她的客人，跨出门走到前廊，拎起那个小小的手提箱，再回手锁上门。刚才站在门外毫无真实感的人，现在竟然安安稳稳地在屋子里跟她面对面了。女孩站在玄关处，全身肌肉仍不受控制地痉挛着，使得她整个人看上去晃晃悠悠的，不过总算是慢慢暖和起来了。她大衣上别着个破旧的纸质徽章，上面有三个手写的字母——是抖抖的小手一笔一画认真写出来的：N—O—R。

“这是你的名字吗，孩子？我看是没写全呀。应该是Norah吧？你漏了‘a’和‘h’了。你就叫诺拉吗？”

女孩没回答，但是屋里的温暖开始在她身上起了作用，把冻结情绪的寒冰给融化了。注意到妇人在看着自己，她那冻得发蓝的薄嘴唇勉强挤出一抹微笑。玛格丽特忙个不停，打开灯，穿过餐厅走进厨房去，女孩像只小狗般紧随着她，盯着玛格丽特划着火柴，点燃炉火，用火筷子关上铁炉门，“快过来暖暖身子。”

从前的老习惯连带着冬眠已久的本能这一下子全回来了。玛格丽特用平底锅热上牛奶，往咸饼干上涂好奶油。女孩坐在炉边的椅子上，解开大衣纽扣，把胳膊从衣袖中抽出来。不怎么样的眼镜镜片上蒙了层水汽，她摘下眼镜，用衣襟擦了擦，又马上架回鼻梁。血色重新回到她的脸上，双颊如火燃烧。她的眼睛亮了起来，一言不发地捧起杯子，然后一气灌下大半杯。

“很抱歉，只能让你吃点奶油饼干了，家里还真没有其他东西……我这儿没有什么小孩子的。”

咸味饼干给一扫而光，喝干净了的马克杯里又被再次倒满牛奶。老房子咕咕哝哝，吱吱嘎嘎，慢慢从沉睡中醒来。从她眼底深处，可见有一道光正从心头升起，她一动不动端坐在厨房桌边，紧挨着玛格丽特，在这密闭的、暖暖的空间里，她们彼此端详。

“你从哪里来？怎么来的？”

大衣顺着女孩肩头滑落，露出里面的蓝毛衣和黄衬衫，还有一双洗了上百次而变得灰旧的白色及膝长袜。两支不成对的发夹夹住她乱蓬蓬的头发，干裂的嘴唇上方有一道干了的灰白色鼻涕印子，那道印子在灯下泛着微光。听到她的话,女孩一边想着答案一边却又陷入茫然,她闭上眼睛,苍白的眼皮上清晰可见细细小小的血管。当玛格丽特意识到夜已深的时候,她感到自己年老力衰,腿沉臂重,关节酸痛一并袭了上来,情绪也瞬间变得阴郁了,"你能讲话吗,孩子?"

"我冻僵了。"她的声音冷漠却很沉着,"像根冰柱子似的。"孩童的躯壳里住了个古老的灵魂,那是一种超自然的成熟。她咕噜一口仰脖喝光牛奶,清了清嗓子,轻快的声调一下子抬高了八度:"我一整晚都没吃东西,谢谢您,奎恩太太。"

玛格丽特十分好奇女孩怎么会知道她的姓氏,转念一想便猜她一定是看到信箱上的名字了。小女孩打了个哈欠,露出一口参差不齐的牙齿:没换过的臼齿和虫洞,还有从牙龈里冒出的恒齿,奇形怪状的。

"你一定累了,我的小姑娘。"

"我叫诺拉,最后两个字母是'a'和'h',我大约已经几千年没睡过觉了。"

时钟的两根指针都已转过"12"。"楼上还有一张空床,但我们得先给你妈妈打个电话。"

"我没有妈妈,也没有爸爸。什么亲人都没有。我是个孤儿,奎恩太太。"

伤痛像把挟着锐利寒光的刀直刺她的心窝。"那可真遗憾呐。你一个人这么过了多久了?"

"一直都是我一个人……从出生起。我从没见过我爸妈。"

"那你是从哪里来的呢?我们得打电话找警察,看有没有谁家里孩子走失了。"她拼命回想那个警探的名字——是叫理内特吗?——在艾瑞卡失踪以后烦了她好几个月的那个人。他们最终也没找着她的女儿。

"我可不是走丢的。"女孩睁大双眼,一眨不眨。

警察真是全无一点用处,玛格丽特想,"可你到底是怎么到我这里来的呢?"

“我一直在找落脚的地方，看见你们家的灯亮着，门口还有个‘欢迎光临’的脚垫……你是在等着谁来吧？”

“从来没人来过。”

“那我不是来了吗？”

“对，你来了。”以指尖细数年头，她思索着各种各样的可能性。女儿已经出走十年了，眼前这女孩看来差不多九岁，足以当她的外孙女，要是她真有外孙女的话。玛格丽特带女孩去了楼上的空房间。她已经很少踏进这个房间了，一个月顶多一次，只是拂掉木柜子、书桌和床架上的灰尘罢了。以前曾经有过好多回，就在这个房间里，她会突然一下子对人生感到厌倦，坐在床垫边缘，感觉一步也挪动不了。打发诺拉去洗脸洗手了，玛格丽特站在衣橱前，直担心会有什么东西从里面一下跳出来。她探手从衣柜阴暗的深处拉出一只散着呛鼻樟脑味的皮箱，在一层层过大的外套和完好如新的衣物之间，找出件年轻女孩穿的睡衣，皱皱巴巴的，邦邦硬。诺拉裹进衣服里，爬进被窝，叽叽喳喳地跟她道晚安。

一个问句，一个沉睡多年、像个始终摆脱不掉的习惯的问句不加思索脱口而出：“你祷告过了吗？”她望着小女孩靠在枕头上的娇小脑袋，在昏暗的灯光下瞧见自己的期望居然有着出乎意外的应答。关掉灯，她鼓足勇气摸了摸小女孩细软的头发，柔声道：“做个好梦。”走出房间，屏息站在门口，玛格丽特凝神倾听着，对另外一个人的存在感到有些不知所措。她静静地等着，等听到诺拉入睡后均匀的呼吸声——那是累坏了的孩子沉沉睡去的声音，然后轻步踱回她漆黑的卧房。

2

夜太深了，那些警告标示几乎都无法辨认。他几近危险才看清楚：

大桥比路面更易结冰。这个标示让他看得大笑出声了，他给冻了这么久，再没有什么能让他感觉更冷了。他把帽子压了压，紧贴在头皮上，围巾收进外套领子里，顶着寒风走在桥上。潮气从他皲裂的皮肤爬到他刮过胡子的下巴，每一口呼进的寒气，凉意直接冲进鼻腔，叫人苦不堪言。寒冷让眼睛干干涩涩的，可每眨一次，都会涌出暖暖的泪水，心神思绪也立时变得混乱起来。没有一盏迎面驶来的车灯，那夜居然一辆车也没有。想必深夜的酷寒让每个人都待在屋子里，蜷在毯子里，期盼着温暖和平安。他跨越水面时倾听着河水的声音：被碎冰块阻断而发出的声响。河流蜿蜒着缓缓向前，拍击着河床里长长的钢梁。每走一步，脚跟触到地面都会有回声，才一止步，世界便又回复冰冷死寂。

他一步步地穿过忧伤的小镇，穿过那些紧闭的窗户和空旷的店面。在巷子尽头，磨房里透出的最后一丝橙色的光，像一线袅袅升起的雾，好像地狱自己也到了末日，关门打烊了。暗橙色的街灯慢慢隐去，透明的天幕上针孔大小的星星一闪一闪。在星座的最边缘，仍有流星的余烬微微燃烧，仿佛一道渐去渐远的抛物线。寒冬的夜其实最好，他这样想。房子与房子间的距离越远，遇见另一个大活人的机会就越渺茫。他走过一所很有些年头的小学校；一座繁荣时代用砖块垒起的四四方方的纪念碑，碑身四面围着一圈缺齿的铸铁栅栏。即使隔着手套，铁栅栏也把他的手指头通通冻僵了。学校院子里似乎遍是笑声，放学后的孩童们的影像碎片，尤如半世纪前的鬼魅现身，他跌落其中，沦陷在鬼魅的记忆里，眼中所见，除了时间的光影，再无他物。

他凭着直觉穿过了树林，来到一幢有木栅栏环绕的小屋。漆黑如墨的窗子牢牢地禁锢着熟睡中的人们——玛格丽特和她收留的弃儿——还有她们的梦。绕到房子前头，他站在一辆停在车道上的汽车旁，朝门廊和隐匿其中的大门凝望。他知道那女孩终于找到了她。

他钉在原地，注视着面前的老房子，寒气浸入骨髓，似乎他在这个能冻死人的地方已经伫立了好几天了。孤独寂寞把他给掏空了，但就是在这个清晨，冬日又把他们三人间的静止状态填充得满满的。没有什么能够超越祷告的内容，带着让希望更完美的那份恐惧，他体验着新的极限。他把身体的重心从一只脚挪到另一只，松弛松弛肌肉和骨头里的僵硬，抖落掉一身冰霜。隔壁的小狗开始狂吠不止，一直蹦着蹿着看向窗外，它小小的脑袋一上一下，规律得像踏着节拍器。他瞪眼瞧着这个小畜牲，眼里满是轻蔑。他在皮手套里活动活动手指，好让冻僵的双手能够稍稍缓过点劲来，然后用指尖轻点帽檐，以示对屋里熟睡的母亲和孩子说再见。离开前，他用手指在汽车前风挡玻璃结下的霜雾里写下一个名字："Noriel"，然后对着玻璃哈了口气，让名字旋即消失不见。

3

黎明时分保罗把孩子抱了过来，她全身上下都是新鲜的爽身粉和暖烘烘的皮肤的味道。艾瑞卡哇哇大哭，她被裹在小小襁褓里，放在床上，跟她妈妈挨得很近，比无花果还小的拳头胡乱挥舞一下就能碰到她妈妈的鼻子。在去自己的新诊所上班前，保罗俯身亲了亲孩子露在毛毯外的小光脚丫子，又亲亲妻子眼角眉梢上的细碎皱纹——此举提醒玛格丽特女儿给他们带来的可谓不期而至的福分，这是在所有希望消磨殆尽之后才被恩准获得的。她知道保罗也和她一样惊喜，同样无法抗拒摇篮的召唤。每个清晨都是一份礼物。盖得暖暖和和的，打打瞌睡，时间长了腿般跑得飞快。玛格丽特看着她的宝贝女儿对周遭一切异乎寻常的好奇。新晋妈妈紧挨着宝宝躺好，就着微弱的光线看着女儿探寻的双眼，那双眼睛又大又亮，简直就是两个小月亮。艾瑞卡痉挛一般朝空中乱踢乱舞，正在试着探身拥抱，拥抱来自生命的全部意义。眼神中明亮夺目的奥秘和奇迹，张大的小嘴正在创造着自己的小宇宙。女儿出生后的头一年，玛格丽特老是忧心忡忡的，总觉得会有什么可怕的事情发生，一下子把小娃娃夺走。假如艾瑞卡哭的再稍微凶一点，玛格丽特就断定孩子一定在遭受着致命的痛苦，不管保罗确信她只是长了颗新牙，或者仅是一次很偶然的吃东西不消化……玛格丽特都听不进去。她还是会冲到摇篮旁，仔细察看孩子软软的头顶上跳动的脉搏，胸口短促而笃定的起伏。她总是在担忧，担忧孩子会突然、永远地死掉，只有当她把艾瑞卡抱在怀里，听着孩子的心跳，她才能真正安心。除了她和孩子之外的世界，其本身就足够是一个威胁了：人造地球卫星和苏联的氢弹；穿越内布拉斯加州及怀俄明州的杀人狂查尔斯·史塔克威瑟和卡瑞·安·胡各特[1]；肯塔基州的一辆校车滑出路基翻到河里，死了二十七个人；芝加哥一所天主教学校，一场大火烧死了九十个学生和三名嬷嬷；古巴和伊拉克的骚乱；副总统尼克松在加拉加斯[2]挨了砖头。只要电视上一播恶性事件，她总是把宝宝抱得紧紧的，用尽一切办法庇护她，让她不受邪恶的侵扰和伤害，不论这些是无意还是有意的。

当她的女儿从小婴儿长到会走路会说话时，五十年代也变成了六十年代，玛格丽特仍然在一如既往地担忧，估摸着一定会有疾病或事故要去惊扰她的梦。她会用母亲独具的慧眼小心防备所有尖角、地板上的硬币，以及插线板上那些诱人的小孔。艾瑞卡三岁那阵儿，锁骨凹陷处长了一串状似项链的瘀斑红点，玛格丽特害怕是某种血栓栓塞综合征，在六神无主的恐慌之余便把所有能想到的危险全都想了个遍，直到她的医生丈夫确诊这只是一般性的疱疹，当时为这还被大大笑话了一场。艾瑞卡六岁了，从秋千架上蹦下来时摔掉了她的第一颗乳牙。七岁时，艾瑞卡从单车上掉了下来，下巴给缝了两针。保罗一直照顾这个伤直到她长得足够大，不再需要这种照料才作罢——这几次小小的惊吓就是发生过的所有坏事了。时间，只有时间，一天天，一周周，一年

① 1956年在内布拉斯加州，16岁的清洁工查尔斯·史塔克威瑟和他14岁的女友卡瑞·安·胡各特在三个月内连续杀了十一个人。

② 加拉加斯，委内瑞拉首都。

年，才可以让玛格丽特的担心和忧虑慢慢减少一点。可这种担忧仍然会串成珠子，变成更为结实的一根链子。即使如此，她显然还是爱得不够。

在那个被搅了梦的冬日清晨，她认定这个不期而至、如若受召而来的孩子是一块空白石板，于她垂垂老矣之时，她觉得或许能从此处重新开始。她抑制着想去瞧瞧熟睡中的孩子的念头，最终觉得还是不去打扰的好。整座房子都呼吸得那么坚定又有节奏。九点钟，昔日光景中最了无生机的一个时刻，这座老屋受着邻居家孩子上学、大人上班的诱惑，也堪堪活转了回来。

她早已惯于麻木地穿过自己荒芜的生活。像所有经历过重大变故的幸存者一样，她把哀伤缝补起来再继续向前，假装一切都像最开始那样完好。而现在，这个女孩来了，玛格丽特感觉到自己意志中的缝隙，铁了心地打算除却遵循她记忆中的女儿之外，其他什么都不听。每一件事，再坏也不过就是维持老样子，那就不算太坏，那就可以承受。但就在这个清晨，诺拉的到来粉碎了她的整个世界。

4

前门的敲门声打断了她的沉思，是邻居德拉罗萨先生。他本来正往自家“红玫瑰”花店开店门去的，现在却专门弯过来造访一把。玛格丽特费尽周章好不容易下到一楼，在前门那儿的镜子前站定，理了理头发，拍了拍浮肿的眼袋和眼圈。帕斯考莱·德拉罗萨是硕果仅存的能记得她丈夫和女儿的几位老街坊之一了。在玛格丽特丧偶之初，他主动承担了房子外面的所有杂活——铲雪，给黄杨木剪枝，耙落叶。作为回报，她便在夏天给他送去樱桃派，在每个圣诞节送去朗姆酒浸泡过的水果蛋糕。但除去这些来往，德拉罗萨先生便很少来访了。他冷不丁出现在前门廊的举止一定昭示着某种难堪、恐惧或者惊惶，为着这些“难堪，恐惧或者惊惶”，玛格丽特决意起床，下楼去一探究竟。

“抱歉，奎恩太太，很抱歉这么早就来打扰你，我只是过来看看，你是不是一切都好。”

她把衣服往脖子那里掖了掖，示意德拉罗萨先生进屋来。

“不，不用了。我得去开店门了。这周还有两个葬礼呢。但是昨天晚上，很晚很晚了，我听到些动静，所以我想还是过来看看奎恩太太吧，看是不是一切都好。”

冷风吹在她赤裸的脚踝上，她再次邀请他进到房间里来。

“凌晨三点来钟的样了，我老婆的狗发疯了，怪得很，它那个叫啊，追着尾巴梢儿一个劲儿打转。你知道那狗已经很老了，几乎连床都不怎么起的，但一定是有什么东西在它脑子里嗡嗡作响。我让它‘安静’，而且还扔了只鞋过去，可它还是叫个不停。之后呢，我老婆就朝窗子外头望了望，她说奎恩太太的院子里有人，像是……妖怪，可我什么都没瞧见啊。早上起来后，我那老婆子又说正好要去开店门，那干吗不顺道看看奎恩太太呢。就这样，我就过来了，可什么都没有啊，雪地上连个脚印都没有啊。只有你的车，对吧？车上到处是霜，只是前挡风玻璃上有个圆圈，像是谁朝上面泼了壶开水似的，不过，这或许什么也不是呢，对吧？你还好吧？”

“我倒是什么都没听见，一整夜都没有，德拉罗萨先生。我睡得就像婴儿一样。”她把目光从他身上移到别处。

“那就是还好咯？最近也没怎么见你出来散步嘛。”

“这些天太冷了。”她揉揉双臂，假装打了个寒战。他领会了对方的意思，移步往街道上走去，挥了挥手示意。这下，又只剩下玛格丽特一个人了。她对自己笑了笑，滑着舞步到厨房准备早餐去了，同时绞尽脑汁梳理着悠远记忆中做薄煎饼的秘方。搅面糊正搅到一半的时候，她猛然意识到家里没有枫糖浆，八成也没有果酱、糖粉。她琢磨着那个小女孩该不会介意这些。

楼上,诺拉审视着她睡的卧房。这户人家失踪的女儿走后留下了整柜子的秋装,长袖衬衣,牛仔裤,五颜六色的各款毛衣;柜子上有一个小碟子,里边装着从沙滩上拾回来的六颗小石头;一枚别针徽章——一只鸽子停在吉他的调音把上,另一枚上则写着"麦戈文 72";还有一盒打开的冬绿树口味的口香糖。诺拉拆开最后一颗的包装,发现它已经碎烂成了碎片。在床头的墙上挂着一些水彩画——雪天的树林,河水翻涌,桥梁及留着一头瀑布般长发的男孩,看起来就像少年耶稣。灯的开关处挂着一个十字架。在儿童书桌上还放着一本十年前的《时代周刊》,封面是帕蒂·赫斯特①站在一面耀眼旗帜下的大照片,大写字母印着"被捕"字样。一叠空白的白纸,斜斜地迎着早晨的阳光,诺拉能看出表面上有字母 LV 的印迹。除却这些,桌面上再有的就是棕色牛皮纸包着的四本课本了,在它们上面被反复涂写了"威利"的字样,那个名字和花、心,还有长着很多脑袋的眼镜蛇交缠在一起。一双张开的翅膀,翅膀上画着一个神秘的符号:AOD,看得出来这个符号是很用心画上去的。

书桌浅浅的抽屉里有好多彩色铅笔,笔中间有牙齿咬过的咬痕。一捆大大小小艺术家的画笔,骆驼毛笔尖已经变得非常坚硬,像矛一样。诺拉把一支笔尖用力挤压在桌面上,看着那个硬尖因吃力而松开,古老的油彩随即扬起一阵琥珀色的轻烟。在一堆杂乱如麻的皮筋和纸夹下边,藏着一包烟和一盒火柴。她掏出一支烟放在口袋里。旁边的抽屉里放满了各种各样从学校带回来的纸张:各种年代收集下来的画作、便条、信件,还有一张散落在外的家庭照。其中一张是一家三口在银色的人造圣诞树下照的,小女孩坐在藤木的摇摇椅中,她的妈妈和爸爸分别用手一左一右搭在椅子背上。这张照片从她爸爸那里被撕成了两半,后来又用胶带粘好了。在这堆杂物下边还有一个笔记本,里面画满了各种涂鸦——人的脸平行排在好些废弃的道路旁;地平线上漂浮着一个穿着

① 帕蒂·赫斯特,美国出版巨头的孙女,19 岁时被恐怖组织"共济革命军"绑架后加入该组织,其后参与一起银行抢劫行动,并引起广泛关注。她的律师称她在被绑架后受到拘禁、侵犯和被洗脑。

背带裙的女孩,一个男孩在自己的床铺之间和一只美洲豹遭遇并负隅对抗。她把这本子掖在了床垫底下,好为了以后拿出来仔细研究。

楼下传来的薄煎饼的浓香惹得她肚子咕咕叫,这种声响对她来说可谓久违。她想象着,在楼下的厨房里,一个女人搅着面糊,布置着餐桌,为她做好一切准备。而她的闯入,不早也不晚,时间刚刚好。诺拉踮起脚尖,几乎可以用手触碰到门边镜子的底部。她把手指放到口中湿润了一下,梳理好纠结在一块儿的头发,扶正了眼镜,练了练微笑。晨光此刻最美,她准备下楼去了。

玛格丽特转过身来正准备去叫小女孩,便很惊讶地发现诺拉已经站在门边了,穿着她离家出走的女儿的方格睡衣。在清晨的明媚阳光下,至少有那么一刻,她们都恍然失去了自己在时光中的位置。

"那——"诺拉说,"你会让我留下来啦。"

5

肖恩·华龙在等差不多所有孩子先一步离开友谊小学,有些孩子挤作一团去抢占校车上最好的座位,也有的三五成群步行回家。他缩在一个小亭子里,整个人都被短外套和围巾包裹住,他看着那群凶巴巴的高年级学生在拐角处闲逛,之后再消失。一旦他觉得可以安全离开了,便像间谍一样拉起风帽,耸起肩膀背上包,随即踏上回家的那一段长路。老师们则匆匆忙忙奔向各自的汽车,没有谁对他留过意,甚至校长都几乎撞到他身上了。这群人从人行道上经过,一位老人拉了拉他的老式帽子,给身后的男孩留下一道冷气,冻得他鼻涕横流还最终给冻成冰坨子留在了嘴唇上。那个陌生人的衣摆里裹着冬天,有本事把风吹到他脸上,吹进他的头发里。新雪覆盖了满是补丁的破烂路面,使得路边及拐弯那儿深深的铲雪道和人行道上的陈痕旧迹变得很软。肖恩此刻停了下来，重复着以往惯常的那套动作：在无人看管的车的前机器盖子上，用灰尘描摹出他的名字；手套挨个摸过铁栅栏的栏杆；用靴子后跟轻轻踹着小阴沟和洼地里积起的冰凌。他不赶时间，没有必要急着归家，他妈妈还得好几个小时后才能下班，而他老爸从来就没回过家。

自从秋季开学后，肖恩就不愿意回家面对父母离异后的空屋子了，放学后他总是到处闲逛。对一无所有所能带来的安慰的那种渴望已经成为他心灵上的一种依靠。这几个月以来，他变得很孤寂。在树林边缘，他容许自己自由地妄想，享受着对大自然每一次的小小发现。回家的路他是低头盯着地面走的，他曾经发现过一只金翼啄木鸟的尸体——那亮黄的翅膀规规整整地贴附在斑驳的躯干和红色羽毛两旁。还有红蚁们围着的一根狐狸或小狗的骨头。肖恩收集的宝贝包括：一个有着完美螺旋形的大蜗牛壳；一打石英般亮晶晶的石头；一个瓶底刻有"1903"字样浮雕的玻璃瓶；一张上面是1971赛季的英雄罗伯托·克莱门特[①]的棒球卡片；一张五美元的纸币和八十九美分的钢镚儿；一本手掌大小，沾上干泥巴的《圣经》。他的眼睛望向天空，烦恼从他的灵魂中抽离出来。他凝视着季节的变换，空气中满是树叶、小鸟和云彩。多少个秋日下午，他都看到一个独自寡居的老妇人，一个人散步，像在寻找着什么放错地方的东西。

回家的路上，他必须要么是翻越，要么是俯身钻过老妇人家院子一头的栅栏。穿过开阔的草坪时他把头低垂着，跳过地界线边缘的另一个栅栏，然后再一路小跑冲上临街的道路——他不大喜欢冒这个险，可是抄这条近路的话，就可以整整少走一英里——这么一来，也就变成了关乎原则的大事了。每次在他穿过这个界限的当口，嘴里总是念叨："原谅我们擅自闯入，因为我们也原谅那些擅自闯入者。"他并不太清楚这些字表明的意思，只是觉得这样做会加持上某种魔力。他确信，在那

---

① 罗伯托·克莱门特是第一位荣登棒球名人堂的拉美裔美国人，效力于匹兹堡海盗队。

紧闭的窗帘后头，她一定在暗中窥视，等着他哪一次绊个跟头一屁股摔下来，届时，她百分百会从屋顶的烟囱里骑着把扫帚飞出来。肖恩扫了厨房的窗户一眼，再次低下头，加快脚步，嘴里仍然小声咕哝着祈求救赎的祷告。

在跨第二个栏杆时，肖恩看见了老妇人和她身旁戴着眼镜的小巫婆。她们藏在房子的角落里，躲在阴影下。老妇人裹着大外套站得笔直，厚厚的围巾圈住喉头，头发月光般银白，面庞被太过明显醒目的鹰钩鼻子勾划了许多棱角出来。老妇人无动于衷地看着他的一举一动，而那个衣衫褴褛的女孩则踮起了脚尖，她发现他此举的不妥之处了，她冲了出来。

“你可不应该在别人家的地界乱穿。”她朝着他的方向晃着手指，然后又把手放在屁股上，等着他把腿从栏杆上丢下来。她的脸一半在黑暗中，一半在阳光下。她的影像逐渐变得清晰。因为还不确定是怎么个游戏规则，肖恩不知该如何是好：是从上面下来回应她，还是赶快缩回步子，或者就这么永远在栏杆上挂着。一只鸽子被女孩的声音吓了一跳，从一棵枫树上惊飞而起，鸣叫着划过白茫茫的天空。他把脚甩过去，爬过栏杆，此时，奎恩太太也疾步朝他走来。

“你晓得这是我的院子吗？”

他点点头，看着她靠近，简直惊呆了。她会用热乎乎的姜饼引诱他，然后一把把他塞到烤箱里。

“你叫什么名字，小伙子？”

“肖恩·华龙，太太。”

“多大了，肖恩？读几年级呀？”

“我三年级，八岁半。”

诺拉悄悄靠近肖恩，看着他的脸。“啊，是真的吗？你生日是什么时候？”

“八月二十三。”

“那你可不到八岁半。现在是一月，你只有八又四分之一岁。”

男孩在阳光下眨着眼睛。或者她们会用面包和牛奶把他喂肥，再给关到笼子里，钩在天花板底下。

奎恩太太走到两个孩子中间。"我每天都看见你从这里过。有时候还一天两次，早晨一次，下午一次，是在你上学放学的路上？"

他盯着靴子中间的那一块雪地。再把他的骨头碾碎做她的面包。

"从现在开始，你要带上她，陪她回家。她也上三年级，跟你一样。明天早几分钟过来，带她去校长办公室……他们可以把报名的那些材料递到家来……你明白我的意思吗，肖恩·华龙？"她用两根指头抬起他的下巴，好让他看见她的微笑。肖恩简单地点了点头表示答应照办，那两人就扭头回屋了。可是走到一半，老妇人转过头又对着男孩说："对了，我的名字是——"

"奎恩太太，"他接上话，"每个人都知道您是谁。大家都知道谁住在这栋房子里。"

玛格丽特把小女孩拖到他面前，好让他记住她的脸。"这是诺拉……"女孩在她的双手下扭了扭，对他吐了吐舌头，"诺拉·奎恩，我的外孙女。"

6

一件一件的，她们一起从诺拉的手提箱里翻出几件衣服。奎恩太太对着灯光检查着每件衣服，女孩就在一边讲述这件衣服的来头和她对它怎样的眷恋。衣服叠好后会被归到两堆衣服里，一堆是可以清洗和缝补的，一堆是必须要扔掉的，或者说干脆应该扔到金属丝网铁桶中烧掉的。偶尔她也会由得女孩哀求并获胜。本来要扔的洋娃娃被用别的换了下来，手腕上带着黄色污渍的白毛衣也幸免于难，能穿的袜子留下来补补再用……只是大体来讲，这个孤儿的旧东西都太破了。

"你怎么能够这么过日子啊?"奎恩太太问道,手中举着两条暗灰色全是洞洞的小内裤。

诺拉转了一圈,砰地一下砸落在床上。"可我向来都是幸运的,我是被祝福的。"

"我给你找些合适的东西吧。"她走向壁橱,拉开一个因过去近十年的时间积满了灰尘的杉木柜子,"全都是旧的。你不介意旧东西吧?这些都是她在你这个岁数穿的,二十年前的事了呐。要是艾瑞卡的衣服也不合适,那等你明天上学时我再去买。"

"必须要去学校吗?我倒宁愿和你待在家里,帮你做做家务。"

"不行,咱们一定得照规矩办事。要是有人发现你在这儿待着,他们就会奇怪你干吗不去上学。"

"那你干吗不领着我去呢?"

"我不能露面呀,至少短时间内不行……太多太多隐私探子了。让他们越少想起我越好。如果你打算在我这个家里待下去,那就必须照着我的规矩办。你告诉他们我是个孤僻、自闭的人,是不能去学校的……那里有太多回忆了。"玛格丽特松开柜门铰链上的螺栓,拉开挂钩,跪下去打开了一个匣子。

"我可不需要什么肖恩·华龙——"

"嘘——"她从一堆宝贝的最上边拎起一件高中毕业舞会礼服,轻轻地摊平在床上。诺拉看见塔夫绸非常激动,跳到地板上往匣子里瞧,为了保持平衡,她的小手扶在妇人的背上。七年了,自从保罗过世后,再也没有人像这样碰触过玛格丽特。她俩一块儿决定好明天的装束:白色衬衣,羊毛裙,一双玛丽珍鞋[1],硬皮的。匣子底层还有件洗礼仪式上穿的厚厚的绣花斗篷,素色的拖鞋和其他婴儿纪念物品。奎恩太太摩挲着那个图案,暗自微笑,她拿给诺拉看,她自己看来几乎都快忘了这件奖品了:两只骆驼站在衣襟缝边处,它们身后是隐约可见的安第

---

① 玛丽珍鞋指低跟、圆面、脚踝搭扣绑带式的鞋子。

斯山脉。

“这是我的妹妹在一个圣诞节从秘鲁带回来的。那个冬天艾瑞卡每天都穿着它，她当时就你这么大……你会喜欢黛安的——她像乌鸦那样狡黠，和你一样。”

“真漂亮。”女孩说。玛格丽特把衣服翻转过来好让女孩看看另一面。那上头有一张程式化的红扑扑的圆脸，四周被旋转的翅膀或云彩包围。诺拉的双眼一下子张得老大：“看！是六翼天使[1]。”

“随便你说什么啦，那是太阳，正冲着我们笑而已。”

“不是，那是六翼天使。你知道吗？它是塞拉芬‘六翼天使’和基路伯‘智天使[2]’。”

“咱们别说这些废话了。”她把一堆衣服抱在怀里，“明天是个重要日子，现在该上床睡觉了。”

女孩渐渐入睡了，玛格丽特到很晚了都还在用洗衣机和烘干机。当十一点新闻开始播报时，她才把刚洗好的衣服叠整齐。她肌肉僵硬，也感到气短，但还是尽力把诺拉的衣服整整齐齐地捆作一包，简直太小太小的一包了，小到不能再小了似的，就像是洋娃娃的一堆小外套。缝边和衣角破破的，软软的，这是穿了多年的缘故。她把这堆衣服弄得很平整，放在女孩卧室门口——就像很早以前，玛格丽特和黛安都还是孩子的时候，妈妈打理她们的衣物一样。两个女孩两堆衣服，但她总会不可避免地把两姐妹的东西弄混。她们呢，就得一边跟对方抱怨着妈妈对她们多不了解，一边整理出各自的袜子和内裤。或者，不动声色地把最喜欢的东西顺势据为已有。

黛安永远不会理解为什么她会决定收留这个小小的不速之客，玛格丽特自己也不太清楚个中原由，像她这辈子就是为了更多地回应这个孩子所施展出的强大吸引力似的。在过去十年间，不管她怎么祈祷

---

① 六翼天使指美索不达米亚平原上某种神，《圣经》上称之为炽天使。

② 在天主教神学上，智天使与炽天使（六翼天使）同是最高级天使阶层。

和恳求，从来都没有人来过。她是不会拒绝这样的答案的，她是不会拒绝一个孩子的。她想，如果这意味着要撒几个谎，那就撒好了，尽管她妹妹一定会被她将要撒的大谎而震惊。她站在楼道上，耳朵朝着紧闭着的卧房门，听着诺拉均匀的呼吸声。她还能感觉到女孩触手所及的温热。

7

冬天的早晨，保罗会在送女儿上学前把她裹得严严实实。玛格丽特从卧室的窗户眼瞅着女儿把风帽掀掉，把外套拉链打开，飞跑着和她的朋友们会合。她那一堆书只用一根带子拴着。艾瑞卡在家范围以外的地方，有与自己完全不同的生活。等保罗堪堪发现自己已不再是女儿的领航员和保护者时，一切都太迟了。她十岁时，晚餐桌上本来只是个有点儿嘲讽的笑话，很快就演变成了她和他的头一次顶嘴。保罗无力地尝试着和女儿亲近，想尽办法，绝望地想赢回女儿，可回应他的，只是女儿滚动的眼珠和白眼。青春期的来临加深了他们之间的隔阂。她会离家不归，而他却不知道如何跨越他可爱的小女孩和青春期、忧郁期之间的距离。

厨房后边有个很好的位置，玛格丽特在那里看着院子里玩耍的孩子。她细细看过后院的每根树梢，看有没有什么破衣服会挂在光秃秃的枝桠上，她记起有一次保罗和艾瑞卡在树梢上放丢过一个风筝。一只高高栖息在大橡树上的猎鹰突然尖叫起来，它被闯入空旷森林的陌生人给惊动了。那个人影把身子往大衣里缩了缩，尽力掩盖着自己的身份。

两个孩子抬眼寻找着刺耳叫声的来源。诺拉让肖恩顺着她手套的直线方向看过去，找那只鹰。外来者的动静还惊动了一对乌鸦，它们呱呱叫着四处追逐，直到散落在树林各处的三只鸟都被骚扰到消失不见为止。

玛格丽特估算着距离，果然在空中发现了那只猎鹰，这工夫，她还在心里反复琢磨，仔细起草着要写给学校的便条，要求他们接纳外孙女入读三年级。慌乱中，她编造了一个支离破碎的家庭的故事：女孩的妈妈实在走投无路，请求校方把必要的申请表让孩子带回家，孩子的名字叫诺拉。打了三次草稿，她试图营造出万不得已才同意照顾这个可怜孩子的请求的气氛。信的最后一句是点睛之笔："我们都有自己的十字架去背负。"吃早餐时，奎恩太太演练着这个谎言，巴望诺拉能记住所有细节以保证其真实可信。肖恩·华龙如约前来，她把信折好放进磨掉了线头的夹克外套口袋里，目送两个孩子离开。男孩走得飞快，诺拉很难跟上他的脚步。德拉罗萨家的厨房窗帘"哗"地一声放了下来，玛格丽特知道她的邻居一定看见了刚才男孩和女孩的离开。她必须得想尽办法编个故事出来以应付这绝对逃不开的问题。沉默，这一多年宿敌又再次回到了这栋房子。

她捧着咖啡，盯着座位对面的麦片粥碗和喝光了的果汁杯，想着自己怎么会让事情演变到这么混乱无序的地步的。女孩只在这个房子里待了两个晚上，而玛格丽特就已经愿意用如此惊人的谎言来保护她了。好像她真的根本就是她爱了一辈子的女儿的女儿。

假如这一切是真的，她一定会带着孩子上学校，骄傲地把她介绍给大家。散步对她而言是某种习惯和安慰，就算在一年中最寒冷的日子，就算在她女儿失踪后，散步从未中断过，玛格丽特走过了所有郊区边缘的乡村小道。在丑闻慢慢被人们忘却之后，她甚至还去过商店，办公大楼云集的地方，还有构成小镇特色、绝无仅有的大桥那边那片红褐色的砂石开阔地。那些知道玛格丽特故事的人都宣称她是在路上寻找线索。一路上她的眼睛总是盯在地面或者碎石上，她在找寻一个理由。

在孩子失踪的头几年里，她丈夫会陪着她一块儿走。他们会选择僻静一些的去处，这样遇到朋友和陌生人的概率就会小一些。在时光中远足，他们追随着鹿的足迹，或跋涉在几乎无人使用的溪水旁那条小镇所建的单车道。一个炎热的夏日夜晚，保罗计算着他们重复走过的道路，足足可以绕地球一周。这对失去女儿的夫妻啊。

他们婚后很长时间才有了艾瑞卡——在无数次造访不孕不育症专家，使用了最奇特的科技，到最后他们都要完全放弃了。而就在这时，在多年祈祷后，女儿的降生是他们意料之外的赐福。他们唯一的女儿出生之际，玛格丽特已经三十七岁，而保罗比她还要大十二岁，几乎可以当他女儿的祖父。他全然不顾玛格丽特的警告，一味地溺爱艾瑞卡，当她出走之后，他被击倒了，心给伤了个透。这个过程不是一时一日的，是慢慢的，但丝毫不曾动摇的，就好比常春藤扼死大树的过程。四年之后，他也走了，做了最后的退场。玛格丽特把他安葬在圣安教堂后边，之后她又重新开始了她的旅途——隐者一般地，独自走遍山谷四周的群山，只听风的声音，或者是每年三月鸣禽到来的欢歌以及九月离去时的告别。

如今年纪和冬天让她与世隔绝。去年十一月那剧烈的疼痛第一次找上了她，捱到圣诞时，零度以下的室外气温叫她已经不能出去走了。诡异的病痛折磨着她。两条腿就像盆栽的棕榈树一样沉重。指尖从刺痛开始，逐渐变得麻木。手肘变硬以致无法弯曲。骨头又非常脆弱，仿佛被抽空了骨髓，一阵狂风就可以把她刮到堪萨斯去。最糟糕的是，那无休无止的疲倦完全占据了她，无论怎么睡觉和休息都是徒劳。她像一台散了架的钟，和时光断了联系。女孩的到来，玛格丽特头一桩想做的事就是要找出真相，这是一种本能的冲动吧。把孩子送回到属于她的地方，不管那是一个什么样的地方。但或许这才是上帝的方式，她在想，是上帝在回应她无休无止的祷告——给她一些陪伴，给她一些补偿，为了那些活生生被夺走的东西。

现在要做的就是瞒住每一个人——她的邻居，学校，还有妹妹黛安，她唯一的亲人。有根眼睫毛在咖啡杯里转着圈。她用手掌按压着桌布，抚平可以触摸到的褶子。“这里太热了，”她自言自语，可是没别的人在那里啊。打开窗户，她听见空气里传来的叫声，是冬天本不该结束时的孤寂的声音，但这一整个上午她都未曾发现任何外来者，天空中除了明亮的蓝之外别无他物。

8

跟校长的会面是在他那拥挤潮湿的办公室里进行的。办公室在一幢老楼的中心，那幢楼是老工匠式的建筑，已经摇摇欲坠了。文件柜顶部摆放着一棵蔫了巴唧的蕨类植物，叶片枯黄。墙上装饰着各式各样的横幅，代表校长在友谊小学的英雄历程——最老的一面是一九七〇年欢迎他加入学校时的锦旗。虽然暖气炉不断向外喷着暖气，他看上去还是显得很冷。他穿件淡蓝色毛衣，里边露出条纹黄衬衫外加一条上面印满锚的海军领带。泰勒校长读着奎恩太太的信，其间抬眼打量着站在他对面的小女孩，而每一次他们目光相接时，女孩都是微微笑，然后校长会接着读信中的内容。终于，他读完了。嘴里念叨着"背负的十字架"，嘴唇撅起，一副相当迷惘的样子。诺拉把她干枯的头发别在耳朵后边，在校长注意看她时，挑了挑眉毛。

"真是奇怪呀。"

"哪里奇怪？"

"整桩事都很怪。关于你那位众人皆知的母亲，关于你外婆，奎恩太太。她为什么自己不带你来呢？"

准备好了答案，她开始撒第一个谎，"她是那种有点残疾的人。"

"残疾？一个人怎么可能只是某种程度的残疾呢？你到底知不知道'残疾'这个词的意思啊？"

诺拉放低声调，慢慢道来："我觉得是广场恐惧症。"看见那个男人没明白她的意思，便又换了另外一种解释，"就是害怕户外，如果有可能的话，她是绝不会离开屋子的。”

“小姑娘，我完全明白那个词——广场恐……”

“她就是无法克服这个恐惧。我是上帝派来的，真的。你是无法想象平日里一系列最简单的事对她意味着什么的。买菜，倒垃圾还有取邮件。”

“那你是她的外孙女……你父母又是怎么回事？”

“信里讲得很清楚，泰勒先生。你需要我大声读给你听吗？”

“那倒是，可——”

“他们谁也不想要我，就这么简单，我很抱歉地向你报告。”她直视着他的眼睛。

他从桌子上翻出需要的表格，翻阅着一叠各种颜色的纸。“我想我们应该能让你入学……小姐？”

“奎恩。”她朝前凑了凑，指尖按在书桌的边缘。她的指甲是被啃过的，而且是被飞快啃掉的。

“没错。让你外婆把这些表填了，再签上字，等你的成绩单转到我们学校，你就是正式生了。”

诺拉叹了口气，垂下头。“我以前没上过学。你听说过约翰·霍尔特[①]和他的《自己教孩子》住家教育吗？”

泰勒先生从他正在研读的文件夹里抬起头来，“你的意思是，你妈妈从来没有送你去学校？那你妈妈在家教你的东西够不够？你究竟准备好了没有？”

他端详着她渴望和期待的脸庞，俯身从那堆文件里，匆匆写好一张给老师的纸条，然后就打发她走人了。她很可能成为那一天里三年级的麻烦。他还记下提醒自己要打电话给奎恩太太的话，事毕，他把信塞回到那满当当的来信文件夹里去。

诺拉飞奔着穿过走廊，跑向她的教室，外套飞起来像风吹的布单

① 约翰·霍尔特（1923—1985），美国教育家。

子，超薄的鞋子踩得叽叽响，但每一步都是诺拉得胜的脚步。她在九号教室门口停下来，喘着气从门上长方形的窗户望去，那窗户就像城堡中的窗户一样。肖恩·华龙坐在第二排第四个位置。离他最近的空位置是第三排第五个位置。这位置近得可以直接观察到他，又远得可以不被人注意。没有一个孩子注意到窗口上她的脸。他们都在小心翼翼地练习着草书，他们练的都是讲究往右斜的"帕默草书法"。八个男孩，十二个女孩，如果没人缺席或者上卫生间的话，她就会是第二十一个学生。虽然这不是最顶级的号码，但三乘以七，真的算得上是两个幸运号码了。带着这份占卜的心理，她打开教室门，径直走向老师，递给老师校长写的纸条。当老师默念字条时，她站得就像一条柳枝，柳枝长在肩膀上。所有的孩子都停下笔来。老师纠正了她的站姿，伸出手来："你好吗，诺拉·奎恩。"老师用很低的声音说，"我是帕特森太太。"

"很高兴见到你。"诺拉也低声回答，握着老师的手，瘦长的手臂摇晃得如同活塞一样。

帕特森太太松开手，站在女孩旁边，眼望着下边二十双好似藏在二十只小木桶里的好奇的眼睛。"同学们，这位是诺拉·奎恩，从今天开始她就会到我们班上来。诺拉，你简单跟大家介绍介绍你自己吧。"

好奇并已经准备好评判的孩子们都把身子坐直，等待这个新生的话语飞过来。

"我快九岁了。我喜欢鸟——其实是喜欢任何会飞的东西——还喜欢美洲豹。我不喜欢吃小包菜。上次有个谁给我吃小包菜，我就趁人没看见把它们通通扔到散热器里了。"

男孩女孩都大笑起来，但帕特森太太威慑的目光马上就制止了他们。"诺拉，你是从什么地方来的？"

"噢，我到处都住过。现在，我跟我的外婆奎恩太太住在一起。"

教室里又是一片偷笑和抽气吸气声。这次可不是一个简单的瞪视就可以解决问题的了，帕特森太太用指关节啪啪地敲着课桌："同学们，很多孩子都是跟他们祖父祖母一起住的，所以我认为这不是你们应该找的借口——"

两个坐在后排的男孩对诺拉的旧鞋子指指点点，鬼鬼祟祟地笑着。感觉到今天对课堂的掌控正在逐渐失去，老师把自我介绍的这部分缩短。"好了好了，回到各自的圈圈里，诺拉，那儿靠窗边有一个好位置。"

"如果没关系的话，帕特森太太，我想要后排那个座位。"

"孩子，坐你喜欢的位置吧。我希望大家在课间休息的时候都向诺拉介绍一下自己。我敢肯定大家会很快成为朋友的。今天外面太冷，我们就不去室外了。"

在她走去第三排第五个位置时，她冲肖恩·华龙眨了眨眼睛。还对着坐在肖恩对面的一个女孩说："你有多余的纸和笔吗，莎伦？"想都没想，这个女孩放下书本，打开课桌的盖子。等到把笔递给诺拉后她才回过味儿来，这个女孩怎么会知道自己的名字？

"字反着，我都能认得。"诺拉说，然后指了指封面右上角"莎伦"两个字。

中午的午餐钟敲响了，整个上午过得飞快。奎恩太太忘了给诺拉带午餐。肖恩·华龙把他的三明治和苹果酱蘸白面包分了一半给诺拉；莎伦数了数椒盐棍点心，也分了一半给诺拉；盖尔·华特斯把她妈妈每天坚持要给她带，而她打都不打开就会扔掉的一盒牛奶也捐了出来；马克·贝拉吉欧给了诺拉一大半桔子；多丽·蒂尔曼递给她一个长得像拱心石的脆饼饼干。"它的名字叫宾夕法尼亚。"她告诉诺拉，语气像是跟一个外国人讲话。

在小学的等级划分表里，他们的座位离最火的那堆人还隔得很远，但也不是处在被人忘记忽略的怪胎们所聚集的位置。餐厅里此起彼伏充斥着一百种不同的声音。笑声滚滚而来又慢慢飘散而去。远处角落里一阵阵大呼小叫，这是围绕着饭桌追追打打的序曲。油毡地毯上椅子腿轧轧作响。一个红头发男孩端着盘子走向垃圾桶，然后从口袋里掏出一本纸皮书，靠墙读了起来。在另外一张桌子上，一个穿着棕色灯芯绒运动外套、老气横秋的好色鬼正冲着叽叽喳喳、仰慕他的女孩讨薯片吃。在第三个方向，诺拉看见一对孪生姐妹同时舔着塑料调羹里的布丁，那情景简直就是镜子里的同一个人。在她周围，三年级的孩子们互相讲着各种各样的故事，关于朋友和同学的，而诺拉根本没弄明白这些闲聊中的要点和要领。

午餐结束后，诺拉拍打着桌布，感谢桌友们的慷慨，并撕下一个棕色纸袋子一面，折成繁复的形状，一个正方形，每个边她都仔细折好塞进缝里，之后她对着一个小孔吹气，这东西立刻变成了一个瘪瘪的气球，之后再变大变胀成了一个立方体。诺拉只是轻轻一拍它就飞到了空中。肖恩看着她创造的整个过程，为这个小把戏恍惚着迷。孩子们依次把这个立方体像排球一样拍来拍去。当立方体飞回到诺拉这边时，她在空中接住它，让它落在嘴唇上，然后朝后仰着头对着一个角，用力一吹，再吹，立方体像陀螺一样旋转起来。这一切直到泰勒先生进来才作罢，他从空中把这个玩意接住，大家的乐趣也被没收充公了。泰勒先生才一转身，孩子们就围着诺拉欢呼起来，诺拉吐出舌头，好像一面战斗的旌旗。

9

家里的弃儿上学之后，奎恩太太在G.C墨菲女童装部的圆形衣服售卖架之间来回逛。即使寒冬威力尚在，节后店里冬装还是都减了价。她为诺拉挑了一件有人造兔毛皮边的灰色大衣。选好大衣后，她不知道该为女孩再买点其他什么。她摸着套头式的灯芯绒衣和法兰绒睡衣，沉浸在回忆里。距离上次带艾瑞卡来墨菲买衣服已经有二十年了。一九六五年，当年所有的事情都要简单得多：衣服和女孩。商店的通道里，她女儿的影子总是尾随其后。那时候她是多么钟爱买东西啊。艾瑞卡牵着妈妈的手，从一个橱窗蹦跳着到下一个，垂涎着每一样鲜艳的东西，狂野的设计。

沉浸在往事的回忆中，玛格丽特完全没有留意到那个戴着驼毛帽子的男人。他一直跟在她身后，在玛格丽特停下来，为买几码衣服犹豫不决时，他也就站在几排衣服开外。软呢帽从他的一只手换到另一只，心情太过急迫逼得他又躲回到帽檐下。每次她往他的方向看过去时，他总会保持一动不动，像个人体模型，直到更鲜艳的东西吸引走她的目光。他的存在本身是非常显眼的，但他靠着意志硬是让自己变得不起眼。汇入人群中，他消失在丛丛的衣服架子里。

其他几位顾客也像她一样，也许她们也是寡妇，但有一点是可以肯定的，她们一定都是哪家的祖母，出门买生日礼物和便宜货，以备下一个冬天之用。她们翻来找去，被成箱成箱的衣服搞得眼花缭乱。玛格丽特从她们每个人的脸上都可以读到痛苦和失望——她们的希望和梦想被大打了折扣，百分之四十不复存在。她在想别人会不会也从她的眼睛里读到同样的羞耻，看见了她眉头之间划掉的价码。其他人，如果她们真注意到她的存在，一定可以认出她来，她的女儿离家出走，之后又麻烦不断，最终就再没回来。这个故事刚刚曝光之时，艾瑞卡的相片登过报纸，上过电视，连玛格丽特和保罗也曾经占据了当地一家报纸的头条。如果那些妇人们记不太清楚确切的时间，地点，人物，但依着她们的本能，也会和她一起分担那颗破碎的心，为了那不能挽回的损失。可是，小女孩是她的秘密，她坚守它，靠着一股力量，那是未上枷锁的欢乐啊。玛格丽特拿上大衣，很快选好了一顶冬帽，一条围巾和配套的红手套，付好钱离开商店。她本来还想是否要去“红玫瑰”花店看望一下她的邻居，但最后还是决定不和任何人说话。

她的小车停在罗宾逊大街，要去那里必须得穿过一家餐厅。从前她和艾瑞卡总会在这家店买一个冰激凌，或者合吃一块巧克力蛋糕。风刮在面颊上，她又一次感到累，累得那么绝望。不过她想，回家之前进去喝杯咖啡，暖和暖和也没什么坏处。此刻是十一点，这个地方几乎没什么客人，所以她选了一处通风的卡座包厢坐下。这里的装饰从七十年代就没有变过——还是那个裂了口子的乙烯地板，紫红色的包厢，褪色的铬嵌在镜面银色里，薄膜覆盖的菜单上还是那些老花样，一成未变。玛格丽特读着菜单盘算着吃什么才不会让胃难受，一个女服务生走了过来。玛格丽特能实实在在地感觉到她：黑芥末色的制服，一杯水“当”地蹾在桌面上，银餐具用纸餐巾包着，随随便便摊在餐垫上。玛格丽特抬眼一看，距离刚刚好，可以很清楚地看见她的名牌：乔伊斯。

“点点儿什么，亲爱的？”

给我一份“九岁女儿”。

“只要咖啡就好。”玛格丽特说，“还有……嗯，我也不知道……今天有什么好的派没有？”

“我们有苹果，蓝莓，甜樱桃，酸樱桃，梨，南瓜，柠檬蛋白酥，香蕉酱还有椰子酱，不过它们都放了两年了。没人点椰子。这个季节没有一样是新鲜的，不过苹果派里的苹果倒是真的。”

穿梭在时光的记忆里，女孩的声音让她记起了什么。玛格丽特在很多年前就认识这个女孩。很快玛格丽特躲开了女孩的眼睛，看着她的手指甲。“酸樱桃，谢谢，只要一小块。”

看着女服务生走到厨房去，她端详着这个年轻的女人，试图在她脸上和身上识别出自己女儿的痕迹：艾瑞卡现在该长什么样了，她有怎么样的举止和做派，她会想些什么，会有什么样的感受。为了能找出艾瑞卡的相关细节，她总是不能控制地观察别人的外表——她们毛茸茸的头发，褪色的、时尚的、尼龙绸迪斯科派对穿的衣服，穿上它可以让老派的人无可遁形的法子。当年她也是她们中的一员，与那个时代相比，现在的女孩子已经变了。她们面对性事显得更加从容自在，什么都不藏着掖着，不穿吊袜，不系腰带，不用胸托支架，无耻和开放。女服务生带着微笑放下马克杯，奶和糖，一片水果派，上面的糖浆如血般鲜红，很悲凉。

“对不起，请问，”那女孩说，“我该不会认识您吧……您难道是艾瑞卡的妈妈？”

奎恩太太一言不发默认了。十年的时光在高中女生的身上会留下很多印迹,但她当然还是会清清楚楚地记得她。艾瑞卡跑了之后,她所有的朋友也都消失不见了。她们不再来家里玩,她们的脸因而就定格在少年时代。不过,她仍然能用一种饱经风霜的方式看到那群傻笑的孩子们。

"我就觉得是您。我是乔伊斯,乔伊斯·威弗利·格林,但你可能只记得我没结婚前的名字,格林。"她伸出一双裂了口子的红彤彤的手,让玛格丽特看到她的结婚和订婚戒指。"我高中和艾瑞卡在一块儿上学。"

"乔伊斯·格林。"她记起来了。

"见到您太好了,我能先坐一回吗?"她把百货公司的袋子推开,疾走到玛格丽特对面的包厢坐下。

"我现在结婚了,"她说,"都七年了,有一个男孩,现在肚子里还有一个。我儿子的名字叫杰森,我们还不知道怎么称呼肚子里这个呢,或许叫他'玛克卡车'吧,这是因为他总能横冲直撞把我撞着,可我却连他的面都没见过。你还好吗,奎恩太太?艾瑞卡她好吗?太久没有她的消息了。她还在西部吗?亚利桑那或者是在新墨西哥州,对吗?我简直想象不出在那种外国地方怎么生活。"

"她还在那边。"玛格丽特说着瞎话。她完全不知道女儿在哪里。"她很好。"

那女孩往桌前探探身,低声说:"她有没有甩掉麻烦啊?她结婚了吗?有孩子吗?"

奎恩太太呷着茶。"有一个,是个女孩。事实上,她已经到我这里要跟我住上一小段时间。"她冲那堆购物袋点点头,"我刚才去那边的商店给这个可怜的小东西买了几件像样的衣服——"

"我喜欢小女孩的衣服,比男孩子的好。"乔伊斯·威弗利·格林边说边探过手去把衣服都拉了出来。她举起灰色大衣,把人造兔毛贴着她的脸摩挲。"她们那边都是沙漠,不怎么用得着大衣和手套,对吧?"

“这些都是给我外孙女买的，”玛格丽特骄傲地宣布，“诺拉，诺拉·奎恩。”

紧靠门边包厢里的陌生人安静地坐着等待，服务生瞅见他，往他这边走来。“如果你不介意的话，我能问问刚才那个女人是谁吗？就刚刚才离开的那位？坐你旁边和你聊天的那位。”

“奎恩太太吗？”乔伊斯放下她的笔和板子。桌旁的这个男人看起来善良且品格高尚，有一点像她的祖父。

“就是说嘛。”他说，“我有好些年没看见她了。”

“我也很吃惊遇到她啊。她和我早就认识。我和她女儿艾瑞卡是朋友，自从出事以后，她就变成一个隐居者了。”

他的手指把玩着放在饮水机旁的帽檐，“自从出事以后。”

“你记得，”她说道，“他们认为是那个叫威利的男孩把她给绑架走的，可照我看他们是一块儿跑的，学校里每个人都知道他们俩在一起。”

“是啊，那次意外。”

他眼神中冰冷的蓝色让她看呆了，她心里在想这男人年轻时一定特别帅。他的目光一直停留在她身上，肚子里，胎儿踢着蹦着。男人抬手，把手掌放在她圆丘形的肚子上。“可以吗？”他问。在她点头同意之后，他把手放在婴儿折腾的地方。乔伊斯全身一震，充满喜悦，一股暖流穿透她的皮肤，蔓延到全身。腹中的小婴儿好像被安抚得睡了过去，不乱动了。他把手抽回来，身体倚靠回包厢。“那么说我的老朋友，奎恩太太，是出来疯狂购物的啰？”

激动不安的乔伊斯继续往下说：“给她外孙女买衣服来的，那孩子过来跟她一起小住。”

“外孙女？不大可能有小孩啊。”

“噢，当然有啦，”乔伊斯说，“她都给我看了她买的新帽子和新外套，是给诺拉的。”

他吃吃笑着，“多美的名字啊。”

婴儿听见他的声音又踢腾起来。邪恶的渴求充斥着乔伊斯全身，连带着一份负疚的快感。她转动着她的婚戒，无望地望向窗外，琢磨着还会有人进来吗。

10

帕特森太太在黑板上把长长的除法试题写完，这时肖恩在不断转动着课桌椅子极力让诺拉保持清醒。即便是他被叫到教室前面演示如何计算四百除以六，他还在留心着她疲劳发展的进程。加热器里散发出的使人变得迟钝的湿热空气教她想打瞌睡，诺拉挣扎着把头撑在手掌心里，眼皮不停地抖动，慢慢合上，头从手掌中滑落，她再一次把头放回去，这样的努力直到她完全无力对抗这滚滚袭来的睡意才最终放弃。每一回吸气，她的鼻子都打着鸣，然后发出猫一样的喘息声，诺拉完全不晓得数学课上的是什么。大家对此心照不宣，像事先已经做好安排一样，每一个人都让她休息到艺术课开始。肖恩手里拿着画画的纸板和彩笔，低声叫醒她，诺拉恳求他跟她一块儿坐到落地大窗旁的座位上。

她画画的手动得飞快且十分有把握的样子，熟练地勾上几笔就画成了一个处于高度紧张状态中的豹，它有闪着光的黄褐色斑点，牙和几条斜线勾勒成的愤怒的爪子。蜷缩在纸的一角的是只羚羊，双腿弯曲，脖子扭转了四分之一，面对它的捕食者，它完全处于刹那间的恐惧之中，可一切都太迟了。肖恩看着她作画，身上也不由得收紧，如同羚羊两肋的肌肉一样。他能闻见血和恐惧的味道。诺拉沉浸于画作，凝神专注地运着彩色画笔。画毕，她把纸推到一旁，拿出新的一张，撕成两半，折出各式精确的折痕。

帕特森太太在孩子中间来回走动，时不时停下来对孩子们给予鼓励和建议。她走近窗前,目睹了诺拉所作所为,便从常规课程中脱身而出,大步走向她。帕特森太太走过去,停在离她很近的地方,影子投在课桌笔式口袋的平面上。眼前的一切让她看呆了——一只正在进攻的豹子,加上手工作品精妙的操作。诺拉折完,她把一个纸做的仙鹤放在刚才那幅画旁边,继续下一个折纸手工。未发一语,帕特森太太把诺拉的画作拿在手中,举得高高的不敢相信,然后折返身回到教室前面。她仍然在琢磨着这张画的技巧,凝视着它所传达出的写实意境。老师大声地问道:“你是从哪儿学的画画?”

诺拉眼睛都没有从折纸上挪开,“我从小就会画。”一边她又弯好了另一个翅膀。

诺拉开始折第三只鸟,此刻,全班都盯着她看。弄妥之后,她把鸟儿们排在课桌的前沿,站起身,又俯下去,脸离那些手工有几尺开外,深吸了一口气吹了下去。只见纸鹤们飘在半空,往上升,又再飘落到地上。每一只都准确无误,完美地降落在它们本该降落的地方,最后才不堪翅膀的重量纷纷栽倒。莎伦是头一个鼓掌的,然后是教室另一边的多丽,还有盖尔。最后全班都站起来,那份纯粹的喜悦让他们跺着脚,鼓掌,欢呼着。诺拉直勾勾地看向帕特森太太,似乎在挑战老师,想让她相信她,期待着老师的微笑,然后她再回报一个给老师。

诺拉看着肖恩如同他当初盯着她看一般,每当他察觉到诺拉在往自己这边看的时候,就脸红退缩。孤独的人和疯狂的人其实是一样的,能够感觉到彼此的视线。在知晓原委之前,她已经看到了他破碎不堪的心。而且他也知道她知道。当天下午晚些时候,她偷偷走向肖恩让他领着回家。放学钟声敲响后,他们在门外边等候,肖恩问:“你是怎么折的纸鹤那些玩意儿的呢?”

“那是折纸手工……并且那也不是‘玩意儿’,”她说,“我们在这儿等着干什么啊?这里快冻死人了。”

“我就是喜欢让那些大孩子先走。”

“跟着我,他们不会找你麻烦的。”她抓起肖恩的手拉着就跑,笑着穿过一群群孩子。离开了人群，冰凉的空气让他们喘不上气来。

有个什么人"啷"地一声狠狠地砸了一下用铁链串成的栅栏，看不见是谁弄的，可在这方圆几尺范围内都能感觉出震颤。经过一帮一帮走在安静人行道上回家的孩子们，已是下午三点钟，四周变得空荡荡。一只狗在高高的木门后头狂吠，诺拉只嘘了一下狗就噤了声。远离了学校，房屋间的距离也变得宽了起来。回家之路——他们选择了树林中的一条近路——那是沿着排水沟的一条单车道，长度不过一百码。一月份光秃秃的树林遮蔽着它，走在小道上的行人是不会被街道上的路人及窥探的眼睛看见的。往常肖恩会一路慢慢地消磨时间，透过树林间的缝隙打量冰冻的小溪，顺着岸边用石头砸着溪水上的冰冻层，耳朵倾听着树在风向多变的空中发出的牢骚。在世界只有他们俩的时候，诺拉突然停了下来，上下察看着小路，从口袋里抽出一支香烟，举在肖恩面前像举着一件圣洁的神器。脱掉手套，她拿出一盒年代久远的火柴。

"你不会是要抽那支烟吧！"肖恩的眼睛睁得老大，"吸烟妨碍你的生长，这是我老妈告诉我的。你该不会是想要长不大吧？"

火柴燃起蓝色的火焰，烟已经叼在她的嘴唇上。"我以前每天得吸一包呢，"她嘟囔着，把烟点着，然后掐断火柴，火柴被扔在路上。"我是开玩笑的，我只是想给你看看这个——"双唇撅成"O"形，诺拉吐出个大大的烟圈，满满地散开像池塘中的涟漪。接着她又吐出第二个烟圈，套进第一个里，飞快的，她再喷出一条长长的线，穿过两个圈，如同一箭穿心。

"你从哪儿学的这些东西啊？"他兴奋得声调提的老高。

她用鞋尖把烟头碾灭，然后越过肖恩仰头望着冬日天空上的薄云。"我知道很多很多事情。"她说。看见肖恩眼中的好奇和兴趣，她尖声高叫，叫声划破树林。没有冰鞋，但诺拉一路滑过雪地和光秃秃的泥地，直到了奎恩太太的后院肖恩才追上她。在一个死拐角，肖恩险些和诺拉撞个满怀，他不得不抓住她的肩膀。诺拉被这一抓，又尖叫起来，旋即又大笑，然后再尖叫。他可以看见她喉咙后面闪烁的星星。

11

万事开头难，在应付过骗局中最困难的部分以后，玛格丽特和诺拉都十分向往她们即将在一起共度的周末，可以放慢脚步利用这个时间好好了解了解对方。周六到了，女孩推开妇人的卧室门，端进来早餐：烤得焦焦的吐司和浓咖啡。她坐在床脚，玛格丽特嘎嘎嚼着面包，喝着咖啡，撅起嘴唇佯装兴奋的样子。吃完，玛格丽特泡了个澡，收拾好自己，迎接新的一天，而这时候诺拉已经把托盘拿走，洗好。消失了许多年的谈话又重新在这个家里出现了，聊聊学校，聊聊朋友，聊聊到头来华龙这小子还真不赖。

前门廊传来沉重的脚步声，在第一下敲门声响起之前已然能听见访客的靴子在踏垫上跺雪的声音。门外的两口子脱掉大衣和手套，此刻诺拉的出现让他们大吃一惊。男人的秃头上扣着一顶无边便帽，有种怕被人瞧见的小尴尬；而女人却伸长脖子想把小女孩看得更清楚一点。“我是德拉罗萨太太，”她说，“我们是隔壁邻居，这是我丈夫帕斯考莱。”

“你好，小姐，”他伸出手，“大家都叫我帕特。你叫什么？”

西蒙尼塔用胳膊肘戳戳他让他别说话。“奎恩太太在家吗？”

“外婆！”诺拉冲着厨房大喊，“隔壁家的来了。”

她稍稍等了片刻，玛格丽特没有立时现身，诺拉飞快地跑过去找她。玛格丽特从摇椅中挣扎着起身，带着激动、一些不安和慌张，“跟我来。”她小声对小女孩说道。

玄关处，德拉罗萨夫妇耐心等待着。看见奎恩太太，西蒙尼塔热情地打着招呼，递给奎恩太太用柳条篮子装着的新鲜出炉的松饼，帕特带来的则是一束配有鲜橙色罂粟的秘鲁百合。

“帕特，西蒙尼塔，”玛格丽特招呼着他们进来，“这大冬天的，你上哪儿弄的这些花？”

“是蓝莓？”诺拉往格子布下偷瞄一眼。

“我的外孙女，诺拉。”

用手捂着嘴，西蒙尼塔看起来眼泪都要流出来了。“那么说她回到你身边了。这么多年啊……每个礼拜天我们都为你们祷告，现在可好了，艾瑞卡回家来了。她在哪里啊？”

“没有没有，不是她，只有她女儿。诺拉，这是德拉罗萨先生和太太。”

“很高兴见到你。”

“噢。”西蒙尼塔转换了她的热情。“多可爱的小姑娘啊。你一定特别高兴吧。”

帕特举着一束花，往前凑了凑。“你忘了吗，我是开花店的。花会从世界各地空运过来啊。”

“你每个礼拜都祷告啊？”诺拉问。

西蒙尼塔蹲下身子，抓过她的双手，“为你外婆，也为了你妈妈。”

妇人返身回到厨房又煮上了一壶咖啡。一番解释从蓝莓松饼中孵化出来，玛格丽特又开始讲述她之前为小学校长编造好的故事。

客厅里，诺拉很是羡慕花束的设计。“那是小百合。”帕特告诉她，“别告诉你外婆啊，不过，在我店里有很多这种花。”

“她不会介意的。她什么花都喜欢。”

“嘿，看这里，我给你看一种你从来没见过的东西。这种百合在根部有好多结。”他指着那些扁平叶子。“事实上么，它的根部也是它的尖儿，顶端部分长在底下。”

“嗯，东西并不总是它们看起来的样子。”

“你有最喜欢的吗？”

“最喜欢的花吗？”

“你的妈妈啊，她喜欢茉莉花的香气。她像你这么大我就认识她了。”

“她像我吗？”

帕特好像开始对她认真起来，思考着她的问题。全力回想着他早年对艾瑞卡的记忆。“她是个聪明的小家伙，和你一样……也非常友善，这也和你一样。在保罗眼里——就是那个你未曾谋面的、她的父亲——艾瑞卡可是他的掌上明珠。那真是个好姑娘啊，出了那些事儿，可真是糟透了。”

“我妈妈离开之后，我的外婆是不是特别难过？”

“难过？噢，何止难过，那是心碎啊。”直率的言辞让他觉得有些不妥。“不不，我的意思是……她是很难过，没错。但她现在很快乐，对不对？你在这儿陪着她呢。”避开孩子的目光，他走到窗边看着外边寒霜覆盖的草地，粗糙的双手绞在一起，有些忧心忡忡的。她并没有走到他身边，而是留在花束那儿。花香环绕在温暖的房里。“我很抱歉，”他最终还是开口了，“我不是有意要提起这些事的，但我们还是担心她，你的外婆。她就一个人，非常孤单。我总是得留个心，牵挂她，我老婆也是。但你知道，她不太爱求人，自从你妈妈的事情之后……她就把心封闭起来了，对吧？”

诺拉从背后走向前，站在他旁边，凝视着荒芜的冬天。“你看着她点儿。”

“像一个邻居应该做的那样。否则要邻居干吗呀？她近来很少外出，我很担心。”

“你只是确保她平安。”

“例如那天晚上吧。”他抬起下巴往草地那边扬了扬。“西蒙尼塔，她在大半夜听见了什么声音，而我呢，睡得像死猪一样。可是，她喊啊喊，帕特，帕特，把我弄醒，让我从窗子里往外看。我是什么也没看见，但她说她看见有人在院子里，是个男人？也不完全是个男人，她说是个影子，也许是个幽灵吧。西蒙尼塔，她被吓惨了，再也睡不着了，所以我也不知道是怎么回事。”

他察觉到孩子脸上的恐惧，探下身子低声地告诉她。

“别把她说的她看见什么了这事儿太放在心上。她是从很古老的国家来的，很迷信。她看见什么不重要，只是她说这里有异常的动静，这一点让她特别担忧。接下来我们就看见你和那个男孩穿过雪地。这样我们就过来了，自己过来看看。你知道，谁都喜欢谜。”

她伸出手摸了摸他的胳膊，“直到谜团被揭开的那天。”

她的触摸一开始让他感到震惊，只是那么轻轻按压的力量，却有铺天盖地的万物回春的感觉。而大多数孩子压根儿不敢接近他。当天晚上帕特睡在西蒙尼塔身旁，同他老婆讲述他自己孩提时欢快逍遥的时光，那些他早已忘记的故事，直到那时候，他才明白诺拉带给他的是怎样的一份感觉。第二天清晨，帕特醒来后很吃惊地发现他的枕头湿了一片，昨夜的梦让他流泪了。

12

每夜，晚餐桌上，为了保护这出虚构的事，她们都会温习谎言的关键部分。

“你千万不能说自己是个孤儿。”奎恩太太在那个礼拜天的晚上说道，“你是我女儿的女儿，她把你送到我这里是为了在婚姻破裂之后修补她千疮百孔的生活。”

“一讲起我爸爸，我就要显得悲伤难过。”诺拉低头看着眼前的土豆泥。

“你反正要乖，这就是你要做的。别把我们的故事说漏了。你妈妈住在新墨西哥州，正梳理她的生活以期重回正轨。”

“外遇？是不是这个让婚姻破裂的啊？”

一种坏坏的笑浮在她脸上。“是的，是他有了外遇！不，不对，你不应该知道这个。这应该只是你妈妈的感觉，很强的感觉吧。所以在这种情形下，她需要我照料你一阵子，直到她重整旗鼓。”

诺拉戳烂了一个花椰菜的花苞，因为和夏天的绿树有几分相似，她一口把它送进了嘴里。一边嚼得很响，一边听着奎恩太太娓娓道来后续故事。

“要解释给你听啊，就得先说她离开家那件事，可我真受不了了，没法再讲那件事。”

“你再也没有收到过她的消息？”

“自从她离家出走后，我一共只收到过她两封信。”她从椅子里慢慢站起身，离开房间，膝盖痛让她不时叹口气。看着对面空空的餐桌，诺拉在饼干上涂上黄油，连一粒小渣渣都不剩的通通干掉。玛格丽特回到房间来，怀里紧紧搂着一个信封。她小心解开钩绊，郑重其事地把两样东西倒在桌布上。刚开始一张明信片还大头朝下地立在桌面上，但马上又倒了下去。一张薄薄的纸碰到玻璃杯口，马上像一片树叶一样滚落到地板上。玛格丽特万分惊慌，那种惊慌不亚于看到花瓶摔碎在地板上。诺拉拾起那张纸，站在老妇人身旁，挨着她的肩膀，一道读了起来。

“谢谢。这张明信片是在她离家出走几周后收到的。你看是从孟菲斯[①]寄出的。”图片上印着“榆木史迹墓园”的字样。“明明有那么多选择，可为什么有人就会寄一张墓地的明信片来啊，这点我真没搞明白，但能收到它，我已经非常感恩了。艾瑞卡认为自己深陷爱河，可我丈夫保罗却被气得发疯，他发誓要搭飞机一路飞到那儿去，是我把他给生生拦下来的。”记忆让她顿了顿没再说什么，她捡起那封信，自己读了起来。“他们失踪之后，都过了好长时间了，你看，什么消息都没有。直到四年以后，那时候保罗已经死了，而我也放弃了所有的希望，嗯……

---

① 孟菲斯，美国田纳西州的一座城市。

主要是没什么盼头了，这时候收到这个：没有回邮地址，只提到了一个镇子的名字——马德里。我想当然就以为是西班牙的马德里，谁会觉得不是西班牙呢？”

“西班牙的确听起来合情合理。”

“但这个马德里是一个屁大点儿的小镇，在新墨西哥州。一开始我是很想把这个东西交给联邦调查局的，特别是在那个男人被枪击之后。但这么一来，她也会被逮起来锒铛入狱的，所以我就把这封信藏起来了——这件事没一个人知道，我太害怕了，什么都没说。”

诺拉没说一个字，拍了拍奎恩太太的手，转身到书房拿来一本地图册。那本册子把她从鼻子到肚脐遮了个大半。她把书搁到桌上，扑的一下灰尘飞了起来，落在桌面上。“这是老约克，这是新约克(纽约)；这里是伦敦，还有新伦敦；雅典，佐治亚，这里又是一个雅典，还有希腊。至少有二十个斯普林菲尔德①吧。”她一边翻阅，一般念叨，“有谁会想到上新墨西哥州去找马德里啊？”找到定位线，她聚焦到一个点上，“真正是上不着天下不着地的鬼地方。”诺拉指着大约在阿尔伯克基和圣塔菲②之间的一个圆点，并读着一个道路边的文字“‘绿松石小道’，这听起来多美啊！现在你知道她在什么地方了，那干吗不去找她呢？”

“天知道她还在不在那个地方，天知道她会不会想见我了，这么多年，她从来没试过、没做过任何努力。知道她在哪儿就行了，只要知道她活着，好好的，也就行了。”

“可您是她妈妈啊——”

“她不需要我。如果到现在她都没告诉我让我去找她，那么就是，在她的生命中，她根本不需要我。”

“可是，你还是在你能动得了的时候去找找吧。”

“今晚就到此为止吧。我说这些是为了让我们的故事不至于穿帮。

---

① 美国几乎每一个州都有斯普林菲尔德市，另译为春田市。

② 阿尔伯克基，美国新墨西哥州中部格兰德河上游的一个城市，位于圣塔菲南边。圣塔菲，新墨西哥州首府。

你的晚饭快凉了。”

被叫暂停之后，两人在沉默中吃完了晚餐。之后，她俩又肩并肩，洗碗，擦干。洗了澡，诺拉蜷着她的小身子紧挨着玛格丽特躺在沙发上，她们一块儿在灯底下读书，直到上床睡觉。后半夜，诺拉悄悄爬下楼，找到地图上新墨西哥州那页，翻出夹在那里的信，就着月光一字不漏地读了起来。看完信，她又把它重新夹回到老地方，合上书，开始哭泣。在外面的月光下，那个守望着这座房子的人拢紧他的驼毛外套，走掉了。

13

远在华盛顿，酷寒天气迫使里根总统的第二次宣誓就职典礼挪到室内举行。当夜的电视新闻画面只有空旷的街道，被狂风卷起，在人行道上四处飞扬的塑料袋，除了清脆的彩旗飘扬声之外，室外的观礼台上一片死寂。宾夕法尼亚大道传统的游行活动被取消了，国会大厦宣誓仪式也不复存在，国会山上的闪亮之城没了踪影，只剩下一派荒芜寒冷。

奎恩家卧室的电话铃声大作，电话响起来本身就非同小可，更别说是响在夜里了。诺拉拿起听筒。

“对不起，我一定是拨错电话了。”那声音说道。

“你找谁啊？”

“玛格丽特·奎恩。我想——”

“噢，她在她在。你没拨错，是这个号码。请问您是哪位？”

“我叫黛安·西科纳。你是谁呀？”

“她的外孙女。诺拉·奎恩。”

“外孙女？”电线那头好长时间没说话。“告诉你外婆她妹妹打电话来了。”

开口讲话之前，玛格丽特把话筒贴紧胸口，先思索着如何措辞。她把手往回摆了摆，把诺拉打发走省得她偷听，这下整个房间都被电视的声音遮盖了。“黛安，我早就应该料到你会打电话来聊聊你对今天的怜悯，可不是真正悲哀的一天么，竟被寒流给搅了——”

诺拉挪动手指，摸向屏幕上里根的脸，在还隔着四分之一英寸的地方，静电产生的火花跳起来“呲”的一声把她的手电开。她只好坐回原位，研究着里根似笑非笑的神情。他看上去明白他在干什么，而且非常欣赏自己给众人讲的笑话。他的声音非常能够抓住人心，头微微倾斜，闪烁的眼眸和他光亮的大背头。电视上播放着更多华盛顿像鬼城一样的画面，感谢词后面是爱国音乐的背景。

智力游戏开始登场了：有三个人拿到一个答案，需要找出一个正确的问题。这样的节目概念对她极富哲理的天性十分有感召力，唯一可惜的是这类难题要求只有一种解决的办法。如果允许多种正确答案的话，那该好玩多少倍啊。和现实一样，每一个问题都应该有无限可能的多种答案，答案的得出全看个人希望对话往什么方向发展。玛格丽特全程待在电话上，等到智力节目结束后，诺拉关掉电视，以方便偷听。

“我什么都没说的原因是因为事发突然……不对，是她就这样出现了，某个夜晚……不不不，她没计划着要回家……当然咯，我也完全不介意，她是个甜美的小女孩……我不知道艾瑞卡会在什么时候把她送过来，我甚至不知道她会不会永远都不打算把她送过来，这事儿从来没定过。”

沉默良久，诺拉可以听到听筒那边传来的低低的喊叫声。

“那好吧，那好吧，”玛格丽特恳请着，“这恐怕没什么必要吧。不，不，不，不，我倒也不介意。来吧，随时欢迎你来。不，没事，很好，你来吧。下个月，你会爱上她的。”

这次是更长的一段缄默，更多发怒的声音。

“我也烦透了啊，他这个伪君子，怎么还会有人投票啊——”

当诺拉回到客厅的时候，奎恩太太看上去老了许多，过去两周的欢愉在她的脸上已然消失殆尽。她看起来就和诺拉那夜来到她房门前那般疲惫。可是当再一次看见孩子的时候，她的脸又变得光亮和充满笑意。她挨着诺拉坐在沙发上，盯着空荡荡的电视屏幕，看得出她多少还是有些心烦意乱的。

"接电话的时候，我不知道是你妹妹。"

"那你们俩扯平了。她也不知道我有一个外孙女会接她的电话。我们跟她可得小心点。"

"像美洲豹那样，用斑点伪装我们的影子。"

玛格丽特点点头："有点那个意思。她二月份会来这里住上几天，刚才我和她说的可费劲了。她天生多疑，一个怀疑论者。"

诺拉往肩上套了一个毯子，缩成一个小球，把头放在奎恩太太的膝盖上。妇人叹着气，用手抚弄着小女孩的头发，墙上滴答滴答的挂钟丈量着她们的沉默。她无法想象没有这个孩子的生活会是什么样，琢磨着在诺拉到来之前的这么些年她是如何忍受这空荡荡的一切的。这不仅仅是房子里有了另外一个呼吸带来的那份安慰；也不仅仅是半夜孩子偷偷摸进卫生间的脚步声；更不仅仅是她存在于此的这个事实。她们所设的骗局比游戏本身意义更大，是在过往残忍武断之上营造出谜团的一种方式而已。她千百次地扪心自问过，最终满意地得出这样的结论：她有认领女孩的权利，正如女孩也有让她领养的权利一样，她们之间一个都不能少。

诺拉张嘴说话了，她的情绪已经产生了变化："我想邀请肖恩·华龙来家里玩，就放学后或者周六。"

"他可以过来玩，还可以留下来吃晚饭呢。"

"我想啊，有另外一个小孩在这里会让我的姨婆更容易相信，他在这里的时候，我可以试着喊你外婆。"

玛格丽特笑了，拍了拍她的肩膀，示意诺拉坐直身子。"你真是个鬼机灵，诺拉·奎恩。"

14

大家都爱上她了。诺拉性格中每一处新的地方都是那样光彩夺目，友谊小学三年级的孩子们全都在纳闷到底来到他们中间的是怎样的一个奇怪生物。一般的小奇迹简直不胜枚举。她好像知道该问什么样的问题能让帕特森太太在课堂上讲解得更加清晰，讨论更加热烈。让突击小测验全班“满堂红”，这样的异常现象是完全出乎人意料的，甚至在晚上回家喝到第二杯鸡尾酒的时候，帕特森太太都还是百思不得其解。拼字比赛也大大超出计划的一小时，没有一个孩子落下，包括以前最顽皮、连自己名字都拼不对的男孩子们也乐在其中。当帕特森太太问谁愿意来表演一下戏剧朗读时，跃跃欲试的孩子们的手唰唰地举了起来，简直太多了。老师把这些都看在眼里，从女孩到来之后气氛发生的快速变化，色调的不同——学校在圣诞节余留气氛与春天来临前意想不到的泡沫之间的对比。从前的死敌们把弹弓子都收起来，冰释前嫌了。学校里不见了暴力打架，温顺的孩子不再受人欺负，也没有了对管理层的肆意谩骂。和谐出其不意地降临了。孩子们都注意到由这个新来的女生带来的变化，她单纯而热切的对学习的渴望让他们惊讶不已。她不老实的、歪歪的微笑赋予了一月一个快乐的火花，仿佛她内心有光，有种能够摆脱阴影的力量。她和莎伦·霍珀、盖尔·华特斯还有多丽·蒂尔曼都迅速成了朋友。她会为她们带些小点心小玩意，有花生酱饼干、燕麦葡萄干饼干，还有一次，从奎恩太太的百宝箱里边扒拉出来的一件洋娃娃的旧衣服。室内体育课，诺拉是同龄孩子中唯一能把篮球扔到十英尺高篮筐里的。诺拉打躲避球时的力道足以让每个男孩子小心提防，可是每个人又都能感受到诺拉那份天生的温柔，没有恶言恶语和不当行为，仅此一条对大家来说就够重要的了，这是真正的美德，所有人都被她吸引，即使他们自私的本性并不想这样。帕特森太太也被她俘获了，对她着了迷，为有她在左右而欢欣鼓舞。一旦诺拉在身旁，她就觉得非常安心，似乎这个孩子给了她一直想做母亲的这个愿望又一次希望。对于玛格丽特来说，自从第一眼看见这个孩子起就让她激动：她那乱糟糟的头发，雾蒙蒙的眼镜。再之后男孩的出现，到家里玩，这份福气让她自己都觉得不配。在起初的那一刻，玛格丽特是那样不安——两个孩子的声音震得屋子发抖；他们小声讨论家庭作业，班级和三年级其他男孩女孩的声音；尖锐紧张的辩论声；尖叫、大喊和笑声。下午四点的电视声、收音机声也让玛格丽特震惊。在艾瑞卡这么大的时候，从学校飞奔回家都干些什么呢？吸血鬼的肥皂剧？《黑影》？他们存在于此的印迹散落在平凡的小满足中——挂钩上的帽子；沾满泥浆靠在门边的靴子；报纸漫画看过就随手一丢；两个剩着面包屑的盘子；白蒙蒙喝剩牛奶的杯子；香蕉皮；橘子鲜艳的一圈一圈的皮，苹果核，吃剩下的葡萄梗子。玛格丽特永远在他们身后拾掇，永远在恢复她的习惯和秩序。

可是，一旦诺拉上学去了，没有了他们的折腾，却又打乱了这才得着的平衡。她从这个房间走到那个房间，耳朵里回荡的全是孩子们在房间里笑闹的声音。她总觉得天花板上会传来咚咚咚的跑步声，或者是楼梯间飞跑着一闪而过的身影。前门大开，咚的一下砸在墙上预示着他们的归来。每一天，她都带着满心的宽慰、喜悦和笑意迎接他们回家。玛格丽特期待着他们每一次的出现，也为他们每一次的离去而痛苦。

喝过热热的巧克力，或者是吃得只剩下苹果核之后，他们会开始做家庭作业。不知道是左脑特别发达还是怎么的，肖恩什么数学题都会做，还能一眼就分出来火成岩、沉积岩和变质岩，他甚至知道法国人和印第安人在宾夕法尼亚州每次战役的时间和地点。诺拉则知道远近交点什么概念，知道怎么随着太阳的位移画出画里的投影来，还会三下就画出三条河流——俄亥俄河、阿勒格尼河以及蒙诺格哈拉河——汇聚到一起。她更知道怎么着就能让插画表现出与众不同来。不像肖恩每次都只会画完全一模一样的小花小朵和小鸟。他们俩互相给出意见或建议，争着抢着发问，然后又求爷爷告奶奶甜言蜜语着求对方来帮自己的忙。

作业做好以后，他们就又开始玩上了。自从上回吐烟圈子那事搞得肖恩心慌慌不晓得如何是好以后，诺拉就放慢脚步，拿更加普通的小游戏来哄他成为可以互诉心声的好朋友。肖恩洋洋自得于她的关心和陪伴，并且乐在其中。诺拉比较喜欢户外活动，就算是冻死人的一月天也不例外。堆雪人，把屋檐下长长的冰柱敲下来，等尖利的冰柱快要掉下来刺中他们时又赶忙闪开，滑雪橇，打雪仗……哪里还会去理会刺骨的严寒。肖恩则是比较喜欢宅在屋里，在暖暖和和的桌子旁边，仅只他们二人世界，这样他就可以教她玩游戏了，他教给她拼字游戏的秘诀，国际象棋的窍门以及有趣的棋路。不到两个星期，他们之间的输赢就差不多一半一半了。没有兄弟姐妹的肖恩把他这么多年得着的，但却少有机会可以玩的桌游全带了来。他们会解开“妙探寻凶”的谜团，把戈德堡力学原理使到玩“捕鼠器”上头去，花很长的时间玩大富翁，每天都得几个钟头，还要玩上好几天。那些他带来的游戏玩腻了，他们就到楼上的衣橱里翻箱倒柜，热血沸腾地玩着“生命游戏”和双陆棋。有一回还心血来潮地玩上了“威利叔叔”。但是，真正的宝贝是藏在阁楼厚重的尘埃之下的。

有个颜色艳丽可是老化变脆的盒子，里头装着“转转倒”，那是一种平衡游戏，底下是个基座，基座上竖着一根竿子，竿顶有个杂耍小丑(他叫倒倒先生)，倒倒先生鼻子顶在竿子顶端倒立着，只靠三根堆满三种小彩碟的横杆保持平衡。玩家必须用一把塑料小叉子从三堆小彩碟里抽出一种颜色来，同时还得想方设法让倒倒先生保持住平衡。凭手气和天命，最后没让倒倒先生跌下来、整个基座没有倒塌的人就是赢家。当天下午五点，他们又一次玩到了输赢的关键时刻了。肖恩已经连赢三回了，他抽出一个小黄碟子，这次倒倒先生差一点就要栽了。此时肖恩哪里顾得上什么体育精神，心里打着自己的小算盘，一言不发，美滋滋地把旋转陀螺递给诺拉，诺拉也知道这下子每个小动作都生死攸关，一转，疯狂地转到蓝色。她拿起塑料叉子指着肖恩："你明知道无论我怎么做你都会赢，可干吗还要这么折腾我？"

"赶快赶快。"他说，马上和缓了一下态度，吞了口口水，笑着，"没到最后很难讲的，如果你特别小心的话——"

"那我们玩玩试试看喽。"诺拉盘着腿坐在地上，没有移动分毫，只是稍稍前倾，把叉子轻轻滑进杆子倾斜反方向的那堆小碟子底下，让倒倒先生靠近她鼻子尖。她用圣人般的耐心，慢慢抬起蓝色的小圆碟子，那个塑料小丑像风车一般转了起来，转转转转转，终于慢慢停下来，居然没倒，简直太不可思议了。

"你赖皮！"肖恩大喊大叫起来，"这怎么可能，那头根本不够重。你冲小丑吹气来着。"

嘴巴还嘟成O形的诺拉瞪他一眼，瘪了瘪嘴，但是倒倒先生还是没有跌倒在地啊。诺拉闭上眼睛，让倒倒先生又转了起来，还轻轻吹气。小丑人左晃右摆，竿子抖抖颤颤，微微弯曲，慢慢朝中心点稳住，到了九十度的位置居然停了。她再轻轻吹，也就是吹落蒲公英的小毛毛降落伞种子那样的力道。倒倒先生这回正坐实了，她再吸一口气，风声大作。倒倒先生以顺时针方向转开了，越转越快越转越快，看得肖恩头晕眼花的。她闭上嘴巴时，一大堆碟子，还有倒倒先生通通摔到地板上。

诺拉把那堆杂七杂八都拾起来装到盒子里："智者拉比[1]说，上帝每呼一口气，就呼出一个天使来。"

"你到底是怎么做的呀？"肖恩太想知道了，一个劲地追问。

那个塑料小人静静躺在她的掌心，诺拉捏着倒倒先生的小脑袋，把他倒立过来，让倒倒先生鼻子顶在她的指头上，保持着平衡。"我外婆

① 拉比是犹太人中的一个特别阶层，主要为有学问的学者、老师，也是智者的象征。

的妹妹这个周末要过来，要是没有什么证据，她是死活也不会相信的。”

她又轻轻地吹气，让小人儿在她指尖旋转。然后她把它收进盒子，盖上盖子，放到茶几底下。午后的光线有些暗淡了，但即使这样，她还是看到肖恩脸上彻头彻尾的欢喜。诺拉打开灯，她的手和脸庞突然绽放出光芒，在她的朋友身上映射出光亮来。“我们必须让黛安姨婆相信我就是真的诺拉·奎恩。”

“可你本来就是诺拉·奎恩呀。”

“她不知道嘛，我要你当我天不怕地不怕的盟友，我的伙伴。”

她朝手掌里吐了口口水，伸过去，肖恩也这么做了，两人的手握在一起，一个很简单短促的动作。

“并且，我还得要一个眼线，替我多打听一些艾瑞卡·奎恩的事来。你觉得你能做这样的事吗？”

他脸上现出一抹诡谲的微笑，“乐意之至。”

15

痛，骨头的剧痛，从指尖痛起，接着是脚趾，然后扩散到四肢百骸，像静电一样越过两肋，顺着脊椎往上窜，头颈简直僵硬得无法转动。玛格丽特动也不敢动，但是下巴开始抽搐、剧痛蔓延到脑袋之后，她体内的痛苦终于忍不住显现在脸上了。她的额头皱成一团，眼里满是惊慌失措。正在看书的诺拉偷偷观察着，时不时往这边瞧一眼，最后实在忍不住问道：“有什么地方不舒服吗？”

“身体有点僵僵的，”玛格丽特好不容易挤出句话，“今年冬天真把我折腾得够呛啊，往年从来都没这么冷过。”

“我能帮你弄点什么吗？你不会有事吧？”

玛格丽特只是哼了哼，没能给她肯定答复。连话都给卡在她的嘴唇后头，被窜到牙齿的剧痛俘获了。她头一回这么担心自己病痛的情况，多希望能问问保罗，这种要把人撕裂了的令人费解的疼痛到底是怎么一回事。诺拉把书面朝下搁在茶几上，站起身，一言不发大步走向厨房。玛格丽特一个人待在客厅里，痛得脸都扭曲得皱起来。她想着，要是妹妹发现她疼得这么厉害，将会采取什么样未雨绸缪的好手段。她可一丁点都不想小题大做，大惊小怪的。她强迫自己要坚强，强迫自己把脚趾放到地板上去，弯起足弓，然后伸直手指，巴望能用意志力释放身体的重负。厨房里，汤锅还在炉子上咣咣作响，诺拉念叨着什么，在调味品柜子里胡乱翻找。至少家里还有她在呢，玛格丽特想着，我不会一个人孤零零地死掉。

这个不期而至的想法一扫她心底的疑虑阴霾，让她在意外之外，把注意力从痛彻心扉的疼痛转移到她为何要为这个弃儿编织谎言上来。忏悔和告解，她继而宽恕了自己，抛开这个念头，她感恩自己能够暂时忘掉那撕心裂肺的痛，能够找回以前的感觉。诺拉此时也端着杯子回到客厅，她想办法挪动了下身子，接过那孩子的一片贴心慰藉，暖暖的牛奶里飘出了豆蔻籽和肉桂的清香。

诺拉说："这是我自己调制的安睡茶。"

玛格丽特把杯子里的东西吹吹凉，喝了一口。"嗯，真好喝，你往里头加了什么？"

"祖传秘方呢，你马上就会觉得好多了。你必须马上回房间，要不然待会儿就要在沙发上睡着了。"

诺拉跪在她身旁的地板上，把书拿起来接着看，等着玛格丽特喝完那杯东西。

只一会儿，一阵让人愉快的睡意便袭来了，玛格丽特觉得自己处于半梦半醒之间，恍惚间看见种种画面从意识中浮现：肖恩追着诺拉从一个房间跑到另一个房间，一边还像公猫发春那样的叫唤，突然肖恩变成了她从前钟爱过的一个男孩子，在樱桃园子里追着还是青春少女的她。四岁还是五岁的黛安，拉着她的手跑过烤得火烫的沙滩，拥抱清凉舒适的大海。她翻过一道又一道山冈，走过一个又一个谷地，在那漫长、悲伤又孤独的路上，思绪万千。想对不知踪影的女儿说些什么，梦想着她能回到自己身边。玛格丽特睡意朦胧地看着在她脚边看书的女孩子。“哎，你锁门，看好房子，我太累了，先去睡了。”她相信那女孩子会听话，就算有什么状况，不是还有保罗吗，他还在书房赶着写病历报告呢。“晚安，艾瑞卡。”

诺拉并没有纠正玛格丽特，扶着她从沙发上起来，轻吻了一下她干薄得跟纸一样的面颊。老妇人慢慢爬上楼梯，回到床上进入梦乡。诺拉把灯关上，在一片黑暗中担心不已。她怕自己来得太迟，谁也拯救不了。

玛格丽特睡了好几小时之后，诺拉打开二楼她的房间，偷偷看了看她睡觉的情况：被子一直拉到下巴那里，还多盖了一条毯子，跟个裹尸布一样。漆黑的夜里看不清她的面容，可她的身体一动没有动，只有肩膀在随着呼吸一起一伏。借着走廊的灯光，可以看到她的左手平贴着被子，交错的血管在皮下蜿蜒，优雅修长的手指上仍然戴着婚戒。确定她睡得很安稳后，诺拉才偷偷溜下楼去，取下挂在门边的大衣，走进夜色里。

刺骨的寒风从身体每一处敞开的地方猛灌进来，扎得眼睛耳朵生生刺痛，又从鼻孔冲到脑门，随着呼吸深深潜入她的肺。她抬头仰望星空，呼一口气，就形成一朵小小的云，随即又四散在黑暗里。诺拉跪下去，弓着身子，前额着地，大衣的帽子随着往前一掀，盖在她头顶。她开始祈祷。一直跟着她的那个人从藏身处走出来，离她更近一点，潜伏在德拉罗萨两口子院子边上的那一丛绿叶凋零的玫瑰旁边。危险信号在她的耳边嗡嗡作响，临到近前的威胁让她手臂上的汗毛直立，但她依然如故，专心而坚定地祷告着。

距离跪地祷告的诺拉不远，肖恩·华龙才从噩梦中惊醒。在梦中，他正走过干涸广袤的非洲大草原，非洲的日头烤得他视线不清，他得相当费力才能透过层层热浪看见大自然奇观里的奇迹——地平线尽头的斑马和角马，白鹭停在野牛满是尘土的脊背上，野生动物们在亮得刺目的碧蓝之下漫步，扬起小小的尘烟。草原尽头有棵老掉牙的猴面包树[①]，歪歪扭扭、凹凸不平的树，像个哨兵一样守护着干燥的大草原。站在树下，脚边掉下了一颗猴面包树的果子。从上面传来豹子低沉的嘶吼，他及时转身，正对上那双愤怒的黄色豹眼，它们掩映在斑驳的皮毛中，黑色湿漉漉的大口中尽是白森森尖利的獠牙，豹子弓着爪朝他猛扑过来。肖恩一下子惊醒，发现自己仍然好好地睡在房间里自己的床上，而星光正从百叶窗的缝隙里透进来。

他推被下床，那个ET闹钟正中的计时显示着此时是凌晨一点半。仿佛有某种声音驱使着让他走进寒夜之中，于是肖恩偷偷溜过妈妈的房间，悄悄走下楼梯，来到门口穿上靴子和大衣。一道暗影在月亮和地球间来回游移，挟着叫人吃惊的速度掠过他。他急速走下山坡来到奎恩家，却险些错过她。诺拉弓着身子跪在地上，一动不动，像一只落在岩石上的鸽子，他很担心自己会惊扰到她，但是好奇最终战胜了焦虑，他伏下身子凑近她，以使自己可以柔声说话，却又能保证她听得见。

“你这是在干吗呐，诺拉？这么着会冻死的。”

她没有抬眼看他，说出来的话跌落到她眼前的地面上。“我在祈求指引。”

肖恩望着静寂的房屋，所有窗子都黑黢黢的，只有门廊的灯亮着，像一只浊黄的眼睛般闪烁。“指引什么啊？外面都要冻死了。”

诺拉抬起头来，望进他的眼里。“指引我能为奎恩太太做什么，能为你做什么。还有应该如何对付一直跟踪我的那个人。”

肖恩在夜色里四下张望，可是什么都没看见。“有人跟踪你？”

“有人要阻止我，想带我离开这里。”

“为什么会有人想要把你带走呢？”他提高嗓门，让刚才这句话在空

① 猴面包树，属木棉种植物，树干高不过20米左右，而直径却可达15米以上，往往要40个成年人拉手才能合抱。猴面包树的树形壮观，果实巨大如足球，甘甜汁多，是猴子、猩猩、大象等动物最喜欢的美味。当它果实成熟时，猴子就成群结队而来，爬上树去摘果子吃，所以有“猴面包树”之称。

中回荡。有关诺拉全部的幻影——嘴巴里的星星，吐出的烟圈，吹气就能移动的物体——在这不祥的深夜里赤裸裸地摆在眼前。头一次，他意识到，她也许不是一个简简单单的女孩。她没有给出答案。额头抵着地继续祈祷。她念叨的是一种他听不懂的异族语言，四下弥漫着的是一种肖恩完全无法理解的野蛮。他一直在她边上站着，直到实在受不了才死拉活拽逼着她回到屋里去。黎明时分他走上回家的路，一路提防着陌生人的出现，回了家再悄悄溜进被窝，静候清晨的来临。

16

暴风雪从加拿大袭来，裹挟着五大湖的水汽，越过西部山脉，第一波飘雪只是盘绕在月亮周围，像侦察兵般零零星星，若隐若现，下午一点，大片雪花纷纷落下。德拉罗萨先生出人意料地早早出现在他家车道上。为着收音机里气象播报员令人生畏的警告，他今天老早就把花店关了。整个小镇被一层又一层静寂包裹着，回家的路上，他看见大桥附近有个人影，全身是冰。德拉罗萨先生原以为那是个雕像来着，后来才看见满身是雪的人耸着肩膀抖落积雪，那个突如其来的动作把德拉罗萨吓了一大跳，差一点把他的送货皮卡拐到河里去。玛格丽特正忧心路上情况有多糟，却非常意外地看见诺拉和肖恩出现在家门口了，他们用力跺着脚上的靴子，抖抖帽子，拍掉大衣上的积雪。

“今天提前放学了，”诺拉说，“我们想去外面玩。”

“我得先给你们弄点什么东西喝喝，暖和暖和，把衣服捂严实点。肖恩，你不用先给你妈妈打个电话说一声吗？”

孩子们一玩就是好几个钟头，玛格丽特不住看向窗外的沉沉暮色，她只能看见厚厚的、纷飞的雪，落得越来越快，越来越密，把孩子们留下的脚印从深深的凹陷变成浅浅的凹痕。一看到两个人影在昏暗的地平线上出现，她立刻就知道出事了。一个拖着僵直的腿，另一个也慢下步子来陪着。两人慢慢走近，浑身雪白，瞧上去就是两个一模一样的雪人。玛格丽特立时全身充满凉意，紧张惊慌得呼吸都急促起来。她有一种感觉，他们永远也回不来了，家太远，他们走不回来了。她披上大衣套上靴子走出门。门廊灯的光晕里，密密扎扎蜂拥着雪花。两个孩子离家更近了一些，细节此刻全部映在眼前——跌跌撞撞挣扎着向前的是诺拉。

“这到底是出什么事啦？”玛格丽特在门廊上喊道。

“她掉进池塘里了，奎恩太太，”肖恩在院子里大声回应，“冰水把两条腿都没了，她快被冻死了。”

玛格丽特疾走两步来到诺拉身边，弯下腰看她冻得发紫、皱成一团的小脸。“快进来，快，把湿衣服脱了。很疼吧，孩子？快进屋去暖和暖和。诺拉，你怎么这么不小心呢？”

诺拉的靴子裤子沾满了淤泥，冻得硬邦邦的，像岩石一样，想方设法才替她除去靴子，但双腿已经冻得像着了火似的红。她把两腿大张着坐在马桶边上，因为极不舒服而愁眉苦脸起来。浴缸里的水蒸气使得房间罩在云里雾里。她很听话地活动了一下脚趾头，但是却不肯听奎恩太太的脱下内衣。她无声地坚持着要保有自己的隐私，玛格丽特叹息了一声，默默地走出浴室，又警告诺拉要乖乖待在浴缸里，直到恢复正常了才准她出来。女孩打了个喷嚏，不由得笑了起来，挥挥那只红彤彤的手说拜拜。

楼下玄关那儿，肖恩身上的雪化了，一滴滴落在脚垫上。他已经摘掉了帽子和手套，可还是哨兵站岗似的全副武装着，他累得昏昏欲睡地对奎恩太太挥着手。“哎哟，我的天啊，肖恩，快把外套脱了，暖和一下身子。”

“她会没事吧？”

“你看你都湿透了。外面那么大的暴风雪，我想能给你找几件以前我先生的衣服出来，先穿上，再把你的湿牛仔裤用烘干机烘烘干。”

肖恩随她上楼,听见诺拉在浴室里哼歌的声音,他换上一件旧的蓝色法兰绒衬衫。那衣服真大,长得盖过他的膝盖了。正往上撸袖子的当儿,他脑中回放着她步入冰水的那场戏,尤其重点回忆着他们一同想出的那出计谋。他活动活动袜子里的脚趾头,这也是那位已经过世的男人的羊毛袜。只有专心想着她跳进冰水之前让他演练的问题,他才能觉不出这份不舒服有多不舒服。他离开卧室,正撞上包着黄颜色厚厚浴巾才从浴室出来的诺拉,两人彼此心怀鬼胎地对视一笑。

"你瞧!"她紧闭双眼,噘起嘴,做了个鬼脸。一根细细弱弱的鼻涕从鼻子里流下来,她眼皮一挑,眼中的虹膜红得像红雀一般。"太过了吧?"大概是的。他面色苍白,差点就要大喊大叫起来。她把舌头伸出来发出一声类似放屁恶作剧般的声音,把眼睛又闭上,等再睁开的时候,她的双眼就已遍布血丝变成粉红色的了。她扬起左手示意他不要着急,倒数,然后使劲打了个巨响的喷嚏。诺拉竖起大拇指,让肖恩赶快离开。

"照我的话做,"她说道,"像我们之前预演的那样。"

他咧着嘴笑起来,溜下楼梯,滑着经过玄关那里的油毡地毯,兴奋地去厨房找到诺拉的外婆。乍一看到穿着丈夫旧时衣服的肖恩,奎恩太太的脸颊不由得泛起红晕来。

"是诺拉在打喷嚏吗?"奎恩太太站在炉子前问,"但愿她别得重感冒。"

"也别得肺炎,"肖恩说,"我老爸以前老是这么说。"

他几乎从未提起过他离家出走的父亲,玛格丽特又沉吟了半晌。"我给你妈妈打过电话了,肖恩。你今天可以留在这儿过夜,假如明天一早雪不再下了,你妈妈就会来这儿接你回家的。"

"我们只不过在冰上试试,看能不能禁得住我们两人的重量。诺拉说她老妈是个滑冰高手,还说等她回来就会教我们滑冰呢。"

"她真这么说的?"

"我真的听见的——咯吱咯吱的声音,就好像踩在树枝上一样,然后就訇的一声打了个炸雷似的。还没等搞清楚到底是怎么回事呢，她就掉到水里去了，水还淹到膝盖那么高。我还当我也要掉进去了呢。”他坐到奎恩太太旁边的厨房操作台上，两腿交叉着免得衬衫下摆翻上来。

“这些日子连续低温，估计那冰层怎么着也得有三英尺厚吧。过去的五年里，我常常在那上面走来走去，每年这段时间应该是安全的啊。不过肖恩，你可是做了一件大好事啊，谢谢你。”奎恩太太递给他一杯热可可，他仔细看看满满的杯子，趁热一小口一小口地喝着。

“那是真的吗？奎恩太太，关于你女儿的事？”

“你说艾瑞卡？”一幕幕前尘旧事飞速掠过心头，让她眩晕。她先开始还不太明白肖恩问题的意思，以为他想挖掘她的往昔，挖得比她所能允许的程度要更深一些。但马上她就醒悟到他问的是什么了。“她滑冰滑得像风一样。天一冷下来，可能是十二月开始吧，艾瑞卡一有机会就要上外头滑冰去。哪怕在凹凸不平的池塘那边，她照样还能滑得像跳芭蕾一样，一腿在背后高举着，只靠单腿单脚旋转。优雅得没话讲。”

他舔掉沾了一嘴的“巧克力胡子”。

“可是后来突然有一天，她就再也不滑冰了。也再没穿过冰鞋。我不知道怎么了，或者她只是过了爱滑冰的年龄也说不定呢。在她十来岁的时候，好像很多事情都变了。”

“是不是因为男孩子呀？我敢打保票是为这个。”

她心里一震，想仔细看他几眼，但他把脸躲在杯子后面了，看不清。“男孩子，是的，没错。等你再长大些就会懂了，华龙先生。她那个年纪的女孩子脆弱得很，也不了解自己的心理和身体，只是着急想把心交出去，交给第一个稍微注意到她的小流氓。可是你们这些男孩子呢，你们的鬼把戏可多着呢，我这是跟你说啊，这样是不对的。”

“艾瑞卡就是碰上这种事了吧？奎恩太太。”

才不是，她心里想着，不只是男孩子，还有保罗的问题。他没法见光的过去。他渴望冻结住时间，让她永远都只是个小女孩，永远是他一个人的。为了男孩子的事情，他们吵得翻天覆地，不仅仅针对威利·雷尼克一个人，而是包括所有的男孩子。最开始的时候，是一个十三岁骑单车的“骑士”，那年夏天，每天一到傍晚他就骑着车绕着房子打转。那是一个有着褐色眼睛的英俊男孩，前额上垂着小卷毛，一跟艾瑞卡低下头讲话的时候，就净顾着拨他的卷毛了。在她上高中之前的那个八月，一天傍晚，保罗像只大熊似的走到马路边上，在那儿，男孩正在同他们的女儿聊着天。玛格丽特从窗口可以清清楚楚地望见他们——那男孩子懒懒散散地靠在单车高高的把手上，艾瑞卡则倚靠着信箱，保罗么，站在这个三角形的顶点。他们在谈话，男孩子用一只手把卷毛压在头皮上，弓着的身子在保罗的一通狂轰滥炸下缩得更小了。艾瑞卡委实关心他，因为同情他也把神经绷得紧紧的了。男孩子骑着车离开，再没回来过。保罗无助地看着，仿佛在海边目送船只远航，一直到月亮照亮夜空。

她曲起手指握住杯子，感觉透过陶瓷杯身传来的热量。楼上又是一声鼻涕四溢的喷嚏，动静大得楼板都在轰轰的响。“那孩子，我真希望她别得重感冒。要是你想见到诺拉的妈妈，客厅里有本相册。可怜的小东西，我得去照顾她去了。我说你一个人没事吧，肖恩？”

他点点头。透过天花板，她们瓮声瓮气的谈话声像情歌的调调儿，在玛格丽特和诺拉之间来回飘荡。他侧耳倾听，对这陌生的声音有种异样的感觉。此时他突然想起自己的任务来，急忙跑过去研究那些老照片了。

17

这是艾瑞卡，胖嘟嘟，没头发，没牙，光着身子在草地上。这是保罗·奎恩，抓着她飞翔，小宝宝在空中看上去有点儿模糊，他的手指树杈一般张着，牢牢地抓着她。这是玛格丽特的手，一只捧着宝宝的头，另一只替宝宝的小圆肚子洗去肥皂泡泡。宝宝被突然洒落的水柱吓了一跳。婴儿在学步。一帮三岁小孩围着一个生日蛋糕，蜡烛光焰在灰色闪光灯下留下道道白光。照片的边有一点卷起，用符文字母[1]标识出：Apr 13 61（一九六一年四月十三日）。肖恩翻了一页，照片被太阳晒得褪了色，几乎看不出影像原本的颜色来。

艾瑞卡骑在小三轮车上，时刻打算着要冲出照片的限制框框。她光着上半身站在夏日的某个好去处，可能是个沙滩小屋，喝着一瓶快见底的百事可乐。她把她这一辈子钓到的第一条鱼举得高高的，那鱼还没她巴掌大。照片颜色变深，色彩更加饱和了。她是一个芭蕾女孩儿，是一只万圣节的小黑猫，也是一个缺了一颗牙的小女孩了。看着大特写，她跟诺拉倒有几分相像——小了那么一号的眼睛，小巧玲珑的翘鼻子，还有线条柔和平滑的下巴。离开了那么些年，也无从观察到有没有什么变化。

这张照片是玛格丽特·奎恩，她比现在年轻了差不多二十岁，那个站她身边扶着她肩膀的应该是她妹妹，他猜。黛安和玛格丽特穿着款式接近的衬衫式连衣裙，黛安手里拿着烟，玛格丽特则端着杯鸡尾酒。她们的嘴巴都抹得红艳艳的，眼睛里闪着夏天的光芒。在焦距之外的照片一角，还有一个女孩子十分模糊的身影。他想象着那个女孩正在追逐着那天傍晚的第一只萤火虫，或是跳着越过花园洒水器，要不就是给看不见的鬼吓跑了。接下来又是一张艾瑞卡的照片，她的身子背对着相机，正扭脸看向镜头，摊开的手臂上搭着一条洒满阳光的安第斯披肩。

这张是圣诞节的早上，满地都是包装纸，圣诞树一闪一闪的，但还是显得有些荒凉。她开心地笑着，提在手上的白色新冰鞋还是显得太

---

① 符文又称神符，共有33个，每个符文都有不同的属性。符文的另一个作用更加重要，就是制作神符之语。

重了一点。她爸爸穿着修身的休闲西装，看起来挺蹩脚，而她妈妈则盘着蜂窝状的圆锥发式，很落伍的打扮。

这几张是艾瑞卡和她最好的朋友乔伊斯的四格连拍——在墨菲百货立等可取那里拍的快照。由上至下：两个女孩子正要大笑，乔伊斯伸手捂住嘴巴；艾瑞卡四分之三的脸，手指指着嘴巴，乔伊斯的嘴咧得老大；乔伊斯现出完美笑容，而艾瑞卡的眼睛闭着；最后这张拍的简直没话讲，两个人脸贴着脸，快乐地走向十五岁。

这张是保罗·奎恩，最后一次站在及膝深的树坑里，地上有棵樱桃树，树根还用粗麻袋包着呢。镜头锁定她的小女儿，只有一半身影，小手抓着树干，脸上一派毅然决然的神态，使得肖恩乍一看还以为她在生气，后来才从表情上看出她那是兴奋的。她的头发垂到肩上，像两片窗帘似的，身材看起来已经初具小女人情态，而再不是小女孩了。扎染的衬衫下面，小小的胸微微隆起，裹在牛仔裤里的小屁股也稍稍变宽了，但最妙不可言的还是她的姿态——她挺胸抬头的样子，已经能够完美展现她的力量和美丽。

这张是他，就那个男孩子，是全班一起到主题公园玩时拍的，完全不打眼的一张照片，只是事后才回想起来的。这群少年们坐上旋转木马，放声大笑，长发飞扬，骑在疯狂打着响鼻的马背上，鸵鸟，狮子，奔跳的鹿。艾瑞卡几乎在照片的正中间，那个男孩子就在她上方，目光如此炽烈，简直要把相纸点燃了。又是一张他的照片，一帮装痴扮傻的追风少年站在摩天轮前，他站在边上。所有人都目视前方，在没注意到的人脑袋上比划出两支小怪兽犄角。只有他，一头棕色卷毛，穿着和平标语T恤的男孩，斜着眼睛凝视着他渴望的爱人。最后一张，他站在艾瑞卡身后，双臂环住她的腰，两人一起咧着大嘴乐，乐得焦距都没对准，似乎是透过冰一般的稀纱织物拍下的照片。

相册的最后一页是艾瑞卡高中低年级的学生证照片，就是警察和FBI用的那张，也就是登在报纸和上了电视的那张——被世人所知道的最后一张照片。正式宣告童年结束的一张照片。从女孩变成了女人。

18

"她总算睡着了。"奎恩太太压着嗓音说道，"可怜的小东西，烧到102度[1]，一直在发抖，像一袋子骨头那样喀喀响。"

肖恩正在炉子上搅着汤，奎恩太太照顾诺拉睡觉的时候，他自己翻着冰箱，用平底锅将两个奶酪三明治煎得金黄黄的。

"你加了一罐水吗?"奎恩太太越过他的肩膀，把头探过去看那个平底锅，"你知道，那是浓缩的汤。"

"我常常自己做晚饭的。"

她拍拍他的肩，"那当然了。"他穿着她丈夫的衬衫和袜子显得可真小。瘦得像竹竿的小男生，胳膊肘、屁股、肩膀在法兰绒布料底下见棱见角的。没爹的小孩，她真想把他一把揽进怀里，轻轻摇着安慰他，赶走他的一切忧伤。他站在踏脚凳上，爬到台面上去拿晚饭要用的碗碟。奎恩太太拿出刀叉和餐巾，又端过来两杯牛奶。他们并排坐在一个角落里，特意空出诺拉的位子，虽然她并不会下来吃饭。

"你妈妈有时候下班会晚归，所以你得自己照顾自己?"

"有时候，"他吸溜进一大口面，"每周一、三、五，有时候星期六早上也要上班。"

"那你寂寞吗?"

"没有没有，我倒有点喜欢有自己的时间。"他顿了顿，突然记起了诺拉的嘱咐，便又说道，"那你呢?"

"觉得寂寞? 天哪，没有没有……有些时候吧。"

"我很想我爸，你也想你女儿吧?"

---

① 华氏102度约等于摄氏38.9。

她一小口一小口地咬着烤得焦黄的三明治，面包渣子啪啪地往下掉。“刚开始的时候，你会不停地想他们，还会张口跟他们说话，喊他们吃饭，然后突然间意识到这样做不对。要不就是你在玩填字游戏或者看肥皂剧，要么是看书的时候，抬起头时希望她就站在门口，可是她不在那里，不在任何地方。那你就会想啦，这个时候她在做什么呀？她是不是也会想着你，是不是像你想她那样常常地想起你。”玛格丽特看着肖恩，说，“当然了，你爸爸也很想你，就像你想他一样，是一样的，对吧？对我们来说没什么区别。不过回过头来讲，我们还是不明白为什么会发生这样的事。”

他把汤匙放在碗里，瞪眼瞧着三角形的三明治。她沉浸在被他无端勾起的回忆里，径直往下说着。

“天天的，我从早到晚什么事都不做，就是想她，一连好几个月，到最后我就对其他一切东西都没感觉了。直到有一天早上，保罗带了一把熟透的樱桃回家，是他在农副市场专门挑的，可以说那樱桃完美之极。你知道，就是那种最有樱桃味的樱桃，诱人得很，所以我坐下来，就是你现在坐的位子，吃了一颗。甜美的第一口让我想起了过去的夏天，想起我自己还是个小姑娘的时光。我还是小姑娘那年月，夏天最爱的就是樱桃，我爱樱桃，远远胜过爱蓝莓啊，草莓，甚至水蜜桃那些。连独立纪念日、海边游泳，或是大晴天里的散步都没法比。我差不多已经忘了新鲜樱桃的滋味有多好了。所以我坐在那儿，吃了一颗又一颗。保罗从厨房里出来，看见小盘里的果核堆成小山，碗里也没剩下几颗，几乎全都被我吃掉了，嘴唇上沾满了污渍。我没法抗拒，他眼睛里有一线快乐的悲伤。他松了一大口气，我终于从行尸走肉的生活里活了回来。”

她用面包指了一下，示意他拿着三明治吃。两个人默默地吃着东西，时钟的滴答声无形中加重了他们思绪的节奏。她把空盘子一推，突然意识到她刚才完全忽略了眼前的这个男孩子。

“你会变得更加小心，不敢轻易接纳幸福，因为你知道一旦接纳了幸福，可它却又择日离开……每日对她的思念慢慢变得没那么强烈了，但那种思念还是不断萦绕挥之不去，它像只豹子一样伺机而动。保罗生病以后呢，我得担心他，等他进了医院——”她伸手掩住嘴巴，想把羞愧后悔挡在口中不让它脱口而出，“那感觉并不像我觉得自己会，或者是应该有的那么强烈了。你知道吗，我已经变得麻木了。艾瑞卡离家已经三年了，而他，他想方设法地适应，想方设法地继续把日子过下去。我有点恨他，就因为他平静，因为他的自我克制。我也生自己的气。现如今啊，再也没有人跟我谈艾瑞卡了，没有人能像我丈夫一样。”

屋外是白光渐渐退去的黑夜，雪一直下，在夜幕上留下一道道白色的条纹。肖恩看着窗外，借着楼上房间投射下来的一点光，看片片雪花穿过光影的样子。

“后来来了一封信，新墨西哥州来的。他们一直想到加州去的，但是她在中途迷了路，感谢上帝。我巴望着她会有更多的话要说，可是那封信却冷淡得很，一是一二是二。那不是写给妈妈的，而是写给完全陌生的人的。也就是到那个时候，我才知道她已经被人给洗脑了，她的脑袋里塞满了激进的想法。从那以后也再没接到她的信了……我又开始怨恨她，还希望——只是有时候啊——希望我从来没有收到过她的来信，希望我永远不会听到她的消息，因为她选择把我排除在她的生命以外了。她选择和他一起离开，她选择拒我于千里之外，在……但是，如果她现在从门口走进来的话，我还是会原谅她，还是会让一切恢复原状。是爱让你这么做的。”

肖恩听得泪汪汪，嘴巴闭得紧紧的，脸也绷得紧紧的，生怕下一秒就会哭出声来。她叫他的名字，他崩溃了。“他再也不会回来了，对不对?”

她张开手臂，肖恩投向她的怀抱，把脸贴在她胸口上，小而僵硬的身子因流泪而颤抖不已。他一声声地叫着他的父亲。玛格丽特抱紧他：“肖恩，肖恩，真的很抱歉。”

19

冒着严寒站在人行道上的那个男人，像是在仔细打量只有他才能看见的东西，也许他并没有看什么，只是在倾听风的声音，倾听过往车辆滑过泥泞的声音，倾听着雪水轻轻落在停着的车上的沙沙声，落在成排排列的像墓园里的十字架一样的停车咪表上，或是落在几个在幽暗中躁动的灵魂上。但凡有人多留意一下，必定会很困惑，在他竖起的大衣衣领里、在他的礼帽下，这个男人裸露的皮肤到底能抵御多久寒风的侵袭，可在过往行人的眼中，他不过是个雪中的人形罢了，是他们在匆匆往家赶的路上、或者关门前赶着去趟药房或者酒吧途中碰到的路障。疯子，这么恶劣的风雪天还跑到外边来。男人看着来来往往的人们，最终跟着她进了桥边一角的酒吧。

夜里几乎就没人出门，而出门喝酒的人则更少了。有个戴棒球帽的男人坐在栏杆旁的位子上盯着他，然后继续喝着剩下的半瓶啤酒。一桌三口，爸爸、妈妈和儿子，他们正在大吃一盘浇了肉汁的薯条。酒吧一角，有个年轻女人看起来像在自言自语着什么，酒吧招待全然没搭理她，只顾着看壁挂电视上转播的篮球比赛。可就算在酒吧这么昏暗的光线里，刚从风寒中走进来，耳朵和鼻子都冻得通红——想不看见她都难。她坐在吧台那里，脱下的大衣和围巾搁在旁边的椅子上。他挑了紧挨着她的一张空椅子，才要落座，她伸出手扶了扶她的衣物。男人大衣的扣子是松开的，仿佛披着件袍子似的，很小心地把湿了的软呢帽摆在右手的台面上，然后转向左边看她是否注意到他的存在。她没有点头示意，甚至连眼皮也没抬一下。

叫乔克·曼宁的酒吧招待拿来一条湿毛巾擦了擦男人面前的桌子。“您想喝点儿什么？”

“来点能驱寒的东西好了。”男人顿了一下，琢磨着招待的口音，“那就来杯爱尔兰咖啡吧。”

咖啡送来了，他对着杯子吹了吹，一团雾气升起扑到面颊之上，分成两股，盘旋萦绕在他头顶，最后消散在空中。

“嘿！看呐！”乔克说，“圣诞老人。”

“这招真不错！”女人赞叹道。

男人吞了一口咖啡，把杯子又放回桃花心木桌面上，说：“我们是不是认识？”

“我不认识你，你认识我？”她仔细打量他，但并没有带着在这类酒吧里通常会有的怀疑。虽然看着是有些眼熟，但她就是认不出他是谁来。他是这种类型的人——她总算有了决断——穿着体面，温文尔雅，老得足以当她爸爸了。这是一位可以让她放心说出自己姓甚名谁的绅士。“伊芙·华龙。”

“华龙？”他跟她握手，“你是不是有个弟弟？八九岁的小男孩儿？在友谊小学念三年级。”

“那不是我弟弟……是我儿子。”

“这不可能，你太年轻了。”

她无可奈何地笑出声来，“你还真知道怎么讨打算喝酒的女人欢心啊。”

她后边那个戴着棒球帽的男人穿过酒吧去洗手间了，眼睛一直盯着太晚吃晚饭的一家三口。电视里的篮球比赛，杜克森大学追平了比分，曼宁很爽地举起拳头庆祝胜利。

“你怎么会出来，”男人问道，“在这么凄清冰冷的晚上？是华龙先生和你一起来的吗？”

“他跑了。”她把玩着调酒棒，“那都是去年的事啦，不过还不算太糟，我的意思是……就钱方面来说，日子是不太好过。”

“我很遗憾听见这件事。不过我实在很难明白，任何头脑清楚的男人——”

“对我儿子来说更难，因为那个混蛋连打个电话或探望他一下都不肯。肖恩变得有点畏畏缩缩的，他那些学校里的朋友也不来家玩了。肖恩成天懒洋洋的有好一段时间，好像对什么都提不起精神似的。”

男人的手指抚着桌沿，“遇上个人危机，孩子倒常会经历所谓的‘情感严冬’。但他们比看上去还是要坚强得多，他们的适应力是很强的。”

伊芙挺起脊背，在椅子上坐直，说道：“他会熬过去的，我相信，最近有个新来的孩子常找他一起玩。一个很可爱的小女孩，真的，他今天就在她家过夜。这么些年来我这还是第一次有机会出来喝杯酒，绝不能错过这一晚，干杯吧！”

他举起杯子碰了一下她的酒杯。

“依我看她可真是个好孩子，总有办法让肖恩走出来。”

“你该不会说的是奎恩家的那个女孩儿吧？”

“就是她，诺拉·奎恩，蛮甜蜜的一个孩子，你也认识她？”

“我们是认识。但你知道她家以前……”

“当然了，她外公以前是我的家庭医生，那不是奎恩夫妇的错。”

“我的话也完全没有那个意思。那个小女孩儿，我听说啊……是突然冒出来的。你认识她外婆吗？”

“玛格丽特？并不太熟，只是一同商量安排安排孩子在一起玩的事情而已。你干吗问这么多问题呢？”

“好奇啊。”

“好奇杀死猫九回，先生，刚才你说你叫什么名字来着？你为什么对奎恩家的事这么感兴趣呢？”

他把一张五元纸币丢到柜台上，伸手拿他的帽子，“没有没有，我一点兴趣都没有。”把脸藏在帽檐下，他起身离去。

她把杯子端到唇边，闭上眼睛啜了一口，她问：“你是什么人？”可那男人已经走了，酒吧的门看起来就像从来没开过一样，屋子里的其他人也没谁注意到他的离开。“你认不认识那个人?”她问招待。

看比赛正看得入迷的乔克摇了摇头,把毛巾甩到另外一边的肩膀上。

半刻迟疑让她原来可能有的一小点儿机会也溜走了,等她走出门口,街上连个鬼影子都没有。雪终于停了,温度陡降了得有十度。她浑身打着哆嗦走到桥边,听得见桥下水流拍打在桥墩上的声响。夜空沉甸甸地压在她头顶上,云层散开,天幕上又可以看见星星了。她找了空空荡荡的人行道,巴望着能看见他的行踪。但是留在雪上的足迹混杂在难以辨识的泥水中,那个矮小男人的身影并未渐行渐远消失在地平线上,没有大衣,没有帽子,视野中什么都没有。伊芙再回到酒吧时,门铃叮当一声。忙着看篮球赛的酒吧招待瞥了她一眼,头戴海盗队棒球帽的男人又要了一瓶啤酒。那一家三口吃完了盘子里的薯条,窝在包厢里头,酒足饭饱之后,舒舒服服地翻弄着点唱机的歌单。角落里的那个女孩子还在继续着她幻想中的那场“对话”。酒吧服务生对主场球队不抱希望,把频道转到 PBS,看爱尔兰民谣演唱会。冻得发抖又心情抑郁的伊芙低声咒骂着前夫,坐回到原来的椅子上。她的威士忌酸酸的,泛着臭味。那个陌生人的咖啡杯还在,黑色的液体表面浮着层薄冰,让她心头一惊。为什么那个男人要问起她儿子的朋友呢?她想着儿子和他与生俱来的痛苦,思绪不断在心里翻腾。

很久很久以前,肖恩曾经全部是,仅仅是她一个人的,那个她生下来的孩子,那个半夜里躺在她胸前的婴儿,那个她教会他讲话,教会他走路的小男孩,但他已然离她而去了——最初还难以觉察,但是后来他常常以学校为中心,又交到了好些朋友。她发现孩子内心深处空白的秘密让她难以承受。他蜕变的方式,失去仅有的儿子的感觉把伊芙完全冲垮了。她在想肖恩还有没有可能变回以前的样子,她熟悉并且深爱的那个男孩子是否会再回到她身边来。

20

周六早上九点，肖恩走过安静的街，冰雪映照着明亮的阳光，晃得他什么也看不见。他眯起眼睛来，先仰头看看太阳，然后再看看四周的一片白茫茫。闭上双眼，肖恩试着在舒适的黑暗中走了两步，集中精神在脚下的道路上，尽量多闭眼睛一会儿。妈妈上班之前就警告过他，要戴上有帽檐儿的帽子才行，可是肖恩并没把她的话往心里去，现在往奎恩家的路都走了一半了，尽管觉得很痛苦，但是开弓没有回头箭，只得硬着头皮往下走。他拼命想办法避开雪原刺目的反光，所以最后决定多绕几分钟的路，朝树林那边走去。光秃秃的枫树，铁杉以及橡木，虽然枝杈稀疏，多少还是可以找到点阴影的吧。

那个时辰，又是这么严寒的天气，四下静悄悄的，树林子里好像只有他一个人走过的声音，可是在林子里起码能睁得开眼啊。他觉得这样的环境更容易专心想诺拉，回想他们一起编织的谎言：跳进冰水里、鬼魅般的生病事件等等。她此刻一定在等着他，热烈期盼着他所带来的消息。

一想到两人的共谋，他脚下的步子也轻快了起来，那份急切一经点燃就再也没法子平复下去。前方三十五英尺开外的路上站着只乌鸦，路上的积雪很深，深到没过脚踝，肖恩完全没有留意到这只乌鸦的存在。一直到第二只、第三只乌鸦接二连三落在他附近之后，他才嗅到空气中一种仿佛很不寻常的味道。他继续往前走，那群乌鸦似乎一直盯着他看。黑色的羽毛，尖尖的喙和神秘莫测的眼。肖恩走得愈来愈近了，在不到四英尺的距离，那只乌鸦突然一跃而起，振翅飞到低矮的树枝上和另外的乌鸦们待在一起，呱呱鸣叫着发出警告。肖恩停下脚步站在一棵山毛榉树下，看着那几只盯着他看的乌鸦。渐渐的，孤独带来的完美破碎了，肖恩开始想有人在他身边该有多好。透过树冠之间的一个空隙，又一只鸟出现了，紧接着另外一对也划过枝头加入到了鸟儿的行列。还有三只，从肖恩身后悄悄地包抄过来，喉咙深处发出嘎嘎嘎嗒嗒嗒的喉音。越来越多的鸟从四面八方飞来，或停在树上，或在雪地上昂首阔步，极像一群身穿长袍、手背在后的教士，在密谋什么罪恶之举。肖恩盘算着，只要他不动，那些鸟就应该看不见他，或者说不会注意到他。他一动不动地看着"黑色"集结，有只体型巨大的乌鸦从一根低矮的枝头跳到路上，头昂着从左晃到右盘算着如何处置这个不速之客。这只大鸟呱呱地叫了一声，整个树林立即充满回声。首领的叫声引来一连串的鸣叫、嘶哑的呼唤和应和。随着声音越来越大，所有的啾鸣合而为一，从嘈杂变得和谐。它们用类似人声的嗓音叫唤着他的名字：肖恩，肖恩，肖恩。

摆脱乌鸦的谋杀，在逃生之路升起的地方，诺拉站在那里，头戴羽冠，一袭白衣，她没有戴眼镜，原来参差不齐的牙齿此时也变得十分整齐完美，她的头上还顶着一圈亮光晕。在众多声音都在高喊他名字的纷纷乱乱中，她的声音突然出现了，用他没法理解的语言说出一个简单的命令。号令一下，所有乌鸦全都噤声不叫了。栖身于最外一圈高枝儿上的乌鸦们先行飞起，然后那些聒噪不已的鸟儿们三三两两地也低嘶着离开，最后他看着那只领头的大乌鸦耸起肩膀，拍着翅膀凌空而上，远离树林，一下子便消失得无影无踪。等肖恩回头再看向小路尽头，寻找诺拉的影子时，她却已经不见了。汗水浸湿了他的围巾，手套里的手热乎乎黏黏的。他朝雪坡上迈出一步，往她家的方向走去。树林里什么也没有，刚才一场对峙仿佛没有发生过一样。他一路走着，一路使出吃奶的劲儿抹掉刚刚留在心底的痕迹。

是奎恩太太来应门的。她顶着黑眼圈，让他进门时人紧张得颤颤巍巍的，接过肖恩的大衣和围巾时，她的手都还在颤抖，花了好一会儿才能说出话来。"今天早上她好多了，"她说，"你们这两个孩子可真把我吓死了，发烧，咳嗽咳得能把房顶掀了。"

她动作很快，抚压着肖恩前额翘起的头发，定定地看着他看了半天。“她就在楼上，你可以上去找她了，可是你们俩别靠太近了，也别把她累着。”

他疾步冲上四级台阶。

“也别待太长时间，她需要休息。”

他蹑手蹑脚走进诺拉的房间，等着她注意到他。靠坐在枕头上的她，像个身穿天鹅绒睡袍的女王，羽绒被盖得严严实实的，几乎看不出她娇小的身形来。她旁边的床头柜上堆着一大摞摇摇欲坠的小说，有《小妇人》、《黑骏马》、《夏绿蒂的网》、《森林王子》——这堆书上面还有一盒彩色蜡笔。她的膝盖上摊着一本翻开的素描本。真是意外，她人怎么会在床上？真是太让人纳闷了，到底她有没有可能同时出现在两个地方？诺拉的目光还没从素描本上挪开，就已经开始微笑了。

“你有什么消息吗，我的小间谍？”

“你的病还没好吗？要不要我给你端份鸡汤来？”

她扬起眉，疑惑地嘟起嘴。在她的卧室中，阳光从拉下的百叶窗缝里透进来，洒了满屋子淡淡的金黄，他目眩神迷，不知下一步该如何是好。

“你怎么变的那些戏法呢？”他欺近她床尾，“你是从哪儿学的那些魔术啊？”

“压根儿没有什么魔术。”她低着头继续画画，力透纸背，手里的铅笔道道多少有些模糊。“奇迹和惊喜。不过是计划的一部分罢了。”

他不知道应不应该信她，只是烦躁地拉扯着一条就快从床单上脱落的线头。他记起今天是什么日子来了。“你觉得今天早上土拨鼠会不会看见自己的影子？如果能在二月的第二天看见它自己的影子，那么冬天就还要再过六个星期才会结束。如果没有……那春天就会提早来。”

“哈哈！迷信。”

“你不信这个吗？”

“别为那些信仰的东西浪费时光,AMIGO(哥们)!”她从毯子底下抽出一本《西班牙语》,一本很旧很旧的高中西班牙语课本,书页的毛边处写着“艾瑞卡和威利”。“我在练习西班牙语,万一黛安姨婆问起新墨西哥来,我才能应付得来啊。看——”在那个素描本上,她画了一只褐色的大鸟,尖尖的喙上叼着一只死蜥蜴。肖恩仔仔细细地看了那幅画后才发现,在蜥蜴死气沉沉的眼睛里居然映着三个太阳的倒影。

“画得很棒,”他说,“可这是什么?”

她重新把素描本摆在膝上,用笔尖给鸟的尾巴添上一笔阴影。“看见了吗,这是一只走鹃[①],看着它,你可能想到的只是它在卡通片《狂奔者》里的感觉,可是真鸟和卡通片里的一点儿也不像。要说相似之处只有一个,那就是它奔跑的速度非常快,真的非常非常快。”

“哔哔,哔哔。”

她头也没抬地叫着,眼珠子滴溜乱转,还把舌头吐出来。

肖恩说:“卡通片里我最喜欢的部分就是大鸟捉弄郊狼[②]那段——大鸟让狼一直撵到悬崖边,等郊狼发现自己悬在半空中时,回望我们的那一眼——只有一秒钟时间——只够大郊狼举起‘救命’的牌子,然后就一路往下掉,往下掉。”肖恩嘴里呼出炸弹往下坠的咻咻声,“最后山谷底下叶的冒出一股烟来,它浑身脏兮兮的,摇摇晃晃地从一个洞里爬出来。”

诺拉接着他的故事讲下去:“要是它摇摇晃晃站在细得不能再细的石头上就惨了,石头也会掉下来的,只是郊狼比石头掉的还要快,这样一来等它爬出洞口时就活脱儿像个骨头架子了,头上还有星星不住地打转儿,也就在这个时候,轰!”她说着用力拍打了一下画板,“轰的一

---

① 走鹃的羽衣橄榄褐和白色相间,有条纹。羽冠短而蓬松。腿粗壮,浅蓝色。在美国得克萨斯州及新墨西哥地带的荒原上跑走,速度非常快,每分钟可以跑500多米,抓食蜥蜴、蚊虫、响尾蛇动作非常敏捷。在卡通片中常常出现的形象是脖子很长,头上有根羽毛,长尾巴,扁嘴巴,发出“哔哔哔”的叫声,好像汽车喇叭一样。

② 郊狼是美洲分布最广泛的一种犬科动物,适应能力极强,森林、沼泽、草原,甚至牧场和种植园都能看到它们的身影。由于郊狼并不很畏惧人类,所以城镇的郊区也不时有郊狼出没。

声，掉下来的石头又把它给砸下去了。”

他们回想着那一画面，忍不住哈哈大笑起来。

“和人生一样哈，AMIGO。”

暖炉扑一声响，一股热气袅袅升起，烘得房间暖洋洋的，暖暖的法兰绒和婴儿洗发水的混合味道。她头发上的香味让肖恩想起妈妈俯下身子在浴缸边的情景，妈妈的袖子挽到手肘上，搓洗着他的头发，然后再托着他后脑勺，让他弯着身子在水龙头下冲水，她的双手轻轻洗掉他头发上的肥皂泡。他想告诉她乌鸦的事，告诉她说他在树林里看见她了，可是他觉得她一定会笑话他的。

“你对她有了什么了解没有？”诺拉问道。

“我妈？”

“不是，”诺拉瞄了她一眼，“你挖到我妈的事情没有？”

“我只了解到她跟一个男生私奔了。你外婆很想她，她吃樱桃的时候又会觉得很快乐，但是快乐的不长久，也不会永远永远快乐的。另外，你妈妈很漂亮。”

“是吗？就这么点儿？你还得找出更多的来呀。”被子刷一下被掀开，她伸出腿滑下床，在地板上踱起步子来。她像是在心里头自言自语的，双手狂乱地挥着手势，似乎在拼命抑制她心头升起的怒气。肖恩耐心等着她开口说话，但她只是光着脚在地板上砰砰地走过来走过去，借以发泄她的满腔怒火。近窗口的一个地方，有块板子随着她每次的脚步总会发出一声吱吱的破裂声，肖恩自得其乐地预测着她在房间里转来转去时随时可能出现的这个动静。他不用看，只用耳朵听，当诺拉意识到肖恩在做什么的时候，她停下脚步盯着他。“那有关她的男朋友呢？你了解到了什么？”

肖恩往床边一坐，两条腿悬空荡啊荡，脚尖向下指着地板。“他肤色要黑一些，头发长长的，他喜欢和平标语。在你妈妈还只有十来岁的时候，他就爱上了她。”

“她有没有告诉你他发生什么事了？她有没有说他为什么再也没

回来?”

“这可没有,我不知道。我想我们的计划进行得没有想象中顺利。”

她怒气冲冲地盯着他,暖炉停了,送风管冷却时发出喀喀的声响。诺拉挨着他坐在床上,一条腿像钟摆似的左右摆。他看着她的脚踢呀踢的,光裸的腿和脚踝竟使他隐隐的有些不安。因为戴着眼镜,她没正面对着他,而只是伸长了脖子,向右偏转了大约三十度的样子。他顺着这个角度歪着头迎向她的目光,用挑衅的口气问道:“你干吗不自己问你外婆这些事呢?”

“因为她已经认定我是她的了。”她说话时就有一股姜饼味窜出散发在他们之间。“而且,说不定我也想和她一起留在这里。”

再也受不了和她靠这么近了,肖恩站起身来走向窗边,拉起百叶窗的线轴使劲一拽,明晃晃的光线使得满室流光溢彩。“想不见天日都难,”他说,“冬天还有六周才会过去。”

一整个早上,笼子里的鸟们啼叫个不停。三乘四英寸的笼子里,铺着人工假树枝和树叶,养了足足十二只鸟,这些鸟宝宝是西蒙尼塔·德拉罗萨的心头肉。她每天都到花店来照料她的这些鸟儿,喂它们吃美味的种子和浸了牛奶的面包,还两两成对的用她最喜欢的歌剧人物来命名:那对斑马鸠叫罗密欧与朱丽叶,七彩文鸟是奥赛罗与苔丝狄蒙娜,鹿子雀是费加罗和苏珊娜,侏形雀叫维古烈摩和费奥迪里基,香料雀是费兰多和朵拉贝拉,星雀则是伽利尔摩和费欧狄里吉。成对天成佳偶在炫目的阳光里如痴如醉,一副春天已经来临的模样。飞着唱着,互相啄着羽毛,对它们的习性了如指掌的西蒙尼塔也注意到了,不禁在笼子旁边坐下来欣赏,一直到那个客人走进店里来。他一踏进店门,鸟们就全不叫了,纷纷忙着躲进枝头里去。那人摘掉帽子和手套,用手心把银白的头发往后捋了捋。西蒙尼塔在鸟笼后对他微笑,帕特则隔着大型冰库的玻璃门对他点点头。冰库是用来让剪了枝的鲜花保持温度与湿度用的。陌生人在店里绕了一圈,闻着一捧老虎百合,摸摸盛开的石斛兰浅紫色的花瓣儿。他在鸟笼旁伏下身，往里看。西蒙尼塔想让他看看她的宝贝，但不管她怎么好言相劝，鸟儿们却还是缩在暗处死活不出来。

“它们好像很怕你的样子啊。”

“陌生人有时候就是会让小动物害怕。”他说，“会给它们习惯了的有序世界带来不可捉摸的不祥之兆。”

帕特在围裙上抹抹手，从店堂后面走出来：“您想来点什么？”

“没有没有，我只是进来避避寒气。不过那些兰花真的很漂亮。”

“这是我的大爱，花开花谢，像魔术一样。不过在它们没有凋谢之前，这简直就是奇迹了。”帕特充满爱怜的目光端详着眼前的花盆，“您住在附近吗？”

他的嘴角隐约现出一个微笑：“不，我替州政府工作。寻人，寻找那些离家出走的人。”

西蒙尼塔起身站在丈夫身边，手指绞在一起：“州政府？你在找谁呢？”

“一个小女孩，”他说道，“从北部的一个机构里逃出去的。我是找她来的，要带她回家。”

德拉罗萨夫妇越靠越紧，肩并着肩。陌生人盯着他们，在他们脸上搜索着能够背叛其内心真实情绪的线索，陌生人把帽子摆在鸟笼上，开始戴上手套。“那是个很聪明的孩子，她很可能缠上任何人。她或许会像回应祈祷那样突然出现，但是每个回应都会带来新问题，而且每一个成真的希望都会带来新的渴望。”

“我们不认识什么小女孩。”帕特说。

陌生人把帽子戴回头上：“你们得留意留意她。”他伸出两根手指碰碰帽檐，微微颔首示意，然后离开了。鸟儿惊恐地喳喳叫，并且不停地飞撞在鸟笼的铁栅栏上，直到那天下午接近傍晚了，西蒙尼塔才算把每只小鸟都安抚好。她轻轻抚摸着躲在高角上的那只星雀，感受到它细小的心脏在她的掌心中扑扑乱跳。选好了一处安全一点的枝头，把这个可怜的小东西重新放回笼子里去。

21

在两记短促的敲门声,和门外传来一迭声三拍音的“哈罗”之后,门吱呀一声开了。诺拉和奎恩太太从餐桌边站起来,到门口迎接她们的客人,只剩下餐桌上变凉的晚餐。女孩子腿脚快一些,直冲到那女人和她的旅行箱前才一下子刹住。黛安姨婆腰板挺拔,巨人般立在门前。她约摸有六英尺高,浓密的银发朝后梳得光溜溜的,坚毅的神情让她整张脸棱角分明。黛安有着一双锐利的褐色眼睛,一个大鼻子,她的肩膀往后绷,背挺直得几乎与地面成了直角,穿着短靴,双脚与臀部同宽。大衣长及脚踝,淡淡的玫瑰粉色,钉着珍珠贝母扣子,镶了毛边的手套使她的手看上去像是镀了一层镍。诺拉还来不及把她看个仔细,玛格丽特就已经来到门边了。姐妹俩同时发出一声惊呼,那是辨认出彼此后的愉快叹息,两人都朝前迈了一步。诺拉踮起脚尖转了一圈,给她们把地方腾出来,安静地站在一边看她们两人拥抱。黛安先把手放开,然后抓着玛格丽特的胳膊,把她拉得更近一点瞧个仔细。两姐妹现出一模一样的笑容来,又重新拥抱在一起。抱了足有四拍那么长时间,这段时间长得足以够诺拉踮着脚尖蹦蹦跳跳了。一股风从前门灌进来,大门被风一吹“砰”地一声又关上了,这动静把她们都吓了好大一跳。

“太冷了,冷得简直就像主教的屁股啊,我都快忘了你住的地方会这么冷了,玛琪[①],你看起来不错嘛,老嚷嚷累是怎么回事?”她转过头,盯着小女孩,“这么可爱的小孩儿是谁呀?是你在电话里提到的那个突然冒出来的外孙女?从西部跑来的神秘小逃犯——诺拉,对吧?我猜,

① 玛琪是对玛格丽特的昵称。

诺拉·雷尼克。”

“其实是奎恩。诺拉·奎恩。您一定是黛安姨婆了。”诺拉伸出右手。

“我的天！诺拉·奎恩。”她转头对着玛格丽特，“她就跟你在电话里形容的一模一样。你真是让人吃惊不小呀，诺拉。”

“是奇迹，”玛格丽特说，“是上帝对祈祷的回应。”

黛安转身对女孩说：“好吧，既然我们是一家人，那必须让我抱一抱……你该对黛安姨婆说点儿什么呢？”

女孩上前半步，立刻被一大丛粉色的衣服整个包裹起来，黛安丰满的胸藏在像鸟笼子的胸衣底下，这么一个熊抱快把女孩的脸挤扁了。“你像黛安娜王妃一样？”她故意压低嗓音轻声问道。

黛安的笑声从丹田深处发出来，巨大的冲击力让诺拉不由自主往后一缩。“像黛安娜王妃一样。我们是当代两大美女。”她扒下手套，交给诺拉，然后用精心练习过的优雅姿态脱下外套和帽子，把一身的东西都堆在诺拉身上了。诺拉摇摇摆摆地走向衣柜，她们两姐妹则手挽手朝厨房走去。“你要乖乖的啊，”黛安姨婆对女孩说，“帮我把行李提到‘王妃’御用的房间去。”诺拉拖着行李转身要走，只偷听到她们的只言片语，“哎，她长得可真像他……”他，雷尼克。

她们开了炉子热菜，半小时以后开始吃给热得太过了的晚餐。话题从开车北上的漫长行程有多累开始，萨默塞特还在下雪，但是一穿过隧道就一路顺畅多了。今年冬天实在是冷到极处了，姐妹俩都不记得什么时候气温有这么低过，并且一冷就冷了好几个星期；经济情况糟糕得很；还有罗纳德·里根；钢铁工业算是全垮了。诺拉很是诧异，她竟然不是讨论的重头戏。在那段时间里，她好像根本不存在似的。她们慢慢喝着咖啡，并不打算谈家里多了一个新成员这事儿呢。

吃过甜点以后，黛安上楼洗澡，水声哗哗响，虽然诺拉很努力地想贴着玻璃，偷听楼板下的动静，但能听见的只是海洋的声音。诺拉洗完澡，换好睡衣，冲到楼下跟她们说晚安，却发现两姐妹已经到客厅去了，一盏孤灯下,她们分别找到了让自己舒适的好位置。灯散出一圈淡淡的光晕,直散到远处的角落变成黑色。她们像筹划什么阴谋似的,脑袋挨得特别近,两张脸在灯影间若隐若现,声音也近乎是耳语了,悄悄地逸出秘密。

“嗨,我们正好谈起你呢,诺拉。”奎恩太太说,“你是不是已经洗得白白胖胖、干净得像根短笛一样了?准备好——”

“准备好要吹个调调儿了?”黛安姨婆接着她的话问道。

诺拉果真吹了声口哨,两个老太太大笑。奎恩太太伸出双臂来,诺拉拥抱了她,亲了亲她的面颊。她在黛安面前有片刻的迟疑,不确定该如何做才妥当。

“我又不会咬你,孩子,起码不会使劲咬。过来!”黛安给了她一个大大的拥抱,舔了下她的耳朵,“我可以生吞了你。”她一手揽着诺拉的背,一手轻抚她的头发,“事实上,我们谈起的是你妈妈。你知道我们都差不多十年没见到她了吗?在你出生之前——”

“她是不是离家出走了?”

“没错,亲爱的,你知道她为什么死活不肯回家吗?”

“不知道啊,夫人。”

黛安对她的回答很不满意,思索片刻,顿了顿才说:“唉,她的妈妈和姨妈可真是想她啊。”

“我也很想她。”

22

巨大——第一张纸条上是这样写的。那个补充说明——还很吓人——让肖恩大笑不止,这也害得他们被罚留堂二十分钟。肖恩一打开诺拉扔过来的小纸条,就知道她形容的是她的黛安姨婆了。帕特森太太逮到他上课偷笑了，便让肖恩对全班同学说出到底是什么事情让他觉得这么好笑。他窘得面红耳赤，磕磕巴巴的说不出个所以然来。老师打开纸条一看，便误以为他们私底下谈的是自己。

下课钟当当响，肖恩和诺拉被留在教室里，一动不动地坐在座位上，等着对二人的处罚。帕特森太太坐在教室前方忙着改考卷，不时抬起头看看，她目光中的疑惑让气氛稍稍有所缓和。印着“阿勒格尼校区，美国制造”的时钟表面上，红色的秒针走得慢吞吞的，哆哆嗦嗦地好像下一秒就要停止不动了。诺拉心中暗暗数到差不多十，秒针才动那么一下子。她无聊之极就琢磨着要调皮捣蛋了，所以拼命靠着清嗓子，敲书桌上的铅笔槽吸引肖恩的注意，还长叹了一口气。肖恩只鼓起勇气抬头看了一下，眼里盛满了惊慌失措，最后五分钟全程把头垂着，抵在交叠的臂弯里。他一直在心里头找各种理由，想说他们是因为放学之后一路贪玩所以才会晚归的。他从来没被老师处分过，放学后从来没被多留堂过一分钟。

熬到处罚完，老师告诫他们以后不准再犯，现在可以回家了。两个人把外套和书包拖在身后，走出课堂，迈上空无一人的走廊往学校大门走。这个时刻的学校感觉好奇怪，禁地一般。他快步向前冲，一心一意要摆脱掉这个闯祸的人。他装着去欣赏墙上的作品：一年级学生不像诗的冬之诗；用棉花球、唾沫和胶水做的歪歪扭扭的雪人；二年级学生为土拨鼠日写的赞美诗，但在那个特定的日子过了以后就显得有点儿凄惶；三年级学生用纸壳子做的非洲动物面具；他自己做的那个拙劣得不像样的羚羊，诺拉那头龇牙咧嘴的豹子都在其中。诺拉喊他走慢一点她好跟上，可这却让他走得更快。他听到她飞奔过来的脚步声，便开始拔腿往前冲，但还没来得及拉开距离呢，就已经被她追上了。她飞快地一把把他抓过来，力道大得使他的书包从头顶飞过，外套也先撞到墙然后再摔到地上。

“我叫你等我。”

“放开我。”

“是不是因为我害你被留堂，你就生气了？”

他恶狠狠地直视着她，小脸涨得通红，咬牙切齿地说：“滚开吧你。自从你来了以后，除了惹祸还是惹祸。”

“肖恩，你别没事找事儿啊——”

“你没来之前，一切都好好的。”他的脸更红了，额头上愤怒的青筋直蹦，两手紧紧握成拳头。她像条蛇一样迅速出击，朝他肩膀用力一口咬去，咬得他衬衫之下的那一块皮开肉绽。他奋力想甩开她，但是诺拉紧咬着不松口，直到他被咬到痛苦不堪、难以置信地尖叫起来她才放开。

“好！”她大声说道，“好，好，你这会儿有真正的理由可以生我的气了。”

他用手指捂住肩膀，结结巴巴的：“你这是干吗呀？知不知道很疼啊？你没权利——”

“我只是想跟你说话罢了，可是你一直跑一直跑。对不起，可是你也不想让帕特森老师毁了我们的友谊是不是？”

“可你咬得太狠了。”

“对不起……”

“我还是很生气。每天早上我都得上你家接你上学，可是你又这么古里古怪的，会这么多戏法，却又不愿意告诉我是怎么回事。你说瞎话骗人，而且你还有秘密，死守着不讲。”

“我在跟你道歉呢。”

“光说对不起没有用。”

“你现在不明白，但以后就会懂——只要你愿意帮我。”

“我为什么要帮你？你都咬我了。你干吗咬我？”

“因为你小题大做，为了一点点小事，一点点小麻烦，让我抓狂。这点事只是路途当中的一个小坡罢了。”

“但我以前从没招惹过什么麻烦。我爸我妈会杀了——”话才到嘴边他就意识到了，有关他老爸的回忆让他几乎窒息。

“别打我的小报告，行不行？回头下棋我让你赢还不行。”

他心不甘情不愿地穿好外套，背起他的书包。两个人不再发一语地停战了，并且很故意地肩并着肩走向出口。外面飘着温软轻柔的雪花，诺拉拉起帽子，戴好手套。

开门之前他停住脚步，极诚恳地问道：“我不会告诉任何人的，但你得告诉我，是谁在跟踪你。你说那天晚上有人想把你带走，那人会把你带到哪儿去？”

“我不知道他想干什么，”她说，“可是我很害怕。我不想离开。”

他们走进空落落的院子，所有的校车和学生早就走干净了，停车场里只有几辆车，风挡玻璃上撒了层糖粉状的白雪。雪落在坚硬的物体表面，在这寂静的午后，发出像是静电电波的声响。厚厚的云层散射了阳光，柔化了所有棱角，使视野相应变得扁平。肖恩觉得就像走在一幅画里，粉白白的雪在灰蒙蒙的背景上孵化着它们自己的小宝宝，就连走在他身边的诺拉看着都像是纸做的娃娃。

“黛安姨婆非常高，”诺拉说，“而且有点咄咄逼人。可能她说起话来就是这样的，你几乎能听见她脑袋里机器转的声音。她一直在动脑子啊，同学。我的脑筋必须转得比她更快、更用力才能跟得上她。我需要你帮我应付她提出来的问题……你知道她管我叫什么吗？逃犯！”

“FBI追的那种逃犯吗？”

“闹不好我是头号通缉女郎呢。”

他们停下来等一辆车先过去，才横穿马路，走上通过树林的小路。过到马路另一边，肖恩拉着她的手腕：“嘿，闹不好逃犯是你妈——”

“我妈才不是那种人呢。但我还是需要你帮我应付黛安姨婆。明天放学以后过来，我们还是合谋共犯的好搭档吧，AMIGO？”

“只要你不再咬我。”

她微微笑着，放下肩上的背包，蹲坐在人行道上，拉开一只口袋拉链，在一堆卫生纸、铅笔头和破烂蜡笔中翻着。她轻轻捏出一个小玩意来，小心地捧在手上递给他。那是一个蓝色的杯子，精细得像瓷器，是从小孩子玩具茶具组里抢救出来的幸存物。一双鸟儿展翅欲飞，喙上一起衔着一个花蝴蝶结，杯面的彩绘出自名家手笔，除了滚边的杯缘有个小缺口之外，几乎是件完美无瑕的精品。

“这个给你。”她说，“我带在身边好几年了，是以前的生活唯一留下来的回忆。但我还是希望你能收下，代表我们是朋友。我一遇上麻烦了，就对它祷告，让杯子里充满我的愿望。你比我更需要这个杯子。”

他把这个礼物收藏起来，不让他妈看见，也是头一回庆幸老妈很晚才能回家。在寂寥无声的卧室，肖恩仔细端详诺拉给他的礼物，他把这个缺了个角的杯子放到唇边，想着他所有的愿望。他不能够，也没办法对着杯子讲出“爸爸”这两个字。她那种说法实在太可笑了，任何祈祷都不可能如愿以偿，他暗暗思索着。他心里所有的大声嘶喊都没起到作用，更遑论轻声细语呢。然而，他还是很开心能拥有这个礼物，诺拉的无私之举让他深深感动。这只杯子在他的马戏团饼干盒里安家落户了。那里收藏的全是他四处淘来的宝贝。夜深人静的浴室，他轻轻撩起衬衫，直盯着镜子里那个红色伤口。那圈泛紫的伤口痛得碰不得，转身再看仔细一点儿，肖恩辨认出她的牙齿咬出的痕迹。在镜中，那个牙印儿看起来正好像一双翅膀。

23

姐妹俩之间的谈话一直围绕着艾瑞卡这个主题，自从她失踪以后就这样了。从一开始，黛安姨婆就怀疑事情的真相——在一九七五年最初的那几周，在事情发展还不明朗化，大家尚不能确定艾瑞卡是否离家出走，或者是被诱拐，还是碰到更可怕的事情——她倒一直持审慎态度。奎恩夫妇拒不相信本地警察局的说法，也拒绝相信后来 FBI 的推断和结论，甚至在证实了田纳西州有个酒馆老板见过他们，俄克拉荷马州的一个病患的证词符合他们的外形，还有德州一个咖啡馆的女服务生声称和她发生过口角之后……奎恩夫妇依然不肯相信。非得等到证据确凿，辩无可辩了，玛格丽特才跟妹妹交的底，说女儿真的碰上可怕的事了。可就算事情已经演变到这个份儿上，她也依然坚信艾瑞卡全然无辜。保罗过世以后，这一话题便甚少被提及了。

保罗过世之后的那年夏天，玛格丽特和黛安跑到海边住了一个礼拜。她们是故地重游，因为在姐妹俩分别是十岁和八岁那年，她们的父母为了一首歌在这里租了一幢度假小屋。历经了风雨的小屋比她们印象中要小很多，而大西洋也不再是她们记忆中那么有着惊涛骇浪，那么湛蓝湛蓝。一切都不再堂皇壮丽，一切都在这海滨近十年的开发后变得渺小了。有整整四天，她们只是无所事事地晒太阳，任何费一点儿力气的事情都不做也不想。退潮时她们泡到海里去，只露出一个脑袋来看着针鱼来回地游来游去，或者迎着夕阳在沙滩上漫步。到第五天晚上，短促的休假快要接近尾声了，她们那放松的心情才多少受到了一点影响。黛安搞了六公斤的清蒸蓝螃蟹，姐儿俩坐在露台上，拿出吃螃蟹用的小木槌和叉钩，用一大卷肉店包肉的纸来装螃蟹壳，借着一箱半打的冰啤酒去冲淡老海湾的那股腥气。

"我们可一直没提起他，"她敲着一只大蟹钳子说，"一整个星期连提都没提过。这不碍事，如果你不想……"

"保罗吗？"玛格丽特正使劲撬着一个螃蟹盖子。

黛安伸出手轻轻抚着姐姐的手臂，"我知道你为艾瑞卡的事责怪他——"

"我想我很想念他，但是也已经慢慢习惯他不在我身边了。他离我越来越远已经太久了，感觉上他好像很早以前就不在了似的。不是他害她和那个男孩私奔的。如果非得怪谁不可的话呢，那就怪我。我本应该早些介入这两父女之间，让他们能心平气和一些。和她谈谈，用女人对女人的方式跟她谈。"

黛安喝了口啤酒，冷凝的凉气贴在她皮肤上，"那你让自己忙起来?”

玛格丽特扯下块蟹肉来,细细品着咸咸的滋味。“德拉罗萨两口子让我替他们记账来着,我还一周在卡内基当两天义工。告诉你个秘密吧,我在那里用的姓是马林斯,不是奎恩……好像没人知道我的真实身份呢。我就喜欢这样。”

黛安的手腕一用力,打开另一个螃蟹壳。“嗯,我很高兴你能继续向前看朝前走。”

玛格丽特靠在椅背上,眼望大海。那边有十分年轻的一家人,妈妈抱着小男孩,指着搏浪而起旋即潜回大海的海豚。“继续向前看朝前走?我怎么能够呢?我这一辈子怎么可能忘掉我女儿做下的事?我每天都祈祷有一天能有救赎来临。”她转脸看着妹妹,提高声调:“别揉眼睛,你指头上的佐料会让你的眼睛痛上一整夜的。”

黛安用胳膊肘蹭掉眼泪,虽然她很想很想安慰一下姐姐,但却也明白,她完全不知晓姐姐躯壳里的灵魂到底盘踞了什么样的希冀和恐惧。

星期二,孩子们上学去了,玛格丽特和黛安开车进城,经过破破烂烂的磨坊,工人们在酒吧和工会俱乐部流连。她们俩在快餐店吃午餐,拧着身子挤进包厢里,黛安一摸到抹了蜡的桌布,就噘起嘴巴,用指头轻敲桌面。乔伊斯·威弗利看见她们便连忙过来招呼。“奎恩太太,很高兴又见到你啦。”

“这是我妹妹,黛安·西科纳。她从华盛顿特区看我来的。黛安,这是乔伊斯·威弗利·格林。”

“是格林·威弗利,奎恩太太。很高兴认识你,西科纳太太。我想我念高中的时候还见过你一两回呢,在家里的派对上。你外孙女怎么样了,奎恩太太?她喜欢那件大衣吗?”

“诺拉吗?”她的目光停在黛安脸上好一会儿,“那个可怜的小东西周末着了凉——她踩破了冰层,掉到米勒池塘里了。现在好多了,感谢上帝啊,虽然我怕她生病担了好久的心。你的孩子们都还好吗,乔伊斯?还有肚子里头这个。”

“可不正育着呢嘛。说真格的，我的脚已经肿得像长了脚趾头的南瓜了。我都不知道要怎么着才能熬过这最后三个月。”乔伊斯把重心从一边屁股挪到另一边。“从你上回来过以后，我心里就有些事老是想问问你。”

黛安清清嗓子：“你就是那个常常跟艾瑞卡混在一起的女孩子？”

“我可不知道我们算不算一起混的，不过您这话没错，我跟她是朋友，太太，最好的朋友，在当时。”

“叫我黛安吧。真是认不出你来了，长大了嘛，还当了妈妈。看你的肚子可能是个女儿，肚子高高尖尖的。当然啰，要是你拿个汤勺，吊根线，再找个吉普赛人来，那咱们就更能断定了。”

玩笑话逗得乔伊斯笑开了，她记下她们点的会所三明治走开了，留那老姐妹自己享受着安宁的时光。店里还有几个人，散坐在椅子或小包厢里，大部分都是一人独享烤肉卷和土豆泥。以前在磨坊工作的肌肉男玩着填字游戏，墨菲百货商店的店员读着斯蒂芬·金的新作。两个年轻的护士，一身洁白，也许是刚刚结束工作，一面讨论着羊膜穿刺和剖腹产，一面从二人共享的盘子里拿着薯条蘸着只剩下一点点的番茄酱吃着。漂亮一点的那个敲敲玻璃杯底儿，想把冻在杯底的冰块震松，却还是只喝到了一口空气，两人笑了起来，各付各的账单便要离店而去。她们经过黛安身旁时，黛安甩过去一个无比鄙视的眼神，可那两人根本没看见。

“竟然有人在午餐时分把这种事情拿到桌面上来公开讨论，叫我们这些体面人想好好吃一份意大利蔬菜浓汤都不得安生。”黛安两手平放在餐垫上，那只订婚戒指像往常一样华贵耀眼。“我想谈的是你那个小女孩的事。”

玛格丽特有节奏地敲着指甲，顺着整排桌子排列的方向一扫，看乔伊斯是不是过来了。“艾瑞卡？”

“跟艾瑞卡有关，不过更确切地说，是那个小女孩，诺拉。再说一遍给我听听看，她怎么会跑来跟你一起住的？突如其来毫无征兆的，你那个早就断绝关系的女儿突然有了信儿，然后就把这个私生女——我不会用其他低劣的字眼——推给你了？”

“不是不是，完全不是这么回事。”她端起杯子喝了口水，“新年刚过，有天半夜我突然接到电话——我想她一定是忘了有时差了，我也总是想不起时差这回事来——”

三明治送过来了，摞得高高的，用彩色牙签叉住。乔伊斯·威弗利把盘子小心翼翼地摆在两个老太太面前。“如果你们还有什么别的需要，请别客气。嘿，我听到关于你那个外孙女的消息了。我表姐有个儿子念三年级，他说新来的那个女生真是个艺术家。噢，他是怎么说的来着？比蜘蛛侠还棒，他说的，那女孩画的画比那些漫画书里的还好——蜘蛛侠是他的最爱呢，比爱耶稣还爱得多一点——所以这话可是天大的赞美。你上回来过以后，我就一直纳闷，艾瑞卡几年前打电话给我怎么一句话都没提到她有个女儿呢？也搞不好是我自己不记得了……有什么需要就叫我啊，女士们。”

姐妹俩等待着，确定她不再听得见她们的对话才再开口。“比爱耶稣还爱得多一点？你倒是说说，这外面的世界都怎么了。”黛安从烤好的面包上抽出牙签，活像大开杀戒的斗牛士那样高高举起，然后一下扔到盘子边上。“那么，艾瑞卡经过这么多年，她是怎么替自己的行为辩解开脱的？”

玛格丽特吃完三明治的一边，用餐巾擦了擦嘴，但还有一些蛋黄酱留在嘴唇上。“最开始的时候啊，我还不相信是她，还以为是什么恶作剧电话呢，可是她对我说她真是艾瑞卡，她有麻烦了——跟以前不一样的麻烦。她不知道还能打电话找谁。”

“她没给你任何解释？”

“什么解释呀？说她为什么被通缉，然后隐姓埋名，东躲西藏，唯恐被人找着？当然了，她觉得很抱歉，那是真的。但是，当你自己的孩子张嘴求援的时候，你一定会帮她的，毫不犹豫。她说在她让生活重新上轨道之前，需要有人替她照顾诺拉。”

“诉讼时效早就过了,你有没有建议她或许应该投案自首,恳求法庭宽大处理?”

“我们没有在电话上谈很久,黛安,况且我也没想到诉讼时效期这个问题。其实要是你不提,我根本就想不到这个。”

“那你起码应该告诉她保罗的事吧?”

女招待乔伊斯又过来问她们对餐点是否满意,她们点了头,乔伊斯用点餐单搓了搓肚子,“我想起我要告诉你什么事来了。那天有个男的到这儿来,他看上去古里古怪的,他问你和诺拉的事来着。还说他以前认识你。那男人长得很帅,是那种老派的人,蛮潇洒的——以前的人就是这么形容的吧。他说他是你家的老朋友。”

黛安问:“他是不是叫杰克逊?”玛格丽特的手在面前一挥。

“那他可没说他姓甚名谁。”她说,“我以前没见过他,在那之后也没有。就是很古怪么,你才来过,就有人过来问起你。你最近有没有遇到什么不速之客?”

“太神秘了!”黛安叹道,“我们不需要什么了,亲爱的,真的,谢谢你啦。”

乔伊斯打断了她们的谈话,让玛格丽特有时间仔细思考。她花了更长的时间咬下一口总汇三明治,把培根火腿的碎屑掉到盘子上,一口一口慢慢咀嚼。她嘴里吃得咯吱咯吱响,掀开三明治第一层面包,挑出番茄片:“这是温室大棚里种的。”

趁她在吃着三明治,黛安又问:“那当你说起她爸爸去世的时候,她有什么反应没有?”

“这种温室番茄不用想也知道,吃起来就是不对劲儿……我想她没哭没闹也没崩溃,如果你指的是这个的话。”

“那个男人让她遭了这老些罪,她都没崩溃。”

“他只是想保护她罢了,要不是这样,还不知道会捅出什么更可怕的漏子呢。”

“还有比跟着个罪犯私奔更可怕的事吗?”

“永远都有更可怕的事。说不定会有正面冲突，威胁恐吓都是有的。”

“你是说保罗去威胁过啊？对谁？对老少无害的老保罗？”

玛格丽特又小口咬下一块三明治，“不，是那个男孩子。何况要是事情没照这个方向发展的话，我们也就不会有诺拉了，对不对？这个可爱的小家伙，瘦得像根竹竿，而且神秘得不得了。她需要我，至少这一阵子她很需要。”

“你可以吓唬吓唬她，说你要把她女儿留在身边，”黛安笑着说道，“这么一来呢，搞不好艾瑞卡就会回来了。”

24

痕迹是从自行车道旁边开始的，切过对角线，凸起一路蜿蜒上山的那片光秃秃的杂树林。两个孩子弯着腰查看着那个足迹：四只脚趾，后脚掌，每一步之间的距离约摸有十英寸或再多一点。肖恩用手摸着足印边缘，一粒粒雪砂滚落下来，像一场小小的雪崩。诺拉蹲在他身边，看那足印一路远去，消失在地平线尽头。

“还很新呢，”肖恩用很权威的语气说，“八成是只狗刚刚走过。”

“这可不是狗，”诺拉回应他，“狗的脚上不长爪子，怎么也不会留下这种脚印。”

“那就是浣熊，我猜，要么就是北美负鼠。”

诺拉顺着足迹在林间找下去，“你在这片林子附近住了多久，肖恩？一辈子？浣熊的前掌看上去像人的手，五个脚趾张得开开的，而且还有爪子，AMIGO。负鼠和浣熊的足印是很像的，只是手指张得更开，像你弹钢琴时那样。爪子也是。我们追的是只猫，要不然就是只灰狐狸，果真是这样的话，雪地上的爪子印儿就会有这么深了。”

“猫？我们追的是只猫？”

诺拉等他赶上来了，再弯下腰查看着，“但绝对不是老虎或者毛茸茸的狗狗。也不是家猫，要是家猫的话，那就是一只很大很大的猫。我看十有八九是野猫。但你看，这里好深呀，这只东西大约得有二十磅重，看看它是怎么走路的吧。”

“怎么看起来只有两条腿呀？另外两条哪里去了？”

“猫走起路来就像这样——”她伸长手脚，拱起脊背走了两步，双肩有规律地耸摆着，看得肖恩浑身不自在地干笑。“可是野猫会把后脚踏进前脚踩出来的洞里啊。”

“你是说野猫？像豹子一样的野猫？”

“要是豹子的话，我就会找到它藏身的地方。我想……是大山猫。走吧。”

他们很快穿过冬天的树林，雪才刚刚下过，那条孤单的足迹完好如初，风吹得垃圾贴着地飞，有像纸片的橡树叶子，只剩了空壳的橡树果子，还有被最近的一次风暴折断的脆弱树枝。枝杈上都还留着糖霜般的雪花。两个孩子一拂过低垂下来的树枝，雪就纷纷飞落，飘荡在他们走过的路面。唯一有颜色的是泽西杉木和间或的几棵冷杉，其他通通是阴冷潮湿的褐黄灰白。林子深处弥漫着罕有的寂静，白雪盖住所有的音响，只留下他们的脚步声。他听得见她用力的呼吸，因此在她快步向前消失在他视野外时，他也并不担心。等他跟着粗重的呼吸声追赶上她了，发现她又蹲在一些痕迹前面了。

“看这个印子深的，”她说。可她指给他看的那个印子，在肖恩眼里看来不过是两个宽了一点的刮痕而已。“小猫累了，屁股着地坐着打盹……要不然就是盯上了在石头底下窜来窜去的老鼠。”

“假如这真是只山猫呢，诺拉？咱们追上它又要怎样？”

“你有点儿信心好不好？”她的鼻孔因为大力呼吸翕动着，“游戏正在进行，我亲爱的华龙，嗯……走吧，哥们儿！”

树木越来越密了，午后的阳光幻化为斑驳的光影。来到两座小山丘间的一处涵洞，她停下脚步，指着把猫的足印一分为二的另一道足印。她对肖恩解释说兔子两条前腿比较小，加上用脚掌跳着走，所以跑起来留下的足迹也就不一样了。肖恩满心期待着会在路上看到血迹什么的，但是这两只动物错身而过的时间相差了得有好几个小时。诺拉看着凌乱的雪堆，那只山猫曾经在这个地方不经意地闻了闻兔子的气味，然后就又继续赶路去了。阳光穿过林梢，高高的树枝把天空切割成一块块栗子色和橙红。两个孩子沿着小路爬上另一座山坡。她打手势让他停下来别动。

在古锡色的云彩下面现出了一个剪影来，就在前面大约五十码隆起的地方，有只猫在白雪的反衬下显得格外醒目。它昂着头，鼻子朝天，在风中狂嗅他们的气味。一朵白云荡涤清了西下的夕阳，那只猫沐浴在阳光中，黄褐色的毛皮上点缀着星星点点的斑纹，长长的白毛挡住了爪子，还有一些竖在耳朵尖和短短的尾巴上。它敏捷得像一阵风，随即潜入阴影里，消失了。他们闻到一股尿骚味儿，听见它走开时啪啪啪的脚步声，但只有它的影子还留在空地上，似乎被神奇魔法和时间给凝定住了。

"听，肖恩，告诉我，你听见什么么了？"

他什么都没听见，要听见什么也只是听见自己的呼吸声了。在这般寂静的时刻，大地的声音也回归寂静。

诺拉面对着他，眼睛闪闪发亮，仿佛记起了过往的伤痛，随即充满关切地问道："你知道原子弹吗？就是丢在日本的那种大炸弹？"

尽管不太确定自己记不记得任何关于原子弹的细节了，但肖恩还是点了点头。

"那里只有寂静，和现在此刻一样，大火之后、警报之后，就是这样死一般的寂静。所有的一切都是静止的，连鸟都不见了。那些大难不死的人在被摧毁的城市中走来走去，个个都惊呆了，不敢相信自己竟然还活着。"

山猫老早就离开了——他很是确定这一点——而且它还听见了她说话的声音，所以也不可能再走得更近。

"我知道一件他们想尽办法要隐瞒的事，"诺拉说，"是关于奎恩太太她先生的事。他人当时就在那里，在广岛。原子弹一爆炸，他和陆军医疗队便一起开到那里去了。他看见过那座被炸毁的城市。”听着细节，肖恩心里害怕起来，不光是因为听到那个年轻医生面对死亡和即将死去的垂危病患，他同时也很担心他们俩会迷失在这黑暗的树林里。

她压低嗓音，耳语一般地讲完奎恩先生的故事。诺拉耸起肩膀抵御着陡降的气温，脚后跟着地一个拧转，开始沿着他们的足迹往回走。肖恩跌跌撞撞跟在她身后，追上她时已经上气不接下气了。他们踏着来时的足迹一起往回走。

“我早告诉你是山猫了吧？”诺拉说。

“我从来没见到过那样的东西，”肖恩说，“我有一次看见过一只负鼠穿过院子，好肥的一大只，和你差不多大小，一大清早起来，我正要去上学……不过山猫啊，哇，我根本不知道这里会有山猫。”

“这儿还有更多你不知道的东西呢，有更多躲着你避着你的东西。要懂得看穿表面的东西，AMIGO。”她咳嗽了一声，带着痰音，胸口呼呼地拉着小风箱。

“这真酷……可是等天黑下来我们怎么找得着出去的路呀？”肖恩忧心忡忡地望天，“你就不怕迷路吗？”

她朝雪地上吐了口痰：“别担心，天不会黑的。”

“可太阳都下山了呀，现在这个光线我们已经不太看得清路了。”

诺拉停下来看着他，“肖恩，要是我说能在天黑前到家，你就一定得相信我。”

他不服地辩解：“可是太阳都落山了——”

“你的信心又上哪儿去了？只要我许了愿，那这会儿的天就会亮得跟正当午一样。相信我。”

肖恩没有别的选择，只能跟着她，跟着她穿过树林。微风迎面而来，像永不停歇的波浪。躲在附近监视他们的那个人，眼睁睁看着二人离开。他怀里的那只野猫不停叫唤着活动身子，直到他心不在焉地松开一直抓着它的手。相反方向，两个孩子走在林子里往家去。一路上，诺拉一直谈论着关于森林的种种,指给他认识冬天植物的名称,或是小乌龟睡觉和田鼠过冬藏身之所。他们还看到了一些人类的脚印——是那个男人的皮鞋留下的——在迷宫般的白桦林中进进出出。她对这神秘的足迹不置一词。出了树林,踏上小径,她漫不经心地哼着歌,还吹上口哨了,让他分分神不再去想飞逝而去的时间。到了他家前门,肖恩望向夕阳西下的地平线那端,十分惊诧地瞅见云层底下仍闪亮着落日余晖中的最后一抹艳红。

25

肖恩一人独处时,真不知道应该相信什么,总是在恐惧和迷惑间摇摆游移。最开始,他觉得诺拉是魔术师,是女巫,搞不好甚至是魔鬼,她可以让时间停止,或者凭着她的意愿改变人的外表,她随便吹一口气就能让物体飘在半空中。但是,尽管她多多少少欺骗了奎恩太太——至少欺骗了她的黛安姨婆,但他却看不出她有任何邪恶的企图。现有的证据也不支持他这个看法。她是怎么说的来着?每吹一口气,上帝就吐出一个天使?

可是,如果她本身就是一个天使,那她的翅膀呢?从几乎每一张照片看来,天使都是有一对羽翼丰满的白色翅膀的,从肩胛骨那儿长出来,呈现出完美的弧形,还有平滑的曲线向下延展,翅膀的尖尖几乎要碰到地上了。肖恩想破头也想不出天使是怎么用这样的一对翅膀飞离地面的——好几部分跟航空动力学说的都很不相符么——他在他那本《儿童插图学圣经》和其他一些书里仔细查找,试着找到天使飞翔的图片。但每一幅画像捕捉的都是静态时刻,让他始终没法搞清楚翅膀在动态时是怎么样的。书本里的天使们都穿着白袍子和拖鞋,有些脑袋后面还有一圈光环衬着。诺拉也没有光环。许多天使都留着长头发，梳得整齐光亮，像才给美发师打理过的一样。可诺拉的头发乱得十分惊悚。那些天使的脸长得都挺和善的，也有些冷漠或者温文尔雅的，全天下的天使都一个模样，而且还差不多全给画成男人了。她怎么可能是天使呢？一没翅膀，二没光环。再说了，天使也不会咬人啊。

肖恩翻阅《圣经》时，曾经读到过描述天使变身小角色的故事。雅各[①]和天使拼力气时摔伤了自己的屁股。在梦幻中，天使前来昭示上帝的神圣，有一个天使就把燃烧的炭放在以赛亚[②]的嘴唇上了。天使告诉玛利亚说她将要怀胎生子，然后有个天堂使者昭告照顾羊群的牧羊人，那个婴儿会在伯利恒诞生，会躺卧在一个马厩里。天使总是把天上的消息传达给世间的人们。上帝的使者么。肖恩极为纳闷，诺拉到底携带了什么消息来，还有为什么她那么想来传达这一消息。可是转念一想，诺拉根本就不是天使，她只是个跟他一样的普通小孩儿。

他真希望有个人可以请教请教，好多个妈妈不上班的早晨，肖恩都想问问她，只是自从爸爸走掉了以后，妈妈就像变了个人似的，老是工作工作工作，就算不上班也总有成百上千的家务事要操持。肖恩偶尔夜里烦躁得没法入睡时，就会看见老妈倒在沙发上睡着，身体缩成一团，盖着毯子，电视的荧光在她脸上的阴影间闪着。每当看到她这个样子，他总是很想走过去抱她，摸她的头发，抹平侵蚀她皮肤的那些皱纹——就算是在睡梦里，她看起来仍然不快乐。肖恩不敢问她天使的事，也不敢过多谈论他那个新同学。他知道她没办法解决自己的困惑，她最多只能安慰安慰他、为他所提出来的问题焦心，还会想方设法把本不属于一类的东西归纳到一块儿去。

纵使这样，可要是有个人能一起谈谈诺拉那该多好啊。

肖恩可以问他爸爸，要是他还会回家来的话。但是肖恩确定有些

---

① 雅各亦译雅各布。以色列三大圣祖之一。
② 以赛亚是犹太教第一位大先知。

事,太多的事,都跟以前不一样了。他觉得他至少可以跟爸爸来个男人之间的对话,这本来就是爸爸应该对儿子负起的一种责任。

向老师请教?这个完全不用考虑。这五个月以来,帕特森太太一直对他视而不见着呢,就因为他不是那种会自动自觉举手发言的人,每一回被叫起来回答问题,他总是从他自己的思绪中惊醒,用小得不能再小的声音作答,害得帕特森太太每一回都不得不让他再说一遍、说得大声和清楚一些。这样的事情发生几次后,老师便失去耐心厌烦起来。点别的同学的名回答问题比点他要有效率得多。并且自从他每一个科目都拿到"优良满意"之后,她也就再也没有什么理由——无论好理由坏理由——去关注肖恩了。

他的朋友——那些坐在"外人"午餐桌上吃饭的孩子们——碰巧他们也都是诺拉的朋友,要是问起天使的事来,一定会引起他们怀疑或招来诺拉的报复的。仔细想想,他觉得他跟他们并不是真朋友,纯粹只是因为大家同病相怜,都被排拒在外、合不了学校主流群体的缘故罢了。在诺拉转学过来之前,就连这帮人都很少跟他聊天。课间休息的操场上,他也是最后一个被领头的同学挑上做游戏的,要不然就是好像临时起意才想到他。综合以上几种情形,他只好落了单,独自一人对着墙壁扔球玩,荡着秋千往绚烂美好的天空飞,或者背靠在学校那黄色的砖墙上看看书。他只有一个真正的朋友——唯一能跟他谈诺拉的——就只有诺拉自己。但他不能跟诺拉谈诺拉。

他刷好牙换好睡衣,下楼去说晚安。老妈坐在厨房的餐桌旁边,正将账单分着类,记账本子摊开着好像在祈求着什么。她用没拿笔的那只手支着头,脸上的表情让他觉得像在参加考试——又专注又受挫——只是一看见他,她便挤出丝微笑来,放下笔。

"晚安,好梦,小甜心。过来让我亲一下。"

他趿拉着走向她,脚上的拖鞋在地毯上呱嗒呱嗒响。她张开双臂搂住他,把他拽到胸口,亲了他的脸。被她一亲,他那被咬过的肩膀就痛了起来,但肖恩没叫出来,也没往回缩自己的身子。

“我今天看见一只山猫。”他说。

“真的啊？我没听见说附近有山猫啊。”

“我和诺拉追它来着，循着它的脚印走过雪地，最后靠得特近——也没那么近啦——近得能瞅见它的黄眼睛呢。”

“你们是这个地区运气最好的孩子呀。”她用手梳着他的头发，把几捋垂下的发丝掖到他耳背去。“你和诺拉是好朋友，对不对？”他抱着她，想再多赖一会儿。

“妈，你知道天使的事吗？”

“天使，老天，”她在他背上画着圈，“我念小学一年级时，有个女同学叫多萝西来着——”

“像《绿野仙踪》里的那个？”

“对对，没错，可是大家都叫她‘点点’，她说她有个守护天使，无论她走到哪里那个天使都跟着她。她说她可以看见那天使——其他人都看不见——身材像大人，有一对像太阳那么亮的翅膀。这个天使会帮助她度过难关。有好一段时间，她都没来上学，后来点点回来了，她告诉我们她得了白血病。她还说在治疗期间天使一直守护着她，我们去医院探望她，带着书啊果汁之类的，因为有天使在的关系，点点从来都没有害怕过。”

“那后来呢？她怎么样了？我说的是点点。”

华龙太太把一捋头发绕在食指上，直直看向前方。“她死了，恐怕是这样的。学校里画了一幅画，一张画得很好的肖像，画着点点和她的守护天使走过田野，他们在画下面挂了个牌子，写着她的名字和生卒年月，还有一句《圣经》里的话‘相信的人就会被祝福’，大概是这个意思吧。”

“那你信吗？”肖恩声音哽咽，泪水盈满眼眶。

“嘿，亲爱的，我不应该说这个故事给你听的。还是把这些都忘了吧，好不好？去梦你见过的东西，别梦那些从没见过的。树林里那只山猫后来怎么了？”她搂着他，一直到他安静下来，才让他回房睡觉去了。

肖恩把毯子拉到下巴那里，翻腾了半天才找到个温暖舒适的姿势。在昏暗的光线下，他依然可以一一分辨出房间里那些熟悉的物品。他长时间地凝望着诺拉送他的那只小茶杯，还有书本与游戏，那些全都摆在老爸组装起来的架子上。他很想知道今晚老爸人在哪里，同时又担心会有不好的事情发生，以至于让他们永无相见之日——虽然他想在他们双双死去之后，或许终将能够在天堂里相聚。他坚信死后团圆是大有可能的，重逢在天堂么，让每一个转身离去和被遗弃的人都有机会可以说出刻薄的话，说出每一句生前忍着没说的话——就因为有这样的可能性才赋予天堂存在的意义和理由。在大敞的衣柜里，他挂在衣架上的大衣看上去像是一对敛起的翅膀，时刻准备着让人穿戴上。他忧虑重重地把视线转向窗口那边的微光，感到肩膀一阵刺痛。肖恩睡不着，心底不住琢磨着诺拉会不会就是他的守护天使，或者会捎来什么不好的消息。*她是来警示我的吗？*他思虑着，*难道此刻就是我的死期吗？*

26

姐妹俩教会了诺拉玩金拉米[①]，她次次都赢。有时候诺拉甚至只抽了两三张就摊牌了，而那手牌又总是好得惊人：四张皇后和三张八，红桃同花顺。玛格丽特和黛安总是难以置信地哈哈大笑，一面喝着她们的爱尔兰咖啡，一面尝一口诺拉在那个星期六早上和姨婆一起烤的巧克力布朗尼饼干。洗牌洗得哗哗响，隔那么一会儿，暖炉就爆响一声，轰隆隆吼上几分钟，然后随着金属膨胀再相互碰撞，出风口也跟着

① 金拉米，一种纸牌游戏，每人发十张牌，然后把手中的牌组合成套路，即至少三张同花色顺牌或同点牌组。

嗲嗲响。只要轰隆声音一停，诺拉就会冷不丁咳那么一下，准得像时钟一样。又轮到黛安发牌了。她发完七张牌以后问她们今天早上几点去做弥撒。

“我不去。”玛格丽特整理着手上的牌，“这种天气简直能要了我的命。我会膝盖一软，跪下去就再也爬不起来的。”

一局开始，诺拉从牌堆里随便抽走了一张，出了张梅花二。

“你去看过医生没有啊？玛琪？”

玛格丽特抽出一张红桃四，出了张方块九。“别又说教好不好？拜托。我和医生在这个房子里一起住了将近三十年……没事的，关节炎、牙龈炎，还有老年炎……没什么大不了的，很平常的病，这就是人生啊。”

黛安吃掉姐姐出的方块九，留下一张梅花五给诺拉，诺拉吃掉五，出了第二张九。黛安对着诺拉冷笑了一声。玛格丽特跳过这一轮出牌，从牌堆里抽起一张，然后往牌堆顶上丢下一张方块J。黛安不让姐姐有思考的机会，一把拿起方块J，随即出了一张黑桃A给诺拉。“我想我还是得去的，如果你不介意的话。”

“赢了！”诺拉摊开牌：三张五和四张A。“我和你一起去，黛安姨婆。”

做弥撒时，诺拉知道什么时候应该跪下，什么时候起立；她和其他坐在长椅上的人们一起念着祈祷词；她不用看歌本上的歌词就能唱出每一首赞美诗来，只是在黛安起身加入领圣餐行列时，她并没有跟着一起过去。诺拉双手合十，低下头，跪在那里等姨婆回来。一俟仪式完成，所有的信众都坐下了，她轻轻叹了一口气。神父和祭台助手随着唱诗班的歌声列队朝前移动，弥撒结束了。要是她们先起身离开，必定会注意到教堂后面那个穿着驼色大衣的人。那人守着大门，就好似守着通往另一个世界的卫兵。但他没等最后的祷告结束就离开了。黛安和诺拉把大衣裹得紧紧的，走过巨大的双扉门，在享受了与这么多人共处一室的亲近和温暖之后，礼拜天的严寒便显得更为刺骨了。

“我们去看看你外公怎么样？”

“我外公？”

“上他的墓地去看看。冬天拜访的人少，他一定寂寞得要命。”

别人都是匆忙地上车，发动引擎，车后喷出薄薄的雾气，然后一踩油门加速离去。黛安和诺拉却是等到最后才离开。她们穿过停车场，来到隐隐躲在一排繁茂冷杉后的墓地。一只乌鸦在大门前匆匆飞起，飞往不知名的地方，只在苍凉的天空背景中留下一个模糊的黑影。上百个灵魂被埋葬在圣安墓园，墓碑和纪念碑像一座座冰山耸立在翻滚的雪浪上。墓地管理员把主路上的雪铲干净了，随处可见一个个脚印，各自踏向特定的墓碑。有鲜花有花圈，有些还带着最近一个圣诞节的回忆，仰躺在冰天雪地上，依然完美如斯，可以撑到第一次雪融。她们绕着墓地，不确定保罗·奎恩在哪里“住”着。

“你知道，从我来这儿以后，就一直想找时间跟你在一起。毋须知道谁是谁，就是找个机会好好谈一谈。”

“可是您都来了一个星期了。”

“我从来没跟你单独在一起过呀，亲爱的，只有咱们俩。女人和女人之间的谈话。”

诺拉对着自己的连指手套咳了一声。她站着没动，等过了一会儿，试着拖延时间。“您可以当着外婆的面问我任何事，我会——”

“你不懂，你吧……”她理了一下头绪，穿过墓园，“在我姐面前提起某些话题来，会让我觉得不自在。为了她，我不得不咬着舌头忍住不说。”

“有一回我还咬了一个男孩儿的肩膀呢，因为他不相信我说的话。”

一只红雀停在七叶树上，突然闪过的鲜红吓了黛安一跳，话题就此给打断了。“那么我说，孩子，你是天主教徒？你妈妈带你去教堂吗？”

“我什么徒都不是，但是新墨西哥有很多教堂。”

“是啊，没错，新墨西哥。我一直想问你——”

“弥撒也都一样，只不过那里讲西班牙语。”诺拉张开包在手套里的拇指和食指。“我只会一点儿。”

“怎么着你一定也学会了一些，在那儿土生土长的么，来，讲句老式的西班牙文给我听听。”

“Ojala escuchen foy la voz del senor（希望能听到福伊先生的声音）——”

“噢，Excelente（真棒）！”

“等一下，我还没说完呢。No endurezcan el corazon（不要把你的心变硬）。您也会说西班牙语？黛安姨婆？”

“Un poco（一点点罢了）。你说你从前住哪儿来着？”

“我没说啊，我不应该告诉您这个，可是我妈妈住在一个叫马德里的小镇。”

“西班牙那个马德里？一样的名字，真有意思，那么马德里是什么样的？”

“呵呵，您也知道的呀，就是有走鹃啊郊狼啊那些，还有台地①、悬崖和山脉。”

“我以为新墨西哥州净是沙漠呢，只有仙人球和沙丘——”

“那倒不是，新墨西哥州有三类地形。北边是杜松林和终年积雪的高山，中部是高耸寂寞的丘陵。您说的那种在南部，姨婆，特尼狄试爆地就是他们引爆炸弹的地方②。”她的声调变了，语速加快，一字一句仿佛变得透明起来。“您知道那个人提到原子弹的时候是怎么说的吗？‘现在我成了死神，成了毁灭世界的人。’罗伯特·奥本海默③这么说。”

“你怎么能知道这种事呢，孩子？”

“我在书里看见的呀，”她说话有点儿磕磕绊绊的，“我妈带我到白

---

① 台地是一种凸起的面积较大、海拔较低的平面地形。台地中央的坡度平缓，四周较陡，直立于周围的低地丘陵。

② 1945 年美国在特尼狄试爆第一颗原子弹，开启了美国的核子纪元。

③ 罗伯特·奥本海默（1904—1967），美国原子物理学家，原子弹计划主持人。

沙国家保护区[①],我在一个纪念碑上看见的。毁灭天使。”

一提到那个邪教,黛安就眼前一黑,身体不由自主往前倾,扶住一块墓碑强撑着没昏死过去。她费了老大力气才能弯下僵直的膝盖,瞪着女孩:“说说你妈的事吧。”

“她是个艺术家。画荒凉的屋子,千变万化的天空,还有从空中不知道什么地方跌下来的破碎的生命。她用她的悲伤创造艺术。”

“她现在是什么样子?为什么还留在那里呢?”

“她很害怕,怕得不敢回家来。”诺拉兴奋地指着黛安背后,“在那儿……”

两人踏着积雪来到保罗墓前。深深掩埋在六英尺以下的保罗,长眠在一方简单的墓碑下头,镌刻着名字、生卒日期和十字架,以及一根双蛇杖[②]。黛安想起艾瑞卡在家的那最后几年,保罗是如何密切监视艾瑞卡的一举一动的,拼了老命地保护她,却反而把她逼走了。当姐姐第一通电话打过来通知坏消息时,黛安还安慰玛格丽特要她不要担心,说艾瑞卡只是摆个架势出来唬唬人而已,这是典型的青春期叛逆,她很快就会回来的。黛安最后一次和艾瑞卡说话,她对黛安说了心里话,说她有多恨她爸爸,说她有多希望父母能够信任她,由她自己决定自己的人生。她还说她永远都不会像他们那样不对彼此说实话。现如今呢,爸爸和女儿全都走了。墓碑上,保罗名字的右边留着一隅空白,那是给玛格丽特·奎恩的,至于什么时候才能用得上就谁也不知道了。有片刻的工夫,她们只是盯着墓碑看,也不知道该说些什么。

“基本上来说,”黛安开腔了,“他是个好人。你妈妈有没有提过她的父母?”

“我妈跟外婆一样的,把大部分心事都藏着不让人知道,她把感情

---

① 白沙国家保护区,事实上是被白沙导弹测试基地所包围。此基地于二战时成立,最早是用来试验从德国缴获的火箭,后来规模扩大。进行原子弹开发时,人类所制造的第一个大规模杀伤性武器就是在此试爆的。

② 西方文化中象征医疗的标志。

埋在内心深处。但是最安静的人往往祷告得最大声，由此好让他们的愿望达成。”

“你妈妈离家出走了，你外婆差点儿就丧失信心了呢。可是我一点儿也不怪她这个，什么样的上帝会允许好人受苦呢？会允许无辜的人受到惩罚？对于信仰这个问题，我也有自己的怀疑和困惑，但是你外婆的怀疑和困惑比我来得更多，也更有因由。但她还是选择继续朝前走。她让自己的日子恢复了平静……一直到你出现。”黛安撢掉墓碑上飘落的雪花，沾得手套上一片白。她拍拍手，沉闷的声音在墓碑间回转。飞扬的雪花在耀眼的阳光下闪烁着。“你妈妈为什么送你到这里来？你爸出什么事了？”

“我爸？我爸是我这辈子最大的谜之一。可能是她觉得我应该见见外婆了？我没问妈妈这个，只是乖乖听话照办罢了。哦，我想到另一个了，正好适合你。”

“另一个什么？”

“另一个西班牙祷告词呀，Que loa angeles te llevev al paraiso.”

“听着好美啊，孩子，Los angeles——是天使，对不对？不是毁灭天使。”

这是今天的头一次，诺拉不设防地大笑起来：“这个意思是说‘愿天使指引你到天堂。’”没有了防备，诺拉抓着黛安的手，带头走回车上去。她仍然忍不住低声笑，偷偷笑着只有她自己知道的笑话。

27

几十颗小红心散落在餐桌上，小小的箭，锋利的剪刀，一锅粘东西的糨子。三个人叽叽喳喳，但凡有人做了什么新花样拿出来献宝的话，三个人就少不了要评头论足一番，唧唧嘎嘎笑上老半天。轻盈的雪花飘落在暗淡的窗上，炖牛肉在炉子上熬着。黛安明天早上就要离开这里打道回府，她们已经开始彼此想念了。自己在家做情人节贺卡是她的主意，大家也立刻欣然同意了，她们要跟小布片、硬纸板红心一起度过这几个钟头的快乐时光。

“这张是给莎伦·霍珀的。”诺拉说，“没见过却相信的人……这张给肖恩，看见却不愿意相信的人。”

“信什么？诺拉，”黛安问道，“真爱？”

诺拉弓着身子忙着在另一张卡片上画丘比特，“绝大多数人都说自己想要真爱，没有爱就活不下去，可是却不懂得爱要怎么接受或是怎么给予。”她在那小天使身上画了一对翅膀，然后往后一靠，靠在椅子背上，端详自己的作品。“我在收音机里听到一首歌就是这么唱的。”她把丘比特粘到一团棉花团上。“这是给多莉的，看见了就相信的那种人。您也谈过恋爱吗？”

玛格丽特探过身去靠近面锅子，旨在以此举示意妹妹不用回答这个问题。

“我不介意这个，”黛安说，“没有，没谈过我想要的那种恋爱。也没有过我以为自己会感觉到的激情。”

“那您呢，外婆？”

玛格丽特站起身来，目光跳过她们头顶望着那只炖牛肉的锅。“或许我们应该准备吃晚饭了，别再谈什么爱不爱的了。”她把椅子往后一推，快步朝炉子走去。

黛安收拾好硬纸片，用相当私密的语调说：“我本想宽恕他的，在他过世以前。但是乔从来没说……他从来没给我机会。”

“宽恕是很简单的部分，”诺拉手里拿着三把剪刀，“让爱超越伤害才困难。”

黛安伸手拉住诺拉让她别动，她已经开始厌倦这样打太极，压低语调粗声粗气地质问道：“难道是谁伤害你了？孩子？是你妈吗？”

诺拉放下剪子，双手平放在桌子上，她的嗓音蒙上了一层奇怪的色彩，平平淡淡完全没有高低起伏，仿佛是在硬背一些死记在脑海里的东西。“永远别拿着剪刀跑，这是规矩一；拿剪刀时必须尖儿朝下；过马路要注意左右看；饭后一小时才能游泳……我学过所有这些儿童守则。危险。Peligrosa（西班牙语：危险）。”

黛安心头一震，跟着诺拉进了书房，来到放着工艺品的柜子前。“你隐瞒了你妈妈的事，”她压低声音耳语般地，“她到底做了什么？她还在那个邪教里吗？你逃出来是为了躲那些人吗？那些天使？”

“那些天使（西班牙语：Los Angeles）？”

“小声点儿，别让你外婆听见了。”

诺拉推开姨婆，走到屋中央去。她张开双臂与身体垂直，踮起脚尖慢慢旋转起来，说出的每一句话都掷地有声投射在房间的四个角落里。“没有什么邪教，艾瑞卡·奎恩也不是天使。她对自己所犯下的罪孽深感抱歉。”

姨婆走近她，攥住她的小手腕子，努力让她停下来。“那她为什么不回来？”

“我们都惧怕我们内心的东西。妻子怕丈夫，母亲怕女儿，女儿怕回家。或者她在等人去找她，继而原谅她。”

黛安平静清晰地对她说：“你真是个奇怪的小东西，诺拉·奎恩，你到底是从哪儿来的？”

女孩子微微抽搐着，她不想回答这个问题。玛格丽特在厨房喊她们吃晚饭了，但是黛安不放手，她的手指掐进诺拉的皮肤里，“你就不能告诉她吗？你就不能告诉她说她妈妈除了能再见她之外，什么都不再在乎了吗？你不能告诉她说她应该回家来了吗？”

“我不能去到我没有被召唤的地方，况且我也不想去，我就喜欢这里，外婆也不能去，她身体不太好。”诺拉好像灵魂出壳了似的，眼睛直勾勾地正视前方，她所见的东西都是朝里而且歪斜的。

“你为什么要来这儿？”黛安再一次摇晃她，试图唤醒她，但马上又后悔自己发了脾气。

玛格丽特再一次叫她们，“晚餐上桌了，人上哪儿去了？没时间玩藏猫猫了啊。”

“来了——”黛安扬声应道。再次压低声音告诫诺拉，“下次你有机会同她讲话，就告诉你妈让她回家。”

“你可以走了，”诺拉说，“你要当心了，安全第一，遵纪守规，永远别和陌生人说话，也别正眼盯着闪光的地方看。”

女孩态度的突然变化让黛安焦虑起来，她开始担心诺拉的精神状态和心理状况。她揽着诺拉，把她抱得紧紧的，轻轻晃着她，手指抚着她的头发，直到她缓过神来。晚餐时，她们夸奖牛肉炖得有多美味，还谈论起学校里的情人节计划。一整顿饭时间黛安都在密切观察诺拉的一举一动，留意她有没有什么举止异常的迹象，要是她刚才说的艾瑞卡的事全是真的话，那么她就处于极度紧张和重压之下，没人能奢望玛格丽特知道和伤得这么重的人怎么相处。窗外又在降一场大雪，三个人对这没完没了的冬天不住抱怨。事情有些不对头了，甜品吃到一半时，黛安宣布她改主意了——她决定再多待一个星期。

28

在睡梦和清醒的阴霾里，他分不清哪些是真的，哪些是他从骚动不安、从全无意识的欲望中呼唤来的想象。盖在羽绒被底下的身体因为睡了长长一夜，带着暖暖的热，可肖恩还是隐约感觉到一股寒意穿透了他的房间。雾一般的湿气从天花板直直垂落，吻着他的耳朵，鼻子，脸。他拉起被子裹住耸起的肩，把脸深深埋进枕头里，但是寒气毫不松懈，继续朝他压迫过来，冰冷的手指探进他的毯子底下，让他从睡梦中惊醒。他的第一个念头是暖炉又在半夜里罢工了，可为什么嘴巴还是湿漉漉、麻酥酥的呢？肖恩打了个哆嗦，想着是不是有扇窗没关好才让寒气进房间来。这个他一向都不放在心上的想法却叫他突然不安起来——他担忧着老妈如果进来的话会说她进了冰窖。肖恩不情不愿地睁开眼睛,努力想在黑暗中看得清楚一些,可惜窗帘已经在睡前拉上了,不过他还是可以感觉出夜里下了更多雪,到现在仍下个不停。屋里笼罩着一种异乎寻常的静谧,他一呼吸,面前就现出一圈潮湿的雾气。他踢踢腿,光裸的脚趾碰上了冰冷的床单,这也让他心里一惊,有风,在暗黑之中几乎看不见的微微的风,拂过他的床,不是从他面对的窗户,而是从他背后紧闭的门吹进来的。他想找出风从哪里来,才一转身,却有一只手捂住了他的嘴巴,压下他的惊声尖叫。压力让他透不过气来,他感觉要是溺水或是雪崩被掩埋了,就必定是这种感觉。房里的那个东西悄无声息,肖恩猛然意识到,只有他不再挣扎,保持安静,压在他脸上的那只手才会松开。他用力甩头,只甩了那么一下,然后静止不动,眼睛睁得大大的,想在悬浮在头顶的黑影之外看见更多。

"好孩子,"一个声音说道,是男人的声音,但不是他爸爸。一个黑色的人影堵在床和门之间。妈妈的卧室跟他隔了两个房间,就算他大声喊,她也未必能听见或者及时赶到。"现在你该安安静静的了吧?"

话里的每一个字都带着彻骨寒冰的气息,似是随时能在空气中粉碎。他心里飞快地闪过十个八个念头——蒙面大盗,杀手,恶魔本尊出现了?反正就是有人到这里来要把他带走。他想象出种种恐怖的事,但最终还是点头同意了。压在男孩脸上的手放开了,肖恩大口喘着气咳着,努力让头晕目眩的那份恐惧平复下来。男人的一只手臂缩了回去,可那个身影好像变得更大了,像只猎食的大鸟一般张开巨大的翅膀,要不然就像一只正准备展开大攻击的双足飞龙①。"请别伤害我。"男孩低声恳求。

① 双足飞龙,似龙而小,仅具双足,爪趾如飞禽,双翼披鳞或带羽,尾生倒刺或呈蛇状。双足飞龙有着龙和狮鹫的血统,可以用他们锋利的爪子和牙齿攻击任何敌人。

"肖恩·华龙——"

乍一听见这个陌生人叫他的名字,肖恩惊恐万分。

"——我到这里来是问你几个问题,关于那个女孩子的。"

"哪个女孩子?"

"就是你的那个小朋友。"

"诺拉·奎恩?"

"对,没错,告诉我有关诺拉的真相吧,有什么说什么。你知道不说实话的小男孩会有什么下场吗?"

虽然他说过好多次瞎话,但从没惹出过什么大乱子来,不过他还是点点头。他心里十分肯定,那陌生人看他看得清清楚楚的——比他自己看得还清楚。

"好小伙子,告诉我,她说她是什么人了没有?"

虽说眼前一片漆黑,肖恩还是竭力用眼睛去找诺拉送他的那只蓝色瓷杯。杯子在他的一大堆宝贝里藏着呢。他对着它许了个简单的愿,希望她说的关于这个杯子的神力是真的。陌生人探寻的这个问题他没有答案,可对友谊的忠诚感却油然而生,所以他没有回答。黑暗中的人影又变大了些,那嗓音也愈发深沉起来,那人带着些胁迫味道再度发问:"她说她是什么人了没有?"

"你就是跟踪她的那个人吧?你到底想从她那里得到什么?"

那个人换了一种问法:"你觉得她是谁呢?"

"我不知道应该相信什么不信什么。你是要把她带走吗?"

那人看来是被激怒了,晃动了一下身体,"她想从你这样一个男孩子身上得到什么?"

这个问题想必是冒犯了肖恩,他沉默地怒视着那人。

陌生人冷哼一声,不屑一顾地吐出了最后一个问题:"她对你提没提过毁灭天使的事儿?"

肖恩心头浮现出天使的形象来。他们高高凌驾于牧羊人和羊群之上,传达着耶稣诞生的消息。《儿童插图学圣经》里的米迦勒与加百利,绘画、雕塑与彩绘玻璃的照片[1]，床头柜上摆着一堆书籍和杂志，但许多都是缺了页或给剪出洞来的——他为她撕剪下好几十张图片。就是为了给她一对翅膀。之所以会冒出这么一位不速之客来，肖恩心里念叨着，八成就是撕书剪报的报应。“没听过，”肖恩说道，“我没听过什么毁灭天使。”

“好小伙子，你是不会想碰见那种天使的，你永远也不会知道那个小女孩会碰上什么恐怖的事，明明不是，却非得假装是天使是会遭报应的，你给我放聪明点儿，千万别让我看走眼了，我知道你不是那种人。看不到又根本无法证明的东西，你是不会相信的。”

这番推测让肖恩心内一惊，比单单房间里有了陌生人这事儿更叫他害怕。肖恩听见自己的轻声祷告在茶杯里回荡。

“万事万物都会被分隔成两个同等条件的独立个体。”那个影子低声道，“一面是能够观察到的生活，可以目睹的真相，以及现实的具体形式和经验。而另一面则是看不见的谣言与信仰。你知道你爸爸的离开，你也能够感觉到你内心的冰冷，但是你的感官告诉给你的却和无法证实的一切大不相同。任何想象的东西都有可能成真。天使，女巫，爱与希望——凭借纯粹的信仰而存在的东西举不胜举，写不胜写啊。”

肖恩想他赶紧离开，索性把眼睛闭上，希望能用意志力让他消失。

书架上的那只杯子开始震动，叮叮当当的，仿佛是他的祷告在杯子里转着圈圈，并且转得越来越快了。

“接着睡吧，忘掉吧。”那人影走向窗边，拉开窗帘。这时的雪下得可真大，在霭霭黑夜里显得格外光亮。迎着隐约的雪光，那个陌生人看起来就是一个穿着大衣、戴着老式帽子的普通人。“明天不用上学，接着睡吧，我的孩子。”他利索地穿过房间，外套像面旗子一般兜着风飘起。他走到门口，一下子便消失于无形了。寒冷过去了，温暖回到房

---

① 米迦勒、加百利为犹太教-基督教圣经中四大天使中的两位。米迦勒是掌管火的元素的守护天使；加百利是掌管水的元素的守护天使。

间里。

肖恩等了好久，也没再听见什么动静，只有无边无沿的寂静罩着自己。他被刚才看见的东西吓着了，吓得动弹不得，也没法跑到妈妈床边去听她说这一切只是一场梦，或者被她安慰一番，责备一番。他考虑到了一切可能性，所以最后决定什么都不做。迷惑困倦的他终于陷入深深的梦中，天使与魔鬼在他心里翻转起舞。他身体内里的生物钟准时在七点叫醒他。尽管感觉很不好，可他无法断定哪部分是真实的，哪部分只是他的梦魇。妈妈进来告诉他说雪下得太大，今天学校关门了。他勉强做出一副高兴的样子来，但是等她一走开，他便翻了个身面朝窗户，很想知道拉着的窗帘外到底是些什么。

29

头一回，肖恩迟到了。他向来都很准时，大多数时候他会早到，趁着诺拉刷牙洗脸到处找鞋子的时候，那时间长得都足以让他再吃上一顿早餐。时钟已经走得超过他们约好的时间了，诺拉拉开窗帘，在清晨的暗淡光线中费力寻找他的影子。但他就是迟了。风雪在紫罗兰色的天空中肆虐，飘落在昨夜积下的雪地上，可是，并没有踏往自家门口的脚印。诺拉也从来没有错过他，过了十分钟，诺拉央告着奎恩太太打电话到华龙家去，没人接听。已经过了一刻钟了，她请求奎恩太太让她自己上学去。如果有听天气预报的习惯，玛格丽特或者就会打开收音机或者电视，听听看有没有说因为天气原因停课的消息。可现在她正心烦意乱着，老是觉得一定有哪扇门或窗什么时候没给关好。前一夜她妹妹的言谈举止也挺奇怪，盯着诺拉的眼神也像洞悉了她们的阴谋诡计似的。

“你能自己找着上学的路吗？”一看诺拉翻眼睛，奎恩太太就心知肚明答案是什么了。"那去吧，去。他今天没准生病了，不上学。"

诺拉跪在沙发上，望向大大的落地窗外，鼻子贴在窗玻璃上，呼出的气让眼前一片雾蒙蒙。她在有水汽的玻璃上用手指描着翅膀和匕首，直到屋里的暖气把那些水滴蒸发掉，几乎再在玻璃表面看不出任何描画的痕迹来。没有麻雀的影子划过天际，没有汽车在积满雪的沥青路上缓缓行驶，没有孩子们拖着沉重的脚步上学堂……没有这些影子，大雪愈是下得纷纷扬扬愈是显得阴郁冷清，让整个生活的世界变得愈发空虚寂寥，但由此也让诺拉乐得成为唯一亲眼目睹这份阴郁和寂寥的人。她阖上窗帘，奎恩太太正在厨房里搅着麦片。她悄无声息地站在她旁边，巴望她能注意到她，可又怕惊扰了她的白日梦。"现在我能上学去了吗？"

奎恩太太头也没抬地说："我还以为你都走了呢。穿暖和一点啊，别在路上瞎晃荡。"

诺拉伸出手从背后揽住玛格丽特的腰，感觉到她轻轻往后靠在自己怀里。女孩子脸上的温度留在玛格丽特的背上，诺拉都离开了，那份温暖也久久没有散去。

诺拉急急套上靴子和风雪大衣，一边偷瞥着门旁的窗。雪下得比不久前她看见的要更大了，雪暴的动静让她着迷。那天清早她头一次产生疑问说学校是不是会延迟上学时间或干脆停课了，她想着这事，也只有这事才能解释肖恩为什么迟迟未出现。穿上她最暖和的衣服，停在门口镜子前照了一番：灰大衣和红帽子，围巾更衬出了小脸的苍白，摘下眼镜，她看起来完全变了一个模样。过道橱柜上还有支亮粉的唇膏在诱惑着她。诺拉一时兴起，在嘴唇上画了一个大大的微笑，然后又用围巾挡住了它。她快步冲过玛格丽特身边，险些撞上才睡了懒觉下楼的黛安，接着快步走出门，踩进雪地里，仰头望天，让雪花洒了满脸。每一片湿润的雪花都像是一个亲吻。

天还没亮就已经扫过她们这条街的铲雪车在停放的车辆旁边堆起高高的雪堆。原来的脚印——不论是报童的还是其他路人的——都已经在人行道上消失不见了。一只小松鼠从光秃秃的枫树跳到还有些枝叶的杉树上，留下了一点一点的小脚印。除了这个以外，院子里又恢复整洁了，只是覆盖着没有缝隙的白雪大被子。她像个开路先锋一般，在无人涉足的雪地上留下第一抹痕。走到后院的栅栏那儿，她回头看看自己过来的脚印。听到远处有个妈妈在喊儿子："艾迪，艾迪，你忘戴帽子啦！"接着是门"砰"一下摔上的声音，过了片刻，又是"砰"的一声。那个母亲的声音听上去像是从几里地外传来的，划破了这虔诚的宁静，像教堂里偶尔的一两声咳嗽。离家渐渐远了，诺拉走进了树林。世间万物静默着，独独让雪花任意飘舞；万籁如此这般沉寂，便让雪花飘落的声响清晰。有一根粗大的枝杈抗议似的从瘤节那儿发出喀嚓一声，但没有收到任何回应，只是让这个声响潜入她灵魂深处，使她掏空了自己，融于万物之中。被寂静吞没了，诺拉对自己在世界的这份存在感到恐惧万分，一心渴望能够逃离这片风雪，她觉得自己一定得走，必须得到个什么地方，到任何能够抵御她身边的漩涡和洪流的地方去。像默片时代的飞行员那样，她抹干净眼镜，把围巾甩到肩膀上，继续朝前走了。走过自行车道往右一转便是去学校的路。经过的每一条街道都空空如也，连生命迹象都没有，只有从烟囱里冒出来的几缕轻烟，才能使人想到一家人坐拥炉火的情景。终于来到友谊小学了，圈在黑铁栅栏里的巨大的校园，如同白色汪洋包围着的一座岛屿，岛屿就是学校的教学大楼。如果是平常日子，校车会不熄火地停在停车场上，喷着白色尾气，老师招呼同学们进教室，而挤挤挨挨在教室门口的学生却早已开始期盼着放学的时光了。无人活动的校园活力不再，变得跟其他地方没有两样。黄色砖墙也因为湿气太大而显得阴沉黯淡，玻璃窗雾蒙蒙的不透亮。诺拉从学校前面绕过，来到操场上。树木环绕的操场此时也是空空荡荡，她走到圈着篱笆的一块水泥地上，这里没有积雪的时候还能看到上面画的褪了颜色的线条，那是玩跳房子和四角方城时用的。一个木头翘翘板灰扑扑的，已经扭着变了形。生了锈的秋千有一半的秋千座椅都不见踪影。尽管大门会锁上铁链子禁止入内，但孩子们还是会在假期或夏天的傍晚大胆溜进来。诺拉试了试门上的锁头，屏住呼吸，从栅栏间的缝隙间挤了进去，一脚踏上这个平整干净的院子。

她爬上吊杆，雪花像锯末样堆起来。爬到顶上了，就像安然端坐在巢里的乌鸦那样四下观瞧，希望肖恩此时就在身边，跟她一起享受这个柔软的时光，这轻巧的风，以及整场虚无的寥落。低低的云层遮住视野，地平线也消失了。她被困在一个不停旋转的雪花球中，空中落下的细小的雪花纤细美丽得如云烟尘土，盖住了所有一切，像云朵般迸裂四逸。她轻轻地走，察看着栅栏围着的四个角落，溜下滑梯，撞进堆得如秋天落叶般高的雪堆里。她一屁股坐进秋千，湿和冷立刻浸到长裤里，让她忍不住哎了一声。又冷又湿的诺拉气呼呼地在水泥地上跺着脚。她的举止淹没了空泛虚妄的表象，所到之处都留下了她存在的明证。靴子里的脚冻得生疼，腿也僵了。她腻烦了操场，又绕到学校的另一头，还是没有遇见任何一个人，她爬到铁栏杆的下层，攀在上头。一小块黑漆和红色铁锈沾在她的羊毛手套上。一点动静也没有，只有刷刷的雪。雪，这个光景已经稀松平常如每天呼吸的空气一样。

诺拉闭上双眼，仰头对着天空，让雪花斑斑驳驳地落在脸上，冻得嘴唇发紫。她觉出有个影子从附近走过来，像梦中的魅影一样。于宁静中，脚步临近。她猛睁开眼睛，想突然吓退来者，可睁眼一看才发现眼前依旧是白茫茫一片，整个世界还是一片白，一张空白的纸一般。诺拉嘟囔着骂自己蠢，摘下眼镜，用围巾稍抹了一把水气。雪花落在眼睫毛上，她眨眨眼睛，余光里瞥见围墙另一端的人影。

他举止优雅——从握着铁栅栏的皮手套到身上的驼毛大衣。衣领中露出一方真丝颈巾，雪花粘在他的帽沿上，像刮刀上的一道奶油。

“你吓了我一跳，”她说，“趁人家闭着眼的时候偷偷摸摸过来。”

靠在栏杆上，他弯下腰与她视线齐平，他见到她嘴唇上的唇彩，微微一笑：“你还吓了我一跳呢。今天这么个日子，这么一大清早的，你一个人待在这儿干吗？”

“我是来上学的，可半个人影都没有。”

“今天学校停课了么。你没听到这个好消息吗？雪太大了。”他的脸柔和起来。雪花飞舞着落向他的肩头，很像肩章。棕色呢帽下露出的头发结满了冰霜。“你看上去很冷，特别冷。”

“我喜欢冷一点。”

“但也不能太冷啊。你想暖和暖和吗？”

她朝后一退，盯着他微笑的双眼，“你不会带我回去吧？我不想离开她。”

“玛格丽特？奎恩太太的事我全都知道。”那人挺直脊背，望着校舍，眨了眨眼，不知是想抖落抖落雪花还是要甩掉某种不便明说的难堪。他的身形看来更加高大，好似有辐射的能量在他胸中膨胀。

“永远别和陌生人说话，”她开口道，“别横穿马路。只要说不。”

“今天不上课，或者你想跟我一起去暖暖身子？”

“这么冷的天，你上外头来干什么？”

“我自己根本就是个雪人么，勉强算是吧，只要一有机会就沉迷其中。”

诺拉已经给冻得流鼻涕了，用衣服袖子揩了揩，咳了一嗓子，一咳便听见有痰在胸口拉着小风箱。

那人面色一凛，轻皱着眉：“我说你是谁啊，小朋友？”他弯下腰靠近铁栏杆，近到她可以深深望进他的眼睛里去。可那原本应该映出她剪影的男人的瞳孔却了无一物，只有伤痛。她立刻知道他是谁了。他的空虚那么深重，深得让她恐惧，诺拉赶紧移开视线。他的每个呼吸都化成一阵寒风，吹过冻结的冰原，她能感觉到他血管里有冰河在奔腾，他那冰冻的心是透明的，并且同样寂静冷漠。在原子这种元素一眨眼的功夫，他击下双掌，她的时间行将终止。“告诉我，你是谁。”

“我是天使。”她磕磕绊绊地说，“一个信使者。让没有的东西变成有，这样他们就能看见我，明白我。这个时辰就要到来了。”

“我一直跟踪你，也知道你都去过哪些地方。可是什么时辰逼近了？末日吗？谁的末日？”

“这我不确定。”

“那还有谁知道天使来了吗?”两人周围的雪花波涛汹涌着,翻卷着落到地上。他越过铁门间的空隙一把抓住她纤细的手腕,猛地把她拉到近前。她的身体撞到铁门上,贴着冰凉的铁栏,喉咙里窜出一声兔子样的嘶吼。“你有没有告诉过谁说你是个天使?”

“只有肖恩,一个小男孩,但他不信。其他人就没有了。”

“那告诉我,你为什么要在这里?”他抓得她更紧了,几粒血泡子从她的嘴角迸了出来。

“因为她要我来,玛格丽特·奎恩。”她快要喘不过气来了,“是她呼唤我,让我成真。”

“但归根结底你还是告诉那个小男生了,你为什么要打破安全守则的第一条?”

“肖恩也需要人救赎他,只是他不知道应该怎么求救。他们全都不知道,他们不再全心全意地去相信了。”

“你可真不算太聪明啊,诺拉·奎恩。我现在就可以把你捏碎了,并且不会有人知道。你不能留在这里了,明白吗?你不能当那些没有开口恳求的人的天使。”

她没办法回答,鼻血横流,翻着白眼,身体深处发出哀鸣。

他的皮肤发红,身体也开始摇晃起来,似乎没了力气,失掉了平衡,但他咬着牙又问:“你怎么会认为每个人都会相信天使呢?”

“每个人都需要理由去希望,去相信。”她的肩一拧,摆脱掉他的控制,向后退避开围栏。

那人变得虚弱无力起来,像是被人毒打过一顿。他们间有铁栏隔着,他抓不到她,被钉在原地动弹不得。这时,他脚下的地面开始轰轰响着,身体周围形成一圈白色光芒,随着他说的每一句话而越发明亮。“你真是个傻瓜。除非你做出牺牲,要不他们不会相信你的。你不能留在她身边,你也不能留在那小男孩身边。你必须毁灭掉你自己的世界才能拯救他们。”

现出一道亮光，短暂却明亮，像一千颗太阳同时燃烧般，他转瞬消失得无影无踪，快得让她来不及说出下一句话。他消失在雪雾之中，再也不见踪影，感觉上他从来就没有出现过似的，仿佛他只是她心里塑造的雪人，在她忘记他的那么一瞬间就化于无形，很快，连他在雪地里留下的足迹也会消失干净的。

她用衣袖抹去鼻子和嘴角的血，再把围巾向上拉遮住嘴巴，往家走去。一离开校园她便哼起奎恩太太常在家里哼唱的歌，那是她在女儿小时候就唱的歌，是她给艾瑞卡洗澡或是轻轻推着她荡秋千时唱的歌。沉浸在想象的乐声中，以至于她差点没看见有人在一片荒凉中堆的那个雪人。圈住雪人衣领上的是一个丝巾，头上则是一顶俏皮的棕色呢帽，显然这是几个小孩子不惧风雪跑出来堆的雪人了。看着这个雪人，她禁不住哈哈笑出声来。

这是他给她的最后一个机会。她也知道该做什么了，时辰就要到来了。陌生人是他们中的一员——是毁灭世界里的人——毁灭天使。

30

每个学生都在装饰好的鞋盒盖上切开一条细细长长的缝，为情人节做好准备。帕特森太太十分喜欢这种混乱的氛围，也很喜欢挑上那么一两个学生，偷偷观察他们在拥挤的走廊逡巡徘徊，手里捧着传情达意的礼物盒子，寻找着最好的朋友或暗恋的对象。她很爱看送礼和收下礼物的人脸上的微笑，甚至很是珍爱有些孩子脸上那副不屑一顾的表情(通常来说是男孩子)——这些让她想到他们正在长大成人，很快这份天真无邪的举动就会消失不见的。

一方面对稚气心怀眷恋，一方面却又急着想抛开这种太过孩子气的玩意，三年级学生的行为举止就像寻找牧羊人的小羊。有些人偷偷热爱着这个节日，把卡片当成代表真心爱意的珍藏品；但是那些比较愤世嫉俗或者羞涩的人们，就会从店里买来最便宜的卡片——上头印着卡通人物，写着一些不咸不淡双关语的卡片——在上面直接签上名字或者随性写上几句暗讽的问候语完事，当然偶尔还会有那种送给敌人的咒语。两个最会调皮捣蛋的学生声称他们早就把这个所谓特殊的日子忘在脑后了，此种说法引来全班同学默默的赞赏。帕特森太太让大家交换卡片时，诺拉第一个站起来，掀起书桌，用满心的喜悦揭开这仪式的序幕。刹那间，每一个人都抛却了他们起先的拘谨和惴惴不安。小红心在一个又一个盒子上扑通扑通地跳动。

“这是给你的，”肖恩·华龙在他的座位上等诺拉走过来，“打开看看。”

她把食指伸到缝隙底下，撕开封口，把卡片拿出来，翻转到正面。这是一大群鸟的拼贴画，有从杂志上剪下来的照片，也有从旧书上撕下来的图片。她仔细看着画，一只又一只，贴得很紧凑，在翅膀和翅膀间几乎没有什么空隙了。翱翔的鹰，一对悠游水面的天鹅，正在筑巢的千鸟，一只红翅膀的黑鸟在香蒲草丛中欢叫，百灵鸟则在引吭高歌，莺雀，红雀，知更鸟，还有只蜂鸟在角落里嗡嗡叫。最最下面是一只快步跑过的卡通走鹃，内页是他刚学会用草体写的字迹：“有你的时候，鸟儿飞满整个天空。情人节快乐。”诺拉真想搂住他瘦骨嶙峋的肩膀，搂得紧紧的，紧得让他窒息叫出声来。从字里行间抬起头来，她看到了他大胆的希冀，看到了他灿烂的笑。那个微笑想说的是——总有一天这个世界会毁了这个小男孩，只不过不是今天罢了。她轻轻地亲吻了他的唇，轻轻地，还不到一瞬间，在他心中却是刹那永恒。诺拉四下张望，看有没有人看他们，同时把她的卡片递给他。可肖恩呆愣在那里了，连打开都不会了。于是她把卡片又抽回来，塞进他那个权充信箱的纸盒里。肖恩是最后一个绕完教室送完卡片回到座位的人，心里一直琢磨着，他自己做的卡片拼贴画能不能抵得上诺拉送给他的那个瓷杯。

大家交换完了卡片，学生们数着自己收到的情人卡，帕特森太太传下来一盒心形糖果，粉亮亮的包装上面有许多浮印的红字：属于我，永远，甜心，你好吗？小糖果尝起来就像带着甜味的粉笔。一切被满足了以后，学生们便需要把心拉回到功课上来了。帕特森太太拿木头教鞭敲了敲，让大家安静下来，“谁的报告已经准备好了？”

学生们个个呻吟一嗓子，拖泥带水地整理着，把报告摊在课桌上。为了庆祝情人节，他们的作业便是写一篇跟情人节有关的文章，并在课堂上大声朗读。温暖干燥的课堂空气中有四五只手踊跃地举起，帕特森太太选了诺拉·奎恩。她披着艾瑞卡那件神秘兮兮的旧秘鲁披风，抓起自己的作文，走到教室前方，在老师的书桌前站好，面向全班同学。

“谁是瓦伦汀？我们为什么要选择这一天来歌颂爱情呢？为什么会有这些爱心和丘比特呢？

“与未来比，过去并不见得更加确定。真正的瓦伦汀是何种样人我们所知有限，只知道有这么个人存在……或者应该说是两个人，两个都是殉道者，都是为了自己的信仰而死的。他们都是活在很久很久以前，也死了很久很久的人。第一个，瓦伦汀，他是古罗马时代的教士，当时的皇帝不许年轻士兵结婚，这样一来士兵们就会奉献更多心力在战场上，而不是分心在他们爱人的身上。但是瓦伦汀替这些年轻人而难过，秘密地为他们主持婚礼。皇帝发现了这个，瓦伦汀便被杀了！砍掉了他的头。爱，有时候就代表了牺牲。

“第二个瓦伦汀只是一个被冤枉入大牢的人。他爱上了狱卒的女儿，必须偷偷送给她情书。他在信上署名为‘你的瓦伦汀’。但是这两个故事都是传说啊，对于圣·瓦伦汀我们知道的真的不多。

“二月十四日这天其实是和异教徒的爱与生育祭典有关。异教徒么就是信很多神或一个神都不信的人。爱与生育祭典是在宙斯和希拉结婚的日子举行的。罗马人认为宙斯和希拉都是大神，但他们错了。这一天还是古罗马的‘牧神节’[①]，也就是男孩子光着身子——我能说

① 牧神节，本来是庆祝一个罗马畜牧神卢波库斯的古老节日，后来演变为情人节。

这个吗？——男孩子光着身子跑到街上去，拿皮带打女人的日子。后来的基督徒们沿袭了这一习俗。中世纪时，在漫长冬天最冷的一个时段，这一天变成男人和女人寄信给自己的爱人的日子了——这就是最开始的情人节，虽然男孩子并不再光着身子跑到街上用皮带抽打女孩子了。

“这一天是期待冬天和死亡终结，庆祝崭新开始的日子。中世纪的诗人乔叟[①]就说：‘在圣·瓦伦汀节，每只鸟儿择其良伴’。”

她的作文念完以后，全班同学礼貌地鼓掌，肖恩的脸红了起来。帕特森太太再一次被这个小女孩惊呆了，不知道说什么好了，最后她只得说：“写得太美了，诺拉。可是丘比特呢？你在开头提到会说丘比特的。”

诺拉紧张地用手指拉扯着披风的流苏。

“你知道，”帕特森太太说着，“就是那个带着弓箭的小天使么。用爱一箭穿心的那个。”

肖恩紧盯着诺拉，怕她让时间停滞，或把眼睛变成吓死人的红。

“丘比特并不存在，帕特森太太，”她说，“那是人们编出来的。”

老师脸上的笑一半开心一半嘲弄的，“你当然不相信啦，光着身子的丘比特是没有办法让你爱上的，对不对？”

诺拉的手指摸着衣服缝边，脸色发白，一阵笑声从最靠近窗口的座位响起来，然后波浪一般涌过整个教室，要是她不闻不问，那笑声就会撞上对面的墙然后再弹回来。她挺胸抬头，手指抓着流苏，声音也变得低沉下去，她面无表情地说：“我不会拿看不到的东西开玩笑。虽然丘比特并不存在，但有天使在你们间行走。”

笑声停止，倘若她不继续说下去，那笑还会随时再起。

“我就是个天使，”她说，“是来告诉你们时辰就要到来了。我是个使者。要留意其他那些天使——毁灭天使——他们在你们中间行走，

---

① 乔叟（1343—1400），英国诗歌之父，主要作品为《坎特伯雷故事集》。

监视着你们，是执行上帝可怕的旨意，惩罚不信者的七个天使：惩罚天使库希尔，代表上帝的严格；炎火天使蕾艾蒂儿，代表上帝的烈焰；索菲特儿，代表上帝的审判；玛卡提儿，代表上帝的瘟疫；胡特里儿，代表上帝的权杖；普瑞儿，代表上帝之火；还有罗格热儿，代表上帝的忿怒。除了这些有名有姓的，他们还为数众多，有十四万四千之众将降临于你们其中，大肆进行判决。”

孩子们面如土色。

“但是上帝很仁慈，且充满宽恕。他先派遣使者来恳求你们有信仰，要信任。看见我们眼里天堂的光，你就知道我们是什么样的人啦。”

她摘掉眼镜，睁大双眼。孩子们都往前探着，想看清她眼珠里有什么星座荧绕。肖恩吓得呆住了，因为她的眼睛变得很小很小，整个人似乎都缩得更加小，变得更脆弱，跟其他人没两样，只不过就是个小孩。他暗地里祈求她停下这一切来。诺拉展开披风两翼，接着说：“我是上帝派来的天使。”

帕特森太太高喊着制止她：“诺拉，别闹了！”但这声音没人听得见，她的名字化为一声赞美，然后慢慢隐没成抗议。她没注意老师的椅子刮过地板的刺耳声响，也没注意到什么脚步声，没注意老师正朝她走来，喊着她的名字，勒令她“拜托，别再闹了！”直到老师一拍她的肩膀，诺拉才安静下来。老师带着她穿过吓傻了而鸦雀无声的同学们，回到座位上去。她瘫在椅上，打了个哆嗦，全身剧烈发着抖，像是一阵惊恐在沿着她的神经系统乱窜，可突然之间，这种古怪的恍惚状态就停了。没有几秒钟，她闭上眼睛，精疲力竭地睡去，直到午餐铃声响。其他学生相继走出教室去吃饭了，帕特森太太让诺拉留下来。

“你到底是怎么回事？”

诺拉双手抱着胸，没有一句解释，她已经准备好受罚了。

帕特森太太心一软，有那么片刻她把这孩子都当成自己的女儿了。“没事吧，孩子？”见没得到回答，她又说，“我不允许教室里出这种事。我得把你今天调皮捣蛋的事告诉你外婆，还有校长。不论怎样，我们不允许。”

诺拉不在意她的威胁，事实上，她知道消息很快就会传回家，甚至星火燎原一般传遍全镇，却很是欢喜。拯救奎恩太太的计划业已启动。诺拉像女皇一般昂首阔步走进餐厅，一看见她近到身旁，孩子们的窃窃私语全打住了。有关她如何胆大妄为的传言在她身前背后传开了，如影随形的，就像长袍上松掉的线头一样。别的在餐桌上等她的人，突然一跃成为众人瞩目的焦点，全都乐坏了。只有肖恩对她的坦白觉得困扰，但是他把恐惧埋在了心底。吃完一顿庆功宴，她的同学们列队陪她回教室去，后来还陪她一起走回家。众人一心想靠近再靠近这道他们刚刚才发现的亮光。

孩子们还没放学呢，电话就响了。要不是怕惊动黛安在楼上卧室的午觉，玛格丽特一定不会接起来的。一拿起听筒，听见泰勒校长的声音，玛格丽特的心头便涌出真真切切的恐慌来。他提起教室里发生的意外的捣乱事件，提起来学校辅导员，提到了心理医生。交谈中，她回想起另两次如此惊慌的时刻。第一次是他们告诉她爆炸的事了，她到最后才终于搞明白是艾瑞卡不见了，走掉了。最近的一次则是保罗。不是保罗最终过世的那天，那天如释重负的感觉还多过心如刀割的伤痛。让她惊慌的是诊断的那一刻，他们面对医生证实了保罗早就怀疑的事。她浑身颤栗为着这个消息的尘埃落定，也因为没有多少治愈的余地和保罗的所剩无多的时日，或者说根本无药可治。第一次碰见这么惊悚的情况，是保罗陪着她一起过来的。现如今，可没有人能再帮她了。黛安就要回华盛顿去，玛格丽特必须独自面对即将来临的危险。她再一次祈祷能得到帮助。

“你的外孙女有些不对头。”校长说，“她站在全班同学面前，说她是上帝的天使，还威胁说会有大火和瘟疫，以及四万个天使什么的。她把其他学生吓坏了，更不消说那位可怜的帕特森太太了。我甚至不确定那个女孩子是不是合法注册在我们学校的，奎恩太太，更为严重的是她今天搞出乱子来了，你得想办法解决诺拉的事。”

她并不担心孩子们说什么，小孩子有的是办法相信任何事，有的是办法用坚定不移的信念讲出最骇人听闻的谎言。不，她害怕的是这个故事所能引发的后果。诺拉禁不起详细的兜底儿盘查的，她必须离麻烦远远的才行。如果有对的人拉出对的线头，她们的把戏就会被揭穿，届时，小女孩就会被送走。她挂断电话，透过窗上的白雾，凝视雪色苍茫的大地。

雪白之中有道人影慢慢成形，在午后光线里，她起先还误以为是鬼呢，是逝去的丈夫回来找她了。随着人影渐渐靠近，变得清晰了之后，他藏在帽子下面的脸也改变了。他看起来似乎更像是她父亲，或者应该说是她想象中父亲年老之后的样貌。他就像从冰上滑过来似的，玻璃窗里只见他的身形，他的驼毛大衣，他时髦的围巾。他满是皱纹的脸很和蔼，头发在白雪的衬托下显得黄澄澄的，就像她很久很久以前，在保罗之前爱过的那个男孩那样的金发。他的面庞瞬间再起变化，他又变成她既渴望又畏惧的一个人朝她逼近。远远的，她听见他的名字从她唇间冒出，越过时空，穿过玻璃。“别伤害我。”她轻声祷告着，作为回答，他的声音在想象中听起来像是“诺拉”。于是她闭上眼，等着他离开。突然现身的他转瞬即逝。玛格丽特瘫在窗边的椅子上，瞪着下午四点钟渐渐黯淡的光线，对着薄薄窗玻璃后面的那一片虚无世界麻木不仁。她坐在那里，直到大门被猛地推开，一阵寒风灌进来，孩子们回家了。诺拉一言不发，在这个她最需要的时刻走向玛格丽特，张开双臂抱住她的肩，把脸埋在她胸前。

第二部

（一九七五年十月）

1

他们在高速公路上狂奔，奔向毁灭。一路担心着会被追捕，所以规划南下路线时，决定朝大家都预想不到的方向走——沿着新月形道路穿过“圣经带”①，然后急插横跨西部荒野去拉斯维加斯，最终跟其他天使在柏克莱会师。初升的太阳照到脸上，艾瑞卡身子一缩，用手挡住眼。有那么一会儿工夫，她不知道自己身处何方，车窗外一掠而过的风景更平添了她的困惑，直到扭头看见威利全神贯注盯着前方的路况。她想起来逃离之后曾经打过一个小盹儿，睡了一个小时。而此刻，在早晨耀眼的日光里，夜里发生过的事情便飞快浮上心头——威利在浴室里，枪，从她爸爸那里偷来的枪——血直往她太阳穴上冲。一道道阳光透过树梢射下来，交叠成一道道光影，像脉冲电子管一样闪烁跳动着。

“我们这是在哪儿?”她的嗓音有些嘶哑，以致两个人都诧异起来，她清了清嗓子，又问了一遍。

“西弗吉尼亚的什么地方吧，”他故意挤出个土包子的腔调来，“翻过山冈，越过树林。”

在一条条树梢闪动的光影之下，艾瑞卡不得不手遮挡着眼睛，“那咱们离哪儿近?”

“早安，快乐的阳光。”住嘴，她心想。这句话听着真挺老派，像她老爸说的似的，搞得她一下子情绪低落起来。“你错过第一个露天矿井了，”他说，“那些混账王八蛋铲了半座山，活脱像砍掉了某人的半个头，

① 圣经带，指美国南部和中西部基督教原教旨主义广泛流行的一些地区。

再挖出脑浆来。”

“你真低俗，又恶心。大清早的开口就是这种话。”

车子吱吱嘎嘎开在山路上，越过光秃秃的小山坡。“附近有能让女孩子方便的地方吗？”

开到下一段笔直的道路时，他停下车，关掉引擎。沿着狭长的路肩，迷雾透过蕨类植物和齐人高的蒿草，从树木之间漫出来。艾瑞卡下了车，脚踝以下沉浸在白茫茫的雾气里，她望着那诡谲的迷雾，回过头去看驾驶座上的威利，希望他能下车陪着她。在一大棵林荫蔽日的老橡树后头，她解开裤子，蹲下身子等着她的那泡尿。清晨的空气让她的光屁股凉凉的，听见车门一响，又砰的一声摔上，她立刻条件反射般地尿了出来。再从橡树后走出来时，她见他靠在福特平托的引擎盖旁边，手里拿着把枪。“你这是干吗？”

“保护你呗，荒郊野外的，你永远也不知道这山里藏着什么古怪。”

“我的大英雄。”

“我们还得再赶赶路，宝贝。”

他们身后的路当间，有只兔子突然呆立着停在那里不动了，威利抬起手臂，手枪瞄准到兔子的两耳之间。“砰！”他嘴里模拟枪声发出声音，然后哈哈大笑。他们回到车上，轮胎轧过杂草和碎石块，重新回到主路上去。她又开始昏昏欲睡了，头靠着他的肩。

仪表盘上的时钟显示又过了一个钟头。“你觉得我们还有多少时间？他已经起床了，准备好了开始新的一天……你也留了纸条，对不对？”

“别担心，他会很高兴的，以为我早早就出门上学去了，以为他终于能够让我明白成绩好有多重要了。人啊，只要以为所有改变都是因自己而起的时候，就什么都愿意去相信。”

屈伸着手指握着方向盘，威利显然没打算听她的回答，只顾忙着想下一个问题。“那你妈今儿个晚饭时一回家——”

“相信我，今天晚上没事。他们不会想到要打电话给乔伊斯问我在她家过夜的事的。怎么着也要等到明天……到时候就算警察弄清楚出了什么事,咱们也早就已经远走高飞了。”

“二十四小时,宝贝儿,他们要等二十四小时。到那会儿我们跑得影儿都不见啦。”他翻下遮阳板,转到右边去,挡住早晨斜射进来的太阳光。“到时候我们就像海里的鱼一样,已经穿梭在茫茫人海中了。”开了几公里之后,她又睡着了,斑驳的树影飞快掠过她的脸庞,十月的阳光影影绰绰地印在她脸上,让她的五官变得平淡无奇,眼睛闭着,嘴巴张得大大的,看上去一点儿也不立体,像个装饼子的盘子,又像个卡通小人。往南行进的路上,他时不时偷偷瞥她一眼。与清醒时的她比较而言,此时的她完全成了卡通版的艾瑞卡。他已经开始怀疑她是不是有能力成为真正的革命者了。

2

她喜欢玩他的老二,所有的麻烦也都是从这儿开始,又在这儿结束的。第一次呢,是到赫希[①]的校外学习旅游那天。夜深时分,在回家的校车上,她把脱掉的毛衣当毯子盖在两人膝盖上。等车子发动起来并开上收费高速时,她就把手伸进衣服底下,解开他的裤子拉链,掏出他的小弟弟玩上了。但她嘴里一直不停谈着过山车和摩天轮,说那一整座城全飘着巧克力香,还说在最初的惊喜过后,那股甜味闻起来有多腻味。她不停不停地说着话,好避开坐在他们周围的孩子们;他则是一直凝视着自己倒映在漆黑车窗玻璃上的倒影,因为必须装出不感兴趣的样儿才能更好的感觉她的爱抚所带来的快感。他身上的每一个细胞都

① HERSHEY,赫希,是美国宾夕法尼亚州中部的一座小镇,也是世界巧克力之都,它创建了世界上最大的巧克力工厂。

集中在她指尖，直到他再也不能忍受这种爱抚，于是收回注视着车窗外漆黑景物的目光，亲着她，轻轻把她的手从毛衣底下拉出来。

“可是威利……”

“真棒，”他说，“此情此景，实在是好得过了头。”他把头倚靠着车窗玻璃，艾瑞卡挨着他，靠在他肩膀上，静静地任由时光飞逝。

从一开始，她就很喜欢听他说话。他声音里的热情让他显得老成持重，像是那种跟不上潮流的老古董似的，像活在七十年代世界里的六十年代男孩子。他们俩在一起整整一年了——至少对他而言是这样——但她却是在进入前进高中的第一天就已经迷上他的了。他是那么与众不同——瘦削，沉默寡言——就算是在当时，她也已经察觉到他是一个激进的知识分子了，怀里老是抱着比茨和波特莱尔的禁书，背包上别着各式各样的政治徽章，学校储物柜里头贴着贴纸和海报。他的英雄是托马斯·默顿①和詹姆斯·鲍德温②，切·格瓦拉③和鲍伯·迪伦④。每个人都急转右倾之时，他却转向了左。从初中升到高中那一年间，他窜高了得有四英寸⑤，也留开了长发，他喜欢穿二手商店和旧货市场淘来的衣服，为他那个叛逆的灵魂配上危险的外表。尽管学校里绝大多数都是出身中产阶级家庭的白人学生，但他却扮出一副世界公民、四海之内皆兄弟的腔调。他的毕业论文写的是《心葬伤膝溪⑥，西部印度安人历史》，而在毕业袍底下，他却穿了一件鲜红的达西提非洲衫⑦，那上头印着“别晃了，直接把船沉了吧！”他第一次约她出去，她就喜孜孜地答应了——无论他提什么要求，她都会喜孜孜地答应。她

---

① 托马斯·默顿（1915—1968），二十世纪著名的修道士、多产作家，写了八十本有关文学、社会、灵修学的自传、诗集与评论小品。

② 詹姆斯·鲍德温（1924—1987），美国作家，他在二十世纪六十年代的民权运动中声名鹊起。

③ 切·格瓦拉，出生于阿根廷的罗萨里奥，马克思主义革命者和古巴游击队领导人。

④ 鲍伯·迪伦，二十世纪美国最重要、最有影响力的歌手，并被视为六十年代美国民权运动的代言人。

⑤ 1 英寸＝2.54 厘米。

⑥ 美国南达科他州的伤膝地区，这是 1890 年美国联邦军队大屠杀苏族印第安人的地点。

⑦ 一种模仿西非部族的服装，色彩鲜艳而宽松的短袖套衫。

答应得越多，他的自信就越强，这样一来，他们对认同感的追求也就沦陷在欲望与快感的纠结中缠夹不清了。撇开外在的行为已经泄露了他们将来会成为什么样的人这一点之外，他们二人还黏得要命，分都分不开。

这几个月以来，一封又一封信寄到他的信箱——那是在他回复了《被涂污的鸟》①的神秘广告以后，天使寄来的招徕广告。打印和油印的宣传单上有着诸如"有关美国之错"、"商业大集团之操纵内幕"、"原子弹与即将爆发的内战"以及其他抨击性的文章。威利回了信以后，便有一个自称是"乌鸦"的男人给他写了信来。其人的第一封信是呼吁诉诸武力，单面油印的纸张上印着"十二大目标"，为了拯救世界就必须先毁灭之。天使将招募黑豹党，气象人，共生解放军②和其他所有革命未成功人士。七月，召集令自柏克莱寄达：一同加入正义阵线！

他毕业之后的那一整个夏天，她都禁不住诱惑，躁动不已。每回一想到要跟他私奔这事儿，她就"性"致盎然。她想取悦他，想确保他会真的带上她一起走。她在游泳池里把手轻轻划到他的游泳短裤前面，就这么简单的一个动作，竟然也能让他在游泳池那冰凉的水中勃起，她不禁咯咯笑。一听见他把车停靠在她家门口路边的声音，她就要在二楼的窗子边上摆出一副魅惑之态勾引他，为只为看到他晃着一头棕发惊叹不已地看着她放浪发骚。他们只要一逮着机会就在他哥哥那辆平托的后座上玩车震，要么就是在树林里，在那些隐藏着的动物的偷窥、注视下，变得狂野不羁。再不就是趁着雷尼克太太在楼上睡觉的时候，窝在他家地下室的长沙发上做爱做的事。有一回，保罗和玛格丽特进城去看公民轻歌剧演出了，他们还在她爹妈的床上搞了一场。

---

① 《被涂污的鸟》是杰捷考辛斯基在 1965 年撰写的一部有争议的小说。

② 黑豹党是一个由非裔美国人所组织的团体，其宗旨主要是为促进美国黑人的民权；气象人是二十世纪六十年代从美国"学生争取民主社会组织"分裂出来的一个激进派别；共生解放军，产生于上个世纪七十年代美国旧金山湾区的一个反对越战，且以极度暴力的行动来争取民权，是个以暴力革命为口号的左派极端组织。

“那个男孩子是不是来过?”

“没有啊。”艾瑞卡骗他。

她妈妈正要从冰箱那儿走到炉子前,半道停了下来,站在女儿背后,望着埋头看漫画版的丈夫。她只顿了一下下,她肯定女儿在撒谎,但是暗暗希望保罗能接受她的说法。

他舔了下指尖,拈过张报纸。“只不过我们回家后觉得哪里有点不太对劲……那个装爆米花的碗摆在水槽里了。”

艾瑞卡的手指抚着果汁杯子沿。“我看了部电影。十一频道放了《毕业生》。”

站在碗柜旁边的她妈大叫:“在电视上播?他们怎么能这么做啊?!”

“你是不是指有点儿‘顽皮’的那部分?”艾瑞卡说,“他们事先审查过了,就像这个法西斯国家的其他事情一样的,通通审查过了。其实也不过就是人体罢了。”

“我的啤酒也少了一罐,”她爸爸说,“家里肯定有四罐,可是现在只剩三罐了。你不知道是怎么回事,对吧?”

艾瑞卡双掌往桌面一拍,倾着身子,“我不知道你那些宝贝啤酒的破事,搞不好是你自己喝过头了,搞不好是妈受不了了,想搞杯鸡尾酒来喝,可是我受不了那个东西。你知道啤酒喝起来像什么吗?像塑料。你要是想指控我,就直接冲我来好了,但是我没喝你的。”

“亲爱的,”玛格丽特见状打着圆场,“谁也没有指控谁啊。”

“爸像FBI,到处打探,找碴儿,先开枪,然后才问话。你这是又找到什么与威利相干的事了?”

保罗匆忙放下报纸,对折,再把折痕压平,“我只不过有点纳闷儿,为什么会少了一罐,”他竭力压抑着怒气,但有个念头在心底挥之不去,“也许是我数错了。”女儿走出了餐厅,保罗也喝完咖啡了,他踱到妻子身边擦盘子。“我在床上闻到他的味儿了。”他对她说,然后从口袋里掏出一个装三明治的袋子,里头有两个吸剩下的大麻烟蒂。“垃圾桶里找到的。你说她把我们当什么了？傻子吗？”

突然从肺部弹起一股重力把玛格丽特的心脏压得一沉，她大口喘着气试图摆脱这股压力，但还是摆脱不掉心头的恐慌和悲哀，麻烦就要来了。

3

耳边一声湿润耳语，“走吧。”有指尖划过她光裸的皮肤。

她眨了眨眼，看见他俯望着自己，一头卷曲长发垂下，环住他黝黑的脸庞，肩膀宽阔有如翅膀。她梦见自己飞越了那幢房子。梦被打断，她把头深深埋进枕头里，想摆脱掉他重新回到梦乡去。

“走吧。”

她慢慢感觉到他身体的存在，于是曲起手臂，伸开手指，想让他也躺到床上，躺到她身上来，跟她一起享受毯子内的温暖。她张开膝盖，留出一些空间给他，可是他没躺下来，相反的，还一把扯掉了被单。

“艾瑞卡，我们走吧。”

威利掀开被子，凝视着她不着一物的双臂双腿，以及隐现在棉质睡衣下轮廓清晰曼妙的臀部曲线。诱惑如此难当，可他并不是笨蛋，于是拽着她的肩膀拉她坐起来，为的是给她片刻时间好搞清状况。他们这次离家出走的计划已经进行了好几个月了，此时的她早就应该清醒地准备好、等着他，而不是还在睡梦与现实间辗转迷离。

“时辰到了。”他说，希望她能完全醒悟过来。他曲起胳膊就着月光看了眼手表。三点十分。她双臂交叉，抓起睡衣下摆，往上扯过头，这一连串动作一气呵成。裸着上半身的她淘气地露齿一笑，舔了舔嘴唇，“你不想用一个吻把我叫醒？”

他欺到她身前，左手捧着她的胸，右手轻抚她的发。在微弱的光线下，她的皮肤发着蓝幽幽的光。弯腰亲她的时候差一点没吻到她的嘴唇。“真该走了，我的小睡美人。”

“那请移开你的目光吧，我的魅力王子。”

等她穿好衣服，睡美人的魔咒也随之解除。头晕目眩复又变成了恐惧，不只怕被睡在走廊另一边的爸爸逮到，还对踏出这一漫漫逃亡的第一步有着莫名的恐惧。她的指甲刮着他的背，让他心头一震，转过身看她，不禁从喉头喘出一大口气。

“走吧。”她在他耳边说。她肩上背了一个塞满生活必需品的花边袋。此一周前，他们就已经偷偷运出来一箱她的秋装衣物，现在正摆在偷来的汽车后备箱里。她领头推开房门，迈进暗黑的走廊，老头子打呼噜的声音穿墙而出，害得威利必须以手掩口才能忍住紧张的偷笑。到了楼梯口，她停住步子，扯了扯威利的衣袖。“我得先去下洗手间。”她看见他眼里的惊惶，赶紧安抚他：“长途旅行前我都要先上个厕所。这样一来我们走多远你也不用再停车了……何况他又不会醒过来，睡得像死人似的。”

他站在楼梯底下等她时，老觉得听见有人敲大门的声音，那是种小孩轻轻拍打的声音，八成是不确定在这么晚了应不应该吵醒屋内的人。他用一根手指挑起蕾丝窗帘，瞄着窗外。没有人。是风。是他自己的心脏在肋骨间剧烈跳动的声响，连艾瑞卡悄悄走近，他都没听见，不期然被她一碰，不禁发出短短一声惊呼。头顶上的床垫弹簧吱呀作响，那是睡着的人翻了个身。浴室里泄出的微光在楼梯顶的走廊上映出一方小小的光影，电扇转动的声响反衬得四下里更加寂静。

“我可没关灯，免得你也要上厕所。路长着呢，宝宝。”

闻言他翻了翻眼睛。

“说真格的，要是他半夜里醒过来了，会以为我还在浴室里。他只会勒紧裤腰带，耐心等着。他绝对不会敲门，绝对不会打扰高贵的女王陛下。实在等的累了，他就回去接着睡。真要是明天晚上我妈回来他还在睡呢，那我也不会觉得有什么意外。”艾瑞卡轻快地跳着四步吉格舞。

“那咱们走吧。”他被最底层的楼梯绊了一下,胳膊一伸险些撞着她。

月亮和星星照亮了通往后院的路。他们爬过两道围栏,而她只回头望了一眼。看见浴室窗子里亮的灯,像灯塔。她觉得自己恰似已经远行的移民,并且确定再也不会返航归家。现在不会,永远也不会。有那么一小会儿,她放开他的手让他跑在前头,越过沾满露水的草坪,威利停下,只为回头看她。艾瑞卡转身回望,突然有股强烈的情绪拉住了她——那是她所熟悉的一切、是她跟爸妈一起度过的快乐时光的回忆,是她即将承受的痛苦。深切的悲伤差一点让她驻足不前了,要是那幢房子里透露出一丝一毫生命的迹象来,她必定会转身飞奔回去。威利轻声唤她,她的灵魂被唤醒,狂奔到他的身边。一条小路与新扩建的自行车道交错而过直通到友谊大道。偷来的平托就停在小路尽头,威利打开后备箱盖子,把她的背包丢进去。车后座上,被他们的行李箱挡住的是一把猎枪,是一把点 22 步枪,还有一盒子子弹放在匹兹堡钢人队橄榄球场的旧毛毯上。她把枪支包包好,小心藏匿起来。上路后,威利把手探到方向盘底下,解下他皮带上的柯尔特蟒蛇①,交给艾瑞卡,要她一并收到汽车手套箱里去。

“这是干吗用的?”

“以防万一,万一老头子醒过来。”

“就算他醒了你要怎么着?”

“拿枪指着他的头啊,把他吓回去。”

“要是他不肯让我走呢?”

“那就开枪打他。”

她非常怀疑他这是在说真的,还只是扮英勇来博得她的好感。现在就算再想回头业已太迟,她深吸口气,索性不再多想什么。车子经过友谊小学的时候,她摇下车窗,放声对着夜色大喊:“毁灭天使!”威利从驾驶座那边的车窗也探出头去,嚎叫了一嗓子呼应她。车头灯扫过一

---

① 柯尔特左轮手枪,俗称“蟒蛇”。

对圆眼镜的镜片,可他们压根儿也没看见路旁有人影。而学校的铁栅栏旁边,一个年轻女人听见他们的喊叫了,她在暗夜里兀自笑了起来。

4

玛格丽特盘算着事情会如何发展。阳光照射在挡风玻璃上,过往车辆在高速公路上轰鸣,而她则沉浸在白日梦里。他的眼睛深深凝注她的脸,望着她的眼,她的嘴巴,一字不漏地倾听她说的话。老天,就连她自己也未必记得自己说了什么,但是因着这份凝神细听,他无疑可以一字不差地复述他们说过的每一句。她随波逐流在时光的长河里,沉溺在思维意识里,全神贯注于脑海中浮现的意象之上。她想象他的手触摸到她赤裸的肌肤,轻轻滑过她臀部时会有什么样的感觉。她又一次回想,又一次发现,他是怎么看着她,怎么欣赏着她,他的下巴抵在她脸上时粗糙的触感,他脉搏的剧烈跳动。她诱惑着他进入之后的轻哼,她会怎么用她的手指找到让他快乐的引爆点。他喊着她的名字,而她则把他拉得更近。再近,我就要躲到你背后了。这个老笑话让他们不由得笑起来。随着笑声,他们又觉得离彼此更加近了。她没过多地想他赤身裸体的样子,她自己的呢,当然就更甭提了。她也没想象他们现在的样子,但却看见他们年轻完美的模样了。此时,他唤着她的名字,似乎也同时唤出了惊喜和安慰,从她现在难得回想起的青葱岁月里袅娜飞来。自他唇间吐出的每一个字,每个音节她都仔细推敲,仿佛是他第一次说出口那般。玛格丽特。玛琪。我的。开车回家,回到有保罗的那个家的路上,她悟出这两个男人之间的差异——虽然她长久以来一直觉得他们是同一类人:谈吐、说笑和沉思的模样很相像,他们对她几乎有着相同的热情,他们的爱使她跟其他男人在一起有古怪的格格不入的感觉,在这点上他们都是那样相似。保罗是她所喜欢的那种类型，她敢断定，因为他让她想起了初恋情人杰克逊——可是直到再见杰克逊时，她才发现那两人之间是多么不同。或许她忽略了他们灵魂中独具的个性与风格了。

这么多年过去以后，她想，这根本就是个错误。在人生不可避免地经历了诸多无情的风云变幻之后，再去见杰克逊可不就是场错误么。九月初的一个午后，电话铃声响起。已经吃过午饭了，但念中学的艾瑞卡还没放学回家，那正是一个叫人慵懒松懈的好时候。她拿起听筒，以为是保罗想起送洗的衣服或晚餐的菜单呢。乍一听到杰克逊说哈罗时，她大惊失色。他的声音冲过电话线直灌进她脑子里。纵使过了这许多年，她还是立刻听出是他来。而他叫她名字的声音，也还是直接穿透她的灵魂深处。玛格丽特两腿一软，跌坐在地板上。听他装作若无其事地解释，解释说他有天晚上在老艾彼特烧烤店[①]碰到她妹妹黛安和妹夫乔伊了，尽管岁数不饶人，尽管须发皆白了，但是他们还是飞快地辨认出彼此来。西科纳夫妇坚持邀请他一起坐，尽情又愉快地追忆了旧时的美好时光，谈的大多是你，玛格丽特，你。他开口一问，黛安就为他写下了你的电话号码，说你一定会很高兴的。所以，干吗不打一通电话呢？他终于下定决心打了。能联络上可真好……你会上华盛顿来吗？让我带你和保罗还有你那个叫什么名的女儿，一起在城里好好玩一个晚上。

一提起她丈夫，玛格丽特就重新又想起横亘在他们之间的这些年。保罗，没错，保罗。他们聊起工作，孩子，病痛和快乐。她记下了他的电话号码，答应下回去的时候打电话给他。虽然老实讲，我们已经不再像从前那么经常到华盛顿去了，可是如果真去，我就会约时间看你。她一挂断电话，艾瑞卡就走了进来，毛衣系在腰间，裸露的脖子上全是汗水。这么年轻闪亮，她很想知道，女儿是不是和那个男孩子上过床了。他那头黑色卷发长得可真像女生。他晃晃悠悠、漫不经心地绕着房子打转、

① 老艾彼特烧烤馆坐落于华盛顿白宫附近，牡蛎是这里的招牌菜。

对保罗挑衅的模样。他光洁的额头，明亮的眼睛，下巴的皮肤紧紧绷绷。她可以想见他们在一起十足狂野的画面，可又总是马上抹掉脑海里现出的情景，至少是要把女儿的身影从那幅赤裸裸的画面上择出来删掉。毋庸置疑，他们一定做过了。与她和杰克逊像他们这么年轻的时代相比，情形已经大不相同了。当年的性爱还是比较偷偷摸摸，更多的是一时冲动给冲昏了头所致。而现在的年青一代却大不一样了，他们会不慌不忙，找个地方，仿照着他们任何一个晚上都可以在镇上电影院里看来的动作做。她和杰克逊甚至从来没有全裸着在一起待过。现在，年轻人全身脱得光溜溜像初生婴儿那样厮混在泥泞里，给爱人的头发上戴一朵小花。对这个非婚生子泛滥的时代，他们那代人可算是出生得太早了，错过了。不过，杰克逊当年还是很棒的——这并非指保罗缺乏热情，他有他自己的一套热情表现方式——曾经爱她爱得这么深，这么蠢。

晚餐时，她提起了这个话题，然后很巧妙地马上把这个想法变成是保罗的主意了。"黛安下个月初的生日，"她说："我已经好几年没见过她了，要不然我们一家三口——"

"可是……妈，我得上学。而且威利和我还有其他计划呢。"

"这段时间诊所正忙啊，亲爱的。"保罗马上接上话茬儿，"不过，你去没关系呀。享受一下自己的时间——"

"那就算了吧。"

艾瑞卡立刻反驳："我们能够自己照顾自己的，去吧。好好玩玩。"

是很好玩，车子载着她离家越来越近时她对自己说。听见自己的声音，她吓了一跳。要是他当真开口的话，我就会和他上床，会因为他的抚摸而心神俱醉，会和他做所有当年没做过的事。她已经忘了自己有多爱他了。她会和杰克逊一起跳上床，就像艾瑞卡饥渴地奔向那个男孩子一样。

他们一起吃了一顿毫无邪念的午餐。他看上去非常优雅，并且英俊。说来也奇怪，尽管头发灰白，皱纹加深，腰腹松弛起来，男人却可以越来越好看，而我们女人却只能一天一天地变老。比起男人来，我们更能坚守自己的身体，而男人在年轻时就抛开了这个，他们抛掉躯壳，只让它栖息在心底。女人则不，女人和她们的身体一起变成女人，栖息在同一个皮囊之下。杰克逊和玛格丽特的对话游走在情爱边缘，却总未逾越。实际上杰克逊谈起过世的妻子和离开家读大学的儿子时还差点掉泪呢，但是从他极力压抑的狂喜中，她知道他是特意来看她的。要是她说对了话，他们最后就会在毯子底下交缠并为之懊悔不已。在晚餐时分的昏黄中出了高速公路，她很想知道威利在爱她女儿时是否也如此之深，可能近些日子她对艾瑞卡过于严厉了。她早就应该介入丈夫和女儿之间，免得他们做得太过分。杰克逊说，你害我心碎。这并非谴责，更近似于追忆逝去的好时光的那种悲伤。他说能再见到你可真好，你一丁点儿都没变，尽管他们俩都知道这不是谎言就是美丽愿望。想当年他们还年轻的时候，他要她一起私奔，她为什么没跳起来马上答应他呢？当年就该说的话，为何时至今日才问，才说出口？还有比这更蠢的吗？她很想知道，威利承诺给她女儿什么爱的誓言了。行走在人生剧变锋利的边缘，想到自己可以拯救女儿，让女儿不必心碎，玛格丽特满脑子想的都只是女儿。

暮霭沉沉，跌进了黑暗。保罗早已为她点亮门廊的灯。她把袋子留在车上，急急进门，尚来不及打招呼，劈头就是一句“艾瑞卡她人呢？”

5

所有的一切都可以追溯回一九六八年。那年四月，一个男人在孟菲斯枪杀了马丁·路德·金，他看见或黑或白的脸沉浸在希望破灭的伤痛中。两个月以后，他们在洛杉矶的大使饭店杀了罗伯特·肯尼迪。威利仔细看着《生活》和《风貌》杂志上的照片，那个吓呆了的餐厅侍应跪坐在地上抱着倒地的男人。他脸上映着光影，右手握成拳头。几天后的告别仪式上，送葬队伍从纽约排到华盛顿，所经过的大小城镇挤满了挥手向他道别的老百姓。那年夏天发生了暴乱，大火在城市里燃烧蔓延，警察把芝加哥抗议的人们打得屁滚尿流的。还有越战，每天一到晚餐时分，电视上就会出现死人的画面。那个老头对着电视里的克朗凯特[①]或尼克松说："看看那些狗娘养的嬉皮士，他们自以为比谁都行，自以为他们比征调上前线被打死的小伙子们更棒。"晚餐桌上，他爸爸越过妻子的肩膀，盯着另一个房间亮着的电视荧屏。而她就只是坐在那里看报纸，玩填字游戏。

那年夏天，他跟着哥哥爬到停车棚顶上。他哥就在那儿抽偷来的烟，而不必担心被逮着。从大开的窗口爬出去，他摇摇晃晃地跨过略略倾斜的顶篷，对着八月的黄昏点上烟。那时天光已经开始短了，太阳每天都比前一天早一分钟下山。威利是在劳动节之前逮着他的，因为他运动鞋的鞋带被窗帘缠住了。威胁利诱之下，他哥终于允许他加入。但是丹尼同时也恐吓他，说要是胆敢泄露只言片语他就宰了他。

余下的夏日，一直到秋天，在每个清明的夜晚，吃了晚饭以后，他们就往屋顶上一坐。星空之下，兄弟俩天南地北、断断续续地聊啊聊，话题也从家乡海盗队那一季的球运窜到父亲家里的专制，再到他们母亲那深不可测的神秘。丹尼比弟弟大四岁，那时正在读高中，他掌控着他们之间对话的节奏，努力不去破坏在天色渐暗的傍晚吞云吐雾海阔天空穷聊的气氛。他吐着烟圈，卖弄着大道理，高谈阔论滚石乐队跟披头士乐队哪个更好哪个差劲。鲍伯·迪伦的纯演奏版与电子版之间孰优孰劣，亨德里格斯[②]翻唱的《沿着瞭望塔》[③]有没有更好。再不就是搞女孩子的手段——尽管威利知道他哥这一大番独白完全是理论上的巨

---

① 沃尔特·克朗凯特（1916—2009），记者，冷战时期美国最负盛名的电视新闻节目主持人。

② 吉米·亨德里格斯（1942—1970），著名的美国吉他手、歌手和作曲人，被公认为是流行音乐史中最重要的电吉他演奏者。

③ All Along the Watchtower，鲍伯·迪伦原唱。

人，行动上的矮子的。在屋顶上他还能算得上是个小喽啰，其他地方呢，无论有心还是无意，哥哥都避着他——也正是因为这，他开始认为偷来的哥俩的相聚时光才是他人生中唯一确定且真实的部分。谈起政治论题时，他总是专心聆听。一九六八年大选的几周前，丹尼就预测说韩福瑞①或许能拿下北方各州，而乔治·华莱士②在南方会赢得足够的选票，从而帮助尼克松当选总统。"这下子，这帮白人佬③一下子鸡犬升天，该乐坏了。"

"白人佬是什么意思呀？"

"不喜欢黑鬼的白人呗。你不知道乔治·华莱士是个老牌的种族主义者吗？你没见着那些照片上消防水管冲着人群射，把他们都射倒在地？就是不喜欢黑人和白人混在一起。我觉得啊，咱家老头儿真保不准会把票投给华莱士，如果他知道工会永远都不会发现他这么干的话。"

威利第一次思考这一可能性。老爸能有某种政治生活，虽说这话听上去就很蠢，可他越想就越觉得丹尼的判断是对的。毕竟丹尼是个高中生呀。

"你该不会以为这仅仅是个巧合吧？拼了命想改变这一切的人都给枪杀了。约翰·肯尼迪，马尔科姆·艾克斯④，马丁·路德·金，还有罗伯特·肯尼迪……全被枪杀了。"他对着黑夜喷出一口烟，"你不知道事情早就成了定局了吗，兄弟？所有的场景都是瞎编杜撰出来的。"

"你在说什么呢？"

"我说的是CIA，兄弟，还有黑手党，FBI。他们监视我们每一个人。你不会真以为有个笨蛋自己搞把枪来吧？走近总统，然后'砰'一声？

---

① 小休伯特·霍拉蒂奥·韩福瑞（1911—1978），第38任美国副总统，1968年代表民主党出马角逐美国总统，但最后败给共和党候选人理查德·尼克松。

② 美国律师、政治家，阿拉巴马州的民主党州长乔治·华莱士决定独立参选，最后选战成为三边的竞赛，因为他在南方的胜利，使得共和党的尼克松以微弱优势击败民主党的韩福瑞当选总统。

③ 白人佬是对几乎未受过教育的美国南方贫苦白人的轻蔑称呼。

④ 马尔科姆·艾克斯，声望仅次于马丁·路德·金的黑人运动领袖。1965年遭枪击身亡。

绝对不可能。要是读了真正的报告你就明白了，每一场暗杀行动都不止一个枪手，净是些斗大的阴谋。你不觉得奇怪吗？先是金，然后是罗伯特·肯尼迪——在他快要当选总统之前？为的就是叫黑人永远被踩在脚下，让穷人也被踩在脚下。让越南战场有源源不断的炮灰，那些装在尸体袋子里可怜的小子们。”

“你开玩笑吧？”

“我倒希望是呢，兄弟。我也希望我是在开玩笑呀。形势就要改变了，兄弟。你听说过黑豹党吗？你大概觉得暴动很糟，那就等着看革命到来吧。”

“革命？”

“黑人、穷人和每一个被压迫的人都会站起来。这样的战争会很惨烈，可你绝对不想站错队，我告诉你。”丹尼把还没熄掉的烟往旁边一丢，看着琥珀色的火光掉进邻居家院子里。“不过，我告诉你说啊，要是想唤醒老虎，你最好先给自己找一根长一点儿的棍子。”

一股怒气贯穿他全身，这种崭新的悸动让他热血沸腾，踌躇满志。在十一岁这年，威利便开始计划投身革命了。

6

偷来的汽车正前方顶着一辆亮闪闪的警察巡逻车，一个弗吉尼亚州警就站在那里，一只套着靴子的脚踩在他们的保险杠上，正四下打量着树林和这荒郊野外，寻找着司机的下落。一眨眼，威利从松树间冒出头来，一只手友好地打着招呼，另一只手忙着扣紧皮带扣。警察没回他礼，但是眼睛牢牢盯在他身上。威利爬上斜坡，在顶端停下，把长发抓到后面系成马尾，绷直肩膀。“看来你是把我们逮着啦。”

“这个是你的车？”警察把脚放下来，摘下头上的硬边大檐帽，露出了平头和被帽子压出来的一个圆圈印儿。他并不比威利大多少,好像还有点儿被眼前的状况弄糊涂了的感觉。

“我们不得不休息休息。生理需要。”在威利脚下,松针铺就的地毯踩上去很柔软,在他的旧运动鞋底上滑不溜唧的。他开始怀疑警察是不是已经在搜查这辆平托了。“没错,是我的车,呃……其实是我哥的车。是这样的,我开车载着我妹妹,她想上厕所,这总归不算犯法吧?”

警察的目光还是没有移开,但嘴唇稍稍抿起。“请出示一下驾驶执照,行车执照。”

威利伸手拿钱包的时候,突然想到行驶执照在车的手套箱里呢,但也可能正好在那把手枪底下。他想象着有可能发生的场景:抢在这个土了吧唧的警察前拔出枪来,拿枪指着他,让艾瑞卡再把他绑上。他们绑住他,把他嘴巴再给塞上,然后丢到树丛里去,等到有人发现他巡逻没回去然后找他来——在他被发现之前,他们俩早走远了。要是这个狗娘养的想掏枪,那我们就得先开枪了。一枪让他上西天,这是他们唯一的机会。这州警瘫倒在地,鲜血从靠近胸口的洞中流出。交给州警驾照以后,威利绕到副驾驶那边,假装门被卡住了拖延时间。

艾瑞卡的一声哈罗打破了沉寂。两人同时转过头,看着她穿过下方丛生的杂草。她摆着手同州警打着招呼,裹在牛仔裤里的屁股拂开嫩树和树叶。年轻州警朝她的方向踏近一步,一只手本能地搁在腰侧的枪套上。他看见她在长满杂草的路上拼命想找个立足点,便像抛出救生索似的伸长手臂。艾瑞卡在拉住他的手的同时,看见威利靠近手套箱,心里顿时浮现出枪的画面来。枪没看见,可她却看见威利得意洋洋地咧开嘴笑了,挥着行车执照。她抓紧站在坡顶的州警另一只手,让自己攀上路基。她故意拖延了片刻才放开他的手,向他道谢。从他肩头上方,在万里无云的朗朗晴空之下,一只土耳其秃鹰正乘着上升的热气流翱翔,盘旋观察着地面的景物。

“找着了。”威利走向他们,捧着那张卡片,像捧着件玻璃制品。“我就说是我哥的车么,只不过送我们家小妹回大学去罢了。”

州警接过执照，低下头，很认真地查看，可就是没法集中起精神。

“霍利斯大学。”她说，想起老家有个女生就是在那儿念书。

“霍利斯？那你们绕得可真够远的了……你说是你妹妹？”

威利向前一步，“我们从宾州下来的。”

“看得出来，”警察说，“车牌子上有自由钟呢。要是你们打算去霍利斯，怎么会绕到这里来呢？早错过了。”

她的指尖抚着自己的颧骨，他的目光随之流转。“有个朋友给指的路。”

“要不是你们朝南开得太过头，再不然就是他不够朋友。你们迷路了。千万别在这种地方迷路。我看见你们的车，车里又没人，还以为发生什么不测了呢。这些路根本没什么人走，小姐。”

威利想在对话中插上一嘴：“我们决定边走边欣赏一下风景。”

“风景，啊，是啊。”三人一起看着地平线。橡木在绿意褪去的树叶里添了一抹褐色，枫树燃起黄与红的火焰。在清冷的蔚蓝天空边缘，层层叠叠的色彩宣告着再过一两周将有的壮丽景色。秃鹰懒懒地随气流飞翔，优雅的身姿像飘扬在云彩间的风筝。艾瑞卡把目光转到两个男生身上，打量着他们。等她再回头仰望天空时，秃鹰已经消失不见了，它轻快地扶摇直上天空。“这里真是寂寞。”她说道。

州警点点头，“寂寞，没错。你一个人来到这种不毛之地，天地间只有一个你，只有风和天空。你绝对不会再碰到任何别人，你会有一种心痛的感觉的，觉得没人像你自己一样了解自己，永远都没有。寂寞，真没错。并且会迷失。就像你们一样。”调整好帽徽的角度，他戴上帽子。

“很高兴碰见的是你，”威利说，“不是其他什么人跑来告诉我们说走错路了。”

“你永远不知道路上会出现什么，也不知道会有什么从山上下来。这里的人大概可以叫做嬉皮猎人吧，只要一看见留像你这种长发的人，麻烦可就来了。在这儿，我们尊敬——”

“我看或许我应该剪掉头发了，”威利快嘴接上，“毕竟战争都已经结束了么。”

警察吐了一口唾沫，一开始还没说什么，但后来好像突然想起了深埋在心底的一个故事。“就在这条路上，有辆车停了下来，因为这里也没有人烟么，很隐秘的。有两个孩子，嬉皮小子，不过他们是高中的小情侣，不像你们是兄妹。他们下车在树林里亲热，结果被该死的东西给盯上了。那男生断了手脚，活脱儿像被野山猫给肢解了，虽然有人说那是魔鬼干的好事。可你们都上大学了，没什么和魔鬼打交道的机会了，对不对？”

艾瑞卡的指甲里有一些森林里的泥土。她往威利身边靠了一步，渴望伸手拉住他。他察觉到她的意图，反倒往旁边挪开了一些，眼底有种狂野又不确定的神色。

“那个女孩子失踪了，有人说她是被山里的一个男人抓走了，囚禁起来当了性奴。可是照我说啊，是我们自己招惹来杀手的，不管是在这里停留还是仅仅开车路过。不过嘛，女士，我可不想迷路，换句话说就是一点安全保障都没有，这才是最糟糕的情况。”

阳光斜射的角度使得林木茂盛的枝叶在路面上映出斑驳的影子，微风拂过，树影就在柏油路上跳舞。警察把执照还给威利，转过身对着艾瑞卡，凝视着她的脸和像羽毛一般拂过脸庞的发丝。她拢起飘散的发，掖到耳背，又屈起手指别别好。他凝视的眼神让她的心微微一惊，也同样为此着迷。她之前没注意到他灰色的眼眸竟然是接近于蓝的，不过也可能是光线折射的关系吧。“别这么爱享受寂寞，迷了路可就不好玩了。”他告诉专心聆听的威利怎么开到阿诺克。平托复又开上路去，他们抛下独自站在路当中的州警。在后视镜里，或者只是她自己的感觉，那个年轻人放射出一种不似人间的光芒来，随着身影越来越小，那个光点反倒越来越亮了。

她把这一夜当成是他们的新婚大喜之夜，至少在精神和象征意义上是类似的，这是他们第一次紧挨着彼此睡在同一张床上，睡到第二天早上一起醒来。在她过往所玩过的游戏里，这可是向前跃进的一大步。在跨过田纳西州界之后的布里斯托尔下高速，他们找了一家老妈老爸开的那种汽车旅馆。旅馆后头就是平常的街道，在天光未暗的傍晚，孩子们互相叫着喊着，趁睡觉前再多折腾闹腾一会儿。她放下窗帘，伸出胳膊揽着她的男人，"我们做到了，"她说，"虽然有点儿麻烦，但我们脱身了。"

"那个警察看见咱们了，得把这车给扔了。"他对她说道，"而且还得更小心，别再被逮住。"

"不过，你很喜欢这样呀。"她说，"在树林子里，像只野猫一样。"

他吻她，开始脱她的衣服。可是她轻轻推开了，拍拍他的胸口，"你先躺一下休息休息，我要洗个澡，准备准备。"

在那狭小局促的浴室里，她撕开一块薄薄的香皂，用力吸了口气，想闻到香味。可是一点儿味道也没有。她把化妆品摆在洗手台子上，唇膏、香味剂、小镊子等等，一一摆好，跟在家里一样。一只小小的塑料瓶子里还装着一盎司她妈妈的薰衣草味香波，它会让艾瑞卡香喷喷的。她打开特地为今晚买的红色内衣，挂在毛巾架子上，鲜红的真丝像一道伤口，正在白色毛巾架上淌着血。她照着镜子，端详着出了油的前额，看着镜中自己疲惫的眼睛。然后一拧身，在镜子里欣赏着背后的文身：缠绕着的字母 AOD，以及一对天使的翅膀。

那个小警察喜欢她，她能断定这一点，柜台后面的那个老头子也是。他色迷迷地瞅着她，还想趁她弯腰拎袋子的时候往她衬衫里面看——她很高兴知道家乡以外的男人、威利以外的男人这么做——她还是很有魅力的。进了淋浴间里，肥皂和热水带来的快感使这份感觉愈加强烈。薰衣草香波还可以用上好几天呢，那时候她已经永远永远地消失不见了。身体早就洗干净了，但她还是纵容了自己在蒸汽迷漫的雾里多站了一会儿。裹着大浴巾，抹掉镜子上的雾气，抹出一个圆圈来，对着镜子梳理着头发。她把梳柄调转了过来，指着镜中的人影，"啪！"

一朵大大的微笑像血一样洇开来。她穿上内衣,走出浴室。威利摆着“大”字形倒在床上,脸埋在枕头里打着鼾。他的运动鞋蹭过床单,留下了一道泥印子,头发披散在脸庞和脖子上,像一圈打了结的绳子。她关掉天花板上的灯,在台灯柔和的光线里,看着沉沉睡去的他,多像一个睡梦中的孩子,一个迷失的小男孩,让她不忍惊扰吵醒他。

7

试着回想,追溯到事情的起始。保罗清早起床,眼皮子很沉,咖啡,麦片,股票版和体育版,厨房台面上是艾瑞卡留的字条。孩子气的笔迹,跟他自己妈妈的字迹一样:“今天考试,提早出门。提醒妈妈我在外过夜——艾瑞卡。”

等玛格丽特问起这事的时候,他却想不起来她说要在外过夜的那一家姓甚名谁了。是她的同学,那个嚼口香糖的女孩子。但要问到相关细节的时候,他却连她长什么样都想不起来。玛格丽特气哼哼地不搭理他,独自上床睡觉去了。接着,保罗一天的作息又开始了:川流不息的病人,从一个诊室到另一个诊室。病历,眼睛,耳朵,喉咙,说“啊——”,深呼吸,很好,再来一次,这么多跳动的心脏,多得让人听起来都一样了。多么稀松平常的一天啊,病人急迫迫地诉说着或隐瞒着他们的病情,经历岁月风霜的肉体,华发渐生,黑发退隐。这日渐老去的身躯哪天会卡壳,我们何时才能从这老迈不堪的躯壳中脱离得到安息?

妻子已经睡着好几个钟头了,保罗还坐在漆黑的客厅里,回想他还记得的病人。孩子像小羊一样,生起病来总是成群结队的,耳朵疼传染了一个又一个同学,或一个个兄弟姐妹,那是一条充满细菌的河流。有个孩子耳膜穿孔,这真要命。婴儿腹痛哭闹,年轻的妈妈急得火烧火燎，胆战心惊。她特别担心孩子啊，那个女人。他想起有个孩子每个学期去上学时，身上都青一块紫一块的，像颗熟透了的果子那样满身淤伤，这是他爹妈轮番下手造的孽。带他来看病的修女希望警方逮捕那对父母，但那个年头跟现在可大不相同。染上带状疱疹的农民，后背上起了一串泡泡。烟不离口的售货员。戴太太的偏头痛和噩梦的困扰。扬科夫斯基小姐：这个小肿块，这里，医生，你摸。只是乳腺增生，没事儿，不过还是要转到专科医生那里去，好让她安心。她的乳房还没有一颗杏子大。伊芙·华龙担心自己不能怀孕，努力了好几年，很怕等了这么久之后还是没孩子，那样丈夫便会离她而去。跟他年纪相仿的女人得了关节炎，没什么更好的法子可治，不可避免的病痛。似乎忘掉了最简单的事情，他对自己说，但是却忘不掉过往。就在前几天，好几十年来的第一次，他想起树林里的那个游戏房子，他跟姐姐珍妮常常藏在那里，玩娃娃的瓷盘子。盘子里还摆上松果和松针，从冰冷的小溪里取水，装在一个小得像缝衣服用的顶针可又超级易碎的杯子里。他可以很容易就记起大战结束时死在日本的那个小女孩的容貌。但是，我把眼镜放在哪儿了？还有钥匙，购物单，我的新朋友的名字？我把心思都放到什么地方上去了？

保罗的父亲出生在更为伟岸的上一个世纪，一生压抑淡泊，可到头来却在疯癫中告别人世。高寿。最后那些日子里，他衰老得谁都不认得了，兄弟姐妹环绕着病榻，六月里的小鸟在破晓时分唱着歌。他看着一屋子陌生人，神情满是惶恐。可这全是他的儿女啊。我也会步上他的后尘吗？

保罗不记得他女儿是怎么说的了。我明天晚上要住在——谁？她提到的是哪个名字来着？是个颜色，没错，瑞德（RED）？不对呀，没人姓瑞德。那就是布朗（BROWN）？怀特（WHITE）？布莱克（BLACK）？拼命回想她讲话时的样子，却只能记起她的下巴一个劲儿的动，不停的嚼口香糖。有时候，他连艾瑞卡少女时的模样都想不起来了，无法在他模糊的想象力里重新构筑她的样貌。从她开始变成女人之后，他有多久没有好好看看她，好好接受这一切的变化了。孩子们小的时候情形要好得多，那种爱也清晰可见得多。这些日子捱得太苦了，一幕幕都出现在眼前，她的头低垂着，再扬起，发丝飞舞，她的眼睛，她的笑。她是面带笑容对他说出那个名字的吗？对，是格林（GREEN），乔伊斯·格林，就是这个名字。他拔开钢笔帽，在处方笺上写下这个名字，这样到了早上他才不至于忘掉，才会记得起要告诉玛格丽特。等艾瑞卡回家以后一定要跟她谈谈，关于那个男孩子。或许我真是太过严厉了。

窗户咔咔响，他从安乐椅里撬起身子，起来查看。仅有四分之一的新月挂在多云的夜空里，在窗上映出他的影子。他透过自己的倒影往外看，据传有冷空气来袭，这会儿想必已经到了。狂风往前猛刮，吹弯了树梢，吹落了树叶子，四处飘散。“抓牢你的羽毛啊。”他说。话一出口才想起来，有许多年了，每回狂风大作，他就会对身边的艾瑞卡说这句话。不是最近才开始的，是从她很小很小的时候，还在他怀里，尚是个两三岁大的孩子的时候起，他们俩都不知道这句话有什么特别深重的意义，可保罗每每那样讲，她都会咯咯大笑。她在自己的臂弯中，吸一口空气，享受狂风带来的意外惊喜。绯红的双颊，喜悦的眼睛，她把头埋进他的颈窝里去。“抓牢你的羽毛啊，”他说道，“否则就会飞走的。”保罗·奎恩又瞥了一眼，看着星星，月亮，以及水般流动的浮云，然后再一步一步爬上楼梯，上床去睡觉。

8

西诺克斯维尔的比尔顿高中停车场，他们看着高二、高三学生吃完午饭开车回来。威利已经把宾州车牌换成田纳西的了，这会儿那牌子正搁在膝盖上。他的指甲敲着凸起的金属字母。他们在等待，等待有学生疏忽大意而出纰漏。坐在前座的艾瑞卡注意到男生们身穿斗牛犬的夹克，女生们则光鲜亮丽，像模特儿一样袅娜多姿地走回教室。还有一帮子朋友在咯咯笑，兴奋地交换着最新的八卦；几个疯疯癫癫的傻小子在一路嬉戏着；戴兜帽的人抽着大麻或烟卷。一对情人骑着摩托车如风迅驰，男的穿着夹克，女的一头棕色长发飘在脑后，就像马的尾巴。

"看看他们，"威利说，"无知的有钱人家孩子。"

"我还记得第一次在中学看见你的情景呢。我都快笑喷了，你却还埋着个头看书看书。"

"等那天到来，他们却毫无准备。"

"他们管你叫什么？小个子？敢拼，也敢赢。"

他的肩膀往下一沉，面容黯淡。

"你没不高兴吧我说？看看你现在的样子。强壮的大男人。"她的手指圈着他的上臂，等着他怒气渐消。人车稀少了，只剩几个落在最后的人了。最后一辆车是蓝色的普利茅斯·达斯特，勉强挤进他们前面的空间，和他们的车贴得极近。"你得抓紧时间搞定，"艾瑞卡说，"等她才一下车，但又没关上车门前，一定得抓住她下车的那个当口。"

他按了按喇叭，吓了正要下车的那人一跳——是个十几岁的女孩子，穿着丁尼布背心和白色乡村风的上衣，流苏珠串垂到肚脐——艾瑞卡推门下车时，她愣住了。"嗨，我是南茜。南茜·佩里。"艾瑞卡绕过来，停在保险杠近前，做出和平手势来。

那女孩放开车门，往他们的方向走了三步，日常作息一下子给打乱了，让她很困惑。她拉低太阳眼镜瞄了一眼，继续往前走。喇叭裤拖得长长的蹭到柏油路上，挂在皮带上的老鹰羽毛每走一步就晃个不停。"南茜·佩里？"虽然不确定认不认识，但女孩子还是任由艾瑞卡靠近了。驾驶座的门吱一声开启，她紧张地跳将起来。威利下了车，咧着嘴笑，露出一口白牙。他的外表一定吓着她了，因为她急着想逃。

"我男朋友，"艾瑞卡说，"他是田纳西大学的新生。"

"看来你是最后一个吃完午饭回来的人，不急着上课吗？"

"体育课。"她耸耸肩说。

他差不多已经堵住她们两个了。“嘿，皮带很好看嘛。”

女孩子的脸红了，低下头。

“我以前没见过你啊，”艾瑞卡道，“学校里最酷的人我都认识。”

她以手遮眼，努力回想自己以前是否见过他们。“我比较独来独往。”

“哦？真的吗？”威利往前靠近一些，“像你这样的女生怎么会独来独往呢？”他伸手摸着她皮带上的羽毛。“你想不想跟我们一起兜个风呀，我说天使？”

他的邀请让他们三人都深感意外。有那么一会儿工夫，这个波希米亚风情的女孩子确实仔细考虑了这一邀约。细细体味其中的含义让她眼睛发亮，露出兴奋的淘气笑容，但眼光一转，望着教室方向。艾瑞卡也等着她的回答，不知道威利打的到底是什么算盘。等那女孩子羞涩摆手继续上路以后，如释重负的感觉才取代了焦虑。“学校见。”她在女孩背后喊着。等女孩子走出视线之外，艾瑞卡重重捶了威利肩膀一记，挑起眉毛。

“别再想这事儿了。”他说，“这招很管用，对吧？她吓呆了，忘了锁车门了。我看能不能发动起来。”

手套箱里，他们摆了十二本印有 AOD 标志的黄色油印小册子：《如何处置猪猡湾[①]》、《如何拯救大众脱离美帝国主义》、《如何打败大商业集团》、《如何用不起眼的名字买枪》。威利把这些小册子摊平，等艾瑞卡安好新车牌，威利也把达斯特发动起来了。端坐在方向盘前，放肆又自豪得不得了。他们用钢人队的毯子包好枪，跟他们的家当一起丢到后座上，然后上路去找往西部的高速公路了。烟灰缸里有六条大麻，他们点上火，抽了一根又一根。驾着大麻的云雾，把西诺克斯维尔远远甩在脑后。

---

① 猪猡湾事件：1961 年 4 月 17 日，在中央情报局的协助下逃亡美国的古巴人，在古巴西南海岸猪猡湾、科奇诺斯湾向菲德尔·卡斯特罗领导的古巴革命政府发动的一次失败入侵。猪猡湾事件标志着美国反古巴行动的第一个高峰。

他们在纳什维尔附近，住进一家一晚十美元的汽车旅馆。夜间经理请他们听他新写的一首歌，轻声细唱的歌词配上走了音的吉他。是镀了铬的蓝色吉他，漆着十来颗色彩剥落的白色星星。每个人都有梦想要推销自己，都有如何误入歧途的经验故事要讲。带着吉他的这个男人让艾瑞卡想起她早就过世的外公，她妈妈的父亲。外公也时不时弹着一把老旧的夏威夷四弦琴，编一些小曲儿逗她开心。自打老爷子去世，她就再没想起过他了。那一年她才九岁。

犯下了他们的第一宗罪，这事儿让威利兴奋若狂。他在床上的表现很可怕，她都快沉沉睡去了，他还要来第二次，之后甚至还有第三次，于是两人半夜时就已饿得头晕眼花了。她抬腿踢踢他赤裸的后背。“去给我们找点儿东西来吃吧，好不好？能吃了管饱的东西。一个汉堡一杯奶昔。”他翻了个身，撑开眼皮，看见她光洁溜溜玉体横陈，就像躺在贵妃榻上的嫔妃。“要不巧克力也行。”她接着说。

从单薄的门板在威利背后砰然阖上之时，艾瑞卡就开始享受静谧和保有隐私的乐趣了。她拾起他脏兮兮的袜子和内衣，丢进洗脸池里，倒一些薰衣草洗发水，尽力洗干净它们。然后拧干，挂在浴帘杆子上。他的白色内裤让她想起假日的旗帜。这种居家过日子的节奏让她松弛下来，她哼唱起《今夜沉沦》的几段旋律，还和着拍子摇摆屁股。威利恨透了这种流行迪斯科，但是她私下里很喜欢跟着这种反复不断的节拍起舞。音乐是良伴，但还不够。厌倦了自己的歌声后，她便打开电视，躺在皱巴巴的床上看节目。

电视上播着一部黑白老电影，全是影子和疯狂的角度。迅速跳换着剪接的镜头，拍摄一个个寻人的男子：一名男子跑过长长的、黑暗的隧道，寻找着街道底下的泄洪排水道。警察在追捕他，双方交上火了。那里很湿。像被逼到墙角的动物一般，他看起来惊恐且绝望。四面八方传来神秘可怖的德语。一个梯子出现在他肩膀上方，他仰望着自由，尽快往上攀爬——他被枪打中了吗？——最后登了顶，他头顶上方是一道栅栏门。他用力推，但门给卡住了。与此同时，在漆黑的街道上，只有蒙蒙的迷雾和冰冷灰色的阴影,风咆哮着。他的手放开铁栅,手指从缝隙中伸了出去,张开,寻求永远不会来临的救赎。只有那双手吐露了心声。

旅馆外头,有辆车停进碎石子铺就的停车坪。让沉浸在电影情节里的她分了神。她走到窗边,小心谨慎地拨开双层窗帘,往外瞄着漆黑的夜。有个男人下了车,踉跄着走了几步才站定,然后摇晃着走到她窗前。透过玻璃,他直直望进她的眼睛深处。老的足够当她爸了,但又比她真正的爸年轻。电视里传来一声枪响,让她刹那间分了心。说时迟,那时快,窗外那人也遁于无形了。她再一次查看有门栓的门和防盗链。心脏狂跳不已,艾瑞卡溜上床,努力把注意力再集中到电影上去。

两个男人坐在敞篷吉普车里友好地交谈着。有个装扮入时的年轻小姐走过他们车边,却全然不理会他们。

"放我下车。"

"没时间了。"穿制服的男人说。

"我们可不能就这么离开,拜托。"

司机把车停下来:"讲讲道理行不行?马丁斯。"

那个男人提起手提箱下车时,说道:"我老爸也没给我取个有意思点的名字,卡洛韦。"

有意思的名字?艾瑞卡想。想起她瞎编的那个名字"南茜·佩里",禁不住吃吃笑起来。高中停车场的那个女生完全不知道南茜·佩里是在加州奥克兰被警察开枪打死的殉道烈士。

马丁斯一副若无其事的样子,靠在路边的一辆手推车旁边等她。镜头锁定走近的那个女人,冷淡,优雅,美丽的女人走过一条有回廊的大道,枝叶繁茂的壮丽大树沿街矗立。狂乱的音乐开始响起,艾瑞卡委实怀疑这种诡异的噪音到底是如何制造出来的,有点儿像竖琴,又有点儿像吉他,只是还带着颤音。嗑了迷幻剂的天使。那个男人等了又等,女子走近,经过他身边,继续往前走,看也没看他一眼。她不想和他扯上任何关系。走过他身边,走过镜头,走出他的生命,而他就只是站在那儿，看着她走远，什么声音都没发出来，只有那狂乱的音乐。直到他丢开一根火柴，画面一黑，出现两个白字："剧终"。

爸爸一定知道这是什么曲子，一定会告诉她关于这部电影所有微不足道的细节，主角演过的其他电影，那个手部极有表现力的男人叫什么名字，以及这部电影所有的意义。可是太迟了。她突然觉得冷起来，拉起毯子盖住腿。她要是有勇气问爸爸，他或许也会分析给她听，分析威利在高中校园邀约那个女生背后的动机。一起兜兜风。一想他们床上有另一个人，就好像冰风暴朝她袭来似的，房间越缩越小，越来越压迫逼近她。她打开所有的灯。浴室里的湿衣服滴下的水落在瓷浴缸里。那个醉汉随时可能会再过来，撞开门锁和防盗链，把她掳走。她从床罩上扯下一个线头，折开一条缝儿。妈妈一定气坏了。她从床上一跃而起，把耳朵贴在门上，倾听门外可能出现的脚步声。

9

威利把枪掖进皮带，冰冷的枪身拂过他赤裸的皮肤，让他打了个寒战，非常小心地不锁车门，威利穿过空荡荡的停车场走到餐厅，还错了错脚步以免枪掉到地上，或从丁尼布夹克下摆露出来。一推开门，铃声叮咚作响，柜台后面的店员从面前的一堆单子里抬起头，冲他点头示意。墙上的菜单列出一大堆项目，但威利只是闷头往前走，一眼也没看那个男的，他的目光一直集中在抵着牛仔裤凸起一块的手枪枪柄上头。"两个汉堡，不，三个吧，三个好了。一份大薯条。"

那个店员，是个瘦巴巴、理着普通男孩子发式的白人，他叹了口气，收起那叠资料，慢吞吞地给最上面那一页钉上张收据胶带纸。"可是我们已经打烊了。"

"外面的营业时间说你们会到午夜，我的手表说还有十分钟才到十二点。”

那人回头看着保温架上余下的东西。威利随着他的眼光也望过去，越过敞开的服务区，看见另一个员工，一个系着白围裙的年轻黑人，正准备开始刷洗烧烤架子。“看来今天是你的幸运日。”柜台那个店员说，“来个火腿干酪，烤小牛肉，外加两份薯条，如何？我收你一样的钱。”

“你们卖普通汉堡，不是吗？我是说，只要你们开门营业，随便谁走进你们这儿，应该都能从你们的菜单里想点什么就点什么。你们做的就是这个生意，对不对？”

店员往前一靠，稀疏的头发披散在额头上。他看起来年纪较大，或许二十八九了吧，眼睛周围一圈褶子，苍白的面色是在日光灯下待太久了的结果。“听着，小子，”他说，“我们没有奶酪汉堡了。现在我只能有什么卖什么，再不然你赶快闪人，去试试别的地方吧。高速公路过去那边有家麦当劳，要是你动作麻利点，他们也许还没关门呢。”

“我只是说——”

“你是要我们店里有的东西，还是不要？”那人抬高音调，厨房里的那个厨子在围裙上擦擦手，往前台来了，在威利的视线里消失了一小会儿，然后从弹簧旋转门出来，怒气冲冲地盯着威利。

“好吧，好吧，”威利说，“你们给什么我就拿什么好了。”他把一张五元纸币摆在柜台上，店员和厨子同时会心地咧嘴一笑。威利拿起那一袋子食物，收好零钱，正准备离开时突然又想起来什么，转身说：“啊，对了，两杯大奶昔。巧克力口味的。”

“做奶昔的机器关了。”厨子说。

“我们打烊了，”店员说，“你干吗还待着不走？”

威利走近他们，气得满脸通红，“听清楚了，哥们，我要的只是——”厨子双手在案板上一拍，吓得威利一缩。“我女朋友一心想吃巧克力奶昔。”

“你说逗不逗啊，卡尔，”店员说，“这个娘娘腔说他有女朋友。”

威利想也不想地放下袋子，拔出手枪。在短短几秒钟之内，他脑海里根本没出现半点理性选择。这个动作他对着镜子练过好多次，现在做来有很强烈的似曾相识之感。枪握在手里。柜台后头那两人跟威利一样意外，不知道该怎么想或怎么做了。一般坏人亮出家伙的时候，你要双手朝天举起，就像动画片里那样。他们现在正这么做着呢，高举双手，看着手枪狂乱地在他们之间来回挥动，等待着提示，希望他不会开枪。可是他没说话。这个留着一头长发，眼神狂暴的小伙子。这个突如其来的时刻和危险的举动，好像也把他自己给惊呆了。他们等着，嘴里嗫嚅着祷告。

他犹豫着该先朝哪个开枪。如果先射店员，厨子搞不好会抓狂，扑到他身上来。以那人的体格和神态来看，他是两个员工里比较难对付的那个，很有可能会采取行动，甚至试着夺他的枪。当然了，如果他把两个人都杀了，也没人知道谁先死谁后死了，只不过先后顺序在他自己的意识中却是很重要的决定。他想象扣下扳机，火光一闪，子弹射穿脑膜，在头颅上留下个干净利落的弹孔，然后身体意外倾倒。接着是另一个——他现在决定把店员留在第二个——另一个会惊恐尖叫起来的，霎时的惊慌失措，眼睁睁看着他拿起手枪发出最后的警告。送那人的灵魂回老家去。冷汗顺着他的脊梁往下直流。

"卡尔，"威利对厨子说，"你叫卡尔对吧？你知道怎么做奶昔吗？"

卡尔忙不迭地点头。汗水浸湿了他头上的纸帽子。

"那好啊，卡尔，我和你的朋友在这里等着，你去弄两杯巧克力奶昔来。可别磨蹭一整天啊，卡尔。我都快渴死了。"他咯啦一声顶上撞针。卡尔走向机器，动作活脱脱像个机器人。威利转过身来，枪口指着店员。

"你不应该是他妈的这么一个难搞的玩意儿啊。你不应该把我当成其他客人那样耍。兄弟，你们要不就和我们站在一起，要不就是在和我们对着干。"

"对不起，"店员说，"别杀我。"

"你叫什么名字?"

"巴里。"他说,有一行眼泪淌下脸颊。

"巴里,你为了他妈的巧克力奶昔就干下这种蠢事,还要我不开枪杀你,你有什么好理由吗?就为了简单的一杯他妈的巧克力奶昔?"头一次尝到拥有权力的滋味,让他的嘴巴里甜滋滋的。他被欺负了这么久,大权在握的这一刻让他可以报复曾经欺压过他的那些男生们,看见巴里哭了,就更让他满心欢喜。

店员又开始流上鼻涕了,汗水滴落在柜台上。他把脸凑到衣袖旁边擦了擦,双手依旧举得老高。"我有老婆,还有个小女儿——"

"巴里,巴里,巴里,你快别哭了吧。"

"对不起,对不起。"他深吸了好几口气,"我没在哭。"

"没什么比爱哭的法西斯主义者更让人生厌的啦。你,还有你的老婆,你的小女儿,对了,还有你带夹式领带的经理,还有你花五块钱理出来的破头。你对卡尔呼来唤去,自以为比我优越,是啊,操你妈的,巴里。"枪柄让他的手掌有些微的刺痛,但是他的手已经不再发抖了。

厨子把两个杯子摆在他面前,捞起两根吸管,把东西全装进袋子里去。搞好了,卡尔盯着柜台,开始嘀嘀咕咕忏悔起来。"你不想开枪的,朋友,别走上这条不归路好吧,这条路只会带你下地狱。"他盯着威利说,像猫头鹰那样眼睛一眨不眨,一动不动的,希望能藉此瓦解这男孩子的意志。

"多谢你了,卡尔。今天算你走运。很抱歉我必须这么做,但我一点儿都没有要伤害你的意思。你的大日子就要来了,哥们,你就要真正自由了。我站在你这边。告诉他们,天使放你一条生路。你这里有绳子没有?胶布呢?"

威利的枪口瞄着巴里,看着他把卡尔绑起来,嘴巴也贴上了。然后威利把他们两个一起绑在椅子上,关进储藏室。和一桶桶成加仑装的番茄酱、一箱箱卫生纸、溶剂、清洁剂堆在一起。早上七点钟,日班店长发现店员和厨子背对背给绑在一起,但都还活得好好的。奶昔机器冻上了，夜里的现金袋子也不见了，但是等警察赶到的时候，天使早已飞走。他们转往西南去了，一路不紧不慢地开往孟菲斯。

10

保罗大清早准备出门去诊所了，才终于记起要在餐桌上留张纸条，告诉太太说请艾瑞卡去家里过夜的是格林家的女孩子。玛格丽特打电话到格林家一问，发现艾瑞卡根本就没去那儿，也根本没有什么过夜不过夜的计划。格林家的女儿乔伊斯来听的电话，她显然并没有在耍什么花招。你确定吗？玛格丽特很想问问她，想说你能不能再好好想想，但她没有。她把纸条留在桌子上，慢慢走上楼到艾瑞卡的房间里，看保罗是不是搞错了，也许是他搞错了，女儿很晚才回来，一到家倒头便睡了。她想象着皱巴巴的被褥，沉睡的身体，那个睡美人正睡在床上。可是没有。她没开门前就很怕房间将要裸呈的景象。像小偷那样悄无声息的，玛格丽特翻找着五斗橱，又看了衣柜，一个一个记下少掉的东西。

艾瑞卡走掉了。玛格丽特知道她是和那个男孩子私奔了。

她拼命回想着威利的脸，才猛然省悟到他们对这个男生有多么的不了解。打一开始保罗就不赞成——无论艾瑞卡跟谁约会，他一向都是不赞成的——每回这个男生来家里或哪怕只是提到他的名字，就会惹得大家不痛快。于是尽可能的，他们便不见也不谈起他。威利在他们生活的外围，那么次要，跟个邮差或报童差不多，他只不过是个传闻，是眼神中的一瞟，或是转瞬即逝的一个浪头罢了。在保罗找着吸食过的大麻，在床上嗅到过那男孩子的味道，在她承受了责骂和要求后，艾瑞卡也绝口不再提到威利了。不过么，源于母亲的本能，玛格丽特知道女儿仍然偷偷去见她的小情人，知道此时此刻她就跟他在一起。

卧室里没找着确凿的证据，她关好房门，努力回想那个男生姓什么——班诺克，巴布科克，罗迪克，雷尼克。电话簿上只有一个雷尼克，所以她拨了S.雷尼克家，铃响七八声也没人接听。她挂掉电话，抄下地址来，开车穿过整个小镇，找到了这个相当老旧的社区。简朴的砖房是当年给磨坊工人们盖了住的，路边停着旧车，狭小的院落里满是玩具和枯黄的草。风推着她往前走，吹过门廊。就在前一夜，同样的风吹得窗户咣咣响，把她从睡梦中惊醒了就再也没能入睡。后来丈夫也上床了，轻手轻脚溜上来，生怕惊扰了她，静静地独自睡了。玛格丽特用力拍门，拍了差不多五十下也没人应声。她更用力了，等着。四处纷飞的山毛榉在门廊一角枯萎死去。街对面有个戴着圆眼镜的年轻女人正从前厅的拱窗里朝外窥视，倏忽一下又消失在窗帘后头。

被捶得如雷般轰响的门终于开了。应门的男孩子让玛格丽特想起威利。但是他看上去根本不认识她，她暗忖着，这兴许是他的兄弟。他拉开吱嘎作响的房门，屋里涌出一股暖气，差点儿顶了她一个跟头。那男孩子穿着蓝色法兰绒睡裤，披着一件旧运动衣，那上面绣着"PITT"。他没穿鞋，头发一根根竖起，一副蓬头垢面的样儿。他没说什么，招手让她进屋，这么着她就一脚踏进了那个镶着木条的玄关。"我是玛格丽特·奎恩。艾瑞卡的妈妈。"

他耸耸肩，要她跟上。穿过长长的走廊，他的脚啪嗒啪嗒地踩在打过蜡的地板上，她的鞋子则发出咵咵的响声。房子朝北，墙壁受了湿气的侵蚀，玛格丽特经过前面的几个房间，每一间看起来都是一成不变的暗淡无光，家具也通通老旧破败。走廊上挂着色彩艳丽的画，有的画着插着鲜花的静物花瓶，有的画着樱桃正从碗里满得溢出来，但是在那昏暗的灯下，画面效果却只是更加深了恐怖和诡异。男孩子推开一道弹簧门，人工照明的光线一泻而出，救赎一般光亮。厨房天花板上的灯照着橡木餐桌，有一个年纪较长的女人，她穿着褪了色的红浴袍，正弓着背看晨报。她抬头扫了一眼玛格丽特，然后复又低下头去接着读她的报，直到看完了那个句子，手指点着那一段不动。

那男孩子说："这是奎恩太太，你猜猜看，她为什么来？"

雷尼克太太嘟起上嘴唇，对儿子发出声低吼。

“没准儿是因为我的车吧，我猜。”

玛格丽特伸出手，可在发现雷尼克太太有多专注于她的报纸后，又缩了回去。“我是玛格丽特·奎恩。”她说，“我觉得你儿子大概在跟我女儿约会呢。”

“这里的丹尼吗，真笑死人了。”

“不是丹尼，是你的另一个儿子，威利。”

老女人的表情活像咬了一口柠檬：“威利可不在。”

“没错，这也正是我来的原因。是这样的——”

“有点儿礼貌好不好？儿子。问问奎恩太太要不要来杯咖啡吗？或者她喜欢喝茶……她看起来像习惯喝茶的女士。烧壶水，丹尼。茶包在柜子里。请坐吧，奎恩太太。你玩迭迭乐吗？”

玛格丽特抻出把椅子，跟她一起坐在餐桌旁。“不用忙了，谢谢你，雷尼克太太。我来这儿恐怕是有很严肃的事情要跟您谈。你知道，是因为你儿子威利和我女儿艾瑞卡已经在一起交往——”

“那是个漂亮的女孩子，现在我知道你是谁了，你是艾瑞卡的妈。”雷尼克太太变得更兴奋了。“我是雪莉，很高兴见到你。”

“我真希望我们是在好一些的情况下会面，雷尼克太太。”

“叫我雪莉，大家都这么叫，除了我家老头子。你不会想知道他叫我什么的。他叫我黑女巫，听着那个谁能高兴得起来？动脉栓塞，倒在磨坊的厕所里死掉的，对他来说也算是活该啊。真好，终于跟你见面了，嗯……我看得出来她是从哪儿遗传来的美貌了。苹果就算落地也离树不远，对吧，丹尼？你知道他带家来的那个女孩子吗？呶，这位就是她妈妈。”

“我们见过了。”他答。

“或许你能帮我，”雪莉问，“你知道 TEELA 能拼成什么字吗？”

她伸出食指，全神贯注于空气中飘浮的看不见的字母之上。玛格丽特隐隐惶恐地看着她，直到水开壶响，男孩子把水壶从炉子上移开。

“雷尼克太太，这是很紧急的事情。我女儿失踪了，我想她可能跟你们家儿子威利在一起。”

丹尼把茶杯摆在她面前，“你要加糖还是奶？”

雪莉在报纸的边缘写下 TEALE，然后又开始使劲思索了。EALE也不对。“我可不操这份心，他多半时间都到处闲晃寻欢作乐，去匹兹堡见他们俱乐部里的男生什么的。天知道他们在干吗。”

“革命快来吧。”丹尼说。

“你可能比较了解你儿子，但是你不了解我女儿。她骗我们，说她到一个朋友家里过夜去了，就再也没回来。”

“八成就是偷偷溜出去玩了，你也知道现在的小孩子是什么德性。难道是自由恋爱那一套？”她咯咯笑起来，上面的假牙都松脱了。“我告诉你吧，我那个年头才没有什么自由恋爱呢。任何事都得付出代价，你说是不是啊，丹尼？”她写下了 LATEE，可又涂掉了。

“这谁知道呀，妈。你还没说你的茶里要不要加点儿什么。”

“我只想知道你儿子和我女儿在搞什么！”玛格丽特喊出来，“不要糖，不要奶，不要茶不要拼字游戏。他们人到底在哪儿？！”

雪莉放下笔，“别那么纠结啊，如果我得着信儿——”

“那就请一定通知我，谢谢。”玛格丽特起身要走，“对不起，我是太担心了。”

雪莉抿起嘴，一副被难住了的样子。站在她背后的儿子也思考上字谜了。

“Elate，”玛格丽特离开时说，“试试看‘elate’。”

11

道路一公里一公里地蜿蜒着，两旁道路上的树木枝繁叶茂地延伸成长长的绿色隧道。尽管叶片闪耀着新的光彩,但森林往复不变的模样还是有催眠的作用。艾瑞卡又瞌睡,又紧张,她被他的故事弄得有点怕怕的。午夜一过,他风也似的冲进房间,抱着两大袋子吃的,满脸通红,脸上全是汗。狼吞虎咽地吃光汉堡,喝掉已经融化的奶昔,他把原委告诉了她:巴里和卡尔,手枪,眼泪,还有那一袋子钱——他原原本本地把事情经过讲给她听,大笑着重温了一下厨子的警告。"别走上那条路。"他模仿着人家低沉的嗓音。每回转头看握着方向盘的他,艾瑞卡心里就浮现出当时的场景,还有他狂乱激烈的行为举止来。她根本就没睡够,他一大清早就把她叫醒了,在肾上腺素的刺激下,他急着要赶紧上路。他的热情——在他们认识头半年叫她兴奋莫名的那种热情——此时已经有沸腾得过头溢出来的危险。放在手套箱里的手枪给颠簸得喀啦喀啦响,像一枚隐匿的定时炸弹。

突发的暴力事件和威利的冲动让她忍不住疑虑,要是他们离家那晚惊动了父亲,将会发生什么事。爸爸睡眼惺忪摇摇晃晃地穿过走廊,头发乱糟糟,下巴上也是胡子拉碴的,眼睛周围和额头上刻满着疲惫的痕迹。尚未完全清醒的他看到这么晚还有个男的在家里,而她肩膀头上又背着个背包,那必然会一头雾水,惊得一句话也说不出来。枪握在手里,枪身像拉长的手指。他一字一字念出早就预演过的台词:"她要和我一起走,别想阻拦我们。"爸爸伸手想抓她。就像五岁还是六岁那年在海边,她和他一起走进海水里的时候,简直一模一样。她被大浪冲倒,伸出手求救,爸爸当时的动作就像那部老电影里的男人那样绝望,现在过道里的老爸在她想象中重演着这一幕:伸长手臂,可够不着她,只能大叫:不!威利开枪了,心头的怨恨反射到眼里,慢动作,子弹滑过空中,弹头上那每次革命运动中都会出现的恶魔的脸闪烁着,他击中爸爸身上那件去年圣诞才买的天蓝色睡袍胸前的口袋,樱桃红的鲜血弥漫开来,像落日余晖。他猝然倒地,离开了她。驾驶座上的威利跟着收音机哼唱,对她的思绪一无所知。有那么一刻,艾瑞卡怀疑他实际上是不是开枪杀了汉堡店的那两个人,犯下了谋杀罪是不是他们天未破晓就启程的原因,巴里和卡尔是不是给藏尸在肉品冷冻柜里了。

一大群野鸭飞过天际,威利指给她看它们是怎么盘旋落地的。他放慢达斯特的车速,估摸着野鸭找到的水塘在何处,然后在路边停下车子。绿荫如蔽的松树后有一片小湖荡出涟漪。威利从座位底下拿出装钱的袋子和手枪,“跟我来。”湖边有几只肥肥的绿头鸭——母鸭一身黄褐色,正好融进植被衰颓的背景里;公鸭子则是一身正装,头顶闪烁发光,随光线而变幻。野鸭摇摆着躲进长满草的洼地栖身,每听见一声脚步就使劲呱呱叫,仿佛抗议有人闯入似的。威利领着她走到湖边,把夜间现金袋子丢到黑淤泥里,然后从腰间拔出枪。

“你拿着枪干吗?”

枪声响起,所有野鸭都仓皇聒噪着飞起,嘎嘎叫着扑棱着翅膀。他脚边的泥地上有个洞渗出水来。手枪的反作用力让他的胳膊弯成九十度。艾瑞卡的目光沿着他的肩膀、手臂,一路看到枪身。枪口冒出一缕轻烟,慢慢消散了。“你疯啦?”她压低嗓门,“要是有人听见怎么办?”

“钱袋上了锁,”他说,“而且这种网织物刀子也割不破……可惜我没跟他们要钥匙。”靠着脚后跟前后摇晃着身子,让手臂垂下,支着耳朵倾听着。四下里静悄悄的,只有几片落叶飘落的沙沙声,还有就是湖水轻拍草丛的声响了。鸭群盘旋着绕到湖的另一头,浮在湖面上,亮橙色的脚蹼划起水波。他再瞄准,眯起只眼,试着调整正确的角度。

“再靠近一点,”她说,“这个袋子看着应该不会弹起来。”

他瞪了她一眼,单膝点地,用枪口抵住金属网袋,把头稍稍侧转一些以避开火花,扣下了扳机。鸭群又拍打着翅膀飞起,它们打算永远离开此地了。这一枪把大把钞票射得满天飞,袋子掉到浅滩里。威利追着现金袋子跑着,运动鞋陷进了泥巴地,捞出袋子后发现上面有个拳头大的洞。他把钱倒在草地上,大部分钞票都毁了——一半被炸掉,幸免于难的也有很多不是微微烧焦了就是给泡了水。他大声骂出一连串脏话。

艾瑞卡用手遮住嘴巴，捂着笑说："你冲钱开枪了。"

"一点儿也不好笑，"他说道，"别再笑我了。"

艾瑞卡蹚到绿色浮萍里，帮他捞勉强还能用的钞票，总共九十七块。他们把钞票一张张摊开晒干，在每一张上面压一块石头，这情景让她想起墓园，一排排的绿地上点缀着墓碑。他走到水边寻找可能散落在那边的钱，她则在湖岸边伸展开双手双脚，温暖的太阳很快就晒干了她的光脚丫子，还蒸发出一颗颗小水珠，露珠般剔透地挂在她胳膊上。即使合着眼皮，她也能感觉到光的变幻，赤裸的皮肤也感觉得到温度在下降。正因为此，艾瑞卡缓过劲儿来，看见整片云层吞没了蔚蓝的天空，她一点儿都不意外。

"看来要下雨了。"她冲远处的威利喊着，他在水边正用棍子扎着什么淹没在水中的东西。

他们装起湿漉漉的钞票，想冲回到车上去。每走几步，他就回过头去看她，只要见她一脸幸灾乐祸的偷笑，他就要气呼呼地瞪她。他把电线接在一起，但是达斯特的引擎还是发动不了。他断定这一回她不敢再咯咯笑了，又试了一次，引擎轰轰响可仍然没有发动。她在胸前抱牢双臂，也不发话安慰安慰他，只是在观察一只爬过挡风玻璃的小瓢虫。六只张开的小足在玻璃上奔忙，疯狂地拼死一搏，既没有方向，又没有章法，它只想逃命。它不再兜着圈子转了，翅膀张开，又合起来，艾瑞卡很纳闷儿，这只瓢虫为什么不飞走就好呢？它明明可以轻松脱身呀。试过第三次之后，还是无法发动汽车，威利乒乒乓乓地下了车，打开机器盖子，敲敲打打好一阵子，假装应付那些他其实根本不懂的零部件。他面红耳赤，坐在驾驶座上又试了好几回，引擎报销了。他像个疯子似的咕哝着，骂个不休。双手用力捶打着仪表盘出气。而她就是一动不动，目不转睛地凝望玻璃窗外面，她被那只鲜艳的小昆虫不规则的爬来爬去的样儿给迷住了。

12

下午三时，一层厚厚的铅云裹挟着冰冷的西风来袭。艾瑞卡和威利顺着背风的方向前行，忧心忡忡的视线没有一刻离开过远方的地平线，担心逃不掉这场即将来临的暴雨。零星点缀着湖畔的几幢玩具似的房子就在前方山坡高处，却感觉怎么走也靠不近似的。他们用毯子裹好来复枪，把行李埋在一堆树叶底下，然后背上背包，徒步穿过寂静的山林，希望在大雨倾盆之前能找到避雨的所在。威利在前开路，艾瑞卡紧随其后，眼看他走远了，离开视线了，就喊他慢一点。

来到坡顶，艾瑞卡发现他蹲在灌木丛边察看着凌乱散落的一卷卷灰毛，那些毛发残忍地提示着定有什么东西死在这里了。他拿来一根有树瘤的长树枝，翻搅着那堆东西，拨开虬结的树叶，想找出被埋在底下的松鼠或者兔子来，可什么都没有，没有骨头，也没有血。但无论被捕获的是什么东西，都已经被捕获者带走了。八成是狐狸或猫头鹰干的好事呢。再过上那么一两天，其他的线索也都会消失殆尽，被风吹走，被雨冲掉，或被林子中的什么动物偷去垫窝。她抓着他的胳膊稳住脚，弯下腰和他一道观察，第一道闪电还没劈出炫目的光芒，就已经从他皮肤上感觉到电流的震颤了。

雨滴不规则地打落在枯叶上，那是预兆，警示着即将来临的一切。訇訇敲打下来的雨点越来越用力，全速从天而降，如同一浪接着一浪的打击乐器声。他们紧走几步全力赶路，盼着别给淋个透，可雨下得实在太大了。他们的长发贴在头皮和肩膀上，衣服粘在四肢上皱巴成一团，双脚踩着啪唧啪唧响的鞋子跨过泥泞的水坑。水渗进他们的背包，让他们背上的负担加倍沉重起来。到达第一栋小屋时，他们全都成了落汤鸡。威利用力敲着木头门，指望那动静能高过咆哮的暴雨声。

开门的是个小女孩，也就九岁吧，瘦得像根芦柴棒。脸上棱角分明，漂亮的金发垂到肩膀上——但头发一侧却很乱，仿佛她一整个下午都以手支颐看书来着。她的眼镜蒙上一层水汽，模糊了她眼底的亮光。小女孩张开空着的那只手，如同翅膀一样，一句话也没说把他们迎进了屋里。

他们把湿背包放在地板上，四处打量。桌上的台灯亮着，衬着阴暗的背景，为屋里有意思的摆设套上了一层古旧的黄色。四面墙上都有兽头在瞪视着他们——两只带角的鹿，一只黑熊，还有双角像螺旋的大公羊。一条周身涂满虫胶漆的鱼在木匾上游动着，壁炉台子上有狐狸追着美洲鹑，浣熊举起一只爪子对着一只不知为何从塑胶溪流里冒出来的箱龟，永远的定格在那里。宽大的沙发靠背上搭着一条有简单几何花纹、红白黑三色相间的印第安毯。裁缝用的假人站在墙角，不着寸缕，只戴着羽毛项链。另一个墙角放着辆老式的三轮童车，车把斜戳在墙边，颇有花花公子的做派。球形的水晶球里，有只浅蓝的蜥蜴躲在盛开的白兰花下面打着盹儿。上面的墙上挂着一个玻璃箱，里面有十六种不同的鸟儿的羽毛，一一用别针固定好。另一个箱子则展示了八只脱过水的蝴蝶标本，翅膀上布满小洞和裂缝。玻璃门的书柜塞满了古老的童话、儿童故事书：《公共事业振兴署版 WPA 的田纳西指南》①、《纳齐兹古道遗迹简史》②、《阿巴拉契亚鸟类》，还有一本超大版的《日内瓦圣经》③，翻开到《训道篇》，于第七章第四小节处画了一条粗粗的线。艾瑞卡和威利绕着房子参观了一通，逐一细看，一滴滴雨水慢慢滴落在绳编地毯上。突然发现那女孩子不见了以后，他们才停下脚步，站在房间正当中。

---

① 美国公共事业振兴署(1935—1943)，大萧条时期美国总统罗斯福实施新政时建立的一个政府机构，其出版的关于美国各个州的指南是了解美国的一本重要读物。

② 十九世纪美国印第安人由密西西比州纳齐兹去田纳西州纳什维尔的路。

③ 《日内瓦圣经》由几位逃亡到日内瓦的新教学者，在加尔文支持下于 1557 年译成出版，曾盛行一时。为《英王钦定本》出版前最广为使用的圣经，又称普及版圣经。

“我好冷啊。”艾瑞卡挨近了一点说。威利一动没动，没有一点要安慰她的意思，连半句安抚的话也没有。一股凉意顺着她的牛仔裤往上爬，溜进她的衬衫里，她用湿淋淋的双臂抱住胸口，抖个不停。

女孩回来了，怀里抱着两条厚厚的浴巾和一叠干衣服。她递给艾瑞卡一条宽松的裤子和一件黑毛衣，给威利的是件红色花格衬衫和一条粗布工装裤。“你可能得把裤管挽起来，先生。他比你高。”她说，“你们可以轮换着用浴室，但是请小声一些。奶奶卧病在床，像这样的大雨天，她总是疲倦得很。”

穿着陌生人的衣服，威利和艾瑞卡紧紧挨着坐在火炉前烘烤着身子，炉火也是刚刚才起的。女孩子给他们端来了清汤，她话很少，只拣最必要的说，看见他们温暖妥帖舒适了，似乎她也就心满意足了。日光褪去，窗玻璃浸染在暮色里。疲惫和压力交替缠绕，昏昏欲睡的火光在眼前跳跃飞舞，和着安静的屋里密闭的发霉的空气，威利靠着安乐椅的扶手竟沉沉睡去了。小女孩见他睡着了就悄悄走近他身边，拉起那条印第安毯子盖在他膝上。目睹着眼前这份单纯的好意，艾瑞卡也心生怜悯。过了一会儿，她从椅子上站起身，逐个欣赏着玻璃柜里的奇珍异品，并为之深深着迷。她拿下一本童话书坐在眼前的那张椅子上，没承想也马上打起瞌睡来，书翻开在关于梦想的那几页上。屋外，滂沱大雨让夜幕匆匆降临。屋后的一道门嘎吱着敞开，紧跟着又怒吼着摔上。艾瑞卡和威利惊醒，正好看见一位年纪较长的老妇人，她微驼着背，在灯光下眨着眼，走进房间里，停下脚步看着坐在火炉边的两个不速之客。“你们来了啊，”她说，“我们一直在等你们。”

13

下午三点，通常是放学后艾瑞卡进家门的时间。时辰已到，可她没回来。玛格丽特压抑住到窗口那儿等待的冲动,嘴里一次又一次地喃喃叨念着相同的愿望。她让自己一刻都别闲着,在屋子里走来走去地清理着完全不存在的灰尘,反复刷洗着一尘不染的炉头。跟沉溺于拼字游戏的雪莉·雷尼克有过诡异的交手经验以后,一回到家,她就拨电话到了保罗的诊所。他建议她与高中学校联系一下,看艾瑞卡有没有去上课,要是校方也找不到她,玛格丽特只好等到女儿说好要回来的时间。"要是她跟那个男生在一起,"他说道,"翘课去了,我相信她会像平常那样若无其事地回来的,装出她整天都在学校里的样子。"约定好的时刻来了,又过了,人还是毫无影踪。接到玛格丽特再次打来的电话,保罗安慰她道:"她一定会准时回来吃晚饭的。"你怎么能如此镇静?她暗忖道,但凭借和他共同生活这么多年的经验,这句话没问出口。她只是在家里踱步,走了足有一公里半的路,还像修女那样祷告。

四点钟,一群八哥停在前院,在枯败焦黄的草地上昂首阔步,活脱脱像是在召开丧葬同业者年会一般。跟着又不知透过什么心电感应,它们又集体拍拍翅膀飞走了。

下午五点,没有任何动静。

保罗马上就回来了,他会知道应该怎么做。她坐在厨房的时钟底下打发时间,强迫自己的双手更忙碌一些。外面有辆厢型车关上车门,她看见帕特·德拉罗萨走过他们家的草坪,怀里抱着一束黄玫瑰。

五点四十五分,脚步声踩过木质门廊,接着响起急促的敲门声。恐惧压得她陷在椅子里动弹不得。但还是在来人放弃并打算离开之前站起身子,担心着来的有可能是警察,摘下帽子表示敬意,前来传达消息……是糟糕透顶的事,是意外,或者是医院,拜托,千万别是太平间。她透过侧窗又看见那个男孩子了,那个兄弟。叫什么来着?威利的兄弟。是他哥哥。他是来给我线索的。她琢磨着。

"奎恩太太?对不起,打扰你吃晚饭了。"

"丹尼,进来吧。"他还是穿着匹兹堡大学的运动衣,慢条斯理走进屋来。"你要喝点什么吗?要不来点茶?"

“我从来不碰那种东西，”他说，“喝了会让我很神经质的。”

“进来吧，进来进来。”她把他领进客厅。“请坐。你有他们的消息了？我先生应该马上就到家。”

“事情是这样的，奎恩太太，我有个坏消息……也不算真的很坏，可是……我想我知道他们人在哪里——不是确切的地点，可是我想我知道是怎么回事了。”

“不会有什么事吧？她有没有事？”

他在椅子里往前欠欠身，眼睛盯着地板：“是这样的，奎恩太太，我的车不见了。我的平托。”

必须得想办法让他切入重点，她对自己说。“那你认为是威利开走的？”

“我知道是他偷的，因为他一直问我能不能把车卖给他，我一直都说不行。而且，呃，我知道天使的事。”

“天使？”

他抬起头，看着她的眼睛。“威利，他惹上了一些大麻烦，你知道帕蒂·赫斯特吗？”

“他们几个星期前抓到的那个银行抢匪？那个富家千金？”

“还有共生解放军。”

一辆车停进车道，车头灯扫射划过前窗，男孩子闭了嘴，让奎恩太太决定是不是该等先生进来，免得同样的故事再听两遍。他们在椅子边缘调整好坐姿，脊背挺直，昂着头，正面望着保罗步入客厅。起初他的表情还看不出有任何变化，但渐渐的，他开始明白来人可能是谁了，以及为什么会坐在妻子身边。保罗的眼睛静静凝视着屋里的空气，揣摩着妻子与男孩之间会说了些什么。他放慢每天惯常的动作，把外套仔细折好，稳稳放在摇摇椅背杆上。摇椅往后一倾，又弹回来。他摸摸太阳穴两边的灰发，准备好了之后，动作开始敏捷起来，像捕食者抓获猎物般，他跟男孩握了手，自我介绍了一下。

她用的是很正式的语气，期待能够缓缓唤起他的点滴记忆。“丹尼是威利的哥哥。你记得我在电话里告诉过你，我今天早上去找过雷尼克太太。”丈夫在她身旁坐下，盯着那男孩子。“他是来告诉我们艾瑞卡的事的。”

“你有消息？”

丹尼清清嗓子，再次开口道：“你们记得他们绑架帕蒂·赫斯特的事吗？后来发现她被洗了脑，变成了他们中的一分子？”

“你是说艾瑞卡被绑架了？”

“不，不完全是这样。应该说是威利说服她和他一起走，加入天使帮。天使帮认为大家应该奋起，发动阶级斗争，一场革命。”

她问：“你们这些孩子为什么整天把革命挂在嘴边？革什么命啊？”

准备随时从椅子里跳起来的保罗往前倾着，紧张而焦虑。“可是我以为这事已经结束了。当局不是已经抓住帕蒂·赫斯特，她落网了吗？”

“是已经结束了，先生。越战结束了、共生解放军……过去的已经过去了，再也没有人上街游行了。一切都烟消云散了。”

保罗看着玛格丽特，想找出答案。“那这天使帮的都是些什么人？”

“毁灭天使。”丹尼说，“威利通过一家地下小报的广告找到他们的，他写信到广告上的那个邮政信箱，那些家伙就开始寄一些小册子之类的东西给他。传单啊，宣传品什么的。”

“所以他想成为天使？”保罗问道，“他带艾瑞卡去加入这个邪教啦？”

丹尼在这天的傍晚终于第一次笑了出来。“嗯，说实话我不会说那是邪教。很可能只是个从学校偷来一部油印机藏在车库里的中学生罢了。他不在家的时候，我偶尔会到他房里翻他的东西……那就是一个陷阱。”他从口袋里掏出一张黄色法定尺寸大小的纸。“天使的首脑讲的是这类的东西：‘末日永远不会降临于世，不管彻底毁灭还是其他惩罚，都不会，但是毁灭世界的天使已经存在于这天谴中。’他们自称是毁灭天使，准备发动某种圣战。”

保罗俯下身子，把脸埋进双手里。

“在帕蒂·赫斯特的消息传出之后，威利接到过一通长途电话，是一个叫乌鸦的人打来的。昨天早上我醒来时，发现我的车不见了，我爸的老猎枪和来复枪，还有藏在厨房柜子后头咖啡罐里的钱也全都给偷了。我妈不愿意承认，可是——”

“他们这是打算去哪里？”玛格丽特问。

“我一点儿线索也没有。他可从来没提过这个。上天堂或是下地狱吧。”

“她走了。”保罗说，“他带走了我们的宝贝。打电话报警，玛格丽特，要他们到这男孩子家里和我们碰头。”

奎恩夫妇忙着准备，丹尼一个人坐在安乐椅里，显得瘦小和不安。事情一一打点妥当：晚餐从烤箱里拿出来都放凉了，摆在烤盘上却无人问津；仔细搜查艾瑞卡的房间，寻找进一步的线索；最好别忘了保罗的血压药；跟警察缠夹不清的对话；穿起外套后，我把钥匙放哪儿了？保罗在房子里琢磨别忘了什么东西时，玛格丽特和丹尼在门口等着他。只有他们两人。玛格丽特清清嗓子，语气隐约泄露出一丝恐惧来：“这个叫乌鸦的家伙到底说了什么，让他们离家出走？”

丹尼舔了舔干燥的嘴唇，才说：“威利告诉我说‘时辰近了。’”

14

嘉文太太被自己的想象力大大愚弄了一把，误以为祷告有了回应。就在刚才，裹在温暖的被窝里，迷迷糊糊听见他们的声音，心头涌起一阵渴望。站在客厅那两个陌生人面前，她摘下眼镜，假装擦拭着眼中的泪水，在那一瞬间似乎只有这样的举动才能够帮她否定眼前的事实，让残酷无情的时间停下脚步。没事的，她会想办法回到现实中来的。

"不是的,奶奶,他们是——"

"你在等我们来?"艾瑞卡紧张地干笑着。

雨打在窗玻璃上,经过环绕小屋的松树,落下一声声叹息。雨水敲打湖面,就是刚刚他们驻足的那个小湖;雨水落在鸭子身上,那群依偎瑟缩在冰冷湖边的鸭子;雨打在盗来的汽车上,涓涓细流渗进驾驶座那侧破损的车窗,浸湿了蓝色天鹅绒座椅和地毡。高涨的湖水漫过落叶临时堆积而成的小山,浸透了藏着枪的包袱。冲洗所有、荡涤万物的雨水威吓着这一切,要下到永远。在疑问和答案之间,雨下着,屋里的四人倾听着落入世界的这个崭新的声音。

"不对,"老妇人说,"你们不是该来的那两位,不是我以为要来的人。请原谅。"

威利迈步跨向前,伸出手去:"我们的车在湖边抛锚了,又碰上这场大雨。是你孙女开的门,借给我们这些干衣服。我是威利·雷——"他还没讲完自己的姓就及时收声。"里奇。里奇·威利。这位是南茜·佩里。"

"我是尤娜。这是我奶奶,嘉文太太。"女孩悄悄走近老妇人。"威利先生和佩里小姐需要个地方过夜。我们可不可以,奶奶,我们可不可以让他们住下来? 过一夜,外头下着瓢泼大雨呢。"

嘉文太太不出声,揽着尤娜肩膀,把她拉近了一点,搂着她,但仅只一会儿就又放开,她默许了。天花板上的灯光反射到尤娜的眼镜上,让她的眼睛看起来模糊一片。隔着这么个距离,艾瑞卡和威利在这团迷雾中读不懂老妇人的任何情绪。但是一等奶奶开口,尤娜情不自禁地笑开了怀。"他们当然可以留下来了,佩里小姐,威利先生,如果你们乐意的话。我正准备弄晚饭呢,这下,把炖菜添成四人份的就行了。像这种雨下得像老天爷发狂鞭打地球的夜,我是绝计不会赶你们出门的。你们就留下来吧。"

最初那份淡淡的反对,旋即又变成非常优雅的接纳。嘉文太太在炖菜里多放了一些胡萝卜,把带着盖子的炖锅放在炉上用文火慢慢炖着。她像个受苦受难已久的厨娘那样不耐烦，和了奶油面糊，马马虎虎舀了一勺又一勺甩在烤饼干的纸上。炉子的热气充斥了厨房，慢慢蔓延到整个小屋。小松饼烤好，掀开炖菜盖子搅拌时，晚餐的香味便在客人们的肚子里引发了巴甫洛夫条件反射定律。肠胃叫得那叫一个欢，在火炉边能听得一清二楚，如同一串串小小的惊叹号，搅扰得他们没办法专心。嘉文太太在围裙上拍拍手，面粉变成一团团白雾飘散，开饭喽！尤娜和客人们围成三角形，膝盖顶着膝盖，窝在一堆纸牌旁边正玩着"战事正酣"的游戏。尤娜手上的牌最多，脸上神采奕奕，志得意满。

"快过来趁热吃。"嘉文太太说，"你们再磨磨蹭蹭的，奶油可就要冷得化不开了。"

等尤娜祷告完毕，他们埋头猛吃，好好享受着如此的家常美味——威利用叉子叉起一大块羊肉和土豆，用牙齿撕开，两口之间的空当儿也在忙不迭地把小松饼蘸进肉汁。他吃得很快，有食物从嘴角溢出来。而打定主意要好好品尝美味的艾瑞卡呢，则像小鸟啄食一样挑挑拣拣的，选那最值得一尝的部分。嚼着嚼着，愈发觉得那滋味让她想起了跟爸妈一起在冬夜围坐餐桌旁的情景，但她竭力压制着这种思绪。坐她旁边椅子上的小姑娘一直注视着她的一举一动。艾瑞卡表情僵硬时，尤娜便探手把她拉回现实中来。"刚才本可以打败你们的，"尤娜说道，"我有一手好牌，而且我最拿手玩这个。你最擅长玩哪种呢，南茜？"

放在阁楼里积灰的那些游戏：大富翁，飞行棋，双陆棋，跳棋，解救小鼠[①]，不倒翁，妙探寻凶[②]，和"人生"。她老爸最爱的是"人生"。这种游戏的道具是些小巧的塑料小汽车，车身里有六个孔，可插六根塑料棒。蓝色的小棒子是给男孩子的，粉红色的则给女孩子，可能赢到什么颜色的棒子却必须得碰运气。有一回爸爸拿了满手的粉红棒，眨巴着眼问："上哪儿去啊？女士们？"她妈妈给了他一个很古怪的表情，显然

---

① 解救小鼠是一款类似于华容道的小游戏，在这款游戏中，你需要帮助老鼠移开前面的各种障碍物，最终逃出实验室。

② 妙探寻凶是一款解谜推理游戏。

心知肚明他这句话背后藏着什么道道。艾瑞卡想象他也有不为人知、放荡荒诞的过去——辣舞的女孩，彻夜狂欢。“人生，”她对尤娜说，“‘人生’游戏啊。”

“啊哈！”嘉文太太一掌拍在桌上，餐具都跳了起来。“人生游戏，可不是么。可是人生并非游戏，我跟你们说啊，那是你一辈子也拼不完的拼图，总是有那么几片会不见的，或者有一片硬是摆在哪里都不合适，最后连拼图盖子也找不着了，所以就再也没有能够按图索骥的图，好让你能知道拼完的作品到底应该是个什么样子。”

威利嘴里一边嚼着东西，一边搭腔：“我一直认为人生是场斗争。马克思说，‘一旦掌握所有的斗争，奇迹就有可能发生。’”

“是格鲁乔·马克斯[①]这么说的吗？”

看到嘉文太太一脸茫然的样儿，艾瑞卡忍不住微微一笑。“格鲁乔·马克斯说的是‘人生的秘诀是诚实和公平对待。要是你胆敢作假，就会自食其果。’”

“随便吧，”威利道，“不是那个马克思，我那些话是从毛泽东的小红宝书里读来的。”

哐当一声，汤勺滑进碗里去了，嘉文太太直起肩膀直直地盯着他的眼睛。“你是共产党，威利先生？”

“我？不是，太太。我是美国人，但我相信革命一定会来临，穷人会站起来反抗有权力的人。有些人把这种革命看成是种族斗争呢，可实际上这是阶级斗争——被压迫的人反抗有钱人。我真的相信，在穷人、女人和所有的有色人种获得公平权利之前，街头还会流好多血。《启示录》里的大事就要来临了，任何新生都需要先摧毁邪恶的一切，洗清我们的罪孽。我们的国家出问题了，瓦茨[②]的黑人都找不着工作，穷人活得跟狗似的，狡猾的迪克·尼克松又丢人现眼，石油又短缺，‘立即打击

---

① 格鲁乔·马克斯，美国著名喜剧演员。

② 瓦茨，洛杉矶瓦茨社区 1965 年爆发过一场黑人对抗军警的骚乱。

通货膨胀'的徽章,你放眼看到的是出入乡村俱乐部的富人,穿白衬衫理着板寸发型的浸信会教友,吃果冻甜甜圈的摩门教徒,还有吃人的天主教徒——"

威利的一通言论换来的是大家的目瞪口呆,有那么一会儿,好像谁也不会再开口说话了。艾瑞卡偷眼瞄了瞄嘉文太太,她一动不动呆坐着,怒目而视,费力消化着威利话里话外的意思。威利也把嘴巴闭得紧紧的。三个大人闭口不再谈论此话题,暗地里担心着可别再说错话。只有尤娜没心没肺继续津津有味地吃着她的炖菜,并且抓住大快朵颐的空当问道:"你是传教的吗,威利先生?是上帝的使者吗?"

"我可不是。"他笑着说,"我是迷途的羔羊啊。"

艾瑞卡向前探着身子,推心置腹地对尤娜说:"前几天我们还碰到过一个人,他对我们说不要过于渴求孤独,否则将会迷失自己。但这位威利,威利先生,他碰到的人却告诉他,说如果取了他人性命,就必须一辈子背负着那条命,直到永远。每个人内心深处都有一些神圣的信息,而有些是只可以在默默的祷告里才能倾诉的。"

尤娜靠得更近:"你呢?你是上帝的孩子吗?南茜小姐。"

坐在桌子尽头的嘉文太太清清嗓子,转换了大家的话题。他们聊起了秋天树叶的斑斓色彩;聊起了下雨时野鸭子和其他鸟禽会怎样;聊起了房屋跟大路这么远,这里是如何的安静。一个苹果派盛在古董托盘里奇迹般端上桌来,过滤咖啡壶里刚煮好的咖啡滚烫地冒着泡,夜色渐浓归于沉寂,纸牌游戏复又重新开始一局。时候不早了,尤娜被打发着去准备上床睡觉,嘉文太太也跟着不见了踪影——可过了一会儿她又带着那孩子回来,递给他们两套法兰绒睡衣。

"晚安,很高兴你们找到这儿并留下来过夜。"嘉文太太说着突然向前一步,一把搂住艾瑞卡和尤娜。这个动作让艾瑞卡始料不及大感意外,她抱紧嘉文太太,脸贴着尤娜的小脸,深吸一口她那头漂亮金发里散发出来的洗发香波的味道。她们休息去了,紧闭的房门里传出短短几句低声的交谈和祷告声,最后面的是摇篮曲。

“她把咱们当成谁了呀?”艾瑞卡在黑暗中低语。

他翻了个身面对着她,“一对幽灵吧。”

起居室的上方挑空架出了一个窄窄的阁楼,艾瑞卡和威利爬上一道矮梯,找到两张头碰头摆放的单人床。“我们好像睡在大大的A字底下。”艾瑞卡说。雨水打在房檐上,他们一起爬到同一张床上,摸索着彼此的衣服,竭力让自己不要跌到床下去。他的胳膊肘压着她的鼻子,艾瑞卡的左脚卡在床帮和墙壁之间。最后他们终于估算好了适当的距离,可却又停下动作,屏住呼吸,相互搂抱在一起。楼下突然有扇门开了,亮起的夜灯照亮走廊一角。奶奶叹了口气,关上了门,连门把手也没转动一下。他们紧紧张张地等着听见她床铺响动的吱呀声。“这样不好吧,可能。”艾瑞卡说。

“你什么意思啊?从头到尾都很好啊,再者说了——我已经进来了。”

把头扭到一边,她紧咬着牙,试着放松紧紧绷着的双腿,几分钟就完事了。她把掌心贴在他胸口推开他,大口喘着气。他的法兰绒上衣贴着她的皮肤,暖暖的,带着股汗水的潮气。他心满意足却摸不清头绪地站起来,套上睡裤,重重倒向另一张床。“我们明天早上就走了,”他说道,“管她们怎么想呢。”没几分钟他就睡过去了。艾瑞卡听着威利不规则的呼吸,咻咻响着的鼻音像拉着小警报。凝听雨水滴落,在过去这一个小时里,木头变凉了,房子也开始呻吟起来,吱吱嘎嘎地响。在这个陌生的空间里,她失去了对梦想的坚持,失去了对自己未来的信心。她闭上眼睛,再次试着去想象拉斯维加斯豪华教堂里的婚礼,猫王和他的娃娃新娘,还有去旧金山跟所有天使会面。旧金山,神奇之城,那些童年不可磨灭的画面。艾瑞卡在尤娜这么大的时候,从电视上看见“爱之夏”的景象,长发和狂野的抗议标语,倒下的士兵给装在棺材盒子里一个接着一个运回家来,爸爸书桌上的《时尚先生》,肯尼迪,肯尼迪和金博士矗立在墓碑中,街头暴动,枪口上的鲜花,以及相信可以改变世界的那些男孩女孩们。她担心她和威利还没有机会参加呢,这场游戏就已经结束,她怕革命在还未真正开始之前就已经落下帷幕。她的英雄连半个人都拯救不了。

她心烦意乱地翻身下床,伸出手贴在陌生的墙壁上,摸索着往前走,找着了梯子爬下楼去。虽然看不到,她却能感觉出墙上那些战利品标本的玻璃眼珠在瞪着她,浣熊在壁炉架子上发着抖,置于房间各处的笨重家具和古董地球仪的重量朝她袭来。她紧闭双眼,假装自己什么也看不见,回想爸爸在翠绿的草地上,眼睛上蒙一条丝巾,跌跌撞撞地追着一帮乐得咯咯尖叫的女孩子,七岁的那年夏天,她的生日派对。老爸抓到谁了?在走廊往厨房的墙角处,她轻轻扭亮电灯开关。站在她面前的是幽灵一般的尤娜,一袭白色睡衣,一动不动,灯光穿透了那轻薄的棉布,显露出她消瘦的身形,就像一捆缠着铁丝的柴禾。“老天爷啊!”艾瑞卡惊呼,“简直吓死我了!你在这儿多久了?”

没戴眼镜的尤娜看上去更瘦小,也更脆弱,绿眼睛因猛然亮起的灯光而不停地眨着,一副半夜里在睡梦中惊醒的模样,小脸上苍白的皮肤还带着被窝里的余温,红彤彤的。她对艾瑞卡讲话,可嗓音破碎成颤音,一字一句都受了伤般。“听到你从阁楼上下来,还以为你睡不着。”

“是‘下’来。你猜对了。对不起,陌生的房子,奇怪的一天。”

“我弄点东西给你喝好吗?我胡思乱想的时候,奶奶就会弄些加香料的热牛奶给我喝。”

艾瑞卡点点头,走到壁炉边,肩上裹着毯子坐到窗边,听雨滴轻敲窗玻璃的声音。一会儿,尤娜小心翼翼地走过来,胳膊伸得老长,端着一个杯子,汤勺在瓷杯边磕碰得叮当作响。牛奶闻着有豆蔻和蜂蜜的味道,艾瑞卡才尝第一口就觉得通体舒畅,睡意盎然。尤娜坐在旁边的椅子上,蜷起腿来,让白色的睡衣帐篷一样罩住膝盖。她俩在一片幽暗中轻声交谈。

“这东西太管用了,我马上就会睡着的。”

“这是有魔力的饮品。奶奶总是一边搅一边叽里咕噜地说这是她的女巫汤。真觉得自己是个女巫呢。”

“你奶奶说她在等我们来?”

“她的思想会时不常地开小差。想象一些不存在的东西。”

艾瑞卡打了个哈欠,又喝了一大口。“你们俩自己住在这里吗?你爸妈呢?”

“除非你想睡在客厅,否则最好赶紧爬上梯子。这牛奶几分钟之内就能让你进入梦乡。”

疲乏像一阵寒战,快速窜过她的血管,肌肉感觉上像是被拉长了的太妃糖。艾瑞卡强迫自己的双腿移动起来,拖着沉重的步子又回到床上,头一沾上枕头,就睡得像个婴儿,一直摇啊摇,抽身离开这个充满关爱的世界。

15

“我这儿有个谜题差点儿忘了问你。”雪莉·雷尼克说。保罗和丹尼在楼上察看威利的房间,要她们留在下边。“思绪什么时候才会像大海呢?你知道吗?这是今天的谜题,你记得吗?上回你帮我拼出了‘elate’。”

大海,说不准他们到海边去了,玛格丽特想。抛开什么革命的疯狂念头,他们只是坠入爱河罢了,他们私奔了,逃到新泽西海滩,闹不好还可能是去了马里兰,甚至是弗吉尼亚。浪涛汹涌拍上沙滩。说来也怪,在那里只待过一天,海浪冲进脑袋,冲进血液,冲刷双腿。回家好多天了,大海的吸引力犹在,还记得杰克逊清晨在海滩上跑步的样子。

“我用‘elate’里的A和T,如果这对你有用的话。思绪什么时候像大海呢?什么时候……两个字,奎恩太太。”

他爱你,那个男孩子——杰克逊,当时真浪漫,可现在呢?我们到海边去吧,他提议道,那一整天他们就那样凝望着海浪。

“奎恩太太，第一个字只有一个字母，通常是 A，我就知道这么多了。”

深秋，恰如此时，都是二十岁，去凝望海浪。

“第二个字么，六个字母。当它是空的时候。”

艾瑞卡不像我，她会去的，但凡他开口问。对——保罗错就错在这儿，他拼命想把她留在身边，把艾瑞卡抓得太紧。她之所以离家出走，不单只是要跟那个男孩子在一起，她就是要走出去、要自由。玛格丽特看着桌子对面的女人。“A notion。”

“你说对了，你说对了。”雪莉答道，“你怎么这么快就能猜出来？我那会儿还想不通呢，可大海(sea)就是海洋(ocean)啊。虽然不是百分之百一样，但还是——”

“你觉得他们只是私奔而已吗？你说他们会在星期天晚上回来的……”玛格丽特紧逼住她，“他不会逼迫她一起走吗？我看过他的房间了。威利可是个愤怒的孩子。”

“我一直在玩字谜游戏，每天都玩，好让思维敏捷。”

“可被偷走的那辆车怎么解释？”玛格丽特问道，“还有枪呢，还有你藏在咖啡罐子里的钱？你该怎么解释，雷尼克太太？”绑架了我女儿，她想着，然后再离家出走，八成就是为了离开他这个疯了吧唧的妈。

“A notion. An ocean.”

闭嘴吧，你这个大傻蛋胖奶牛。艾瑞卡失踪，这都怪你儿子啊，而你还坐在这里唠里唠叨的玩这劳什子的拼字游戏？

“敏锐的思维是人生的关键。拥有智慧，你就能拥有一切。你可以缺条胳膊或少条腿——”

她真想说：闭嘴吧，你这疯婆子！

“——甚至脖子以下高位截瘫，只要你的心还在，你就还活着，您说是不是这个理？心有能力解开人生的谜团。只要足够专注，足够坚持，你就能想出答案来。怎么了么，奎恩太太，还在担心你女儿吗？他们这是离家出走啦。”

玛格丽特还来不及跳过去掐她脖子，就注意到有一道红色闪光从窗前划过。她急忙过去开门，迎进来两位警察，然后他们一起去楼上威利的房间找到保罗和丹尼。警察对眼前的状况相当困惑，既不确定到底应该找什么，也不懂为什么要为两个离家出走的年轻人误了自己的晚餐。地板上堆着一摞摞摇摇欲坠的书，床底下也到处都是书，还夹杂着报纸杂志。有《滚石》和《国家讽刺文社》①，药房装药的纸袋子，还有政治论述和哲学类读物。金斯伯格的《嚎叫》②，凯鲁亚克的《在路上》③，康拉德的《特务》④。藏在床垫和弹簧间的几本常被翻看的《花花公子》和一本忘记带走的册子：《如何在自家地下室制造炸弹》。四面墙壁有三面被涂成了黑色，那第四面墙在刷到窗口一半的地方给放弃了。白色的旧外衣被烟熏得发黄。没整理的床铺上方贴的满是海报：列宁头顶上有"胃酸过多"的字样；一只白兔在棋盘上，四周遍布着疯狂的蓝与粉的影子；一张通缉海报，那上头有一张张和水门事件有关的所有嫌疑犯的照片；还有一张是化名为塔妮亚的帕蒂·赫斯特，手持着机关枪，背景是一条有好多个脑袋的蛇。

比较年轻的那个警察打开衣柜门，在场的人全看见了一张钢印的徽标，金色喷漆缠绕的AOD标志，带着一双翅膀。玛格丽特以前看到过这个图案，却又一时想不起是在哪儿看见的了。现在的孩子有太多太多隐晦神秘的徽标，可一般只是想表达他们对和平、爱与极乐的渴望罢了。全无任何实际意义。然而她还是拼命回想着自己到底在哪里见过这对翅膀，这么一回想，她就难以专心听着房间另一头的对话了。她丈夫心平气和地与其中一位警察争辩着什么——他根本不擅长做这种事，她想。离开了他的诊所，保罗还是误以为这个世界上没有什么神秘不可解释的事情。这位睿智的老头子温和地提供建议给戒不掉烟或酒

① 《国家讽刺文社》，美国大学生非常钟爱的刊物。

② 金斯伯格（1926—1977），美国诗人。

③ 杰克·凯鲁亚克（1922—1969），是美国"垮掉的一代"的代表人物。

④ 康拉德（1857—1924），生于波兰的英国小说家。

的瘾君子们，给不注意带小孩打预防针还纳闷孩子为什么会生病的妈妈，给心脏不好的男孩子，给不肯开口说话的女孩子。他们抬头仰望他，像仰望一个好教士、好大师、魔术师、让奇迹出现的人。事实上，他由此已经慢慢滑向自负，在超过正常退休年龄一年以后，他离医疗事故也就仅仅一步之遥。

“大多数情况下，”那个年纪大些的警察说，“这些离家出走的孩子都会在两三个小时后给家里打个电话，或者几天，最多一周。当然了，要是时间越长却越没有消息的话，那就……”

她轻声说：“我一直都是个糟糕的妈妈。”

“可是我不相信，”保罗接道，“她会就这么离家出走——”

“当然当然，我们会继续追查的，奎恩先生——”

“我是医生。”

玛格丽特声音提高了八度：“她谈恋爱了，恋爱。爱情会让你做出疯狂的事来，嗯，你不会——可有些人会，像艾瑞卡。”房里的每个人都转过头盯着她，她赶忙用手捂住嘴，思绪什么时候才会像大海？

“没有真正的犯罪行为，我们不能采取什么行动，只能发出警告通知了，然后再等等看有没有人见到他们。可我并不太担心，奎恩太太。这些孩子大多数会想象世界一定是一个模样，结果却发现完全不是这么回事。要是你有别的想法，认为该查哪里——”

“我一点想法也没有。”她说。脑海里的声音一直念叨着她的答案——a notion, a notion, an ocean。

16

他试着去叫醒她，她却不起来。威利耸耸肩，套上那个下落不明的男人的旧衣服，轻快地爬下梯子，听任鼻子找到诱惑十足的香味源头：

炉子上的培根火腿、蛋和咖啡。老妇人，举止怪异的孙女都已经起床了，她们换好了衣服摆好了餐桌，丰盛的早餐就在眼前：切片香蕉、水煮梨和果汁盛在瓷碗里头，一条烤好的家常自制面包，旁边还有配好的一条奶油，恰到好处！满满一罐子果酱，还有蜂窝状的蜂蜜罐。他的心思飘过屋子，攀上梯子，来到他的睡美人身边。让她歇歇吧，他决定。过去几天里把她折腾得够呛，而且好像还因为某些他没法了解的病痛而困扰。让她睡吧，可能她醒过来心情就能好一些。再说了，他也想马上大吃大喝，一分钟也不愿意等。两位女主人也没费事地问东问西，只是邀他坐下来，自在一点。来点糖吗？甜心？

威利坐在粗糙的松木餐桌旁，与祖孙俩共进早餐，设想着自己是普罗大众中的大英雄。就像毛泽东和劳苦大众共同进餐，切·格瓦拉和躲避独裁政权的古巴农民为伍，流亡西伯利亚的列宁喝着罗宋汤和一杯杯浓浓的红茶，筹划着要完成的大事。嘉文太太和孙女一直盯着他瞅，摆明一副相当欣赏他的样子，他觉出一股电流贯穿于他们之间。他危险，英勇，是真真正正有原则的男人，这些穷人仰望着他，把他当成了救世主，当成了斗士，那个注定要名垂史册的大人物。

清晨的阳光射进窗里，从而改变了屋里的样子——在黑夜，阴郁的雨中所预知的那份不祥和危险，此时却显得陈旧和凄凉起来，跟褪了色的岁月一样疲惫乏力。猎获的标本们变成斑斑驳驳的动物园，发了霉又积了灰，玻璃眼珠雾蒙蒙的，少了昨夜炉火映照下的舞动。巨大的木制地球仪龟裂开来，表层的纸面剥落，原先格陵兰所在之处只剩下空白一片，智利海岸也缺了下边的那个翘翘的尾巴。兼作书桌的樱桃木柜子上摆了面镶银的镜子，但镜面也是模糊不清的，任何东西映在里头都像画笔勾勒的模糊的云团，难以辨认清楚。可餐桌却是打了蜡的，锃光瓦亮，因为摆满了食物而嘎吱作响。威利一点罪恶感都没有的放开了大吃。艾瑞卡一直睡一直睡，睡到他吃了第二份早餐，睡到他剥了个橙子，直睡到他喝了第三杯热热的提神咖啡之后……她都没醒。她一直在睡，厨房洗刷干净了，他也随便地看了图书室了，他都仔细翻阅过《阿巴拉契亚鸟类》里生动鲜活的彩插了,她也没醒。黄莺和北美黑啄木鸟看腻味了,等艾瑞卡起床也等得烦了,他在门边的挂钩上找到自己的夹克,走进了渐近午后的阳光里,去找他们的车,想看看在新的一天、有了些耐心以后能不能把车弄弄好。

睡梦中,她梦见雨停了,太阳金晃晃,枪声响起,她和鸟儿们一块儿飞起来,它们的翅膀拼命扑打,哀嚎之声响成一片。她飞得高高的,看见威利在湖边,手里握着枪,再一次开火,打中厨子,子弹在胸膛炸开了花,她看见那人倒下了,钱从洞口喷出,看见钞票满天乱飞,橡树叶子般迎风起舞。跟着又是砰的一声,火光四溅——他这一枪是打向她爸爸的。钞票瞬间炸飞到空中,在火光里,只是那个身躯,爸爸的,随着死魂灵的小筏在水面漂流,没有别的后果,只是一艘被遗弃的孤舟。她呢,高高飞在空中,周围是仓皇四散的鸟儿们,她无计可施,动弹不得。

终于攒足了力气睁开眼,艾瑞卡一时不知自己身在何处。屋檐上的横梁看着像从教堂十字架上拆下来的木头,也像一艘船的龙骨倒扣着挂在她头顶上方。迷失了方向,北也找不着,艾瑞卡只好闭上眼睛,努力想记起点什么来,此时传来了那个女孩子的声音,"南茜小姐,醒醒。"谁是南茜?无影无踪的重量压迫在她身上,她拼命挣扎着,转过头去看那孩子。她巴望着有人——她爸,她妈——能把她从这张陌生的床上救走,但是却喊不出声来。她喉咙里塞满了小圆石头,眼角还有凝成块的眼屎糊。

"快醒醒,南茜小姐。"尤娜站在她床头,手里捧着满满一杯东西,好像在教堂里捧着奉献盘。艾瑞卡喝了一小口,然后又倒回到枕头上,闭上眼,在床垫温柔的拥抱里叹了口气。"你得起床呀,南茜小姐。这都快中午了,威利先生没等你就走了……快点吧,我们让你来一顿皇后似的早餐。都十点多了①。"

① 此处因为口音把 ten(十)说成了 tin(罐头)。

罐头，十点，田纳西口音。她找回了记忆，但破碎不全，没什么价值。“我病了，”她说，“整个世界倾覆了，压到我身上来了。”

“先试试看。”尤娜用她细瘦的胳膊用力把她拉坐起来。

床像暴风雨袭击的海洋，狂暴地左摇右倾，艾瑞卡竭力保持住平衡，好让房间不再旋转。那孩子扶着她，深吸了好几口气，艾瑞卡终于可以集中起精神，想办法拉起毯子，抬起膝盖，歙动嘴唇。脚一放到地板上，她就又不得不停下来喘口气。“你说什么?”她问，“他没等我就自己走了?”

“他说去找你们的车，要我告诉你，他一发动‘她’就会马上回来。”她说到“她”这个字时咯儿咯儿的笑。

艾瑞卡晃了一下，稳住重心，她试着站起来。“我想我爬不下梯子，站都站不住，晃得厉害，也不知道是怎么回事。”

“你得吃点东西，就是这回事。来吧，我会照顾你的。”

她们很小心地一步一步下了梯子到厨房。奶奶正在炉子边上专心煎蛋，根本没注意到她们进来，直到听见椅子划过地板的嘎吱声，她才看见艾瑞卡的情况有多糟糕。她慌忙丢下锅铲，冲到她身边。嘉文太太用冰凉的手试了试艾瑞卡额头的温度，嘴里不停发出啧啧惊叹，给她弄来一杯橙汁。“喝吧，你这是病了。”

“我就像被掏空了似的，整个人都发虚。脸这边一碰就疼。”

“是流感，要不就是肺炎。你昨天淋了那么久的雨，那么冰冷的雨。”

她们喂她吃未抹黄油的吐司，然后搀着她到壁炉前头，把温暖的毛毯盖在她膝头，再把一杯微热的姜汁汽水摆在旁边的桌上。尤娜负责生起火，她急匆匆地找来火柴和柴禾，再用力把火苗吹起来，焦急地守在艾瑞卡身边。嘉文太太也忙个四脚朝天，洗好另一只煎锅，把冷掉的咖啡倒到水槽里，隔上个一刻钟就来看看这个简直形同木乃伊的女孩子。帮她拍拍垫在脑后的抱枕，拉拉平已经足够平了的毛毯。靠在破旧的“宝座”上，艾瑞卡虽睡不着却也觉得心神俱安。她心思弥漫，看着跳动的火苗，想起她抛下的那些高中的好朋友们——现在乔伊斯·格林会怎么看我呢？——还有小镇上的街坊四邻知道她真的离家出走了，真的这么胆大妄为、这么任性地跟人私奔离家之后，会怎样的聒噪，会有怎样的流言蜚语？嘉文太太像医院的护士那样把体温计压在艾瑞卡舌头下边，尤娜则蹲坐在她面前的垫子上，专注地凝视着那根小玻璃棒。

"你看没看过一个动画片，"尤娜问道，"日头很毒，随着太阳越来越热越来越热，温度计的红线也越来越高越来越高，最后噼里啪啦一直冲到顶上去了？我常担心那玻璃棒里的是血。奶奶每回一生气就说她给气得血液沸腾。可我从来也没见过真的体温计里有红线升上去过。其实要是没有调整好角度，你根本就看不见什么红线。就像世界上好多事情一样，明明在那儿的东西就是看不见，除非你用正确的方法看。"

奶奶眯起眼就着光，估摸着有角度的玻璃柱里的刻度，说："都 101 度了[①]。我们得把你弄回床上躺着去。"远远传来枪声，在山谷间回荡，让她们的对话停顿了半晌。嘉文太太没出声，静静思考着到底发生了什么。

艾瑞卡拉起毯子盖住肩膀。"不，我想在这里等着威利。"

"那我让你留在这里跟客人作伴。"嘉文太太对孙女说，走回小屋里去了。两个女孩子打牌消磨时间。尤娜教她玩金拉米纸牌游戏，趁她忙着回想牌局规则和应对策略时，略施小计赢了她许多次。日光渐退，艾瑞卡也累了，不想玩了。尤娜把牌装回盒子，在一旁默默坐着。睡意像云朵笼罩了病人。为了保持清醒，尤娜便选了一本书读。她轻轻翻动书页，发出让人安心的声响。突然惊醒还是被自己大口喘气的呼吸声搞醒的，艾瑞卡坠入了满屋的昏暗之中。唯一的光亮是小台灯的一圈光晕。尤娜就坐在那团光晕里。听见毯子摩擦的沙沙响，她又起身

① 华氏 101 度相当于摄氏 38.3 度。

来到艾瑞卡身边。

“我睡了多久呀?”

“也就一个小时左右。你之前一直管他叫威利。威利先生。我以为他的名字叫里奇呢,可是你睡着前也说要等威利回来。你为什么叫他的教名呢?”

“我是这么叫的吗?一定是发烧的缘故。那么他出去了多久了?我是说里奇。”

“一整天了。”尤娜跪在病人的椅子前,把手扶在艾瑞卡膝盖上。“你觉得他会回来找你吗?”

一阵疼痛扩散开,窜过她的关节和肌肉。耸肩的时候,她的肩膀却死僵僵地动不了。“我不知道。”这个回答让她自己都非常吃惊。

17

那辆车在雨中融化掉了。威利穿过树林,想找到他们当初把达斯特推下马路的地方。可时间都过去一天了,在大白天的阳光下,他也不确定自己是不是走对了方向。沿着鸟儿飞行鸣叫的声音,他找到了那个小湖,也找着了空地和通向大马路的小道。可没发现车啊。积水的地面上尚有清晰的轮胎印痕,这证明车子曾经停在此处过,但他真是搞不懂这辆抛了锚的车子是怎么或者为什么自己挪了窝的。加上眼前少了车当参照物,他根本不记得他们把枪埋在哪儿了。他想或许是什么人发现了车,想办法发动起来把车开跑了?又或许是警察叫来拖车,把车给拖走了;再不就是他根本搞错了方向。顺着高速走了八百米的样子,威利循着自己的脚印往回走,同时观察着高速路的另外一侧。他坚信自己记得那片空地,往回走到林子里的小道,站在最高点上俯瞰小湖,盼望着车子能回到自己面前。他沿着湖边走,观察水面上会否浮现任何征兆——闹不好车子脱离了泊车位置，被雨水一冲漂走了，沉到了湖底。可是什么都没有，只有绿头鸭吃着浮萍，淹没在高高的水草里，十块钱的钞票像破了的旗子一般迎风招展，在阳光炙烤的空气中给晒干了。湖边更远处，波浪轻轻拍打着被丢掉的帆布袋子，它轻轻漂荡着，像沉船的船帆。威利坐在倒伏着的一棵树的树干上，看着阳光在湖面上轻舞。

午后的寂静让他不由得想起爸爸最后一次带着他和他哥打猎的情景。他们长途跋涉到宾州的波特县，深入群山间的峡谷，寄宿在一个磨坊朋友的朋友的小木屋里。那时候丹尼应该十二岁，威利只有八岁，背着来复枪吃力得很。要命的浓雾一会儿聚拢过来一会儿又消散开，十一月的黎明带着青灰色和沉沉的湿气来临。他们父子三个在一片浓雾中静候着，五米开外什么都看不见。爸爸手里握着枪——就是现在遍寻不着的那把来复枪，看着跟门大炮似的。威利暗暗祈祷不要有鹿经过他们的视野，就在他以为自己的祷告已经得到应允而想松口气的时候，枪声突然划破寂静。那只公鹿被自己肩上挨的那一枪吓个半死，咳着血，笨拙地冲向树丛里。爸爸一马当先爬下去，丹尼紧随在后，威利还在想办法搞定那个权且称作梯子的东西时，他们已经把鹿抓上来了。爸爸抓着鹿角，提起鹿头，要儿子看着鹿的那双狂怒的眼睛，上下剧烈起伏的侧腹，和殊死搏斗绝不投降的本能。丧失了生的姿态，鹿的生命就这样被夺去了。威利一阵反胃，在一棵野樱桃树后头吐了起来。等他吐完了回来，迎接他的是一把锋利的刀，他爸准备当场就把这头鹿开膛破肚，去除内脏。爸爸举起刀，刀尖朝着空中，转头对着他说："儿子啊，所有东西都难逃一死，不论是经你的手还是上帝的手，死了才能让位给其他的。如果要打猎，你就必须做好准备，总有动物会死的，要是你害怕死亡，那这里就不是你要待的地方。"威利用手背抹抹嘴，在父亲身边蹲下。

隔岸有只公鸭在叫，他这才想起自己身在何处。艾瑞卡如果知道车子不见了一定会惊恐万状的，想想那个场景威利都觉得害怕——她茫然斜视的眼睛泪水涟涟,劈头盖脸一顿责骂和绝望:你怎么能让这种事发生呢?我们现在应该怎么办?那个疯疯癫癫的老太婆一定会有辆车子藏在家里的什么地方,这样她才能下山买食物、衣服还有其他生活必需品。他大概可以趁奶奶和小淘气睡觉时把车钥匙搞到手,等到第二天公鸡叫早的时候,他们早已经上路好几个钟头了。或者他们也可以搭便车到孟菲斯,到那儿之后再挑一辆车。再不然他也可以现在就离开,自己一人离开,只是他的钱和包都还留在小屋里。艾瑞卡可不像他所期待的那样能随机应变,适应力强。事实上,她对这整件事都比较瞻前顾后,不是真正的叛徒,也不是真正的革命分子,当然更不是帕蒂·赫斯特。真该死,那个中学的时髦女——就是戴圆眼镜的性感女孩子——被他们偷走汽车的那位,她有可能比艾瑞卡还激进,他邀请她一同上路的时候,艾瑞卡干吗哭丧着脸呢?说真格的,难道艾瑞卡真会觉得她是他唯一仅有的爱人吗?难道她会以为前面的人生会和他们抛弃的生活有哪怕一丁点的相似吗?革命来了,宝贝,我们必须把爱情放在一边。“我还太年轻,命不该绝。”他大声说道。惊得湖上的鸭子发出一串紧张的嘎嘎声。

他从外衣口袋掏出手枪,站起身,把枪管瞄准最近的一只绿头鸭,扣下扳机。回荡的枪声掩盖了子弹在湖面激起的水花,引得鸟群一阵惊叫。“下一次!”他对天嘶吼。威利重新定了定方位,走回到马路上,继续寻找被埋起来的枪支。他盯着地面,用力回想着到底给藏在哪里了——就像那种到处找眼镜,找眼镜,后来却发现眼镜就在头顶上架着的人一样。他找啊找,突然被埋在一堆树叶底下的包袱绊了一跤,这下重新燃起了他的希望。他打开湿淋淋的毯子,看着那包泡了水的武器无比气馁和沮丧,再一想到要清理干净这些东西就更让他精神崩溃。可最起码,武器还是失而复得。他把枪抱在怀里,踏着漫漫长路往木屋走。每走一步他都在反复思量,思量着该对艾瑞卡说些什么。

18

女儿离开家一周之后，保罗按点儿在清早起床，洗澡，穿戴整齐。早餐时他宣布要回去上上班。“就去上那么几个小时，”他对她说，“我还有病人呢。”和玛格丽特待在家的七天里，他们俩成天焦急地等待着那个永远也不会来的警方报告，事实证明眼前的局面远远不是他所能应付得了的。他每天出门也只是到女儿以前经常出没的地方逗留徘徊，追问她那些同样毫无头绪的朋友们，整天沉沦纠结于那些回答不了的“为什么”上。事实证明那些中学生一点用处也没有——他们只是满脸的茫然，耸肩，提供不出任何有用的东西。在那些石头墙似的外表下，他感觉到他们一定知道什么真相，但却选择了去保护那对小情人、美化他们的感情——即便是最玩世不恭的孩子也巴不得艾瑞卡和威利能带着他们的爱情远走高飞。

保罗不知道应该怎么安慰妻子，应该怎么读懂她那份坚定的淡泊——是希望抑或是绝望，于是他只好继续保持彼此的默契，什么也不问。他们拆解了所有可能的情形，最后断定的还是一片茫然，除了等待别无他法。于是他们开始等待：她吃得很少，睡得更加少。偶尔瞥见他看她呢，知道丈夫肯定看见自己在自言自语时嘴唇上下翕动。保罗知道她没法忍受他的冷静自持。她的疯狂已经偷偷潜入他的灵魂，可被她拒之于门外了。他让她去应对电话那些事情，自己就像孤独的守护灯塔的人，剥离在外。

关于回诊所这个决定，玛格丽特并没有跟他争吵，连句抗议的话都没说，就这么让他去了，甚至在他甩门而去的那一刻还觉得如释重负。可保罗的担心在与日俱增，到末了，竟然像怀了孕似的在他体内不断滋长。剩下她独自在家，一阵子，她都会走到窗边去看他的车还在不在停车道上。空地上的一堆树叶鬼魅般随风纷飞。开始独处的那几天简直恐怖得无以复加，空荡荡的家，生活残缺，如此的空虚寂寞。他们开始慢慢地明白，她是真的消失不见了。在雷尼克家见过的那个警察第二天早上来过家里一趟，说失踪的孩子大多数都会在几个小时之内回来……顶多一天，如果艾瑞卡没回来——按照玛格丽特的估计，她已经失踪三天了——那么回来的几率就要大打折扣。面对现实吧，警察说，好像现实能带来什么安慰似的。每天估摸着时间，到了合适的钟点，她就打电话到警察局去，上午打，下午再打，傍晚还是打。到了最后，但凡跟这个案子能稍微沾上点边的人全都躲着她，要不就让她留言。最终他们跟她说只能等着，她便乖乖地等着，悲伤中混杂着自责和懊悔。第一天，德拉罗萨太太陪她坐了两个小时，第二天坐了一个小时，到周末就连一分钟都不再逗留了。事情在小镇里传开了，街坊四邻都登门探访，试着看能不能帮上什么忙，至少大家都是这样对玛格丽特说。可是玛格丽特觉得每一个好心的撒马利亚人都有着病态的好奇心[①]，之所以和她靠近，只是为了体会玛格丽特此时此刻的心情。或者，更糟的便是他们是为了带给她无声无息的谴责：该是怎样的妈妈才会让自己的独生女儿离家出走呢？玛格丽特痛下决心，绝不让这种他们对自己的裁决有任何市场——所以其他人在场时，她一滴眼泪也没掉过，就这么一个人死撑，直到黛安赶过来陪她。

玛格丽特一开门，两姐妹便投入了彼此的怀抱，紧紧搂抱在一起。黛安昂首阔步，和以往一样，穿戴着最时髦的行头——高腰红裙，腕上戴着对比强烈的黑白树脂手环。但她一跟玛格丽特在一起，这两人就又变成了年轻少女，两个因DNA而血脉相连、一起度过五千个白天黑夜的姐妹、跟她们早已过世的父母亲作对、分享各自丈夫的历史的姐妹。没有任何旁人能了解失去子女的伤痛会有多深，但彼此换位思考

① 好心的撒马利亚人意为苦难者的好友，富于同情心的人，出自《圣经·路加福音》中所说之善心的撒马利亚人。

的方式却立刻能让她们无话不谈。

“你怎么像鬼啊。”黛安说，“真是太替你难过啦。”

她们再一次搂在一起，然后手拉手进了厨房。玛格丽特把事情的来龙去脉一一道来：她对威利和雷尼克家有限的了解，而真正算得上线索的细节更是少得可怜。通过这番交流，事情总归有了一些进展——对玛格丽特来说是放下了迷惑不解和孤单寂寞的包袱；对黛安而言则是再一次能在姐姐面前变成有用的人。下午三点，她们便开始讨论晚上要吃什么，还有黛安要在这里待多久。吃过晚饭，喝了一点小酒，好不容易熬到保罗上床睡觉，她们俩又坐在客厅喝白酒。电视开着，但给调成静音，她们重新拾起了话头。

“你担不担心她永远都不回来？”

“眼前我都尽量不去想她。”

“那就该找点能转移注意力的事情来做呀。要不我们玩游戏？”

“我不想玩。今天警察没打电话来……他们为什么不打呢？”

“不玩牌……那你玩纸牌接龙又老是作弊，不过你那套把戏也只能骗骗自己。那填字游戏呢？我有报纸。”

“雷尼克家那个可怕的女人，就是她把威利赶跑了的，孽债都是从娘胎里就带过来的。”

“快别这么说，玛琪。都是荷尔蒙闹的，艾瑞卡才会这样，你可别怪到自己头上来。”黛安喝光了酒，把杯子放在杂志上。“爱情总会让我们做出邪恶的事来。”

“她懂什么爱情啊？她还只是个小女孩罢了。”

“你这口气怎么听起来又像老妈了……那些孩子可能是对人生所知不多——似乎对他们来说就是吃饱了混天黑，混过乏味和失望——但你可别说年轻人不懂爱情。但凡只有一件他们懂得的事，那就是爱情。婴儿自从往肺里吸进第一口空气起，他们就一门心思渴望爱情，哭着喊着要人疼爱了。”

“别逗了。婴儿哭是肚子饿了要喝奶、要换尿片，要不就是受了惊吓，或者着凉了。”

“不对。从一开始我们就为唯一的真爱伤心痛苦。胎儿在子宫里度过足足九个月，每时每刻都在聆听母亲的心跳。然后终于有一天，小家伙被推出母体，大哭一场，不停寻找着他遗失的那一部分——我妈妈在哪里？着凉？肚子饿？不，那是为了爱而哭，自从落地第一天起就这样……她那是坠入爱河了。Amour fou（法语：疯狂的爱情），她是心甘情愿跟他走的。”

“那只是欲望在捣乱，是汹涌的荷尔蒙在作祟。”

“你应该很清楚的，不能把性与爱混为一谈。两者都拥有的，也不过只是幸福的意外。你自己那个住在华盛顿的男朋友呢？我知道你见过他，我说玛琪——”

“杰克逊，”玛格丽特轻声说，“我得打电话给杰克逊。他应该能给出出主意。”她抄手摸到电话，等黛安蹑手蹑脚走开后，才开始拨号码。

19

西下的夕阳点亮了云层的底部，霞光万道，有金黄、桃红和青灰，就连白色也格外灿烂夺目。站在山顶上，尤娜望着霞光褪入夜色，等着那个人跋涉过树林的小路慢慢向她靠近。从远处望去，他像一尊身体周围伸出数条手臂来的印度神像。等他愈接近，身上挂的东西就愈清晰：左手臂弯里有一把猎枪，枪托和枪管结合处断裂开了；右臂弯是一把来复枪，战士一般扛得端端正正的。尤娜端详着天光，同时那人也在估算着时间和距离，希望能在天色尚明时让小女孩注意到他，可别给她带去恐惧和惊诧。山谷的那头，木屋的灯光在一扇扇窗间闪动。

威利原打算把枪藏在小屋旁边的，第二天尽早起床，找个隐秘的地方把它们清理干净。虽然那小女孩已然看见他藏在夹克里的枪了，但还是没必要再带着武器现身吧，以免引起她或那个老太婆的警觉，更不要让她们再受到惊吓。再怎么说他还想仰仗她们的信任和帮助，这样才能离开这个山沟沟。威利还没有发现老太婆藏车的地方，可他和艾瑞卡必须得借或者把老太婆的车子给偷出来。要是艾瑞卡反对这个主意，那就只好请老太婆开车载他们进城了……至少载到高速公路吧，让他们能搭顺风车到孟菲斯，到了那儿再去搞另一辆车。正在琢磨呢，突然看见尤娜从山顶飞跑下来了，双臂使劲上下摆动，两腿梆梆地砸在地上，威利努力想要理清头绪，这到底是出什么事了。尤娜停在面前，气喘吁吁，双手轻轻扶着膝，满面通红地看着他。“威利先生，”她上气不接下气，“还以为你永远不会回来了呢。你最好快一点吧，她一直在打听你的行踪……她病得好重啊。”

他盼着她能说慢点，于是把枪托拄在地上，平静地问：“谁病了？尤娜，你奶奶？”

“不是。”她挺直身子。“是南茜小姐。她病了一整天了，怕你不回来……烧得可厉害了。”

他把来复枪扛在肩膀上，跟尤娜回家。快到小屋时，空气里便全是厨房里飘来的香气：胡萝卜和香草，熬过的鸡油，锅里咕咕嘟嘟煮着的鸡蛋面。汤的香味像一泓清泉，飘过松树林，他感觉更饿了——在树林里待了整整一天，没吃没喝的，为了找回那辆魅影般消失的汽车。他把枪靠在门廊阴暗的角落里，然后三步并作两步跳到厨房，揪下一块刚烤好的面包，蘸着汤，一股脑地塞到嘴里，咬掉一大半。威利正大嚼特嚼着，忽然听见艾瑞卡清嗓子的声音，一扭头，看见她就窝在摇椅里，头发贴在头皮上，眼睛陷在了两个淤青般的黑洞里。他把另一半面包泡进了汤里，嚼着满嘴的东西走近她，跪在她身边，手背贴在她发烫的皮肤上。“你这是怎么回事啊，怎么搞成这样？”

她舔了舔干裂的嘴唇，等他咽下嘴里的面包，“你总算是回来了，我以为你不要我了呢。”

“我不会离开你的。”他像个小男生一样伸手揽住她，把头埋到她胸前。

她费尽力气抬起闲着的那只手,抚摸他的长发。“为什么去了这么久?”

“车丢了。我回到咱们停车的地方,可是有人把车开走了,要么就是车子自己掉到湖里去了……找了一整天,一点蛛丝马迹也没发现。”

她的手用力禁锢着他的头,要他抬起头,这样便可以看着他的眼睛。“有人偷了我们的车?”

躲在书架旁偷听的嘉文太太突然从他们背后冒出来。“得打电话报警——”

“不行。”他们异口同声地说。威利马上解释:“那不是我们的车,是一个朋友的。我没有任何文件,连车牌号也不知道。”

“可是你朋友……他会很生气的,如果——”

“我们俩交换的车子。”威利说,“他的达斯特换我的平托,我们离家到了这么远的地方……千万不能报警。”

“那会招来麻烦的,”艾瑞卡说,“我只有十七岁……我们离开家是要去结婚,要私奔到西部,我在家乡那边还不到法定年龄……求你了,别报警。”

房间另一头,尤娜啪的用手一拍,地球仪转了起来。“结婚?”她蹦蹦跳跳跑到他们身边,冲着艾瑞卡微笑。“奶奶,你听见了没?这真是我听过的最浪漫的事了。就像罗密欧与朱丽叶一样。你们两个在疯狂相爱吧?”

没人回答小女孩的问题,可显然威利和艾瑞卡的说法说服了嘉文太太,这之后她再也没提要报警的事。艾瑞卡来到餐桌旁,和大家一起喝着美味的汤,虽然她只能勉强喝下几勺而已。

嘉文太太没让艾瑞卡爬梯子回阁楼去,而是调整了他们的卧房分配。尤娜和奶奶一起挤挤睡,病人移到房子紧里面角落的房间,睡在小女孩的小床上。威利虽然并不想一个人待着,但是想了想还是回到阁楼上去了,并且倒头就睡。听见头顶上方的鼾声大作,三人都不可置信地笑了起来。尤娜又调了一杯有助睡眠的牛奶,装在温热的马克杯里,给病人掖好被子，盖盖好，然后在床脚坐下来。她们一起凝望着窗外漆黑夜空中流动的繁星。远离城市烟火，星光更亮。一辈子都住在这个房间的尤娜知道每一个流逝的星座名称，还把最牛的那儿颗指给她看。等艾瑞卡喝完牛奶，尤娜才关掉夜灯，祝她一夜好梦。

暗夜让艾瑞卡忍不住低声问："我只是很好奇，你每晚都躺在这儿，所有的世间万物都在你的窗外，你都想些什么呢？"

"上面的天堂，下面的凡间。"

"那你想你的爸爸妈妈吗？他们什么时候回来？"艾瑞卡问。

女孩起身，往门口一站。

"我从未说过。"

"我什么都想念。"艾瑞卡说，然后转了小半圈，进入梦乡。

20

第二天，艾瑞卡的病还是没好，又过了一天、甚至接下来隐居在纳齐兹古道小木屋这一段时间里都没见好转。从生病伊始，她的症状就反反复复——绵延不绝的周身无力，睡得再多还是无法补充体力；还有那鸡汤和药店的药片都无法医治的低烧；午后体温升上去，日落后再降回来，这让她一直抱怨会冷，待在床上或躺椅上还得多加条毯子，因为她得在躺椅上喝木屋中"小天使"每天端来的加了香料的牛奶。病情的循环往复慢慢让她疲惫倦怠，打不起精神来，但也因为同样的原因而少了些许怨怼。什么胃口都没有，一想到食物偶尔还会想吐。在每天醒着的那几个钟头里，她靠着玻璃书柜里的书和跟尤娜玩，以及想出来的游戏来打发时间。时不常的，在体力允许的情况下，她也下地走上那么一小会儿。

威利开始还很殷勤，担心艾瑞卡的健康和作息时间，整天念叨着提醒。在她疾病缠身的头几天，他还忙着小心拆解来复枪和猎枪，把它们清理干净，给枪膛上好油，放在太阳底下晒干，然后再笨手拙脚地把零件拼装回去。嘉文祖孙俩看惯了男人扛着来复枪穿梭在乡间，对他做的事便熟视无睹。十月的日子风和日丽，威利颇为享受一个人在户外，集中精神、全神贯注地努力工作，并且也乐在其中。但是黄昏一过，独自在阁楼上度过寂寞的夜晚，隔天起来还是没有任何好起来的迹象又让他非常不爽。他开始生气，变得不安起来。嘉文太太有时候会留下孙女陪他们，开着一辆不知道藏在什么地方的白色"漫步者"出门，过几个小时再回来，满载一车日用杂品，有一回还捎上了四分之一捆的柴禾堆在后座。威利很高兴自己还能派上点儿用场，他帮着嘉文太太卸货，眼睛瞄着车，满心觊觎着那把车钥匙。然而大多数的日子里他都是一个人，走到湖边，沿着小路漫步，他也很开心能够置身于鸟群和藏在落叶中的小动物之间。有那么几天，他还走回那辆被偷走的汽车停放的地方，绕着湖边穿山过林，巴望着能找出些导致达斯特失踪的蛛丝马迹来。

他想试试自己的枪法，便拿着来复枪到树林子里去了，想等着看有什么活物可以猎取。他对着恰巧飞过他视野的鸟群开了一枪，居然打中了一只，那颗子弹正中鸟的胸膛。他顺着矮树丛摸索过去，找到了那只鸟，把它捧在手里，拎着一只翅膀举到眼前。这只北美燕八哥虽然身子还软软的，但已开始出现尸僵的迹象，一只脚仿佛用力抓住一根看不见的枝杈，正要展翅高飞。威利用了一整个下午等待开枪打下更大的动物来，可是动物们都提高警惕，没有什么敢再飞过、爬过、溜过他附近的。回了小木屋，他问嘉文太太艾瑞卡是否需要看医生，可她再一次说不用担心，说艾瑞卡只是需要休息，身体自然会痊愈的。

日子一天一天过去，病情慢慢消磨掉他们为这场旅行建立起来的气势，一俟过了和"乌鸦"以及其他天使们约定会面的日期以后，成日陷入愁城的威利，那心情更是荡到了谷底。只要艾瑞卡一天不能动身，他就觉得自己有义务留下来陪她，可是他必须得做些具体的事情，才能表现出他对这个正义运动的忠诚奉献。他必须得搞些激进的举措出来,对抗他生活中每日所要面对的国内风云变幻。他是正义的斗士,与那些放弃战斗的同龄人有天壤之别。他开始琢磨果敢坚定的反叛者与冷漠成性的大众间有什么差别,最后得出结论来:他必须为更高的使命奉献自己。苦行的战士注定是要与时代背道而驰的。威利决定剪掉头发,并且把这当成历史转型和摆脱凡夫俗子庸俗外表的一个仪式。他去跟嘉文太太借车了,说他必须要进城找家理发店。

"不如我帮你剃吧。"她自告奋勇地说,"你想剃头?我孙女的头发都是我剪的呢。"

威利飞快扫了一眼小女孩给剪得参差不齐像条拖把的头发,对她的手艺丝毫信心都没有,但还是被迫屈服于眼前的形势。奶奶要他先洗干净头,可是不要吹干,然后往他肩膀上披了条浴巾,把头发梳成马尾巴。剪刀高高举在他头顶上,嚓嚓嚓地剪着空气,她又问了一遍:"我剪到哪儿合适?都剪掉吗,尤娜?"

威利扭过脖子,一只眼瞥着她:"你想怎么剪就怎么剪——假装我在逃命,不想让任何人认出来……假装我就是一个亡命天涯的人,急需一个新的模样。"

她用一条粗粗的绳子把他的头发扎起来,拿剪子用力一割,然后拨拉开仅剩的那几捋头发,像政变中得胜的士兵那般扬起手里的那一大把。尤娜为奶奶的果断和大胆失声惊叫起来,同时也意识到这男孩子得花多少年才能把头发留这么长。奶奶手舞足蹈,把头发扔在地下铺的报纸上,又喀嚓喀嚓地修平参差的发端,整个过程她还哼唱着催眠曲。最终飞快的刀口似乎调慢了速度。尤娜一听见奶奶打开剃刀的动静,便飞奔而去想告诉艾瑞卡这个大消息,可她既不在卧室也不在浴室,于是又气喘吁吁地冲出大门。

尤娜抬起手放在额头上遮住太阳,"南茜小姐,南茜小姐,快来看呀!"可她的朋友没有像往常那样坐在门廊上。尤娜又喊了两声,还是没有回应,她便绕着小屋跑了一圈。在枝叶垂拂,叶片闪着银光的柳树下，艾瑞卡正坐在一个年代已久的沙箱木围栏上。一瞧见她在那儿，尤娜猛然刹住脚步，担心自己如若再往前一步就会跌下地球的尽头。她已经好几年没想起过这个沙箱了。她爸爸——至少她是这么听说的——爸爸在她出生以前就为她做了这个沙箱，铺满白沙，围起木架，可如今它已经饱受风雨，变得灰沉沉的——蹒跚学步时代的尤娜在这棵柳树下度过了许多盛夏时光，看着柔软得羽毛一般的柳叶和优雅的柳枝在风中轻轻拂扬。整整六年，她完全不再接近这个地方，也完全不让它挑起自己的任何情绪。风雨把沙子打平，形成了小碗一样的凹陷。青苔爬满了木架，树虫们在上边筑窝筑巢。拂到箱上的柳条已能探到地面，好像在拼命渴求藏在沙漠之下的水源。一些旧玩具匿在沙里：有个红色的塑料桶，一面已经被晒褪成橘红色；一个娃娃四仰八叉地躺着，茫然目视着太阳；一个生锈的浇水壶，壶嘴是向日葵的形状。走近一点，尤娜发现她的朋友正用一片破损的瓷盘在沙上画线。

"我很喜欢这套茶具。"她说，声音里带着渴望。

"我从前有一套同样花色的。"艾瑞卡说，仰头对着天空，闭上眼睛。"真想知道我那些旧玩具都变成什么模样了。"她脱掉毛衣绑在腰上，在太阳下裸着手臂和肩膀。尤娜在她身边坐下，手臂贴着手臂，调整了下坐姿，也抬起头汲取温暖的阳光。细细的柳条把湛蓝的天空分割成一片片马赛克，蓝得就像碎裂的瓷盘。"我敢断定你夏天的每一天都会上这儿来。我以前也经常玩过家家，让我的娃娃和毛绒小动物坐在巴掌大的椅子上喝下午茶……也邀请我爸来喝茶，你应该看看他是怎么拼了命往椅子里塞的——膝盖顶着桌面——大大的手里端着一点点小的骨瓷杯。"

艾瑞卡转头看尤娜，却不期然地发现她简直要哭了。"南茜小姐，我可以问你一个问题吗？如果你不介意的话。"

"你我之间没有秘密，这几个星期多亏你这么照顾我。"

"为了不继续误会你，我是应该问问，"她的声音发着抖，"你是天使吗？派来给我们的天使？"

柳枝在风中轻颤。艾瑞卡将目光拉离那块破碎的天空。“怎么会这么问？”

“你的翅膀。”她指着艾瑞卡手臂上的刺青。“我奶奶也是这么说的。”

“这个？这个只是我和威利先生搞的标志罢了。是我们彼此相爱的标志。可是……你奶奶都说了些什么啦？”

女孩子不想回答这个问题，只是拿起茶杯，轻轻掸掉杯沿上的沙。“她说你或许是上天派来的使者，帮我们捎来爸爸和妈妈的消息。也正因为是这样，所以我们留下你，在你还没给我们只言片语前不叫你走，免得你还有什么消息没告诉我们就离开了。”尤娜皱着眉，在沙上画着螺纹。“可是我不相信她，虽然她告诉我的时候我信以为真了。”

“是什么消息呀？尤娜？”

“关于我爸爸妈妈他们人在哪里的消息。”

“可你上次说他们就快回来了呀。他们出什么事了吗？”

尤娜摇摇头。“那只是奶奶的一面之词，我知道的比她说的要多得多。我还是小宝宝的时候，他们就跑掉了，因为越战，所以跑到加拿大去了。把我留给奶奶照看，等他们回来。”

“我不知道。”艾瑞卡心头涌起了怜悯和困惑，“可战争结束了呀，他们很快就会回来的。”

“不会的。他们死了，不是吗？要是还活着，他们就会回来找我，至少也会打电话或写信来的。你是能带来真相的天使——”

“我可不确定是不是真有天使这种东西。”

“我祈祷着你的到来。来告诉我为什么，来跟我待在一起。”

艾瑞卡不知道怎么做才能让小女孩平静下来，只能紧紧搂着她，轻轻摇撼着，抚着她的发。“我们到这儿纯属意外，尤娜。你怎么会认为他们死了？”

尤娜拼命跟自己的良心做斗争，末了还是决定跟艾瑞卡坦白，“我每天晚上都向上帝祈祷，请他带他们回来。如果没有，如果他们永远也回不来，那么就派他的天使带个消息来。”

“可我并不是天使呀。”

波光粼粼的阳光，她们搂抱着坐在柳荫下，倾听小鸟的欢唱，希望自己能够得到上苍的救赎。尤娜什么歌都会唱，与她应和的还有知更鸟、蜡翅鸟、鹪鹩和松鸦。远远的湖边，一只红翅黑鸟飞过风中摇曳的草丛，落到一棵孤零零的树上放声高歌，在寂静中等待似乎永远不会来临的应和。尤娜握着茶杯，把这小巧得像颗蛋的蓝色杯子紧紧贴在胸口。

“太阳让我觉得舒服多了，你呢？”艾瑞卡最后说，“我们进屋去看看他们吧。”

“我都忘了！里奇先生理了头发。我就是来告诉你这个的——”她站起来，拍掉牛仔裤屁股上的沙子。“他现在成光头了。”

回到小屋，艾瑞卡亲眼见到后，也不知道是该哭还是该笑。剃掉一头长发，他看上去更年轻、更像她小学时代的那些男同学，可是看起来也更凶恶了。脑袋的棱角衬托出他下巴的线条，从头顶和额头微微倾着，神似尼安德塔欧洲猿人。而那双眼睛呢，陷入皮肤里却没了踪影。他看起来十分英俊。俊得像个杀手。

“这就是他。”嘉文太太说，“我的儿子，科尔。尤娜，你的父亲。他看上去跟离开家的那小子一模一样。”

21

客厅里那部黑亮的电话机摆在沙发旁的桌上，厨房的那个浅褐色的电话则挂在墙上，像只攀在岩石上的藤壶[①]。每次经过它们的时候，

① 藤壶，附着在海边岩石上的一簇簇灰白色、有石灰质外壳的小动物。

好像都在奚落玛格丽特。你倒是响呀,真该死,响啊。她想象着,在电话另一端有人伸手拿起话筒,可前思后想还是退缩了。她等着警方的消息,等着杰克逊履行他两周前许下的承诺,等着保罗从诊所打电话来询问情况——可是谁都没打来过——她活脱脱像是个被囚禁在自家的犯人,迫不得已把自己封闭起来,远离流言,远离所有注视的目光,远离一切嚼舌头的是非。她等着艾瑞卡拿起电话,打过来说要回家了,或至少说她还活着。再也没人喊她妈妈了。

黛安跟她在一起,多少让她分散了些注意力,也让日常生活可以比较正常。心急火燎从华盛顿赶来的黛安一肩挑起了玛格丽特所有疏于打理的事务——那些摆在冰箱里馊了的剩饭菜,一堆要缝缝补补的衣物,没拆开也没付过的账单,还有那个匆匆梳洗了赶去照顾病人的大夫。黛安负责采购、接听干洗店没完没了的电话,拂拂尘,擦掉浴缸的污垢。重新理好秩序,直到再没有什么家务要打理后,她便开始慢慢剥开玛格丽特恐惧的外皮。

在一个阴霾的下午,黛安问道:“你做过的最可怕的噩梦是什么?”

“你想没想过她可能死了?她可能躺在哪条水沟或是浅浅的坟地里,垃圾箱后头,或干脆沉在海底下。”

“我宁愿认为她还活着,除非有确切证据表明,否则我还是会一直这么认为。”

“我倒不是病态,只是想先为最坏的情况做好准备。”玛格丽特眨眨眼睛,聚焦到对面的墙壁,又眨眨眼,脸上一片茫然。

黛安靠近她,“那当然了,有这么多可能性呢,这也是其中之一啊。你说得没错。但她也可能是自愿离开的、两个人私奔去了。他们还在度蜜月,所以新娘子抽不出时间来,也忘了她可怜的老妈已经担心得快病倒了。”

“希望你别再用这种口气说话。你要是非得这么说不可呢,那我就希望你永远也别开口。”

“那咱们谈谈你老公得了,谈谈这件事对他有什么影响。”

“我费劲地想让他们俩保持和平，费劲地让他了解——”

“他一定责怪他自己。”

“我不想谈保罗。”

黛安于是改变策略，用幽默的口吻说：“我倒是随时都可以改变话题的哟，你想过要养个小宠物吗？我们小时候都没养过。老妈觉得太麻烦。可是我不在你身边的时候，养个宠物还能跟你作个伴。”

“你要去哪里？”

“你看起来不像是爱猫的人。可是猫有时候会不黏人，一开始就养这个好像不大好……狗可能还行。带着狗在附近散个长长的步，让狗狗去叼你的拖鞋……可养狗很麻烦，又挺费心的。鸟怎么样？鸟不错。”

“你可从没说过你要走。”

“金丝雀是一流的歌手，要不然就养家雀。你看过德拉罗萨夫妇店里那些会唱歌的家雀吗？”

“你走了我可怎么办呐？”

“要不……鹦鹉怎么样？鹦鹉整天说个不停，吵得你耳根子都要掉了。不过呢，它们也不是真的能跟你说话，只不过受过训练以后还是能够讲出一些让人印象深刻的字眼。”

巨大的敲门声让玛格丽特心头一震，赶忙起身去开门。

黛安还兀自说个没停，“感觉上是交谈的样子，所以啊，鹦鹉是很理想的伴儿。因为它只会讲你说过的话，换个角度来看嘛，也等于是在肯定你。”

“我才不要养鹦鹉！”她在玄关那里喊。

“你应该先开开门，要不人家走了。”

透过侧窗，她看见一个穿着深灰西装的中年男人，白衬衫，打着条窄款的红领带。他把重心从一只脚挪到另一只，像左邻右舍跑步的人那样跳来跳去。玛格丽特打开门，西装男给她看了证件，姓名旁边贴着此人的照片。眼前这人只跟证件上的人有些许相像。他在她看证件时说：“哈里·理内特。FBI驻莫谷警员。打扰你了吗？奎恩太太。”

“请进，请进。”她把他请进客厅，“你有艾瑞卡的消息了？”

“看来我打断你们的谈话了。”

“我是黛安·西科纳，她妹妹。我们正讨论鹦鹉呢。”

“鹦鹉？”

“鹦鹉是绝佳的宠物，你觉得呢？独自一人的时候可以有个说话的对象。”

“我想是的，可是鹦鹉只会说你教给它的话呀。”

“这恰恰就是它们胜过老公的地方嘛。”

他拉拉领带，跟着两位太太进屋。他等她们坐上沙发了，才挑了对面的安乐椅坐下。“匹兹堡分部派我过来和你谈谈你女儿，看局里能不能帮上什么忙。其实……是华盛顿总部要求他们来调查这个案子的。你们一定有朋友在高层……这事有多久了？”

是杰克逊，玛格丽特想着，他说他有朋友在FBI做事。在这种小地方还是看得出来他爱我的。“已经是三十年前的事了。”

理内特皱起眉头，翻开记事本，掏出支原珠笔。他不敢正视这两个女人的眼睛：“对不起，我是指从你注意到女儿失踪，到现在有多久了。”

“二十二天。事实上我那天不在家，到华盛顿看我妹妹去了。我先生应该好好盯住艾瑞卡的。”

“事实是，这个年纪的女孩子十之八九都是要离家出走的。在失踪之前，她有没有什么奇怪的举动？”

“告诉他，”黛安说，“告诉他，她谈恋爱了。她和那个男生离家出走了，就像你当年如果有——”

“这和勇气不是一回事儿。”

“勇气，奎恩太太？”

“是那个男生。哪个小年轻谈起恋爱来都会有点怪兮兮的？”

黛安对姐姐说：“你就错在这里。爱情向来就是个勇气的问题。”

理内特翻着记事本。“那么这个男生，威利·雷尼克，你不赞成他们交往？在他们离家之前，他有没有表现得和平常不一样？他们有政治倾向吗？你认为他危险吗？”

“你这话是什么意思？”玛格丽特问，“你在暗示什么？”

“没什么，真的。只是……就你看来，他是不是构成了威胁？”

黛安拍拍膝盖，理内特的注意力被吸引了过去，“不是威胁，先生，是承诺。他带着我的外甥女跑了。”

理内特点点头，脸色凝重。“当然了，当然。可是我所谓的威胁指的是更宽泛一点的意思。现如今是个奇怪的时代，奎恩太太，仅仅这个月就有两桩企图暗杀福特总统的案子。两个很难搞的女人，是女人哎——历史上还是头一回呢。如果知道你女儿或男朋友可能对总统造成任何威胁，你就得首先尽好国民义务了。”

黛安在椅子里往前挪了挪，“你来就是说这个的？”

“不不，她没什么政治倾向。”玛格丽特说，“她没比其他青少年更叛逆——”

“我得告诉你，奎恩太太，我已经去过雷尼克家了，那里有些证据能够证明你女儿的男朋友有一些反美国的主张……我跟镇上的警方也谈过了，也找过你家先生——他觉得那个男生很激进。”

“我先生觉得每个跟我女儿约会的人都很激进。我女儿不是我们国家的敌人。她失踪了。”

他的目光停在她下巴以下的某个地方，嘴里咬着那支廉价原珠笔的笔帽，在嘴唇上留了点墨迹。她觉得自己像是裸露在他面前，急忙用双臂环住前胸。她想站起来，走去打电话给她先生，要他立刻回家来，陪在她身边。可是这个探员死死盯着她，目光停驻在她交叠的手臂上。“奎恩太太，”他说，“我不是有意暗示……我的工作就是排除各种可能性。毕竟我们很关心总统的安危。”

“你有我女儿的任何消息吗？”

“我们能到卧室去吗？”理内特站起来，扣上西装外套，记事本捏在身前差不多皮带的高度，“去看看艾瑞卡留下了什么东西。”

她女儿的卧室像圣殿一般寂静。床铺得好好的，可不么。玛格丽特唯一拿走的是个装避孕药的粉红圆盒，她在第一天就发现了那个东西，藏起来不让保罗发现。她把剩下的那儿颗药冲下马桶。黛安和玛格丽特看着理内特在房间里到处翻，打开抽屉，拨弄里头的东西。黛安对姐姐耳语："这个讨人嫌的怪家伙让我很不舒服。你问问他是有线索呢，还是专门来提出这些荒谬得过头的指控的，还是只色迷迷地盯着我们看？"

理内特一边翻看，一面提出他对这个案子的看法。"如果没有犯罪行为的话，奎恩太太，我们很难找出他们人在哪里，而且他哥哥丹尼也不肯告他。说是他把车借给他弟弟的。艾瑞卡未到法定年龄，但也快到了，事实上……每年都有成千上万的少女离家出走，逃离老妈或老爸身边。再不然就是跟着男生跑了，或者更糟。小镇上没什么东西值得他们留恋。"他拿起一块写字的垫板，斜着迎上西下的阳光，看上面是不是留有什么痕迹。

楼下的电话火警似的突然响起，玛格丽特冲下去接，黛安在楼梯顶上等，一面盯着那个探员，一面希望能偷听到姐姐的几句说话。理内特自以为没人看见，偷偷把几件衣物塞进夹克口袋里，湛蓝得像知更鸟鸟蛋的衣料衬在他深色的毛料上格外醒目。他用屁股往后一顶，顶上五斗柜的抽屉，脸上现出一抹羞愧的暗红，可在转头看她之前就又消失殆尽了。

玛格丽特上气不接下气地跑回楼上，胸前搂着艾瑞卡最近拍的一张学生照。"是我先生打来的。他要我尽量帮忙，你要什么都给你。他还说你是来找这个的。"她把照片递给他时一阵心痛，自责，那是为人父母者担忧又茫然的心痛，不知道这个陌生人拿了她女儿的照片要去干什么。

"这儿什么线索都没有。"理内特说，"你先生告诉我说你有一个理论，说他们到海边去了，搞不好是新泽西，或者马里兰。"

A notion, an ocean。"我不知道她人在哪里，这只是个愚蠢念头罢了。请千万找到她，拜托了。"

他盯着那张照片看了好几秒，飞快地瞄了玛格丽特一眼，想找出母女俩相像的地方。“我们会用电报把照片传送到各地分处，要他们拿给当地警方看，也帮忙留意着。”他眨眨眼，“可是我不想让你们抱太大的希望，奎恩太太。这个国家很大，要销声匿迹可比大多数人想象中来得容易得多呀。我们最好的机会是你女儿和她的小情人惹上麻烦，不太严重，但是足以让当地警方介入的麻烦。届时他们就会想打电话给我们了。失踪的人总有失踪的理由。有些是迷失了自己，要是碰上某些龌龊人，那就更加永远地迷失了。有些这样的女孩子是不敢回家，我希望艾瑞卡是这样的情况。那她迟早会恢复理智、在一切都太迟之前打电话给你。可是，若她打定主意消失是因为别的原因，那很可能就因此消失不见了。”他举起照片，“有时候，这是我们唯一能证明他们曾经存在过的东西。”他在楼梯口伸手碰碰帽子示意，跑到门口回到街上去了，只留下两个孤单的女人。

“你瞧见没有，他对我眨眼睛？”玛格丽特扬起眉说。

“他还拿了别的东西走，”黛安告诉她，“塞在他的口袋里。内裤，我猜是内裤。真变态。”

几个星期以来这是头一次，玛格丽特笑了起来。她挽着妹妹的手臂，一起坐在床沿上，咯咯笑得眼泪都流出来。

22

黑暗中，艾瑞卡醒了过来，坐在床上，突然想起尤娜没端来每晚一杯的温牛奶。自从来这儿以后，她们都会一起进行这么个仪式，没有拉下过一次。豆蔻的香味带来的是铺天盖地的睡意，闻着那股香气沿着瓷器杯子内壁往上爬，艾瑞卡总是把这杯热饮喝个精光。可这天晚上到了那个钟点，尤娜却把这事忘了，这份疏失和威利剃头引起的紊乱脱不了干系。第一眼看见威利，艾瑞卡也吃了一惊，但是摸着短短竖起的头发碴时，那种新的触感却又让她激动不已，忍不住用手掌一次又一次抚着那粗粗的新长出的毛发、皮肤和头骨。那个老女人也不例外，盯着他看不够。儿子的名字悄然从唇齿之间流淌出来，她轻声惊叹，这是她的杰作呀，哪怕只是外表近似。就像科学怪人弗兰肯斯坦——现代普罗米修斯的故事：这是活的。要么就是鬼魂获得了重生。尤娜不知道应该怎么想或做，因为她在柳荫下已经背叛了奶奶，更别提向外人泄露了心中的渴望，事实的真相被揭开了一角，她们的计谋像猫咪玩耍的毛线团一样，滚动着散开来。

“说你是科尔，还真有人信，”奶奶说着转向艾瑞卡，“你变得越来越像她，又瘦小又苍白，和麦当娜一模一样。”

“可他们不是啊，奶奶。他们不是他们。我们应该让他们走。”

“嘘——孩子！”她的眼睛被怒火点燃了。

那天，那顿饭大家都吃得很不自在，谈着天气变化，冷风带来的是秋天实实在在的凉意。每道菜之间，威利都会摸摸自己的脑袋，用指尖感觉他的新发型，只要一不小心落入嘉文太太疯狂的注视中，就会咧开嘴笑得像个孩子。杯盘碗碟清理干净了，艾瑞卡又照旧开始抱怨上了，说尽管在能治病的阳光底下坐了那么久，疲乏还是不断袭来，说不定是太阳晒得太多了闹的，接着她让尤娜扶着自己回房间，开始每日例行的讲故事和祷告，伴随着尤娜念的《狐狸和鹳》的伊索寓言故事，沉入梦乡。几小时以后醒来，艾瑞卡想起夜里没喝那杯睡前热饮，伸手摸摸冰凉的额头，发现烧退了。

艾瑞卡踢掉腿上压着的被子，爬下尤娜的小床摸到了阁楼的梯子，但是房间很暗，走廊就更暗。她张开双手双臂，闭上眼睛，小心翼翼地沿着墙边摸过去，一步一步，走到直角转弯处。赤裸的双脚踩在厨房的木地板上，心里数着从这里大约走几步就能到客厅，她想，客厅里应该有些微的星光可以让她看得清楚一点。可是一睁开眼睛，艾瑞卡却发现自己踏进了一个窄小的珍奇盒里。四周围各种奇怪的物品全都变得肿肿胀胀，朝她挤过来，把她困在中央动弹不得。一个巨大的球体从基座上滚落，轴心差一点就扎着她了。一辆没人骑的老式儿童三轮车踏板疯狂转动着，在裁缝用的假人旁边绕着八字形，假人佝偻着背，像个魔术师一样对着壁炉张开胳膊。壁炉中火光一闪，突然轰隆隆地冒出火焰来。墙上的物件也都瞬间活泛起来，鹿头扯着脖颈想从墙上逃脱；浣熊欣喜狂叫，从塑胶溪流里捞起一只小龙虾；鸟儿们展开棉花做的翅膀，满屋子飞舞，最终停在书架顶上。有一片玻璃碎了，蝴蝶从展示盒里飞出来，玻璃柜门也砰然开启，书本从架子上摔将出来，摞成一大摞，书页自由翻动，一行行文字流淌出来，用作者的嗓音大声朗读，然后像路标一样纷纷坠落，变成杂乱无章堆在一起的字母。她置身于弹珠游戏里，目光在柜面四周来回游移，像个投币游戏机里的小玩具。观景窗里出现一双巨大的眼睛，那颗干瘪的脑袋斜倚着靠近，再靠近，老太婆巫婆一般尖声怪叫。映在对面墙上的是比真人还大的弗吉尼亚州警的脸，那些苦苦追寻她的州警；还有快餐店的卡尔和巴里在压低了声音交谈。交叠在他们脸孔上的圆形枪靶，子弹从她背后射来，每射一发，分数就累计得更高，强风呼啸着穿越木屋外的树林，爸爸妈妈的声音随风而来，灌进她耳朵，钻进她脑海。

尤娜从阁楼下来，张着翅膀，闪闪发光，像天使一样。并不是那种美轮美奂的天使，而是守护天使，带着不祥和威胁的气息，仿若天堂已然空无一物，他们只是满心伤痛地在尘世间漫游，不确定自己的任务到底是什么。她向艾瑞卡展开双臂，哭喊着妈妈。被她们偷走汽车的那个波希米亚风女孩袅袅飘落到屋檐下，抛下躺在床上的威利，那个精疲力竭的光头威利，生命已从他双腿间流尽干涸了。浑身透亮、带着恶兆的她也张开翅膀，从地板飞向天花板，在四面墙间穿梭回旋。她手里捧着光焰四射的火，用指关节掩住火光，然后突然一下子松开，让房间里一瞬间只见光与热，所有的一切均被火舌吞噬殆尽，艾瑞卡跌入深不可测的深渊，飞上漫无边际的天空。她伸出手去，盼望能有人援手相救，接着大喊一声，复又跌落到地板上。他就是在地板上找到她的。隔天一早，找到从天空坠落的她。一堆零乱的头发和骨头摊在地上。

“我们得离开这里，”他说，“走吧。”威利俯身靠近她，一只手滑进她的肩膀底下，但是她不认得这张没有卷发盖着的脸了。他头上的皮肤光闪闪的，让她觉得他死了。她从他身边离开，坠入更深的深渊谷底，坠入黑色湛蓝的海洋，那冲刷着她肉体和灵魂的海洋。拨开锋利如刀的海水，她喘着气浮出水面，不知自己身在何处，在无边无沿的汪洋中醒来。

“我们走吧，艾瑞卡。早就该走了。”

威利扶她坐好。她的胳膊揽着他的肩膀，把他拉到近前，轻吻他耳朵后面短短的绒毛，吻他的下巴，他颧骨隆起的弧线，他的嘴，渴求他，从一世纪那么长久的沉睡中醒来。他也回抱她，放下重负般，迎接她皮肤上浓烈的气味，感觉她四肢的沉重压力，听任她的发披散在他手掌间。

尤娜在厨房望着他们。她也是刚刚才醒，头发像鸟窝一般纠结在一起，身体不停颤抖着压抑着怒气。“你叫她艾瑞卡，我听见了。”威利扶着艾瑞卡站起身，她靠在他身上。尤娜像报丧女妖那样高声尖叫，眼睛在他们的脸上逡巡，握紧拳头。“你们一直在骗我——”

“我们要离开了，今天。”威利说。

“奶奶不会放你们走的。她绝对不会让你们走。她会先杀了你们——”

“尤娜，”艾瑞卡走近她，女孩子往后退。“你说的没错。我们不是我们自己说的那两个人，可是这并不会改变什么啊，尤娜。这不会改变我对你的感情。我们不得不说谎来保护自己，保护你，我们不得不假装成别人。”

“奶奶说你们就是他们回来了。”

“我不是科尔·嘉文。”威利说道，“我不是你爸爸。她也不是你妈妈。”

“你们想把我们当成他们，可我们不是啊。”

女孩挪开视线，望着天花板，双手抱胸，手心贴着锁骨，紧紧抱着自己，拼命压抑着不掉下泪来。她双脚交叉着，右脚踩在左脚上，依靠绝望乖戾的力量让自己不倒下去。她咬着嘴唇，迫切地想让自己解脱。希望成为他们中的一员。成为一个变幻莫测的天使。艾瑞卡紧紧抱住她，听到自己的心脏在女孩耳边怦怦狂跳。

嘉文太太没有抗议，没有讨价还价，也没有威胁恐吓。他们说要离开，嘉文太太只流露出一副听天由命的神态，问他们是不是确定要走，说再等上个一两天看看情况适不适合长途奔波，不是要更好一些吗？嘉文太太那辆老旧的兰波勒旅行车一直藏在上锁的棚子里，躲在漆彩喷溅的帆布底下。威利坚持要她载他们到镇上搭下一班往西去的公车，嘉文太太这才让那辆车重见天日，再一次发动起引擎。这两个逃犯收拾行李的时候，嘉文太太也让自己和孙女忙得个团团转。她给他们一个帆布袋子，装进那两把有故障的枪，然后再赶在他们离开之前准备了最后一餐饭。她不肯收他们的食宿费，一路上似乎也只是专心开车，注意偶尔错车而过的车子而已。路边一堆堆枯黄的橡木与杨木落叶，他们把车开进一家百货店的停车场时，轮胎轧过一片草地，把落叶碾碎成泥土。

“派克十字路口”外面的车站只不过是一条长板凳，外加一个小小的站牌子，画着一只奔跑的猎犬，上头写着地名：狄克西。车票在店里有卖，和布满尘灰的商品、冷凝汽的汽水冷藏柜、一排排香烟和弹药，贴着塑料卡的鱼饵、鱼钩夹在一起。在收银机旁边，整整齐齐地排着一叠小册子，用鲜红的大写字体鼓吹着：你被拯救了吗？你重生了吗？善恶决战即将来临。威利趁店员填写他们到孟菲斯车票收据时，拿起善恶决战那一本，查看公路地图那样整个摊开，暗暗对着里头的内容发笑。他用一张二十元纸币买了车票，找回的零头买了四瓶可口可乐，拿着上外面去喝。“你们的车什么时候开？”嘉文太太问道。

“三点半。还有不到一个小时，差不多了。你们不用等。”

“我们可以再坐会儿。我只是希望天黑前能到家……我的眼力可没以前那么好了。你还记得我第一次见你的时候,还以为你是我的科尔呢。”

“我不是他。”

“不是。”她慢慢摇头,“你不是。要是他回来找我了,绝对不会像你这样抛下我离开的。虚心认错归来的浪子,便能享受盛宴款待。”

镀铬的油枪反射出条条光线。此时的温度攀上白天的最高峰,一丝凉爽的风预告了夜幕降临后的凉意。艾瑞卡把毛衣披在肩上,抵抗退烧后仍然挥之不去的微寒。挤在她身边的尤娜一小口一小口啜着可乐喝,让她的汽水最后发出啵一声响,这一声为他们的离别揭开序幕。“你会不会给我写信?我会给你回信的。”她塞给艾瑞卡一张有着邮政信箱地址的小条。

“我们一到下个地方我就会寄明信片给你,好吗?等都安顿好了,就会再写信给你。”

藏在她外套里的是她从沙箱里抢救回来的那个瓷杯,表面是韦奇伍德的蓝色,绘着一对飞翔的鸟,鸟喙上双双衔着一个小小的缎带花结。尤娜把杯子塞进艾瑞卡手中,“我想你留着这个,好永远记得我。你不会把我忘了吧?”

她最后一次搂紧了尤娜,点点头。

艾瑞卡没回答,但是凝望着公路半晌。嘉文太太喝完可乐,站起来,对孙女招招手。再见,谢谢,笨拙的拥抱。她们上车回家去了。嘉文祖孙俩的身影消失了,他看看手表,说他们的车还得二十分钟才来。

“想想看那个小女孩,跟老太太相依为命,从来就不知道自己爸妈的下落。我真替她难过。”

“别这么想。”威利说,把他的空瓶子扔进垃圾箱。“她每天都要想办法让你上钩,让你对爱上瘾。她是这么想让自己的梦想成真。如果可能的话,她们会把你永远留下来的。”命运没准儿更糟,她想,也可能更好。等车的时候,她下定决心要修补她和威利的感情,要选择幸福和快乐,要有所改变。一阵沉默的笑声从她胸口迸发而出,透过喉咙,在她脑海里回荡。所谓永远似乎是个不可能实现的念头，就像爱情本身，就像在汪洋中找到游向岸边的方向，就像从天空顶端被抛弃后想回到地球上一个样。天空，蔚蓝的天空，蓝得像捧在她手心的这只小茶杯。

23

黛安正要出门，差点和邮差撞个正着。互相道了歉，邮差把信交给她，碰碰帽子与她道别。她急着要往华盛顿的家赶，所以把那一捆信件通通交给玛格丽特，玛格丽特又顺手搁在门边的柜子上。乔伊在夜里打电话来说很想她，所以在姐姐执意要求之下，她准备开长途回去。金色的阳光为早晨披上金缕玉衣，两姐妹面色苍白，在装满行李的车子旁难舍难分。黛安不忍心离开，紧紧抱住她不放。“得着信儿就打电话给我，想找人聊天的时候也打给我，无论白天晚上，随时都行。”

玛格丽特被妹妹的拥抱搞得快透不过气来了，连头都没法点。

“她会回来的，”黛安说，“我每天都会为你们俩祷告的。”

尽管心存疑虑，但玛格丽特还是感谢她，站在街上看着车子越来越远。她叹了口气，走进门收起邮件，复又放在餐桌上。她已经开始想念黛安了，端起一杯茶，坐下来把账单从没打开的邮件里拣出来。整堆信的最底下，是一张明信片。正面是照片，一尊维多利亚式的墓园雕像，一个正在哀悼的石雕天使，冬天作背景，下方有一圈光秃秃的枝杈。说明文字上写着“榆木史迹墓园，孟菲斯，田纳西。”

什么人会寄这种病态的东西来呢？她翻转明信片，一看见女儿的笔迹，心口一阵剧痛。“别难过，因为我终于找到快乐。再见，别再找我们了。”玛格丽特不甚明白，努力又看了两遍。第一滴眼泪落在茶碟边上。

从孟菲斯寄出的另一张风景明信片送到了乡下那个邮政信箱里，但一直到感恩节那一周，嘉文太太进城来买小土鸡的时候才收着。正面的照片是黄昏或黎明时分的市区街景，几个人在门口交谈，剧院招牌亮着光，一辆车寂寞地停在外面。左上角写着华尔街，还有一串飞扬的音符；下文正中则是“蓝调之家”。尤娜不知道为什么南茜小姐会选这张卡片给她，但是她珍藏了好多年。

亲爱的尤娜：

太糟糕了，我把卡片给弄混了——这张原本是要寄给我妈妈的，而那张有天使的才是给你的，因为你是真正的天使，我会永远记着你的。看，我就说会给你写信吧?! 我还会再写的。

南茜小姐

24

车子行驶在阿肯色州境内，全程两人没有一句对话。从威利和艾瑞卡跨过密西西比河的那一刻起，到五个钟头以后绕过西界的史密斯堡近郊，他们俩一直呆愣愣望着窗外飞驰而过的路面，一句话没说。这一日，原本在甜蜜、无邪、完美的气氛中拉开序幕的这一日，却逐渐恶变成了互相怨怼和沮丧的一日了。威利怒急攻心地坐在驾驶座上，把方向盘攥得死死的，除了意外地碰上她的目光，否则绝不看她一眼。也就是在他这样的怒火威慑之下，艾瑞卡也开始恨上他了，对他的器量狭小无比反感，觉得他粗暴的态度和不讲情理简直到了荒谬的地步了。他手指不停地敲敲敲，敲了足有一小时了。他们应该停下车，把怒气宣泄出来，或是求得彼此的理解和谅解。可是没有。他们急着要尽量多赶些路的心情远胜过要挽回感情的冲动。

开的这辆红色杜林多少让这段旅程稍微好受一些，说这话的意思是，这辆车干净，舒适，开起来叫人轻松愉快。这是他们前一天夜里——也就是在孟菲斯的第二夜——靠着好运气偷到手的。锁着的车门里，汽车钥匙却意外地插在发动机上，如同黄金一般闪耀着光芒。艾瑞卡只管往旁边一站，看着威利撬开车窗里面的锁扣就行了。他从华尔街把车子直接开回旅馆，横冲直撞的，他请泊车小童把车泊进车库，还厚颜无耻地假装他们是一对新婚燕尔的夫妇，恣意挥霍一般享受着爸妈慷慨赠予的昂贵礼物。犯罪带来的刺激让他们觉得自己无所不能。叫了客房服务，点了啤酒和烤肉，大快朵颐，变成他们根本就不是的人。一夜荒唐之后，艾瑞卡一大清早先醒来，让像钉在十字架上那样瘫在床上的威利继续呼呼大睡，自己离开旅馆去探索这座城市。走入晨光中，她渐渐找回熟悉的感觉，找回来了无拘无束。沿着人行道，每跨出一步，偷偷潜入她灵魂深处的虚弱感就减弱一分。过去的这一段时间，因为心中的顾虑而疲劳过度，因为承受了太多陌生人的亲切关爱她已经不堪重负。要是一人独处一个小时准定能够精神焕发，她想。一辆公车停在街角载客，她跑上前去加入排队的行列。

这条线是从市中心出发，上第三街，再从盖斯顿公园右转到瓦克街，然后开到绿树成荫的街区。她并没有特别的地方要去，只是看着窗外变幻的房屋样式、路上的车子，以及一起搭车的人们。她从没有在同一个地方看见过这么多黑人，深深陶醉在从黄到深咖啡的各种皮肤色调中。有些人跟她一样留着直发，有些人则像威利那样理成平头，短短的头发一根根直竖，还有些人戴着小圆帽或者留着钢盔头。有个家伙的飞机头梳得老高，藏得下一支有五根长梳齿、握柄做成拳头样式的黑梳子。尽管她目不转睛地看着，可没人试着跟她搭讪。虽然有一两个人也盯着她看，但是目光一交汇，她就觉得被人看进了灵魂深处，于是立刻羞愧难当地移开视线。靠前面的两个座位上有个年纪较长的男人，窗外不知有什么东西让他畏缩了一下，他摘下他的软呢帽，贴在心口上。艾瑞卡忙掉头看是什么让他这么害怕，才发现公车正经过一座墓园，她想也没想就拉下头顶上的拉绳，通知司机她要下车。

走在墓碑和雕像间，枝繁叶茂的榆树和花团锦簇的紫蔷薇迤逦而立。她一路走到了北边的维多利亚式小屋和小礼品店那儿，买了两张明信片和邮票，坐在“联盟军安息屋”的僻静处写下几行字。草坪那边，有个女人假模假样在看一本尺寸很小的书，这个戴着圆框眼镜和贝雷帽的女人让她想起梦里发光的天使。她看起来很像被他们偷走车子的那个田纳西女孩，以及第一天夜里他们开车经过友谊小学时出现在人们中的那一位。艾瑞卡写完第二张明信片，站起来穿过飘满落叶的草坪，去找那个陌生女人说话。但是那人已经不在了，她在众多墓碑和雕刻纪念碑里四处寻找，可什么也没寻着。于是她搭上另一辆公车回旅馆，全程总共只用了两个小时。

已经快中午了，威利还在睡。赤裸裸地躺在床上，一只光脚丫子从被子里伸出来，洁白的床单和枕套上污渍斑斑，那是一条条干涸了的血迹，是她不在时曾发生过一场血战的证据。自杀，她想，我是个鬼魂，在案发现场哀悼一条这么年轻就离开人世间的生命，没有机会享受他期待的人生，没有革命，没有光荣，没有退隐田林，没有泥地上满处乱爬的新生儿。误把他当作了罗密欧。艾瑞卡试着把手探进被子底下，他却动了，把她拉到近前。他的唇上犹有昨天夜里烤排骨的香。她的胳膊轻轻拂过勃起的阳物，衬着窗帘缝中透进半明半暗的光，她微笑地看着威利。

“不过我们得快点儿，”他扯开她的上衣，“得赶快离开这个地方。”

少了浓密卷发挡脸，他的头看起来像个盘子顶在细瘦得像根棍儿的脖子上，因突然发力而充血的双目圆睁，但眼神空洞，一眨不眨地——这张脸的表情一成不变，脸孔上浮现些许残酷。他脖上的青筋毕露，双肩一阵抖动，肱二头肌紧紧绷起。她让他的重量压在她的骨头上，颤抖，结束，他像只煮沸腾了的水壶长长地吁气。等他松懈下来，那重量却好像更重了，两人之间滑腻的汗液让她感觉到皮肤上黏答答的。她拍拍他屁股，他翻身下来。

"你起来多久了?"他问。

她用手为脸轻轻扇着风,"几个小时了吧。我都出去过了——"

"出去?你自己一个人?"他用胳膊肘撑起身体,瞪视着她。

"我到这个墓园去了,榆木史迹墓园。我搭公车去的。"

"你可不应该自己出去。"

"我需要点独处的时间——什么事都没有啊。我就是在那儿安静地坐坐,身边只有一大堆墓碑和沉睡在地底下的灵魂——只是坐在太阳底下想想事。"

"想什么?"他舔舔嘴唇,"为什么需要想事呢?"

"那天早上你看见我躺在地板上,我正做梦呢。整个房子都是个噩梦,那些让人毛骨悚然的东西全活了过来,冲过来抓我。我梦见我妈和我爸,也看见尤娜了。你知道她以为我们是天使来着吗?真正的天使……就因为这个。"她用指尖摸着他肩上的刺青。"我梦见你在田纳西想搞上的那个女孩子。只是他们全都像天使一样。我以前看见过她,就在我们离家出走的那个晚上……我开始觉得到处都有天使了。"

威利哼了一声,把头埋进枕头里。"你想太多了吧。你任由自己的想象天马行空。可别再背着我一个人跑出去了,啊。"

她跳下床,找到丢在地上的牛仔裤,套上。"我得去寄一封信。我答应她要写的。"

"谁?"他也下了床,双手叉着腰。

"就那个小女孩,尤娜。"敞开的浴室门上有面全身镜,映照出她凝望的眼神。这一阵的病让她减了些体重,但唯独小腹微凸。她尽可能缩小腹部,看着自己的侧影。"还有我妈。我寄一张明信片给我妈,好让她放心——"

"你什么?"他奔到椅子边上,抓起裤子和衬衫。

"好让她放心呀。我不能忍受她像那个奶奶一样,等待永远不会回来的人。只是让她知道一下而已,那明信片上我什么都没写,只是让她别再找我们了——"

"老天哪,艾瑞卡。他们一收到你的信,就会开始查这个地方的。你的脑子里到底在想些什么啊?"

他们一边收拾着行李一边拌着嘴,搭电梯到楼下大厅排队等结账时还一直在吵,坐在车上拼命找路离开混乱的孟菲斯时还是吵。他用脏话骂她,说她没脑子,蠢到家了,什么都不懂。她忍住惊骇回嘴反驳他。他们就这样一路吵着直到车开上了高高架起在密西西比河上的那座桥。桥梁的影子已经在他们脸上像民谣节拍一般掠过了。开到桥中界,过了州界抵达阿肯色州,泥泞的水波中有一条光滑的水藻,荡漾出一条宽阔的拱形,一只滑溜得像蛇的蛇鸟在垃圾和脏东西里奋力游动。看着那只水鸟的挣扎,艾瑞卡再也没办法忍受威利的声音,甚至她自己的声音了。他们不再开口说话,直到抵达俄克拉荷马州。俄克拉荷马,他们在那里开枪打死了一个人。

25

"你带着枪要上哪儿?"艾瑞卡想趁还未铸成大错前制止他,却又不知如何是好。

在俄克拉荷马的加里森溪谷,他们把车停在一家夫妻经营的路边杂货店前头。店面后边是两台埃索加油机,入口处有道纱门,上面写着"营业"二字——虽然这个地方看起来根本就没什么人。整整二十分钟,没有半个客人来,天空中连只鸟的影子也没有。威利坐在杜林车前座,打开枪膛,放进一圈六发子弹,把左轮手枪塞进外套里。他回手伸到后座的毯子里翻找着,很快拿出一把猎枪来,轻手轻脚交给她,小心得像交给她的是个小婴儿一般。"拿着,"他说,"替我在外头望风。要是看见人过来就阻止他们。要是听见里面有动静你就进来开枪,像帕蒂·赫斯特那样。”

“可是威利——”

“别可是可是的了。我们没钱了,住旅馆啊叫客房服务什么的,钱全花光了。眼下正是个机会,正好让你表现表现你已经准备好了。为革命做好了准备。每个人的人生都会有这样的时机的——必须用行动代替思考的时机。这可是你的机会,别让这成为你唯一的一个机会。”

威利踏上门厅,四只停在柱上的苍蝇漫不经心地飞起来,复又回落到原来那个阳光充足的柱子上停好。即使艾瑞卡到门边望风,它们也已经连动都懒得再动一下了。她不知道他为什么在里面耽搁那么长时间,于是偷眼瞄向屋内。他正假装选购那些少得可怜的物品。一罐花生酱,一条面包,在摆着干肉条和干肉饼的架子前犹豫不决。他把东西放在柜台上,看着那个男人从凳子上起身,放下正在写着的本子,把笔从右手倒到左手,用那部老式收银机算着金额。一个多么平凡的男人,有客人在下午快过去的时候推门进来,他没有特别高兴却也没特别烦心,只急着想回过头去接着写他的东西。叮的一声响,总价算好,收银机的抽屉自动弹开,那人抬头正准备报一下数,却发现有把枪正对着他。

“拿出来先生,全部。把钱放进纸袋里。”

那人一动没动,眼睛直直盯着威利,要把他的长相刻进自己的记忆里。他已经好几小时没跟人说过话了,所以先清了清嗓子,舔了舔嘴唇才开腔:“你看起来像才退伍呀,要不就是正要入伍,孩子。几岁了?不管你要什么,尽管开口,把枪放下,我会照着你的要求做。”

威利的手指紧紧扣着扳机,瞄准他。“我才不放下呢,你把钱装进纸袋里,快。”

“孩子,我要给你一个让自己获得救赎的机会。绝对不要用枪指着别人,除非你下定决心要开枪打他。你要是没有开枪杀人的决心,就绝对不要开枪打他……我不相信你真的想用手里这把枪。”

“闭嘴,”威利举起手枪瞄准那人,“照我说的做!”

“这里顶多只有七八十块钱。要是你认为人命就只值这么一点点钱的话，那就动手吧。就像我说的似的，如果你先开口要，我就会把你需要的东西给你，一点问题都没有。但是你要是伤害了我，我这条命却是要用你的灵魂来换的。”

“给我闭嘴！你以为我不会为了七十块钱开枪是吧？那你就大错特错了。如果你要为了这点小钱搭上命，那是你自己太看不起自己这条命。”

“孩子，我对于生命也同样蔑视，可你也不能就这么贱卖你的灵魂啊。”

透过纱门，艾瑞卡看见他们像是在争吵，她也扣住扳机，悄悄踏进屋内，手里挥着猎枪。站在柜台后头那人听见门链嘎吱一响，看见一条黑影窜进屋来。他想起攥在手里的钢笔，举起来想再给他们最后一个忠告。子弹在他的衬衫上留下了一个二毛五硬币大小的洞，射进他的胸膛，从后背右肩胛骨下方窜出，他仿佛吃了拳手一记重拳，身形如同拳击手那样扭曲了一下。没有声音也没有火光，他也许根本没想到自己居然真中了一枪，但是第二枪——从店门口射来的第二枪——感觉起来像被一群黄蜂螯了似的，鸟枪的子弹掠过他面颊，把垂在他肩膀后方展示的扑克牌打出一个洞来。第二枪是呼应着第一枪，呼叫和应答，地震和余震。那人倒在地上，脸和脖子汩汩地冒出血来，威利和艾瑞卡都僵在原地，不知道彼此是怎么给鬼迷了心窍，凝重的眼神快速来回扫视，把这一幕像名字被镌刻在石头上那样深深刻进记忆里。她甩掉跳进她双掌间的邪恶，把枪哐当一声丢到地板上。

“你杀了他。”威利大吼。

“我以为他要杀你……他死了吗？”

穷途末路，威利拎着他的手枪，走上前去，越过柜台看着躺在地上的那个人。那人的衬衫上晕出一大团鲜红的血迹，脸颊和脖颈侧面的皮肤撕裂得破烂不堪。在他紧握的拳头里，那支钢笔静静躺着，犹有未完成的心愿般。那人有只鞋子没绑住鞋带，让威利条件反射似的先看看自己的鞋带，才翻过柜台去清空收银机，还往口袋里塞了一大把好时巧克力棒。“他看起来是死掉了，可是他手里拿的是笔，不是枪呀。你这个白痴。咱们最好赶紧走，免得一会儿有人来，或者他打定主意起死回生。”

她根本没法挪窝，根本无法相信的念头像水泥似的牢牢困住了她。她担心自己如果一动，就不能让眼前这一刻倒转回枪响之前那一刻，或干脆再多倒回去一些，回到那天早上，回到她最后一次觉得威利并不可恶也不危险、魅力难当的那一刻。如果她静静站着不动，就能用意志力让时光倒流，让时间停止不动，不再奔向可怕的未来。威利走过她身边，大声吼着让她拾起枪跟他走。但是她一动也不动。他走了，留她一个人在店里，和那个血流如注、死去或即将死去的人在一起。有个女孩子从堆着面粉、糖和褪了色的罐头食品积满了灰的角落里现身了，她没微笑也没锁眉，那女孩子出现在她面前，用漠然的目光谴责她，歪曲的眼镜后面藏着双圆眼睛。她们各踞一角望着彼此，迟疑着，不知道应不应该移动，开口讲话，或破除魔咒。尤娜摸着外衣的衣角，蹭着脚底。“你最好快走，”她说，“免得他把你像弃婴一样丢在这个荒郊野地里。”

艾瑞卡直觉地认为但凡她把目光从女孩子身上一移开，眼前的这一幻影就会消失不见。“我给你写过信，如我答应过的。可是我一直想问，你妈妈叫什么名字？”

“玛丽。”这个名字让她发笑，“玛丽·嘉文。趁着还来得及赶快跑吧。”

她的同案犯还在停车场等着，艾瑞卡扭头看那辆车还在不在，等再回过头来时，那孩子已经飞走了。她轻叹一声，捡起枪，跑向车子。纱门嘎吱一声响，跟着在她背后砰然合上，苍蝇嗡嗡嗡地狂飞乱转着。沿着乡村小道向南方尽头开，威利颠簸了好几公里了，肾上腺素还是高悬不下，激动得浑身颤抖，而艾瑞卡却热得冒汗，她蜷起身子，像小婴儿那样窝在前座上。“毁灭天使！”他敞开车窗大叫。

“停！”她喊。

“宝贝儿，战争里总会发生些意外。”

“不，求你了，停车！”

“艾瑞卡，我们必须离开这里。我们开快点的话，晚饭时分就可以到达俄克拉荷马市，然后像两条鬼魂一样销声匿迹——”

“闭嘴，操，停车。快！”

在穷乡僻壤道路扬起的车尘里，她及时把头发往后一拨，头伸出开启的车门，对着干枯的褐黄草丛狂吐起来。

26

终于不复存在——不是瞬间一块儿消失的，是在熬过一段又一段的痛苦折磨之后才消失的——那女孩也湮没于自己的遗忘中。入院前，她必定是个感情奔放的小孩，现如今却被这漫长的医院生涯和被一个冒牌货、一个没有灵魂的躯壳所取代了。保罗把一针吗啡打进她的血管，躺在病床上的这个女孩子一周来头一回睁开眼睛。她知道他在做什么，眼里现出一抹惊异，还有一抹感激——感激在她永远沉睡之前他所给予的慈悲善举。她是第七个，也是最后一个忍受着难以承受的痛苦的人。尽管他们这些美国医生受命不得在长崎市立医学中心医治辐射受害的病患，而只能作为日本医生旁边的观察员和咨询师，保罗就知道这七个病人都已经危在旦夕了，死期临近，无论休养多长时间，或者用多少盘尼西林和维生素，都无法治愈他们。轰炸过后一个月派来的陆军医疗队并没有亲眼目睹最悲惨的情况，那种天地俱焚的人间惨剧。整座城市看起来像被诸神无情践踏过一样，死者都已入土为安。高温灼伤的病人、重度肢残的伤者在立刻施救的伤检分级中排在优先顺位，其后才轮得上那些受高度穿透辐射的患者——也就是所谓的“被炸者”[①]——他们送抵医院时身体状况差异甚大。保罗就在一部分病人身上亲眼看到延迟效应，也就是最初并没有任何症状，但几天或几周以后才表现出来。有个女人的头发在大把大把地脱落；有个老者背上出现了网状的灼伤；好几十人抱怨身体虚弱无力；一对夫妻某日早餐之后同时从嘴里冒出鲜血，怎么止也止不住——他们全都以为自己是幸免于难的幸运儿，但挤爆病房的不幸的人们却无法战胜在他们体内慢慢发作起来的毒素。

对于这场慈悲的杀戮，他只留下了一次文字记录。他写了一封真情流露的信给在美国的姐姐珍妮，而她的回信自一九四五年以来就一直藏在他的档案里。她安慰他，要他相信——“你让他们摆脱苦难”——这样的话语是为了让他回到美国以后可以把这骇人听闻的往事通通抛在脑后。回到新婚燕尔的妻子玛格丽特身边，在小镇当执业的家庭医生，安安稳稳地深埋起那七个被施以安乐死的病人的回忆。他谈起长崎时总是一语带过，选择不沉溺于过往，尽可能快地回归到他努力营造的正常生活里来。

姐姐的这封信是以古体英文写在一张半透明的纸上的，这封信看似一件与他生活毫无关联的遗物。那个从学校放学回家的夜晚，艾瑞卡来质问他的时候，他一点都不记得有这封信的存在了。他不知道她手中为什么挥着一张薄纸，像斗牛士舞着披风。不知摆放在何处，他把它忘得一干二净了，但是那一字一句勾起了他做决定时的锥心痛苦，勾起了他每一次打下致命剂量时的回忆。读完信，他双手交叠搁在信上，闭上眼睛，他眼前浮现出那个年轻的日本女孩，睡在医院薄薄的床单下，像裹着寿衣，她的生命和痛苦在悄悄流逝，她唇边现出一丝淡淡的微笑，仿佛梦见那粉碎一切的原子弹爆炸尚未发生前的夏天。保罗不懂他女儿的痛苦，不懂她对这该死证据的困惑，她眼里的神色清楚明白地表示，在他还没开口说话前，他就已然被定了罪。

---

① 被炸者，指 1945 年日本广岛和长崎原子弹爆炸余生者。

艾瑞卡站在他书桌前，突然显得高大又咄咄逼人，她的脸哭得红红的。

“那时候大战刚刚结束。”他对她说，“那些病人全都痛不欲生，并且他们永远也不可能好转了，所以——”

“你怎么能够做下这种事来？我以为你发过誓了，头一条就是不伤害。”

他站起身走到门口，小心地关上房门。“麻烦你小声一点儿，你妈妈不知道这件事。”

“不知道？你没告诉她吗？你怎么可以这样?!”

“我认为这样最好——”

“最好别告诉她说你杀了那些人？我不知道你怎么能瞒着自己的太太，这么多年不泄露半句……还有你自己的女儿？”

他又闭上眼睛，那个日本女孩走进房间，身上一袭白色和服，朵朵梅花盛放，淤痕一样。他听不懂她说的话，但是她的话又很清晰。他睁开眼，背靠着门：“我被征召的时候你妈和我刚结婚。我从来没想过我会被征召入伍，因为我年纪太大了么，你知道的。可是他们需要医生。”

“需要医生救人，不是杀人。你是怎么回事？一个丈夫是不会把这种事情瞒着妻子的。不会瞒着他所爱的人，或许你不够爱她，所以根本没法信任她。”

“我只是觉得那么做没好处，我不想让你妈妈担惊受怕。”

“不想让她看不起你吧？”

保罗走近女儿，等着她宽恕他，“那已经是上辈子的事了，艾瑞卡。”

她怒气冲冲走过他身边，用力拉开门，冲进夜色里。

待她永远离开以后，他想起女儿找到信的那一天，明白那就是他们决裂的开始。她已经长大成人，急着要挣脱父亲强烈的爱，于是投进那个卑鄙男人的怀抱，接受他疯狂的念头。对他而言她已不复存在，不是立刻马上，而是在煎熬着度过一段又一段的折磨之后，她消失得无影无踪了。正如所有人都会离他而去一样。他所深爱过的每一个人。

27

他们以为她的不适是体内残留的毒素造成的，或是在西田纳西州喝的那些“安神汤”引起，又因为经历了意外枪击事件的惊吓而复发，要不就是因为在路上比预期多奔波了几周所导致的身体虚弱。但是不管因为什么，她再也受不了这么强烈又无休无止的恶心反胃了。随着慢慢降临的暮色，他们勉强开到萧尼镇，她威胁说如果他再不给她在汽车旅馆找张床，让她可以躺下来睡睡觉，她就要吐得天翻地覆——在她眼里平坦的大地已经在地平线上东倒西歪，东升的月亮像陀螺一般打转。第二天早上情况没见好转，她又开始呕吐起来。在六块钱一晚的房间里，她疼痛欲裂的头垂在搪瓷马桶里，她觉得头昏眼花浑身发热，就好像酒醉了、垂死、已经死掉了，等待重生。威利一心想吃甜甜圈，便丢下她一人躺在地上。她面朝下贴在冰凉的瓷砖上，暗自祈祷能脱离这一绵延不断痛苦难耐的生活。她祈求宽恕，那个被枪杀的男人在她眼前挥之不去，那个场景一再重放，直到她清清楚楚看见握在手里的是笔，而不是枪。事发当时她一定就已经知道这一点，她对自己说，知道第一枪是威利开的，在扣下扳机的一瞬间，她就明白自己要铸下大错，就应当忏悔她的罪行，但是惊慌压倒一切，压过她的判断。对不起，非常对不起。

“你还好吗，小姐？”有个女人的声音在浴室里回荡，“听得见吗，听见就醒醒？”

睁开一只眼，艾瑞卡首先看到的是一双柔软的鹿皮褐色的皮鞋，穿着白袜子的脚踝，以及女佣制服裙摆下强健的小腿。一阵急促的动作，那双腿不见了，因为女佣双膝跪地，低下头。她浓密的黑发一丝不爽地梳向脑后，拉紧了太阳穴旁的皮肤，而那黑得像深洞的眼睛则不动声色，平静无奇。她伸出手去，扫开盖在艾瑞卡脸上的头发："你是喝醉了？还是嗑了药？"

"我病了。"

"需要帮忙吗？找医生？"

艾瑞卡突然意识到自己还赤身裸体一丝不挂，于是连忙缩起四肢，把身体蜷成球。"能不能麻烦你帮我把衣服拿过来？"

女佣起身走出门去，让艾瑞卡穿衣服，房门再次吱呀响着打开了，她露出笑容，伸手扶艾瑞卡坐到椅子上。"现在觉得好一点没有？你苍白得像个雪人……今天吃过东西了吗？"

艾瑞卡大口吸气："我恶心。"

"姜汁汽水和花生酱饼干。"女佣说，然后走到房门口的贩卖机去拿，回来以后发现艾瑞卡瘫软在椅上，"吃下去吧，这是印第安人的老秘方。"

"你是印第安人？"

"勒纳皮[①]。你听过德拉瓦族吗？"

"你是大老远从德拉瓦过来的？"

"不，我是本地乡下人。不过么，我猜你离家很远，你叫什么，孩子？"

"你可以叫我南茜，你的名字呢？"

"乔西。"女佣指着工作服上的名字，"孩子，肚子里得有东西。"

她咬了一小口饼干，喝着听装的姜汁汽水。乔西用铺过上千张床的敏捷有序的动作开始铺床。艾瑞卡小时候，老喜欢在洗衣日跟着妈妈转来转去，玛格丽特端起洗衣篮抵在臀部，爬上楼梯，把叠好的床单放在五斗柜上头，然后剥下床上的床单。她跟在妈妈后面，在床垫上跳啊跳，咯咯笑个不停，然后躺在正中央装死，像个士兵那样一动也不动。玛格丽特假装没看见她，当她根本不存在似的，然后轻快地把床单像船

---

① 勒纳皮，印第安部族，住在德拉瓦河流域，故也被称为德拉瓦族。

帆那样一抖，像坠落的天空般覆盖在她的身上。她就这样躲着，一动不动，忍住笑。跟她玩藏猫猫的妈妈便会说："这一大团是什么东西啊？"一只手轻轻地拉着，捏着，摸着这个小小的人儿，直到艾瑞卡像小鬼一样站起来，发出尖声怪笑，床单像腹膜一样裹住她，让她再度重生于世。

乔西用手掌抚平床单，拉起被罩，像对孩子说晚安那样，然后再帮孩子掖好被子。收拾停当，她坐在角落看着艾瑞卡："脸上有些血色了，很好。"

寒冬二月，艾瑞卡老是抱怨说得了感冒或者在发烧。要是屋外的温度降到零度以下，玛格丽特就会心平气和地同意叫她留在家里不用去上学，然后把灯再关上让她躺在黑暗里，暖暖和和地赖在床上，让百叶窗把严寒挡在窗户外。有时候她会再睡个回笼觉，一直睡到九点多，然后叫着妈妈。玛格丽特端来微微温热的姜汁汽水或是清茶，配上小饼干和一碗鸡汤面当她的午餐。吃完了两人就靠着枕头一起看故事书或早报上的漫画。掌心摸摸额头，暂时的解脱。到了四点，冬天的太阳慢慢落山，世界披上暮色，她们一起窝在沙发上看《我爱露西》的重放或《罗杰先生的邻居》。偷来的一日闲暇时光让她乏了，于是再打个盹，直到爸爸从诊所里回来。而此刻的她呢，一心想要的是这个陌生人留下来陪她，帮坐在椅子上的她盖上毛毯，留在她身边等她入睡。

"已经多久了？"乔西问。这个没头没脑的问题让艾瑞卡不知怎么答。"你有喜了。"

"我？"日历在她心头打了个转，"有什么喜？"

乔西绞着双手，深吸一口气，"总归有两个月了吧，我猜。你自己不知道吗？"

"你凭什么认为我怀孕两个月了？印第安的古老魔法？大地之母显灵了？"

乔西觉得艾瑞卡顶嘴很有趣，乐得哈哈的，往后仰靠在床上。"是当过妈的人的老魔法！我自己生过三个小孩，虽然他们现在都长大了，变成臭狗屎了，但事情永远都一个样的不是吗，吐得一塌糊涂……等你的荷尔蒙一稳定下来这一阶段就会过去了。”

“我可没怀孕，只是有点儿生病了。”

“你确定你不是‘有点儿’怀孕了？”

她使劲回忆，在山上的嘉文太太家时她的月经就应该来了，但是没有。若有，她一定会记得。那么最近一次是什么时候？她的朋友乔伊斯·格林找她游泳——夏天要接近尾声了——当时得让周期拖后才能游。那么就是两个月没来了。“我才十七岁。”她说。

“那可能是我看错了，但你看起来像啊，晨吐啊什么的。你最好去看看医生，跟你一块儿的那个男孩子几岁？我第一次看见他还以为他是当兵的呢，头发那么短，可他又不是兵——”

“他十八。”

“——只是个带着枪的孩子。我看见那辆红车的后备箱里有东西，如果那是你们的车……你们从哪儿来的？”

“东部，宾夕法尼亚。”

“孩子，你得想办法回去，不管有多远，不管多困难。先去看医生，好好照顾肚子里的宝宝。”

“我爸就是医生。”她满脸惶恐，“老天爷啊，我真不敢相信！”

“这跟老天爷没关系，回家去吧，孩子。”乔西拍拍她的手，“听我说，你担心你妈会怎么说，你爸会怎么做。当然当然，他们先开始一定会很生气的，气你怎么会做出这种事来，看怎么修理那个兔崽子。可是他们最终会想通的，九个月以后你再抱个小天使给他们瞧，他们的心软得会化掉，把一切发生过的通通忘掉，马上原谅你。他们会担起这个负担——这是他们的责任——你父母的责任。让那个男孩子带你看医生去，趁现在还来得及。快点儿回家吧。”

她关好房门，一个人在房间里哭。草原上的风吹得玻璃窗哗哗响，让她心惊肉跳。努力使自己冷静下来，她把掌心贴在肚子上，希望感觉腹中的动静，但是没有异样，一点感觉都没有。在床和墙之间，那个脸孔扭曲的杂货店老板突然现身，已经死了的男人站了起来，手拿钢笔指着她，才要开口谴责她，嘴里突然喷出一条血河，黑如墨汁的血。她应该怎么对爸妈说呢？他们会送她去坐牢吗？她闭上眼睛，想弄明白心头所有的疑问。

听威利头一次提起天使，好像已经是很久很久以前了。威利的声音激情澎湃，每一个字都像高脚杯里的香槟泡沫激情洋溢，激昂的热情让她根本听不清那些话，那些波澜壮阔的演说到底是个什么意思，只在他激动得活像到了高潮一样的狂热中听到乐声响起。他们是来摧毁腐败继而拯救世界的——尤其是要摧毁那些掌控着国家的独裁者、教会和大型企业。可结果呢，结果他们屁也没干，无非抢了几个比他们还穷的人。无非是往一个小镇的杂货店老板脸上开枪。一想到威利就要当爸爸了，这念头让她简直濒于崩溃。活力四射，浑身带着危险气息的他，在同年龄的男生里显得光芒耀眼，她以前特别爱他那一头卷发，他热情的双眸，他走起路来虎虎生威的样子。她爱他用锁链击退大海，她爱他的皮肤只消轻轻碰触便会燃起火焰的热情——她想起来自己为什么会爱他爱得如此之深，为何在迷恋上他之后，便信服他所说的一切，即使在眼前看来，他的言语只是借于其他人的想法，把他的怒火和自我憎恨藏在下边，就像她父亲一样坏。收起心头的疑惑，把脸再洗一遍，涂上唇膏，梳好头发。

人还未到，歌声先到。威利哼着莫里森和大门乐队[①]的曲子，随着他的步伐一步步接近越来越清晰。最后是钥匙在锁孔里喀嚓一响，他兴奋地踏进房来，也很高兴她已经穿好衣服收拾停当。他用两根手指拎着一袋子甜甜圈，剩下的那三根还抓着一杯咖啡。房间里充满糖粉和炸货的香。“好消息，宝贝。我已经安排好接下来的路线了。开十六个小时到拉斯维加斯，然后再从那儿开八九个小时就能到旧金山。我们可以在这个周末到达目的地，然后再按原先计划的那样重新开始。”咖啡香和甜腻腻的糖味勾得她刚刚吃下去的东西全部顶上喉头，但是

① 大门乐队，美国著名迷幻摇滚乐代表乐队。

她压抑了心头的恐惧,给了他最后一个真诚的微笑。

28

保罗在讲话,可是玛格丽特半个字也没听进去。她脑袋里的声浪压过了他,让他的说辞变成毫无意义的噪音。看着他开合的嘴唇,看着他生动的表情,还有随着长篇大论而大幅挥动着的双手,身体里有一部分甚至会产生一种古怪病态的喜悦。他讲话的时候从来就没法让那双医生的手停着不动,那是与他的思维分割不开的下意识小动作,所以他是个默片演员,一个表演哑剧的小丑。玛格丽特看见的只是一部无声电影。

她数着日子,对那逝去的一天又一天暗自神伤。本地报纸做了一篇青少年失踪的专题报导,这之后她便期待媒体能提供更多新闻。可随着时间流逝,往后并没有什么可报道的了,报纸只好去追逐下一个别的大新闻。警察不再来了,FBI 的那个家伙从十一月以后就再没打过电话。艾瑞卡没回家过感恩节。没回家过圣诞。没回家过新年。新年的第二天,第三天……到第十二天她都没回来。一月整整一个月她没回来,二月当然也是不会回来的。情人节不会回来。明天不会回来。下个星期或下下个星期都不会回来了。春天院子里的郁金香怒放了,她注定是赶不上了。樱花盛开,结果也错过了。她会错过复活节,母亲节,父亲节,会错过国家二百周年庆典。她不会回家看国庆焰火,不会一起烤肉,泡游泳池。她不会打电话。不会发电报。不会写信来,不会再有明信片。九月她也不会回家看看了。这一整年全部过完,都不会再见到她了。不知道她人在哪里。她不会马上回家来,见到你。她会忘记你的生日,他的生日,以及她自己的生日。不管你怎么做都不能让她回家了。杰克逊找不到她,理内特找不到她,保罗也找不到她。每个人都躲着你，就连德拉罗萨夫妇也不再带着鲜花过来。艾瑞卡藏起来了，藏到地底下，藏到星星上，海底里，藏到天空上去了。你可能得找上一千年，踏上一千步，却还是寻不着她。她躲回娘胎里去了，藏在黄泉下。和天使在天堂里。她在地狱里。

保罗好像并不介意她有没有在听，只要他自己能说就好。诊所里的什么人什么事，他说，我时不常的总还是有些方法可以说句真话的。"反正我希望她现在快乐。"他说，"既然有喜了，我就希望宝宝能让她快乐。"

"有喜？对不起，亲爱的，我有点儿走神了。"

"伊芙·华龙。"他切下一大块牛排，用叉子再弄成小块。"她认为有个宝宝或许可以让她那个野性子的丈夫收收心。但愿她是对的，宝宝可不管你准没准备好，总归是要出生的。"

准备好了没？我可来喽，玛格丽特会在另一个房间大声喊着。女儿喜欢藏猫猫，不是吗？还记得她是怎么溜到床单底下，假装别人都看不见，直到你搔着床中间隆起的那个大鼓包？

玛格丽特看着他咀嚼时下巴的运动，追求这一美味享受显然让他很是疲惫，因为他看上去像个成天做着慢动作的人。她搅着沙拉，问起那个女人和她宝宝的情况，但是他的回答却平静得出奇。这会要了他的命。不能失去女儿——他已经找回了内心的平静，并且坚信她会及时回头。要是失去我呢，恐怕他会眼睁睁看着却无能为力。打起精神来吧，回到他身边。多久了？离开已经半年了？

"四个月。"

他把干净叉子放回到盘子边缘，仔细端详她，立刻明白她说的是什么了，只是很不理解她为什么会把自己的想法说出来。"你无时无刻不在想她吧？"

"并不是想'她'，而是想'她不在的事实'。不是想，而是感到空虚。我们俩之间的这把空椅子。老两口自己在家时，再没有房门开开关关的声音。没有那突如其来的一声早安，也没有她夜里上床睡觉时地板吱吱嘎嘎的响声……好多好多永永远远都不会再发生的事情啊。”

“我也很想念她。”

她看见保罗已经变成一个老人了，他的情感随着他的天赋渐渐消逝。眼睛就像两个山洞的洞口，头发稀疏花白，像朵朵白云。额头上的皱纹像石头雕刻的作品，她也知道双手不时颤抖让他抓狂。他为什么抛下我不管，玛格丽特想，为什么撇下我独自承受痛苦，同时压抑他自己的伤悲？他到哪里去了？他为什么也离开了？

电话响时她正在洗碗。飞快地擦掉手上的肥皂泡，赶在铃声断掉前抢到了电话。

“奎恩太太？我是理内特联邦特工。很抱歉这么晚打电话过来。你先生也在家吗？我在雷尼克家，离得并不远，如果不太晚的话，我想跟你们当面谈谈。案子有进展了。”

29

她在阿马里洛[1]把头发染成了黄色——一直以来，她总是渴望变成另外一个人。

穿越俄克拉荷马到德州平原北部狭长地带，威利在这一段漫长平直的路上一直说要多加小心，注意伪装身份，免得警察在葛瑞森溪的枪击事件之后顺藤摸瓜找到他们的踪影。不能再给家里写信，不能再有意外，不能再绕着小路迂回向前了。得要一辆新车，还要更多的现金和弹药。“我们得抹掉现有的一切，重新编一套故事。我们必须先消失、再改变，像黑板上的粉笔字一样，一擦就不见了。希望风掩盖掉我们的足迹，过往的一切都让风吹散了吧。”

① 阿马里洛，美国德克萨斯北部一城市。

灰扑扑的平原大地，没有树木遮阴。阳光打在车窗玻璃上，车里暖烘烘的，而车外头却十分寒冷。艾瑞卡把车窗摇下一条缝，让新鲜空气吹进来，保持车内外温度均衡，想方设法让自己舒服一点儿。每走上那么几公里，她就用手压着肚子。她很想知道他们打死的那个男人是不是也是做了父亲的人。他有一把枪，她对自己说，一把枪，是他先开枪的，而我以为那人当时是朝着威利开枪。天知道我都干了些什么，没错，就消失吧。

“把头发剪短了，像我这样，还应该再染浅一点。弄副太阳镜戴戴，就是老太婆戴的那种。还得再改变一下穿衣服的风格，全新的造型，你觉得怎么样？”

她把棕发扎成马尾，藏起来不让他看到。

“往后在路上碰见的人都会觉得我们是陌生人，没人记得我们逗留过。我们还得忘了老家的亲戚朋友。只有天使认识我们——我们也只认识天使。”

“你觉不觉得我染成金发会很好看？”她拍拍他的腿，“就像干个新鲜小妞一样。”

他当她是扯淡，哈哈大笑开了，在方向盘上敲出了一串小鼓音。“知道吗，我们得抢个假发店，拿它七顶假发。你一周七天天天都能当不一样的女孩子。”

他们一点点接近阿马里洛了，这座小城的轮廓浸润在夕阳里，从地平线上缓缓升起，矮矮的办公建筑像堆在大草原上的积木。艾瑞卡想起她小时候白日梦里的大西部——皮护腿套裤，高高的牛仔帽，田野一片枯黄，长角牛群哞哞叫着从尘土飞扬的小径走到农场或者铁轨上——但眼前所见完全不是想象中德州的风景，直到看见机场的那一刻才有所改变。几架维尼熊轻航机和一架古董双翼飞机在机场停靠着。想象中，只要她跌跌撞撞下得飞机，在尘土中狂奔，跑向跑道，然后就会有个电影明星，或许就是达斯汀·霍夫曼，还是那位在冯内古特电影中扮演演唱组合“朝圣者比利”中其中一个男孩，他叫什么来着？——她被搭救了，然后一块儿飞走，要么飞回家要么飞到墨西哥，在那里有一个更加幸福的结局。威利把杜林车停进一家叫车轮小客栈的停车场，登记好住宿。当他跳上床想跟她躺一块儿，艾瑞卡翻身把背对着他，抱怨又开始反胃了。

黎明时分，她走进浴室，剪掉了大约十五公分长的头发，头骨底部位置留下参差不齐的发根。她用威利在店里偷来的双氧水染发剂把头发给染了。淋浴时艾瑞卡抑制不住内心的悲伤，染发剂的硫磺味儿让她头晕目眩，于是她坐在浴缸里，任花洒水柱打在头顶上，闭上眼睛屏息静待，等着头皮不再因为化学药剂而有烧灼感。艾瑞卡用薄薄的白毛巾擦干身体，门外传来他的声音。威利又在演练了，在镜子前面摆姿势，先是举起手枪，然后是啪嗒一声合拢猎枪。艾瑞卡修剪湿唧唧的前额刘海儿和侧脸两旁的头发时，仿佛听见那个杂货店老板在浴帘后头呻唤。威利一刻也没闲着。她拿浴巾包住头发走进卧室，迎接她的是在门口演练的猎枪。有那么一瞬间，她以为威利是想开枪打死自己，她也希望他动手这么干。

“我们来瞧瞧。”他说，用枪在她头上比划着。

她像解开头巾那样拉掉浴巾，一面轻轻哼唱着妈妈以前常唱的一首歌——柠檬树上的小黄鸟。明亮的金色，亮得接近于白，她的头发乱支着，像稻草人帽子上露出的稻草。她用毛巾搓着头发，把头发弄得更加乱，然后静静站立，站在自己耀眼的光晕之下。

“你做到了。这下连你的亲妈都认不出你来了。整个变样了。”

汽车旅馆大厅里，日班职员站在柜台后头盯着空空落落的大地——那片已经开始炙烤的大地——自言自语着什么。威利和艾瑞卡走进来的时候，他一点儿都没注意到，反倒是被门关上的声音给吓得瑟缩了一下。虽然空调嗡嗡响，可他还是一个劲地猛冒汗，身上那件格纹棉布衬衫的袖子有两道明显可见的弧形汗渍。满脑门的汗珠，像露水一样顺着有些秃顶的发际线往下淌。看见两人走过来，那人愣住了，开始用电台播音员那种训练有素的腔调介绍开来:“我们周一到周五营业。周一、周二、周三、周四、周五。九点到六点。进来看看,打声招呼吧。这里是南夏延的哈维狄五金店。”

“我们要结账。”威利说。

电台男用手指梳理着稀疏的头发,望一眼窗外,仿佛他能看得见其他人看不见的东西。“周二,周三,周四,周五,周一。周末休息。周三,周四,周五,周一,周二。九点到六点。这样我们可以跟家人在一起,你也可以同你的家人在一起。进来看看,打声招呼吧。这里是南夏延的哈维狄五金店。告诉他们是汉克叫你来的。”

威利俯身伏在柜台上:“你要不要收回这把钥匙呀,朋友?”

这个问题问得电台男回过神来,恢复了正常。他翻看着收据,轻按电铃,动作轻得仿佛碰触了某个爆炸物。这个紧张兮兮的男人弄得他们也跟着紧张起来。在他下巴和耳朵中间的皮肤上冒出一团黑头粉刺,像很久以前被弹弓打了留下的疤;他的嘴唇微微颤抖着拼命想压抑滔滔不绝窜出来的话。她实在是相当好奇此刻他收听的是哪家电台。因为与生俱来的教养和礼貌,她和威利耐心等着,什么话也没讲,好让他先开口。

“你们要上哪儿?”他突然问,“有地图啊,地图。”

“拉斯维加斯。”艾瑞卡说。

“拉斯维加斯,那是西班牙文……离家出走?”

“度蜜月。”艾瑞卡骗他。

“度蜜月到那地方去就对了。”那人说。

“我们想吃早点,”威利开口,“附近有什么好吃的吗?来点松饼什么的。”

“有一回我见着耶稣了,松饼上长着耶稣的脸。”

“那一定很难咽得下去。”威利打趣道。

“你不是昨天晚上住进来的人,”他指着艾瑞卡,“她这是怎么了?”

她还没明白那人指的是她的头发,威利转头盯着她的头看她才会过意来，但唯一能做的只是耸了耸肩。

“我是逃出来的，”电台男说，“从他们关我的地方逃走了。你得逃到他们永远都找不到的地方。要是他们来找，你老爸老妈，还有警察，要地图吗？”

“我们不是离家出走。”威利坚持，“是要去度蜜月，我们结婚了。”他交出钥匙。那人翻着住房记录，收据什么的全散落在柜台上。最后他找给他们一张粘着火腿油渍的餐巾。

威利陪他继续演戏：“要是没别的钱要缴的话，我们可就走了。”

“别走大道，别去他们估计你们会去的地方。笔直的大路未必是最快的路。过马路前左右两边看看……你有枪没有？”

“你给我听好了啊，”威利厉声道，“我们昨天晚上入住时已经付了钱了。用的现金。”他走出门去，以为艾瑞卡会跟着。

就像突然切换频道似的，电台男又开始像个新闻播报员那样说话了。“现在，我们必须为新的危险做好准备：原子弹。辐射是我们每日与之共存的东西，如果我们能得知事实真相，做事要有智慧，那么就会平安度过任何向我们袭来的暴风骤雨。”

艾瑞卡被他迷住了，又往前挨近了一点。他突然抓住她的手腕。

“找到适当的庇护所是活下来的关键。”那人顿了顿，望着地平线上他想象的大爆炸。“辐射尘庇护所是最好的防护。”

“放开我！”艾瑞卡低喊。他让她想起她爸爸来。但他抓得很紧，让她想放声大叫，同时又很害怕。

“别走高速公路，”他在她耳边低语，“看新闻，看报纸。他们在找你。那个小女孩说的。”

“谁？哪个小女孩？”

“你明白我的话。”

“请放开我。”她用另一只手拼命扳出手腕挣脱开。

她推开又薄又破的纱门往外走，他还在后面喊：“别跟陌生人说话！”

他们在小镇西头停下来吃早餐。这家“黄玫瑰卡蒂娜”的霓虹灯在十一月的阴霾里清晰可见。她想，这家店看起来就和德拉罗萨先生的花店一样。邻居们不会认出我的，那个电台男是不是说对了——连我妈都认不出我来了？临下车时威利数了数身上的现金，从烟灰缸旁边的小抽屉里扒拉出零钱来，然后又越过她膝盖上方去拿放在储物箱里的枪。她把头靠在他手腕上说：“不要。在这里不要。”他抽回手臂，和她一起走进餐馆，坐在一个不起眼的卡座里。所有东西的表面——从瑙格海德人造皮椅子到塑料菜单——都挂着一层油腻，光滑得打了蜡似的。等服务生过来的当儿，艾瑞卡用指尖在桌子上画着 AOD 的标志和翅膀，然后又用糖罐子盖住了。

九点钟的人流来了又去，只剩下几个头戴棒球帽的退休老人在角落的卡座里聊着八卦。靠墙角那儿有个年轻女人，一个人，使劲搅着她的橙汁。她很像是孟菲斯榆木史迹墓园的那位，她的目光让艾瑞卡不知所措。

“孩子们，想好吃什么了没？”穿着薄荷绿涤纶衬衫的女招待端来一个玻璃咖啡壶，艾瑞卡用指尖压住马克杯，然后把杯子倒扣过来。虽然不敢抬眼看，但艾瑞卡还是感觉得出那个女人的注视目光，知道她在打量自己这头乱七八糟的头发。他们很快点了餐，女招待旋即走开。艾瑞卡拧身走到一边，柳橙的香味挥之不去，她那头金发像堆稻草一样顶在脖子上。

“威利，我有事要告诉你。”

“又是关于俄克拉荷马的那个家伙吗？说真格的，艾瑞卡，你得忘了这事。每场战争总归都是要流一些血的。况且我还会——”

那个杂货店老板在威利肩膀后头出现了，血淋淋的脸上满是怒火，手里捏着把屠夫的切肉刀，刽子手似的高举过头。

“不！”她惊叫出声，众人皆转头看向他们这边。她勉强挤出一个微笑，其他客人和服务生才移开视线，交谈声和叉子盘子相碰的哐啷声再度响起。“不是那个人，”她说，“对不起，想起来就心烦意乱的……我不想烦你。我要谈的不是这件事,我有更重要的事情要告诉你。”

“是钱的事吗?我们会弄到更多钱的……现在还可以撑个一两天,也够加油的。我们干吗不直接杀到拉斯维加斯去呢?也就一千三四百公里的路,咱们可以睡在星空下面呀。再弄辆车,里程数少点儿的。”

“也不是这个……你还记得我碰见的那个女的吗?”

“这一路上碰到好多人,宝贝儿,要是每个我都记得可真太难太难了——那你还记得我们在弗吉尼亚迷路那会儿碰见的警察吗?还有纳什维尔那两个家伙?”

天使一直都在警示着我们,她想,告诉我们赶紧回头,回家去,但天使的警告没管用。现在太迟了。有个人死了,我们像宰个畜牲那样杀了他。她看着对面的他,神情严厉肃穆,屈起手指在他装橙汁的玻璃杯口断续敲打着,由于咖啡因还是其他什么鬼东西让他兴奋莫名。这就是宝宝的父亲。

“威利,我想我怀孕了。”

女招待走过来,端了一盘法国吐司给她,给他的是墨西哥煎蛋和油腻腻的培根火腿。他好像没注意到她把盘子推在他面前,没看一眼那头蓬松的金发,没发现她帮他添满了咖啡,问他还需要别的什么。他死死盯着艾瑞卡,满腔怒火,费尽力气把话压在心头。最后艾瑞卡去跟人家道声谢谢,做个手势打发掉那个徘徊眼前的女招待。

“你想你怎么了?”

“怀上孩子了。在萧尼镇,那里的女佣发现我倒在浴室地板上。”

那个坐在墙角卡座里一直看着他们的女人突然站起身,好像要离开的样子。可是等艾瑞卡对她微微一笑,她就又坐回位子上,接着搅她的橙汁。

“你没见过她,是吧?”艾瑞卡说,“你什么都没注意到吗?”

路上遇到过的人一个接一个出现。喧嚣的房间,一个声音嘶吼道:“看见闪光的时候,记住:弯腰躲避护着头——”隔了两张桌子,电台男和卡尔在聊天,面前一堆松饼。红色和蓝色的光在墙上来回跳动,那个弗吉尼亚巡警走进餐馆来,开始跟坐在柜台前那个被枪杀的杂货店老板闲聊。杂货店老板凳子一转,指认出坐在卡座里的两名凶手。推开旋转门从厨房出来的女招待摇身一变成了乔西,吃力地端着托盘,托盘上满满当当全是头天夜里的现金袋子,她把托盘放在嘉文太太面前。那孩子又从天花板上两根粗大的横梁间冒出头来,轻轻向下一跃,飘飘悠悠的,光着脚站在地板上。半透明的尤娜朝他们走来,把光藏在身体里,每走出一步便更明亮一些。躲在圆框眼镜里的阴影——一直观察他们的那个人影——此时此刻突地现身。艾瑞卡受不了了,她没法再眼睁睁看着这一切。她挪开视线,不去看这些人影了,只管低头盯着自己变冷了的早餐、溢在餐盘上的奶油,然后再抬眼看看威利。威利也在看她,一副马上要爆炸的样子。

"那个叫乔西的女人把我从地板上扶起来,给我衣服、饼干和姜汁汽水。她说她以前见过类似的情况,她也怀过孩子。晨吐的样子她一看就知道了。"从他一眨不眨的茫然眼神看来,他显然没听进去她在说些什么,更不消说思索她话里的意思了。"你的煎蛋凉了,快吃吧。"

"你把我搞成这样不管,还指望我有胃口吃煎蛋?"

她环顾四周,看餐馆里有没有人在听他们说话,把脸凑近他一些:"你根本没必要这么大嗓门,让别人听见了会怎么想?"

他冲她吼起来:"我他妈才不管其他人怎么想呢!"

他的爆发让其他客人全都安静下来,两个坐在柜台前的高大男人在凳子上转身过来对着他们看,要是再有什么声音的话就打算出面干涉了。

"威利,宝贝,没事没事的。我们会挺过去的。"

"你怎么能确定你真怀孕了?"

"我有两个月没来了。之前没注意到,是因为在田纳西病得一塌糊涂……一定是在离开家前就怀上了。"

"没来?我还以为你在吃避孕药呢。"

"药是摆在家里的衣柜里的——"

“老天，艾瑞卡，你怎么这么蠢呀？”

那个一身薄荷绿的女招待又走到他们这儿来，清清嗓子，“这里没事吧？孩子们？”

威利一声不吭地滑出卡座，越过她朝厕所去了。艾瑞卡把脸埋进手心。黑暗之中，她听见女招待的声音，松开手指已然发现那女人坐在威利的位子上。“你还好吗，小甜甜？”

艾瑞卡伸手拿起果汁，一气喝光。餐馆里的嗡嗡声渐消，人群又融入背景里了，眼前只剩她们两人。

“他烦你了，孩子？我会叫米歇尔过来跟他好好谈谈。”

她摇摇头，“我们就是拌拌嘴，什么事都没有。”

“既然你都这么说了，可是小妞儿，你看上去可糟透了。你的头发是怎么回事？你把粉红的手指头插到插座里了？”

她伸手摸了摸剪得鸡零狗碎的发梢，抚平翘起来的一些发丝，“是我自己剪的。看着真这么糟糕吗？”她紧张地笑道。

她咧开嘴笑了，露出一口白牙：“没有，我只是想逗你笑笑。你确定没事吗？那男孩没伤害你吧？”

“没，没事，就像我说的只是情人间吵个架，没什么的。他爱我。”口气中带着疑惑，艾瑞卡也马上就意识到那女人也在怀疑。“我们要去拉斯维加斯结婚，一起生小孩。”

“可你自己还是个孩子呐，虽说这不关我的事，可是在我看来他以后对你也不会比以前更好的。男人嘛，过不了多久就会开始给你尝他那对拳头的滋味了，如果活到那个光景你就自然会知道了。”

“我不相信你。”

“这跟信不信没关系，小甜甜。相信吧，这是事实。这已经不是他第一次让你下不来台了吧？最好别一开始就想绑住他。放他去吧。”

“我对他有信心。”

女招待站起来，摸摸艾瑞卡的肩膀和那个有翅膀的文身，“像你这样的年纪没有什么事是不能回头的。”

"谢谢你的关心,可这是我的生活。"

"当然了,不关别人的事么。祝你和你的宝宝好运。等颜色开始变了以后,最好还是让头发恢复原来的样子吧。"她从夹板上撕下张纸来,把账单放在他们的盘子中间,"出门时在门口付账。"

30

理内特特工来访的时候下起了小雪,大地一片白茫茫。他大衣口袋露出一个信封,粉红色的信封边缘渗满了水气。是情人卡吧,她猜,可是给谁的呢?他在门垫上跺脚,把鞋子弄干净,玛格丽特邀他进门。特工费力脱掉大衣,抖落了一地粉末般的白雪。保罗从客厅出来,理内特一看见他就很高兴的样子。保罗像见到老朋友那样伸出右手,请他到沙发那边去,茶几上摆了三个杯子。玛格丽特帮他把大衣挂好,帽子放到衣帽架上。

别怕,她对自己说。在这个时间里亲自来告知的,绝对不会是什么好消息。好消息他们就会打电话通知的。坏消息就亲自来。不管怎么着,都得保持冷静,千万不能掉眼泪。

她端着咖啡进来,理内特站起来,微微弓身致谢,等她也落了座才又坐回安乐椅上去。二月的湿气浸进他的西装,雪花散落在他头发上晶晶亮,身上飘着微微的酸羊毛味。"我正要告诉你先生呢,奎恩太太,我们这个案子可能有突破了,但是我得先说明一点,我们目前还没能找到你女儿,可我们有那个男生的消息了,也有理由相信你女儿人就在北加州。"

一个想法,一个想法,你挑错海洋了(A notion, a notion, you picked the wrong ocean)。

他把手伸到西装里掏出一个小型的马尼拉信封,封口开着,把一张明信片倒在茶几上。玛格丽特马上认出那是艾瑞卡最后的消息，从孟菲斯捎来的神秘消息。

“还好有这个，要不然我们就会像迷了途的羔羊一样……要是你们一收到信就通知我们的话，可能会比较快追踪到他们的下落。短短几天就可能有很大的差别。所以我希望你们能够保证，如果以后再接到她的信，必须马上跟我们联络。”

保罗瞥了玛格丽特一眼，收到明信片后他们便很苦恼，足足争执了三天。妻子想留下明信片，当成女儿存在的实实在在可以摸得着的明证；而他却坚持应该交给有关部门当成证据。后来有一天保罗没跟她打招呼就直接把明信片送到匹兹堡的FBI分局了。理内特还在喋喋不休的时候，玛格丽特已经抓起明信片藏到自己口袋里。

“一知道她在孟菲斯停留过，我们就有了第一条线索。我们分局发出通知给当地警方，但是照我猜测——后来也被证实了——威利和艾瑞卡已经不在那儿了。”他拍拍外套胸前的口袋，却发现他要找的东西不在那里，露出有些窘迫的笑容站起来去找大衣。

“你觉得他要告诉我们什么？”她悄声对保罗说。

“我又不会读心术……威利·雷尼克的消息吧。”

理内特拖着脚步回到客厅来，对自己的健忘显得十分不好意思，他把一张美国地图摊开在茶几上，然后把南方的部分折起来：“我以孟菲斯为中心，”他说，“画了几个同心圆，从中找出他们可能出发或前往的地点，但我们还是搞不清楚他们要往哪个方向去。第一个猜测是去新奥尔良。你们看，孟菲斯在这里和那里中间，一溜进河流沼泽就再也不会被发现找到了。我一直很想去新奥尔良。可是……后来我们在其他几个地方得到州警和当地警察的消息了。”

玛格丽特和保罗仔细研究着地图，一条黄线从纳什维尔开始，沿着四十号公路到德州的阿马里洛，然后有一条红色虚线蜿蜒地连接到旧金山。

“跟拼图似的，我们有了第一片——那张明信片——但其他的碎片呢？我们第一个具体的线索是纳什维尔郊外的快餐店。那家店被抢了，就在雷尼克和你们女儿离开家之后的几天。那个店长协助警方完成了一张很清晰的肖像，州警要寄给我们。很可能是威利，留着长发之类的。可是犯案的只有那个男孩，没提到女性共犯。不过么，夜班店长记得抢匪坚持要两杯奶昔，一杯是给女朋友的。田纳西警方还有一个未破的案件，一辆平托轿车——我们认为那是丹尼·雷尼克的车——被丢在高中停车场了，一直到了十月底还在那里。他们换掉了车牌，另一个车子也被偷了的女生提到有两个年轻人，一男一女，邀请她跟他们一起上旧金山去。可是我们当时没有马上把两件案子连到一起。”

老天爷，艾瑞卡到底在哪里啊？

“所以我们就有两件可能是他们已经做下的案子，可是时间又合不上。真是很费解。要是他们往加州去，为什么会在田纳西逗留那么久呢？”

电话铃声大作。

“多半是雪莉·雷尼克打来的。最好别接。”

又响了十多声，夜里听起来非常哀伤，最终没声了。打电话的人放弃了。

“可能他们迷了路。如果找到她，我一定要问她这个问题。我们真正的突破是在这之后——俄克拉荷马又有另一桩抢劫案，虽然起初我们没把它跟第一个案件联系起来。有个男的在屁大一点的小镇上开了家杂货店，有天下午两个孩子闯进去了——他当时正埋头写着东西，那两个孩子抢了他，还打了他两枪，那个男生开了第一枪，打中他肩膀，接着女生用大号铅弹猎枪又打中他的脸。感谢上帝，他们没打死他。那人在病床上告诉俄克拉荷马警方的，把一切都描述得一清二楚。我们追查到他们往西去了，像箭一样往前直奔，到了德州的阿马里洛。他们在‘黄玫瑰卡蒂娜’逗留了一阵，那里有个女招待记得她跟那个年轻的女孩儿说过话——虽然她的描述跟你们的女儿不十分吻合——她男朋友开着一辆田纳西车牌的红车，汽车旅馆的目击证人也证实他们在逃亡，虽然此人的可信度要打个问号。当地警长在打过蜡的桌子上发现了其中一个孩子画的图案。”他从口袋里掏出一张索引卡片，上面有个随便勾画的潦草图案，是 AOD 的标志，还有一对展开的翅膀。“你们见过这个吗？”

“就在那个男生房间，”保罗接口说道，“还贴在他家衣柜门上的。”

“AOD——毁灭天使。从那个时候开始，FBI 就玩起猫捉老鼠的游戏了。我们知道他们的目的地，他们要和那些反文化革命的异议分子在旧金山的老窝会面，特别是会见他们的犯罪头子，一个叫约翰·韦斯理·库洛马迪的罪犯，他外号叫乌鸦。当然了，我们在那里的分局已经盯着这些天使两年多了，现在恐怕要算上威利·雷尼克和你们女儿。我们不知道她是自愿的还是被绑架，可是天使里头至少有七个人——”

“自愿的？”保罗说，“可是她都不知道自己在做什么。她还只是个孩子。”

“——在意外发生之前，很抱歉我得这么说。”他顿了一下，等保罗夫妇镇静下来，“我们相信这个库洛马迪和雷尼克一起在弄个什么爆炸装置——”

电线接错了地方，刹时，火光迸裂，瞬间又暗淡下去。毁灭世界的人渐渐清晰。一千个太阳炸裂开来，闪光穿透他的意识，就在炸弹把他们撕成碎片的一刹那，时间翻腾缠绕上升又再定格，定格在知道自己铸成大错的那一刻之上。

“不知道这么说能不能让你安慰一点，他们当场丧生，就像打个喷嚏那么突然。雷尼克太太的反应和我们预期的差不多。”理内特像闹钟似的没完没了讲个没停，坐在她身边的保罗瘫在沙发上。“其他天使都搭飞机走了，可以这么讲，也许出国去了，或者转入地下，我们不知道。可是我们会继续追查，看能不能找到她。”

气流猛地冲来，闪光和烈焰乍现，喊叫戛然而止，呼吸和心跳终于停止……这一切之后，寂静蔓延，填满了空虚。曾经栖息在玛格丽特灵魂里的一切此刻都已插上翅膀飞走了。

31

她仓皇奔逃不时回头，觉得随时随地会有密密麻麻的警车鸣着警笛从渐渐隐去的地平线上冒出来。再回到黄玫瑰小店，威利活像个疯子，枪握在手里，神情狂怒不已，理了平头的头皮也涨成红色，要求所有人全趴到地上。一如从前，收银机里没有足够的现金来证明他们值得冒这个险。他朝天花板上射穿了一个洞发泄心中的愤怒。在他情绪旋风的影响之下，她不由自主地跟着他上了车，对他的笑声和歇斯底里充耳不闻。他们开出德州的灌木林，驶进新墨西哥州张着欢迎臂弯的"迷幻大地"，艾瑞卡总算长出一口气。一路上来往的车辆稀稀落落的，他开进一片荒漠，汪洋一般广袤的橙红色的泥地上只见山艾树和荆棘丛，西面的平头山倒映着变化多端的影子，而头上辽阔的天空则布满大朵大朵海上游轮般优雅的白云。她从威利开车的样子可以感觉到他的怒气。他一路上几乎不说什么话，一口气开到图克姆卡里。在那儿，沿着六十六号公路两边，分布着古玩店和老旧的汽车旅馆。他们停下来吃早已过了点的午餐。

"我得去看医生。"她隔着桌上的墨西哥卷饼对他说，"去做个受孕测试，也好放心。"

"再等等，宝贝。就因为这个我才得给我们多弄点现金呀。下一个大城市我们就停下来，把一切都搞定。给你找家诊所好好查查。"

"阿尔伯克基就在前头，"她研究着地图说，"三小时的路程。"

他们在旧城附近停下来过夜，住进一家能够供应早餐的B&B。这里外墙环绕，是由几个乡村风格度假屋组成的，前面还有一个冬意浓浓的露台花园。小路两边成排的还愿蜡烛灯闪耀[1],中间的凉亭顶部缠绕着辣椒红的圣诞彩灯。寒气逼人的冬夜,他们相拥着坐在长椅上,望着周围小小的火光。

"跟我想象的一样,"她说,"在某个浪漫、全新、不一样的地方,和你在一起。"

"你可真是个传统的女孩子。"

"被你一说就没那么酷了。我就是想和你在一起。结婚,和我们曾经说过的一样。"

"这就是你要参加革命的原因吗?"

"我和你一起离开家,是因为相信。可不知道什么原因你变了。那把枪变得不只是枪了。我有点儿害怕,但还是相信你——"

"还有天使呢?"

艾瑞卡靠在他肩膀上点点头,抓住他的手。

威利也捏捏她的:"可是没有宝宝容身的地方。"他脸上现出迷惑的神色,站起来在院里踱着步子,在一堵土墙后头不见了,将近一小时只留她一个人待在那里。

灯光闪闪烁烁,这让人入眠的光让她回想起嘉文太太家小木屋里的炉火,回想起她在宾州的童年里的那些冬天,还有她好久好久以前所感受到的温暖和安慰。一阵微风吹过,风铃舞动,晾在横梁上晒干的辣椒梗子哗啦啦响。他回来坐到她身边,一句话憋在嘴边。

"我们先看看是不是真有宝宝再说吧。"半晌她道。

准备上床时她察觉到他的变化。从他的靴子重重落在地板上,他粗糙的大手捧着她的脸轻轻说晚安的模样,她察觉到他变了。

她对着放在床头柜上的蓝色小瓷杯许下愿望。宽恕,救赎。迟迟不能入睡,她想起陷在相信和怀疑困境中的尤娜·嘉文,想起那个小女

---

① 还愿蜡烛灯是新墨西哥州的一种圣诞节的传统,即把圣诞灯放在装了沙子的装饰性小纸袋中再点上还愿蜡烛。

孩明知奶奶的愿望不可能成真却还是相信。她爸妈不会回来了。甚至女孩自己都怀疑着那份极易破碎的希望。威利翻个身,嘴里咕哝着什么,可就在艾瑞卡要睡着时,她突然觉出他大睁着双眼望着她,等待着什么,一俟发现她还在瞪视天花板上的大梁,便发出了几乎让人听不见的一声轻叹。他偷偷溜下床,她忍着一动没动;他碰倒了桌子,靴子一脚踩碎她的小娃娃杯子,她也没哭出声来。后来,最后的后来,她才意识到自己睡着了。破晓之前的寂静时分,庭院中有个女人的歌声唤醒了她:"……porque no puedo llorar.(西班牙文:我不能哀悼)"清晨,冬天降临了。带霜的冷风灌进土墙,敲在窗玻璃上。艾瑞卡藏在被子下面,在日出时才明白威利好几个钟头前就已经离她而去了,可她仍然不想起床去找那个钉在门上的信封——装着偷来的现金和一张写着"再见"字样的信封。

第三部

（一九八五年二月）

1

玛格丽特从床上坐起，打开台灯，把灯罩碰的一歪。光晕之外，有个人影在晃动，黑暗中模模糊糊的一团，却竭力要变得清晰可辨。一股力道奔涌进体内，像吞进了一大口海浪那样，恐惧深深侵入骨髓。这样的一幅画面在艾瑞卡没离开家以前也常出现在玛格丽特眼前——在她独自漫步时，会看见那个身影雾气般飘过山岗，要么迅疾如风地隐入山林，如雌鹿般悄无声息。不时的，在电灯一亮一熄归于暗黑的刹那，她会以为自己看见那个人影了。最初这身影的存在会让她异常恐惧，但就像漫游在梦幻空间的大活人一样，她开阔的心胸随时准备好要接纳这难以解释的魅影，他们是必不可少的天使，和不可或缺的魔鬼，记忆和魂魄，全都被再次召来解释到底是哪里出了错。玛格丽特觉得自己已经摆脱了迷惑不解，已经差不多可以面对她长期以来的猜测臆想了。这个人和她一直以来想象中的一样，跟她年龄相仿，英俊优雅，戴着褐色软呢礼帽。她叹一口气："我以为你早就走了。"

"我从来就没离开。"影子说，"我一直都在你身边。由你来选择何时承认我一直存在的事实……坦白讲，你的态度让我很受伤。我来这里是为了诺拉，你的天使？"

"你是问我相不相信天使吗？那还不如问我相不相信你。每个小孩子都会夸大其词的。"玛格丽特辩解道，"谁都言过其实过，无非是为了让现实看起来更有趣，只是阶段性的罢了。"

"让我问你个哲学问题吧，针尖上可以容得下多少个天使跳舞？"

脑中浮现出一幅画面：天使们在翩翩起舞，拉起裙摆好让穿着短袜和玛丽珍鞋的脚飞旋舞动。

“你不觉得我今天早上很有趣吗？”

“倒不是你，是那些跳舞的天使。我只是很好奇，他们会不会跳琳蒂舞——”

“不论跳的是哪一种舞，天使的数目都是一样的。要是上帝愿意，他们便可以有无穷多个。”

“而且非常、非常小。”

“比原子还小，比原子里的原子还小。小到几乎不存在，可他们确实存在。眼睛虽然看不见，但选择去相信的人就有福了。很久很久以前，原子根本不存在。没有道尔顿①，没有卢瑟福②，爱因斯坦也还只是个理论家。但是，你只要看看广岛和长崎就知道了，眼睛看不见的东西不仅存在，还威力无穷——摧毁的威力，抑或是创造的威力。”

玛格丽特这时想起了自己的丈夫，还有他想方设法隐瞒她那么多年的秘密。

“天使和原子，理智与信念。”他继续说道，“二者缺其一，不单单力量减半，还会危及到我们的生命力和寿命。理智是可以富有逻辑，能够通过可观察可表述的事物所检验的，而信念则是由我们的欲望和意志力来测定的。人们看不到信念就像不能从烧杯里倒出爱或者希望。放大倍数再高的显微镜也看不出自我牺牲和奉献来，但是，亲爱的，我们每个人都可以具有、可以明白这种精神。上帝的使者也是这样，相信远胜于看见，感觉多过于碰触，我们的天使存在于博大胸怀——只要拥有了信念。”

长长的沉寂，虽有千头万绪，却不知从何说起。

他清了清嗓子又道：“问题在于那孩子相信她就是她自己所说的那个人吗？而且你也相信她是上帝的使者？”

---

① 约翰·道尔顿（1766—1844），英国化学家、物理学家、近代化学之父。创设“原子论”。

② 欧内斯特·卢瑟福（1871—1937），提出原子模型，被誉为原子之父。

隔壁房间里，诺拉正睡得香甜。玛格丽特上床看书之前已经先去看了她。她们简单说了说学校发生的各种意外，还有老师和校长打来的电话。她没有逼着诺拉解释。说实话她也不想知道，只希望这个话题赶紧过去，希望诺拉能安安稳稳地胜任玛格丽特期望她扮演的角色。

“你说谎保护她，也是保护你自己。骗别人，骗你妹妹。你以为你能把她留下来，你要拿这个完美的陌生人怎么办？”

他定定地看着她，她也望进他的眼眸深处，期待在他黑色的瞳仁里看见自己的影子，但是什么都没有，他的眼睛里只有苦难。玛格丽特啪一下关了灯，用枕头挡住耳朵，拉起毛毯蒙住头，她不想再看见他。痛苦依偎在她的脊椎上，黑暗中和她亲密相拥。

2

玫瑰红的云彩慢慢消退，晨光悄悄从东方降临。肖恩站在院落里等着诺拉，心中多少有些盼望浴室的窗户突然被推开，诺拉背着白色的双翅飞出，落在他身边。一大早从西南吹过的风，把暖和一点的空气推过阿利根尼山脉，戏弄着隐隐的春光。肖恩解开外套，取下围巾，琢磨着这股暖流到底是因为气温的升高，还是因为自己内心的期盼。自从诺拉对着全班说过那番话以后，他就有五百个问题想问她了。整个晚上，从晚餐到上床，到梦乡，他都在幻想着与诺拉的对话。他一人分饰两角，又问又答，为困惑自己的那些问题提供着答案。在雪里跺跺脚，拜托她快一点，而这一突然的动作吓得一群乌鸦呱呱大叫，从光秃秃的橡木枝头惊得飞起，分别又落在比较安全的枝桠上。在新的栖息枝头，乌鸦们观察着眼前的陌生人。

肖恩也被乌鸦给吓了一跳，以至于并没注意到因费力而满脸通红的她是怎么出现的——搞不好是施了魔法。诺拉咧开嘴用一个大大的笑脸迎接他。大衣的灰帽子围住了她的小脸，镜片雾蒙蒙的，跟以往的早晨并没什么两样，可他却觉得这仿佛是他们的初遇。

“你数学作业做了吗？”她问道，魔咒即刻解除。他拿下背包，打开拉锁，探头往里看，期望夜里曾经出现过奇迹。“要是咱们走快一点，在响第一节课上课铃前，你可能还有时间赶赶。”越过他的肩头，诺拉对站在窗边的玛格丽特和黛安挥挥手。他也举起手来，可她们已经不在那儿了，拉上的窗帘鬼魂一样随风飘动。诺拉拉拉他的大衣袖子，他们大踏步上路了。

冬天树林里，枝头上的冰开始融化，发出噼啪的声响，冰块变薄、融解，化成水滴落。原本覆盖在冰层下面腐烂的枯枝败叶，也一块块地裸露出地面。自行车道被践踏得不像样子，全是脚印，又溜光水滑。他们集中精力想方设法看着脚下的路，尽量走得快一点，一路无话，拣好走的地方迅速穿过树林，走进阳光里。诺拉的影子打在对面道路上，浮雕般清晰，被树干和江河支流般交错的光秃枝杈切割成一块块的。早上的光线如此饱满，散发着能量，诺拉就在身旁，沐浴在阳光里，心底深处有股让人眩晕的幸福。其他孩子也努力跋涉在上学的路上，比较敢于冒险的还大摇大摆地走在中间铲净、两边却堆满脏雪的街上，还有一些则只是顺着原本熟悉的路线，踩着半化的雪泥泞前行。诺拉往前疾走了几步，肖恩赶紧三步并作两步赶上前去，问道：“万一今天出点什么事，你会不会怕啊？”

“怕？”诺拉停下脚步，“害怕是开始一天的好办法吗？我一点儿也不担心别人会怎么说——要是你问我会不会担心别人知道真相后会怎么对待我的话，那么，答案就是不会。”

他们继续走着，肖恩得很努力才能跟上她的步伐。更多孩子加入进来，一条人龙朝着学校进发。“可是，你为什么要告诉他们你是天使呢？”

“你想想，如果你的大脚趾踩进游泳池里了，那是不是没法儿不起涟漪的？或者，你一拨动吉他琴弦，震动不就已经开始有了吗？所有一切都在运转中。”

“可你为什么要到这里来呀？为什么是现在？”

“肖恩，要是我知道万事万物的运转会把我们带到哪儿去，那我的工作也就算是完成了。动作快点，要不你的作业写不完了。乘法除法是很费时间的。”

从大伙凝视的目光和交头接耳的情形看，友谊小学每一年级的每个学生，甚至全校的教职员工，都已经知道帕特森太太那个班情人节发生什么风波了。几个胆子大的学生走近一点，跟他们打招呼。还有个女孩略略地屈膝致意，但又很快把这个动作收了起来。肖恩和诺拉进了教室，全班同学都噤了声，不再唧唧喳喳的，所有的目光都对着他们，等待着下一秒会发生什么。诺拉走过莎伦·霍珀的课桌旁边时，她试图看她身上有没有翅膀。马克·贝拉吉欧冲肖恩打了一个响鼻，在座位里一拧身子，用胳膊最多肉的地方戳了他一把。帕特森太太早些时候已经摘下硬纸板剪成的心形、丘比特和蕾丝花边，取而代之的是卡通版的华盛顿、杰斐逊、林肯和里根……在墙上俯视着全班。老师假装没注意到教室里的小骚动，只是翻看着花名册，清点着人数，暗地里揣度着班里的气氛。她环视一圈，华龙拿着支短短的铅笔头在拼命赶抄数学题，后排有两个孩子正亲密地咬着耳朵。盖尔·华特斯正自言自语着呢，不知道是背课文还是在祷告。别的孩子都坐好了等着打上课铃，念叨着这一天会怎么开始，老师会对头天下午的事情说上点儿什么。

帕特森太太能够感觉到诺拉在盯着她，像只豹子悄悄潜近，死死不放。帕特森太太和内心想要逃开的冲动搏斗着，因为她很想逃开，真想闪身离开自己的职责所在，三步两步飞奔到走廊或者教师休息室去，给自己倒上杯咖啡，再点上根烟。可到末了，她只是在心里暗暗诅咒了一句，然后跟大家说早安，点名。“昨天发完情人卡之后的事，我想说几句。不许再出岔子，不许再调皮捣蛋，也不准再谈论什么天使的事情，其他不适合在教室里讨论的事情一概不许。这是一所公立学校，我跟泰勒先生谈过，他也跟奎恩太太交流过——我们已经达成共识了。”

诺拉手高高举着，犹如一面旗帜。隔着几个座位传来阵阵窃笑，威胁着才开始的一天。

“等一下，我们还有工作要做呐，需要团队精神，你们知道吗，团队要强大，每个成员就必须相互尊重，尊重彼此的差异——”

诺拉挥着手。“帕特森太太，帕特森太太，我想和大家说几句话。”

“现在不要，诺拉，够了。”

“我觉得我必须得说——”

“你不需要道歉。你外婆已经替你道过歉了。最近你面临了很大的压力——”

“——说出真相——”

“——到一所新学校，结交新朋友，感觉像个局外人——”

“——不是说对不起，是想让大家明白——”

“诺拉，拜托，安静点。”

“——不会对他们造成伤害的。”

肖恩·华龙放下铅笔，不想再无谓地拼命赶作业，他把手臂交叠起来搁在桌面上，再把头往上一趴。他等待着，等待着教室停止旋转，等着眼睛里的刺痛消失。他们说的话在他脑袋里变成低沉的嗡嗡声，像收音机旋钮转到下一个波段前出现的电磁干扰似的，紧接着那些变成了薄薄的一层层，一块块，一片片，在聒噪不已的杂音中清晰有辨识度。莎伦的想法，马克的，多丽的。卢卡斯·福特游移不定的心思。盖尔·华特斯在臆想中弹着的练习曲。帕特森太太，求你了，让他们停停吧。所有孩子都在游荡，怀疑，相信——最终，他们的思想和感觉的声音汇成一堵音乐的墙，节拍抑扬顿挫，听起来像奏鸣曲似的。乐声不绝，直到帕特森太太像个指挥那样挺直了脊背，冷不丁拿起尺子在桌上重重一拍，要他们开始思考今天的第一堂课，历史。

3

瓜达卢佩圣母的眼睛泄露了太过人性的情绪[①]。她既没有仰望天堂，也没有慈悲地俯瞰众生，她只是把目光凝注在壁炉上方裱框左边某件东西上了——这有悖常理的眼神让她的表情更像沉思，甚至近乎哀伤了——不知是为观看的人哀悼，还是想起了她的儿子，因他的早早夭折而黯然心碎。为孩子而痛苦的母亲，无力对抗命运，无力对抗孩子更为坚定的意志。构图和笔法的简约风格掩不住画家洞察人心的颖悟力，简单几笔就完全捕捉到那个母亲的哀伤。咖啡馆墙上还挂着六幅民俗画：马太，文士；马可，狮子，路加，有翅膀的公牛，约翰，老鹰，圣人帕斯夸尔，以及名为“守护天使”的画。在泥砖墙挖空而成的壁龛里，圣徒木偶般栖息在上，好似静静等候生命的气息或者主人之手；收银机旁边站着的是圣神一家子，跟从圣诞育婴堂里逃出来的难民似的。

黛安啜着飘着松子的咖啡，搅拌着一碗蓝色的玉米糊。华盛顿与阿尔伯克基之间的时差让她没法适应，她比当地人起得要早，在深冬的晨光悄悄溜进城市，到处都是还没开门的商店和餐馆，黛安在旧城四处闲逛着想找到一家可以吃早餐的地方。圣特洛斯咖啡馆是唯一开着门的店铺，而且有好一会儿她还是店里唯一的客人。那个年轻漂亮的女招待招呼过她以后，便又无所事事地继续在一本线圈笔记本上画着各式各样的花。在店里转了一圈，欣赏完出自同一画家之手的每一幅画作，黛安坐下来喝咖啡，想着她一周前抛下的姐姐和那个神秘的小女孩。她们虽然抗议反对了，可一听她说保证会尽快回来之后也就原谅

---

① 瓜达卢佩圣母是墨西哥的庇护神。墨西哥最大的宗教圣地瓜达卢佩圣母堂中的圣母像尤为珍贵。

了她。她没对玛格丽特提起她的旅行计划。回到华盛顿家里待了几天,把事情安顿妥当了,黛安便打包启程到了新墨西哥州,随身带着一张艾瑞卡的旧照片,一个小孩子不合情理的说法,以及地图上的一个叉叉。

诺拉在学校惹的事,迫使黛安非走不可,与其说是为了那孩子,还不如说是为了她姐姐。她已经看见"失去"对玛格丽特造成的伤害了——那骇人的沉默,每多一次打击,她似乎就更委顿一分,小了再小,缩到变成一句耳语,一根羽毛,一声叹息。家里就这么姐妹俩,年龄只相差两岁,亲密得像双胞胎。互相反衬着彼此间最好和最坏的一面。这对年轻的少妇,命运多舛让她们分隔两地,黛安随丈夫浪迹天涯,而玛格丽特跟医生老公定居家乡。即使如此,她们的姐妹情深依旧未改。夏天两家人一起在海边度假,长途电话,信件往来,父亲去世三年后母亲过世时互相安慰。艾瑞卡失踪后,玛格丽特没报警就先给黛安去电话。黛安看着姐姐月复一月地坠入谷底,然后再逐渐恢复到算得上半人半鬼的状态。现在她可以拯救姐姐,只要找到她失踪的女儿,就可以拯救她。退一万步说,也至少可以找出诺拉身世的真相。

一大群鸽子在咖啡馆外的人行道上振翅而飞,集结成同步飞行的队形。大门吱一声打开,走进来两个年轻小伙子,穿着一身整洁的御寒冬装。柜台后面的女招待放下铅笔,挥挥手招呼他们,过去点餐。他们显然是常客,用很熟络的神态回之以微笑,而且不用看黑板上粉笔写的当日菜单就可以点餐。

"怎样啊,露比塔?"留着黑黑的大胡子的那位说,"有什么新鲜的没有?除了你之外。"

露比塔装出很气恼的模样赏了他一记白眼,但脸上的微笑却显示出她很是受用的心情。

"两杯卡布奇诺。而且呢,这小子要来点东西吃。家里老妈每天都不给早餐吃,就把他一脚踢出家门外……就因为他打一晚上呼噜。"

他朋友弯腰看着玻璃柜里的烘烤食品，然后直起身子，要了一块罂粟籽蛋糕。女孩走到意大利浓咖啡机前，这两个男人一分不差地同时转身，从柜台那头开始打量整个餐馆。他们肩膀耸着，屁股对着黛安，可是她真希望他们能用慢动作再来一遍。他们身体发散出来的那股子不假思索的优雅劲儿深深吸引了她。微弱的光线下他们依然明亮的面庞让她卸下心防。两男人瞥过来的眼神让她红了脸，赶忙把目光移到自己叠在桌上的双手，和那杯咖啡光润的表层上。

两个男人向她走过来，浅蓝色杯子握在手里如同玩具，耐心站在桌边等她抬起头来。甫一抬头，他们就当成是邀请了，尽管她什么也没说。径自落座，两人跟她共享同一张桌子。没有新的客人进来。比较年轻的那个咬了一大口罂粟籽蛋糕，津津有味嚼得喀喀响。留大胡子那位修长手指环握杯子，暖着手。“早上好，”他开口说，黛安露出一个淡淡的笑容。“希望你不介意我们和你坐在一块儿。这里什么人都没有，你自己一个人坐，我们俩坐，好像很奇怪呢。”

“我一点儿也不介意。欢迎。”

吃罂粟籽蛋糕的小伙子牙齿缝里卡了籽。

“独处的时候，如果有人相伴常常可以改变那一整天的意义。当然啰，有时候你只想自己待着，只想自己的心事。”他说话的语气相当简洁，像是舍不得把话都说出口似的。“有时候你就只想要别人带来一阵风，让从 A 点挪到 B 点的负担变少。”

罂粟籽男孩吹吹咖啡，趁热喝了一大口，在上嘴唇上留下一圈棕色奶沫。

“我昨天晚上才到，谁都不认识呢。”她礼节性地笑了笑，放下杯子，“我第一次到新墨西哥州来。”

“欢迎欢迎啊。你来做什么？工作还是旅游？”

黛安笑笑放下杯子：“不是为工作。来这儿是为了……见我女儿。”这善意的谎言才一出口她就后悔了。她打开钱包，拿出那张学生照来，“艾瑞卡，她住在一个叫马德里的地方。你知道怎么去吗？”

“是个鬼镇啊。”年轻的那个说，“他们把那个地方念成‘疯子里’而不是‘马德里’，和西班牙那个城市完全不一样。以前是个产煤的小镇，可是三十年前，圣塔菲的火车改用柴油以后，矿井就关闭了。以前大家伙都跑到那里去看圣诞彩灯，听说晚上如果从天上飞过，几百公里以外就看得见，像蜡烛在黑黢黢的不毛之地里亮着。可是那些都没了，包括人，只剩下几间古老的破棚子。有些家伙还在报纸上登广告说‘全镇待售’。”

“你这是扯到哪儿去了，小子？上回你去那里是什么时候来着？十五年前吧，你小子。现在马德里有一大堆人呢。七十年代的时候，那些嬉皮士和艺术家都跑到那里占地为王去了。他们是什么来着？滞留人员，还是擅自占用土地帮？”

“跟想找到个鬼魂差不多少。”他的大拇指压着盘子，沾起一颗黑色的罂粟籽来。

另一个人放下手里的卡布奇诺，空杯子发出哐当一声。“别听我朋友的，女士。他脑袋烧坏了。”

“Más loco una cabra(西班牙文：比山羊还要疯狂)。”

“Chiflado(西班牙文：疯子)，你看起来像吃了虫子吧？”

“Te falta un tomillo(西班牙文：你找抽吧)。”他用舌头舔舔牙。

“走旧六十六号公路往东，就会看到路标了。我们很愿意为你带路，可是我们要往北走上班。”

“你们要去哪儿？”

粘了满嘴罂粟籽的男人咧开嘴笑笑，向前倾着身子，压低音量说：“洛斯阿拉莫斯[1]。”

“所以他才这么神神叨叨疯疯癫癫的，钚把他的脑子搞糊涂了。”黛安想起和诺拉在墓园时的对话，谈到原子弹和世界的毁灭者。

---

① 洛斯阿拉莫斯国家实验室位于美国新墨西哥州的洛斯阿拉莫斯，1943年成立，以研制出世界上第一颗原子弹而闻名于世。

他起身微微弯下腰，他朋友也学着他的动作。“祝你一路顺风，希望你找到你想找的。”

有那么一刹那，她恍惚间想不起自己所为何来了。

“你女儿。”

“还有件事，”黛安说，“请告诉我，墙上为什么会有这些画像？”

“圣人啊，”较年轻的那个说，“为了提醒我们。圣人雕刻或画出画像在祭坛画上，只要卖得掉随便在哪儿都可以，圣像缔造者们。”

“谢谢你们跟我一起吃早餐。”

长胡子的男人系上羊毛大衣扣子，“不要吝于善待陌生人，因为这样做了，可能就在无意中款待了天使①。你一定会找到她的。”

“再见。”他朋友摇摇头说。

“他是疯子，才没有什么鬼魂呐。”

4

不成曲调的歌声从上面传来，飘忽不定。玛格丽特多年前听过这种即兴小调。她轻轻爬上楼梯，每一步都轻巧得像猫，唯恐发出暴露身形的咯吱声。她小心地把耳朵贴在浴室门上，听着泡在浴缸里的诺拉断断续续地把她一天的生活唱进自编的歌里去。曲不成曲调不成调的音乐却不期然地带给玛格丽特想不到的、无以名状的喜悦。她想起艾瑞卡从前是怎样在浴室里哼哼唧唧地唱歌的。也想起自己小时候，跟妹妹你唱我和的齐声高歌，不管在堆叠如云的肥皂泡泡里，还是在深夜黑洞洞的卧室里；不论在住满精灵的林间漫步时，还是在沙滩上几乎淹没所有人声的汹涌波涛里。那是海边无忧无虑的

① 此处语出自《希伯莱书》。

夏之歌。

好多只鹈鹕排成长长一队，在波浪间玩着“学领袖”的游戏，一只接一只潜进距离岸边不到三十码的海浪里。每一次它们掠过水波捉鱼，她爸爸就很兴奋地指给她们看。那天晚餐时，喝了酒又晒多了太阳的他脸红红的，在租来的度假屋木甲板露台上，把椅子往后一拉，开始唱上了：

鹈鹕，鹈鹕，多么妙的鸟
嘴巴装得比肚子多
张嘴抓一把
够吃一整周
鹈鹕，鹈鹕，多么妙的鸟
可如果能看见地狱能做什么，就会被咒

“嘿，约翰。”她妈妈骂他，他会给她一个眼神，一个祈求纵容的眼神，黛安和玛格丽特看着他们之间无言的拉锯战，直到妈妈调皮地笑一笑，这才化解了紧张气氛，意味着没事了，同时也默许了女儿吆喝着老爸再来一首。隔门听着孩子哼唱，让玛格丽特对这一刻心满意足。要是父母还在的话，会是什么模样呢？不是他们做自己父母的模样，而是一对带着酒和两个晒得像苹果核的女儿，送走另一个夏天的成年男女，会是什么模样呢？玛格丽特的爸爸定会爱死这个在浴室里唱歌的小仙女，并且理解一切；她的妈妈也定会默认确实有帮诺拉的存在编织谎言的必要，即使这孩子本身并不值得信赖。

歌声停止，她听见诺拉从浴缸里出来，全身滴着水，伸手去够毛巾。玛格丽特赶忙退开，拖着僵硬的双腿下了楼梯，在灯下重又拿起她的书。她找到没看完的那页，重新又看一遍，才想起来上回读到哪一段诺拉突然出现的那个夜晚。她全身湿淋淋，像才赶上暴雨淋了个落汤鸡的小猫，头发乱七八糟贴在头上，但是洗得干干净净，身上裹着艾瑞卡的大厚浴袍。玛格丽特真希望她能再唱唱歌。她渴望着把她拉到胸前抱抱，但又怕拥抱会带来刺骨的疼痛。“诺拉，过来坐在我旁边。”诺拉一扭一扭地绕过茶几，跳到沙发上去，挤进她和沙发扶手间的小角落。她贴在玛格丽特身上，听得见她的心跳声，还有那份潮湿和温暖。“今天你们泰勒校长又打电话来了。我以为上个星期的麻烦已经过去了呢。他说有几个学生跟你们老师报告来着，说你又在午餐时装神弄鬼了。”

“哦，那个呀，那只是个小戏法罢了。”

玛格丽特叹了口气：“两个星期三回了，诺拉。我真没法应付学校里的这些麻烦事。”

“对不起，不会再发生了。”

“人们会议论纷纷的。家长也会大惊小怪的。我不喜欢成为人家嚼舌头的谈资，也不喜欢人家问这么些问题。”

诺拉和她挤得更紧一些：“不会再发生了嘛。”

见诺拉真心实意地道歉，玛格丽特便很后悔用这么严厉的口气对她说话了。她真想自己能学会老爸的性格，用机智去化解负面情绪，或者事情非常严肃，老爸就会像颗炸弹那样爆炸引得大家哈哈大笑一场从而化解掉。她由衷地希望自己能有办法安慰她，最后勉勉强强动了动手臂，把手放在女孩肩上。“你准备好上床睡觉了吗？刷牙了？”

诺拉扬起脸，贴过去离她极近，近得大可以亲一下了：“这儿，闻闻看嘛。”

玛格丽特一转头，耳朵差点碰上她张开的嘴巴。像把海螺贴在耳朵上倾听那样，她听见海浪的声音，还有更让人不安的风吹过沙滩的声音。海鸥鸣叫的声音，这女孩子像是吞下了整个大海。声音只持续一瞬，玛格丽特立即回过神来了，把鼻子凑向前去闻那薄荷香。但是就在这一刹那，她的心飞速旋转起来。或许是她的感觉器官把回忆跟这一刻纠结缠绕在一起了，但又不能十分肯定。打发诺拉上床睡觉去了，她还是不能肯定，根本分不清到底哪些是她听见的，哪些又是她选择相信的。

5

肖恩最爱美洲豹。当他看见那只蓄势待发,即将发起攻击的豹子差点让他高兴得跳了起来,而意外地发现,眼前的小玩意儿只是只熊——不是马戏团里那种坐着的熊,而是四处觅食的大棕熊。斑马和骆驼他还能接受,只不过那些动物常常有两条或者四条腿不见了,肢体的残缺让他觉得非常扫兴,有种上当受骗的感觉。当然那种没有象鼻子的大象在他看来简直算得上是灾难了。偶尔这些不幸还会重叠在一起出现,比如海象黏在袋鼠身上,身形貌似麋鹿的东西躺在血泊里……看见这些情景就能让肖恩一口都吃不下去。动物饼干对肖恩来说更让他着迷的是装饼干的那些色彩艳丽的盒子,盒子上面印的动物各式各样:姿态狂野关在笼子里靠着栏杆的动物,斜倚着的大猩猩,咆哮的大老虎,还有充满神秘感的麝牛。在纸板的底下常常会有一行说明,沿着虚线可以剪开折起来,做成一辆带轮子的马戏团马车,上头还有个戴着帽子、手拿麦克风的主持人。或者,也可以选择另一种设计,做一个挥着鞭子的驯狮人。他从来没想过去把一辆辆马戏团车子组合成一列火车,因为没人会摧毁一个幻想从而创造另一个。最具吸引力的是盒子顶上那条红色的细绳,应该是个把手,把空盒子叠成一个小皮包或者装有各式各样小玩意的百宝箱的把手吧。有个盒子里装得满满的全是塑胶士兵和铸模的野生动物。另一个装着大理石,光滑的石头,还有一张没人要的扑克牌J。第三个装满了羽毛,有蓝鸟、知更鸟、麻雀、巧妇鸟,还有最最乌亮亮的乌鸦羽毛,和其他不知道名儿的白色羽毛。诺拉给他的那只浅蓝色小茶杯就放在这些羽毛旁边。

肖恩的动物饼干盒子很漂亮地跟书籍杂志一块摆在书架上。这个做工粗糙的书架还是肖思爸爸在肖恩还是个小婴儿时自己做的。小心藏在书里，塞在封面和标题页之间的是爸妈送给他的生日卡，一开始是一起签名，后来就变成了两张分开签名的卡片。诺拉送他的情人卡，像压花一样，偷偷夹在被剪掉了一大堆图片的《北美鸟类大全》里。他看着这些藏书的书脊，想找一本好书来分散分散注意力，可惜每一本书的书名都让他有些不满意。脑子中甩不掉的是那天中午诺拉在餐厅里神神鬼鬼的一幕。

她答应过不再惹事。从情人节到现在，都已经过了十天了，黛安离开后两人再也没有什么骗人的把戏要玩了。他们就像普通孩子那样一起，有一次还跑到“红玫瑰”花店去看鸟。另一个下午他们坐在一起画画，争论着哪种东西更好——海盗还是骑士。下棋，喝热巧克力。星期天滑雪橇。

刚开始的时候，不论在学校还是私下里，诺拉都不肯谈她那天的说话，心满意足地享受新赢得的称赞和欢迎，但是这些刚刚赢来的朋友一个接着一个地离去，因为觉得她一正常便很无趣。那次奇观的记忆逐渐淡去了，取而代之的是大家一起暗暗祈祷再下一场大雪，好换来停课的假期。每一天大家议论的焦点都是给除不尽的数字寻找公分母是有多么多么可怕。她慢慢被大家遗忘了。马特·曼苏尔开始在午餐时间取笑她，说她可怜荒唐到了极点。“你要是天使，就变点儿奇迹给我们看看呀，骗人精！”紧接着，这个小霸王又抓起莎伦的动物饼干，撒在餐厅的桌上。诺拉面无表情地把饼干用手全拢到面前，大家认真地看着她在桌面上把动物们一一排好——后头一只的鼻子贴着前头一只的尾巴——排成一列，再拿起饼干盒子放在膝盖上。

“看不见却能够相信的人最快乐。”她说，桌子开始轻轻晃起来，好像远方的什么地方有地震似的，要不就是借助了神力，一股无形的力量从桌子底下升起，河马、犀牛、长颈鹿一一跳进饼干盒子里，最后桌面上一只也不剩了。在整个表演过程中，没人张嘴说半句话。动物们通通跳进盒子里以后，上课铃声也响了。孩子们收拾好纸书包和午餐盒快步往教室里走，交头接耳，窃窃私语。肖恩落在她后面三步，她一回头，他就低下头看着脚下的地砖，心中想着如果她是个天使，那她还是个小女孩、还是他真正的朋友吗？

肖恩一个人待在自己房间里，等着妈妈喊他关灯睡觉，在心里一再重放记忆中的场景，但是不管是暂停还是慢动作放多少遍，他还是找不到第二种解释。没有电线，没有引擎，也没有风。也没有借助自然界的外力。“你答应过我的！”他大声对着专门给她留出来的想象空间说。你把他们吓得屁滚尿流的，你看见他们脸上的表情没有？你答应过不再提起天使、不再表演奇迹，眼见为实。你怎么能这样？诺拉。你保证过不会有人受伤害的啊。

他努力想保持清醒。书架上的动物们走出马戏团纸盒子，美洲豹、北极熊、狐狸和野牛高声嘶吼，大摇大摆地走上地毯，穿过他卧室的窗，走到积了雪的院子里去了，留下一地细碎足印，细碎到几乎看不见。他们的存在连一丝儿证据也没留下，更不消说穿越这寂寥之地的行踪了。他在睡梦中轻唤一声，在漆黑中睁开眼睛，满是书籍和马戏团的书架看上去可真吓人啊。他多希望爸爸能来抚慰他，或者妈妈能够出乎意料地走进房间来，多希望诺拉溜进房内跟他说晚安。慢慢地，他再次陷入了梦境。

6

往马德里的路在过了桑迪亚以后开始变成上坡了，曲里拐弯地进到地势较高的旷野。四周满是荒凉，只不时点缀些鼠尾草或者岩石。每当拐过一个弯，天空的颜色就会变得不一样，从阳光灿烂到马上就要下起倾盆大雨的乌云密布，然后又变回湛蓝的，还飘着几朵蓬松云彩的朗朗晴空。开着租来的车子咣咣铛铛慢吞吞地在山道上爬行，毫无准备地，就来到了这片不毛之地。在这无人打扰的清晨，没有往来车辆，没有行人，只有一条黄色的流浪狗在面前横穿马路，它慢慢跑开了却还在不住回望。在公路往西拐的弯道上，黛安驶下高速公路，停在“矿车客栈”前的碎石地上。木制地基旁边的排水渠里塞着碎玻璃——在阳光和风的作用下变得平滑光亮，闪耀着或黄或绿的光芒。朝东望去，短短一排店面，有的卖手工艺品，有的卖银饰和绿松石首饰，还有一个裁缝用的假人披着一块手织暗土色的平纹细羊毛布。这块地方冬天的凉气来得没有那么强，所以很快就让黛安感觉累了。她在一幢窗口贴着“待售”招牌的空屋的木质门廊边休息着，一团风滚草卡在木墙板和地面之间，她伸出脚踢了踢，想把草踢松，没想到她不是独自一人在这个地方。

一个幽灵从东边的山上走下来——或者应该说看第一眼时她像幽灵吧。那女人拉长的影子伸展到黛安面前，尚未走入山岗的阴影前，有太阳光环绕，她周身闪闪发亮。黛安起身迎接她，却一个重心不稳，双脚一滑摔下门廊。女人赶忙急步上前，用她闪闪发光的手腕扶住她，以超乎想象的力道撑住她没有摔倒。她们挨得很近，近得仿佛可以一起跳支舞。黛安微微点头致谢。那女子的满头卷发已从金色褪成灰白了，披散在肩膀上，下巴上的线条棱角分明，颧骨高高的，皮肤苍白得几近透明，隐隐现着雀斑。玫瑰红的圆框眼镜和她那双浅蓝色的眼睛形成了鲜明的对比，即使裹着一件在二月的清晨里的素色花格大衣，可仍然遮不住她那小巧玲珑的身材，清瘦又紧致，脆弱又强壮——很像诺拉，成人版的诺拉。

“你没事吧？”女人问道，“刚才那一踉跄还真不小。”她的话带着奇特的口音和节奏——既有东岸的那种没有起伏却很明朗的口音，却又让人意外地糅合了西岸的那种缓慢和孩子气的热情——仿佛她这个人周游了全国各地。黛安只说了一句：“谢谢。”

“你来得太早了，到矿车客栈来吧，我给你做个煎蛋。”

“我吃过早餐了，谢谢你。”

“那就来杯咖啡……可不能拒绝免费咖啡啊。这么早，每个人都还能多来一杯咖啡的。我叫玛雅。"她再次伸出手来握住黛安,算是俩人对此不持异议。

玛雅把手圈在嘴边,回过头去对着地平线大喊:"快来吧,小子!吃早餐了!"

从地球尽头窜出两条铁灰色的长腿猎犬来,体型大得像匹小马,狼一般可怕,它们小跑着冲到两人跟前。左边那条跳起来跟玛雅打招呼,右边那条则加快脚步奔向黛安,兴奋得摇头摆尾,跳到她身上去,巨大扁平的前掌重得像拳头捶打着她的肩膀,把她扑得险些倒仰。她抬头看见那四四方方的大脑袋对着她,垂着厚重的舌头,牙齿尖利得像箭镞。玛雅只喝骂了一句,一声令下,那条狗就后退了几步,懊悔地垂下头。

"唉,你这个臭小子,小臭狗子……别理芬恩,它还是条小狗呢,还不知道自己的力气有多大。不过这条狗倒是跟你很投缘呀,它从来都不隐瞒自己真正的情感。我想它很喜欢你。"

她们走向客栈,两条狗在身边推搡挤撞着,狗的毛不时拂过黛安的小腿,害她走几步就得小心观望一下。玛雅翻口袋找钥匙时,两只小狗就瞪着门把手,期待魔法显灵,然后就像两个刚刚学会走路的小孩儿那样疾冲进门,熟门熟路地穿过桌椅散落的暗黑厅堂,连磕一下碰一下哪儿都没有。电灯嗡嗡哼了两声,亮了起来,露出一面大镜子来。摆在吧台后面的这面镜子,占了满满一整面墙。乍一见到镜中的自己,黛安相当意外,趁着玛雅在吧台后面磨磨蹭蹭的工夫,她赶紧对着镜子把自己的头发弄弄整齐。

"我二十年前就开始养狗了,当时这里是名副其实的西部蛮荒之地,当时的那几间破屋子的客厅里还真来过郊狼。我想养条狼狗应该能够起起保护作用,你知道,养它们能赶走狼。我把第一条狗取名为库秋林,就是为的纪念爱尔兰的大英雄,那条狗可真乖——后来就再没养过那么乖的狗。到现在为止,总共养过七只了——就是爱咬人,不管清醒还是醉醺醺都爱咬。不过嘛,现在的这只米克会追小兔崽子,能把野鸡呀、鹌鹑呀什么的给吓跑了，另外那只芬恩狗就当它的跟屁虫，成天紧跟在它后头。可要真的抓到一只什么，我看它还不知道拿来怎么办。是不是啊？你这个爱尔兰大笨小子？”她用双手搔着它毛茸茸的大脑袋。“你的咖啡要加点什么？”

“黑咖啡就好。”矿车客栈里乌漆摸黑的，简直像真的矿井底下一样。里面的木头因为年头久远已经褪了色，墙上乱七八糟贴着宣传各种新旧表演和表演秀的大幅海报，约翰·福特电影节，一颗水牛头，各种异想天开的招贴画和提醒顾客的小告示：女士们，注意你的皮包；请勿吐痰。还有一张画，上头画着一个天使在迎接一群矿工，天使手里举着一面旗帜，上面用拉丁文写着：“饮酒好过工作。”客栈最里面的一个角落开辟出一个小舞台，有直立放置的马车车轮和大啤酒桶，还有一张泛黄照片，拍的是一个衣衫褴褛脸色苍白的女人，那个剧院魅影，在宣告即将上演的情景剧。晨光划破黑暗，透过玻璃窗，在地板上投射出一道道影子。狗在她脚边找到了温暖的栖身之处，比较大的那只蜷缩成一团毛球。

灰尘在光线中跳舞，跟着室外飘过天空的云彩变幻着。光与影的相互作用让黛安想起跟父母和玛格丽特在八月初的海边晃悠一个下午，看着太阳光划过饱受海风侵蚀的地毯和松木地板。爸妈在露台上打瞌睡，热气腾腾的屋子好像也在昏昏欲睡。就姐妹俩，安安稳稳地待在离父母不远的地方，静静编织着渴望。海浪起起伏伏，露台吹来的微风，这份宁静和无所事事让她们一块儿做着对未来的白日梦。她们互诉人生的远大计划，比如老公啦，旅行啦，说要去见识大千世界，在舞台上露露脸，星期天要画画，还有本书要写。她们也谈到要带自己的子女到这儿来，还要让那几个想象中的孩子过跟她们一样的生活。现如今，黛安拼命想做的是把姐姐的孩子带回到她的身边。

玛雅把一个咖啡杯摆在她面前，和她一起靠在栏杆上。芬恩在底下打着呼噜。

“这镇子上住了多少人呀？”黛安装作毫不在意的样子问道。

“马德里镇里还是山上？不太多。也就五、六十家吧……很多隐居和逃避现实的人——总共差不多有九十个人。我六十年代搬来的时候，这里是个鬼镇，或者几乎算得上是个鬼镇。看上去像是个避开疯狂的好地方。”

“疯狂的年代呀，越南。”

“是所有的一切呀，姐姐。肯尼迪，马尔科姆，鲍伯，马丁。桥上消防水龙头和棍棒一起翻飞，街头的暴动。跟上潮流，再落伍于时代，最终放弃。我们有些人还放弃得很彻底呢。”玛雅把胳膊肘搁在吧台上，倾身靠近黛安，“如果他们住在这一带，我全都认识。”

“那你一定认得我孙女，”谎话自然而然脱口而出，“诺拉·奎恩。”

玛雅皱起眉头，努力回忆这个名字。“我倒是真不认识什么诺拉·奎恩啊，这里根本就没几个小孩子，少得连学校都办不成。”

“她大概九岁吧。金发，戴个小眼镜。和她妈妈一起住在这里——至少在一月份以前还住在这儿。”她往前凑了凑，压低嗓音说，“家里吵架了，我女儿和她老公。”

狗儿芬恩在地板上叫了一声，摇摇头，从腰到尾巴尖都抖了一抖，它像只猫一样，无声无息地踱到大门口。

“奎恩？你说是奎恩？”

“艾瑞卡是她的名字，她是我的女儿。”

米克冲着门口狂吠了几声，好像外面有什么动静。有那么一刻，黛安觉得马上会有人敲门进来一个客人：艾瑞卡，诺拉——天使军团。但狗儿很快失去了兴趣，复又踱回到地板上它那个暖和地方趴着。

“我不得不说很遗憾，这个镇上就没有叫艾瑞卡·奎恩的。”

黛安伸出手在皮包里翻找，找出那张照片来：“你确定没见过这个女孩子吗？这是她在高中时的照片了，可是——”

玛雅仔细端详照片，脸上现出喜悦来：“这不是艾瑞卡，”她用指尖点着照片中的人说，“虽然发型不太一样，可眼睛一模一样……要是我没看错的话，是同一个人……她住在山上。”然后她放声大笑起来，“这是玛丽·嘉文呀。”

7

动物饼干列队游行的事情在友谊小学里传开了，孩子们开始演绎和添油加酱地传播着诸如此类的神奇，关于诺拉·奎恩的传闻也越传越离谱。谣传说每回她一到图书馆，路过水族箱时，小鱼就会聚成一团，集体跟着她从玻璃缸这一角游到另一角。另一个故事则说她把一个花生酱果冻三明治分成若干份，喂饱了全校的学生。谣言越传越夸张——她可以在雪地上走却不留下任何脚印；在特别的光线下，能看见她头上的光圈；她的翅膀是藏在背后的肩胛骨底下的；还有人看见她在月光下飞过她家屋顶；你可以伸手穿过她的身体，像穿过魂灵一样；她并不是天使，而是恶魔伪装的……

没过几天，风言风语便传进了教师休息室，帕特森太太的同事总是挤对她，说她有个天使学生和能把家庭作业做得完美的奇迹。自从出了那起情人节风波之后，帕特森太太一直相当密切地关注着诺拉——至少在课堂上，这个小女孩还是表现得很是谨言慎行，专心听讲，俨然一个模范小学生。开始时帕特森太太尚且能够跟同事们保持温和友善的态度，一起哈哈大笑，但随着大家的含沙射影愈演愈烈，她就觉得有必要捍卫她这个新学生。就着烂咖啡和过期的甜甜圈，她与大家的口角也接踵而至。有一次她差一点就要对贝克小姐出言不逊，还有另外一天早上，她是把烟在洛可先生的樱桃丹麦小饼干上捻灭的。帕特森太太私下里去见了校长，在他办公室的那个潮湿阴冷凌乱的接待室里密谈。

“到今天为止，你一定也听说了那些事了，泰勒先生。我很担心事态失控。”

他紧了紧领带结，“如果我们置之不理、不作为，那么这些荒诞不经的故事通常都会慢慢儿地自己消失。我们就不要去惹这些麻烦事了……如果事情再往坏里发展，我再跟大家谈一谈，但目前呢……我们最好的策略还是按兵不动。”

帕特森太太对他含糊敷衍混乱的言辞大摇其头，走回第九教室时反而比去找校长前更恼火。说老实话，诺拉根本不应该分在她的班上。这孩子很精明地掩饰了她的小小鬼把戏，但是任何形式的花招都掩饰不了真相：相对于她的三年级同学们而言，她确实是聪明得过了头。可是她的错误太过明显，更是别的同学通常不会在试卷和作业上犯的。每回分派的功课，她都不多不少刚好答错一道——若不是数学公式漏掉一个小数点，那就是完美的零缺点。一个结构严谨的句子却“碰巧”在某个字上拼错个字母，比如 knowledge 写成 nowledge。每一次朗读，诺拉还总会故意念错哪个字的发音，把 innocuous 读成 inoxious——可这些字呢，帕特森太太明明就在上一回还听她念得精准确凿。身为一个老师，在她的教学生涯中也曾遇到过几个这样的学生，那种社交方面卓越突出的孩子就会努力想表现得平凡一些，让自己显得没那么聪明，好让同伴们更加接纳自己。但是这个女孩子可骗不了她，诺拉根本够格跳级，而不在她这一班读。

更让帕特森太太烦恼的是关于天使的幻想——倒也不完全是宗教的关系，虽然她绝对认为课堂上不应该谈上帝，这也和那孩子酷爱角色扮演的情结无关，而是因为那次风波揭示了诺拉的内心世界。教书教了将近二十年，她也多多少少见识过人们对于压力所产生的类似反应，这些反应通常源于家人或家庭问题。有个女孩每当碰上数学考试就要尿裤子。还有个男孩一到下课和午餐时间就要跟一个叫“杰克·彼得”的想象中的朋友聊天。很多孩子在成长过程中都会出现差不多的情况，希望变成完全不是人类的东西，比如一条狗啦，一栋房子啦，或是天上的月亮什么的。此一阶段通常会不需要什么合理解释就会自行过去，并且也不会带来什么伤害。所以何必担心什么天使的事呢？她比较担心的反倒是肖恩·华龙那个小男孩。自从诺拉转学来此，他整个人就被她吸引住了。他爸爸离开以后，肖恩就陷入焦虑和自责的情绪里不能自拔，但他和诺拉的友谊却让他得以挣脱自我禁囚。九月份他还在旋涡里打转，眼看就要遭受灭顶之灾，可到了二月，他就已经可以扬帆启航了——是诺拉吸引了他，让他回归正轨，帕特森太太观察着他的转变，看到两个孩子心照不宣彼此欣赏的眼神，在推崇服从一致精神的一堆同学中表现出来的那种亲密似家人的举动。非常明显，他喜爱她得不得了。

走廊上的嘈杂声把她从沉思中拉回现实。从操场回教室的孩子们议论着刚才在攀爬架上发生的事。一整个冬天，他们都吵吵着要在早操时间到外面去玩，但是一月太冷，二月又下太多雪。在下过一场雨和接连三天的大晴天之后，操场上的积雪消融了，地也干爽起来，于是泰勒校长决定：与其让孩子们分年级轮流到拥挤的体育场馆泡上半小时，还不如把他们通通赶到户外疯去。大部分孩子都到处疯跑，追着皮球或是追着彼此玩，再不就是挤在水泥地上跳绳，或拿硬石子在碎石路上刻记号。六个胆子比较大的孩子占上六个秋千，高高地飞荡上天；还有一帮就爬到攀爬架子上——多丽·蒂尔曼、马特·曼苏尔、肖恩·华龙、卢卡斯·福特，还有高踞顶端的诺拉·奎恩。“你们可以越过树顶眺望。你们可以从这里看见全世界。看，那里有条河，河上有一座桥！”

每个孩子都爬上铁手架的梯子，轮番登顶远眺，只有年纪最小的卢卡斯例外。在其他男生的催促下，他才缓缓地爬到圆顶上，手脚僵硬得像慌手忙脚爬行的螃蟹。一个没踩稳，脚下一滑，他惊声尖叫着头朝下从攀爬架中间的空洞直往下跌。惨叫声让孩子们全都转头看过去。有几个目击者说卢卡斯当时停在了半空里，头朝下，像一根瞄准地面的箭一样；其他孩子则说他好像是用慢动作在往下掉，但是大家后来的说法相当一致：当时根本来不及施以援手去救他。诺拉从一个方空格中探出来，一把抓住卢卡斯的脚腕子，他身体的重量把她猛地往前一扯，脸孔撞上一根铁栏杆，突然发出一声爆竹爆裂一般的巨响。这一撞把她的眼镜撞飞到光秃秃的地上去了。她想办法抓住卢卡斯,让他悬在离地大约一米的地方,等其他人冲上来把倒栽葱的猴子抱进怀里。在确定有人抱稳了卢卡斯以后,诺拉才放开手,往前一趴,双腿缠着铁杆,小心翼翼摸着左脸上划破的伤痕。拼命眨眼的她看上去像是要哭出来了,其实人家只是在找她的眼镜。找到了,重新戴好,透过镜片上沾到的一小块污泥,她看着周遭的一团混乱。上课铃声把学生们都召唤回教室,帕特森太太看见诺拉脸上的淤痕,便问她是怎么受的伤。诺拉只是耸耸肩:“我们刚刚在玩呀。”

临到放学回家时,老师们已经拼凑出了一个事情的大概。三年级学生都在忙着收拾书包,帕特森太太要肖恩·华龙留下。他打了个手势,要诺拉先走。没几分钟,教室里就只剩下他和老师两人了。老师忙着擦黑板,肖恩站在前排不安地等待着。“今天在操场发生的事,肖恩,我听到各种不同的版本。有几个孩子竟然说卢卡斯浮在半空中,这实在太疯狂了。吃中饭的时候还有个学生告诉别人,说诺拉对卢卡斯施了魔咒了,让他浮在半空里……或者应该这么说,是让他没那么快掉下去,好让她有时间救他。你有什么看法没有?”

“她为什么要这么做,又怎么能做到?”

“不可能办到。你人就在现场,到底是怎么回事?”

他咬着下嘴唇,“他就要掉下去了,所以诺拉伸手去抓——”

“那是本能反应。”

“没错,而且她幸运地拉住他了。”

“就像棒球手伸出手套,球就落进来了?”

“就是那样。然后在她快要坚持不住的时候,我们抓住了卢卡斯。”

帕特森太太往后坐在书桌边上,瞄了一眼墙上的钟。“你和诺拉是好朋友,对吧?你不应该让别的同学随便捏造她的故事。你应该告诉他们事实真相呀,就像你告诉我的一样。只是幸运接住罢了。”

肖恩站在那儿没吭声,眼睛盯着她的鞋子和交叉的脚踝。回想当时,他几乎可以确定卢卡斯是被停住了的,凝结在时空里。诺拉需要一秒钟来调整姿势才能接住他，所以操场上的一切全部暂停了——秋千停在半空中，踢飞的球像太阳那样凝固不动，所有的人都变成了雕像，然后，每个人都被困在时光之中的这一刹那。诺拉挪动一下身体，让一条手臂可以从铁栏杆间的空隙里伸出去，用另一只手钩住栏杆顶端，双腿弯曲好撑住身体承受冲撞——他全看见了——他的朋友们都停在那里等着恢复常态、恢复之前的交谈和原有举动。一眨眼的工夫，一切复又继续进行，那幸运的一接，那声惊呼，以及在其后的震惊余波里，所有人拼命发挥想象力来反驳眼前那幕幻象。兔子从空空如也的帽子里被拉出来时，观众们都众口铄金那兔子一定老早就在里头。可是在哪里呢？魔术师是怎么欺骗我们的视觉，玩弄我们的理性思考呢？他点点头，没有抬眼看帕特森太太那张充满质疑的脸。

老师提出问题也得到了答案，便让肖恩回家了。他拖着步子，像个老头一样沿路搜索，自言自语，试着回想他本来想说的是什么。抄近路穿过奎恩家院子的时候，他不敢抬头看窗户，怕万一诺拉的脸出现在窗口自己无力面对那份羞愧感。打开门锁，进到空荡荡的家，他很确定一点，他一定做错了什么。

8

她脸上的伤痕从深红色变成紫红色，然后变成黑黑一条，而边缘上还带着些黄。先是冰敷，冻得活像一大块生牛排，再来是新鲜空气，任什么都无法阻止这淤痕颜色惊人的变化。诺拉一逮着机会就欣赏它——对着铬钢烤面包机、茶壶、暗色的窗子和浴室镜子看自己的脸。还不时摸着那道伤痕，用指头轻轻压着颧骨，压得小脸痛得皱成一团。

玛格丽特第一次看见这个撞伤瘀血也吓了一跳，还伸手摸摸自己脸上颧骨的皮肤，让自己相信这感同身受的痛楚确定存在。诺拉对操场上那个意外的说法非常的轻描淡写，刻意淡化掉自己的英勇行为，只简单地说是有个学生没踩稳当，然后自己撞上冰冷的铁杆子。但是她的伤让玛格丽特心烦意乱，根本没细听她的说法。第一通电话在晚饭前打来，福特太太说谢谢你，还要求和她孙女直接通话，而诺拉最想做的就是赶紧挂掉电话。吃晚饭时，又有一个妈妈，蒂尔曼太太打来，她想知道今天课间到底发生了什么事，她的要求被拒绝了，但是玛格丽特答应她在吃完饭后回电。贝拉吉欧太太打来，还有曼苏尔太太。莎伦·霍珀也打了过来，问候她的朋友一切可好。每个人的语气都带着对神奇女英雄的崇拜，但是诺拉一丁点儿都不领情。"我不知道她们在讲什么。你碰上我的情况，也一定会这么做的呀。要是有人从天而降，难道你不会伸手去接他吗？就算可能会伤害到自己？如果那是你最爱的人呢？为了救她，你会怎么做？"

"所有能做的一切，都做。"

"付出你的生命？我的？"

"孩子，别这么说。"

两个人都上床之后好长时间了，玛格丽特还醒着，心如刀绞。一团疼痛郁结在肩膀，她坐起来，想着以前做的梦，梦见艾瑞卡往下坠，像颗流星一般往下坠，她拿着捕蝶网追着那颗明亮的光点，知道自己再怎么努力也是枉然。那副情景实在是让她心惊肉跳，于是她下楼去保罗书房里找颗安定。保罗过世以后不久，她想过要把书房改成缝纫室或阳光房，但是想到要整理他的文件和药物，厘清确认他的一切秘密，便让她压下了那股冲动，还是让这个房间保持他生前的原貌吧。塞满东西的柜子，樱桃木书桌，还有挂在墙上那些需要不时掸掸灰的保罗的证书们。但是她这会儿只去注意他的药箱。她把自己的药和他的听诊器、一把老式的压舌板、耳镜、小塑料槌一道放在里面。打开台灯，照亮一屋子黑暗，她在各式处方药瓶中翻找那友善温和的安慰。一张大椅子的皮面吱嘎一声响，她以为自己看见那棵人造无花果树的丝质叶子在想象的风中上下翻飞。有个人，手里拿着帽子的人，在她与灯之间。温和的外表让她吓了一大跳。分明的棱角不见了，身形变得模糊，目光中仿佛快要失去它。

“你想，她为什么要问那么荒谬的问题？牺牲你的生命，当然了，毫无疑问……可她自己的生命呢？”

“你吓着我了……她是个非同寻常、很敏感的孩子。可是今天晚上不要谈，我累了，头很疼。”

那人影坚持不放弃：“诺拉来找你是有原因的。”

有那么一秒钟她本打算和他多谈一会儿，但是他却已经逐渐隐去，仿佛渐渐熄灭的信号。“让我睡吧，”她说，“我得睡一下，我要熄灯了，你消失吧。”

空洞洞的黑色中，身边全是已故丈夫的私人物品，有个声音在她耳边轻轻说道：“永远不要忘了，她不是你的。”

9

“谁是玛丽·嘉文？”黛安问，“这照片是我女儿呀，艾瑞卡·奎恩。她和她女儿诺拉住在马德里。是小女孩告诉我这个地点的。”

玛雅谨慎又缓慢地说：“我不认识什么艾瑞卡，也不认识叫诺拉的小女孩。如果照片上的这个女孩是你女儿，那她真的和玛丽长得很像。”

“会不会有别人可以帮帮我？”

“你可以到处问问多打听打听。店里其他人马上就到，但我觉得你一定搞错了。”她忙着做开门营业前的准备工作，黛安放下自己的抗议和疑问，退到客栈角落的一张桌子。这天早上，两条猎犬三回竖起耳朵，抬起鼻子，只要有人进来它们就会这么做。第一个进来的是厨子。这个体格魁梧、身上有刺青的秃子男仔细看了黛安拿出来的照片，也认为那是年轻版的玛丽·嘉文。调酒师是个年龄较长的男人，身上一条灰色的带子垂到皮带那个位置，他信心满满地进一步确认玛雅的揣测，"应该是她。"他说，随即开始数着他的酒瓶子。年轻貌美、有些宿醉的女招待马上就指认出照片上的女孩来："这是玛丽呀！"她说，两根手指盖在艾瑞卡那一头长长直直的头发两边，"你得想象完全不同的发型，可是……除此之外，看上去还是一模一样。这照片是从哪儿来的？高中？"

"你认不认识附近有个叫诺拉的小女孩？三年级？金发，戴眼镜。"

"这可不好说了，虽然这里的小学总共只有差不多二十个学生，"她说，"从那条路往下走就到学校了。"

十一点左右，常客开始进来，有几个买了外卖咖啡，其他的则是吃一顿比较早的午餐或比较迟的早餐。黛安看着客人来来去去的，鼓足勇气上前去问每一个陌生人。没有任何人认识那小女孩的，不管是名字或外形，再怎么描述都没用。她忍不住冲动，亮出了艾瑞卡的照片，再一次希望被确认。但是她的立场并没有得到支持，只是一而再再而三地听到"玛丽·嘉文"这几个音节。

这名字到底代表着什么呢？她爸爸一定会拿这个名字来玩游戏，找出各种可能性来。嘉文，戈文，哈文，哈芬。玛丽小姐，真倔强[1]。老爸常说，名字是绝对不能改的啊，名字是唯一能让你知道你是谁、从哪里来的东西。爸爸以前常叫她黛，黛安娜，钻石莉，黛黛，酒窝。可怜的玛格丽特更惨——玛格，玛琪，玛吉，麦琪，佩姬，蜜丽，莫丽，玛奇拉，玛格丽塔，玛姆。不知为何，他只给太太起了"蜜桃"这个昵称。直到卧床及去世之前，"蜜桃"自己这样说的：因为他觉得我甜美多汁。说完就又因吗啡而沉睡了，再也没说半句话。你会变成你的名字，爸爸曾经对黛安这么说，而名字塑造不了新的一个你。

---

① 《玛丽小姐》，是一首有名的美国童谣，原文为："玛丽小姐，真倔强，你的花园怎么样啦？戴着银色铃铛和贝壳呀，漂亮的女侍列队排。"

才过正午，客栈里开始挤满用餐的人。黛安伸伸懒腰，走近吧台。她必须得醒醒脑，得筛选那些让她看不清事实的信息。“我要出去呼吸一点新鲜空气，玛雅。不过我还会回来的，说不定我们可以把事情搞清。”

“过高速的时候要小心。千万注意左右来往车辆啊。”玛雅说，忙着应付下一位已经点了菜的客人。

狼狗站起来，随着黛安走出门外，像两个不请自来的保镖似的在前面领路。说也奇怪，有它们存在，黛安觉得心安了许多。几条迷路的野狗在纱门外的门廊徘徊，希望有机会可以溜进屋里去——几只牧牛犬，一条斗牛犬，两只混血边境牧羊犬，还有几只不属于任何人的脏了叭叽的杂种狗。它们全都干巴瘦，看上去快饿死了，因为生来命差，不时挨一脚踢，所以一副鬼鬼祟祟、逆来顺受的倒霉模样，唯有小心翼翼这一点和它们那些野生动物的表亲还有几分相似。她早上看见的那条黄狗一看见黛安旁边的两只狼狗就夹着尾巴偷偷溜走了。清爽的凉风让她的感官活跃起来，也赶走了因为跨岸飞行和缺少睡眠所带来的疲倦。她查看着来来往往的车辆，试着想搞清楚绕过下一个山丘的弯道距离有多远。但是路上什么都没有，除了狗们的喘气和它们脚掌落在碎石地上的声响之外，什么都听不见。她和狗儿们闲逛漫步，经过一排卖拼布工艺的店面，和一些被太阳烤得像要融成扁平的房屋。沿着泥土路往下，旁边是一些被改装成一座座五彩缤纷、掺和了多种风格的神庙一样的建筑。狗们在慢慢走着，不时低弯下头，好奇地嗅一嗅前人所留下的痕迹。芬恩抬起腿，对着一丛多刺的鼠尾草小便，干涸的土地立刻把那摊尿液吸干了。黛安在心里寻思着，这个玛丽·嘉文只有两大可能：要么是艾瑞卡隐了姓埋了名，要么就是另外一个不相干的人。她心里是这样盘算着她们的见面的：救援行动很是圆满，没有遇到麻烦。艾瑞卡会勉强地默默接受，什么问题都不问。沉浸在思绪中，黛安没注意到两旁已不见房舍了，道路拐了个弯，盘旋而上，通向一片虚空荒芜。“路到尽头了，小子们。”

左边有一座只剩空壳的废弃棒球场,看台都塌了,内场里面长满大蓟草和命贱的野草。石砌的休息区里住着老鼠和一只流浪猫的骨头。在这个冬天,一切都悄然静寂,荒凉,这曾经充满生命力的废墟已经荒弃,空虚。一只塑料袋飞掠过隆起的棒球投手区,闭上眼,她可以想见那远去的时光,年轻小伙子在打棒球,看台上坐满热烈欢呼的球迷……一切都消失了,尘烟,泥土,回忆,所有的一切都消失殆尽。越过外场墙,她能看见远处还有另一条路,房舍高悬在一座小山的山坡上。跨过干涸的河道,她心中暗暗祈祷,像一个幽怨,渴望得到补偿和奖励的女学生,像一个渴望能怀上孩子的已婚妇女,像一个祈求丈夫幸免于难的老女人。人迹罕至的山丘静谧得像教堂,希望诺拉说的是实话,希望可以找到孩子的妈,希望艾瑞卡可以回家。一对喜鹊飞过天空,朝杜松子树飞去。她心头的愿望也随着它们凌空而起。

米克和芬恩挺起身子,抬头直面道路最高点,看着走来的人影,蓄势待发,时刻准备起跑。黛安舌头卷起打了一个唿哨,两条狗就朝前奔去了,跨着大步,扬起一团团尘土。但渐渐地,它们放慢了脚步,只是绕着那人打转。过了好一会儿,黛安才认出远处的人影是谁来。玛雅走到近前,挥着手打招呼。她在十米外大喊:“你还想在外面混多久呀?野孩子?”

“我忘了时间了。”

“两点半都过了。”玛雅看见黛安脸上的失望,“还不如我带你去找她呢。”

“你知道她在哪里?!”

“她一直都待在那里呀。就在转角那边。你可以自己亲眼看看,那就是玛丽,不是你女儿。”

她们拐个弯离开这条路,走上条斜径,到了一幢隐身在成排针叶树后面的木屋。前院有一座大型的铁雕作品,斑驳的红色黄色漆彩,两个角状弧形焊接在一起,连结到中间的直杆上。从高度和宽度来估量,这个作品看起来可能是个具有某种艺术风格的十字架,或是一棵树,或者就是一个人。雕塑后面的房子历经五十年的岁月风霜，木材都已褪成灰色，但是翠绿色的窗框和深红色的大门却让房子鲜活起来。一串羽毛——老鹰、乌鸦、黑白相间的喜鹊、蓝色条纹的黑蓝冠鸦、走鹃——垂在花环下迎风飘舞，发出近乎寂静的微微声响。

玛雅敲门，在等待的间隙，黛安惊慌莫名。她疲惫的心脏狂跳不已，一股隐隐刺痛的恐惧窜上后背，巨大的压迫感压在胸口，让她的呼吸短促而快捷。额头冒出一层汗水，在冰凉稀薄的空气里迅速蒸发，汗水蒸发的雾气仿佛变成了她的第二层肌肤，像一副面具，掩盖了她的真实身份。

门打开了。是她。

什么都没改变，什么也都没有发生过。黛安的记忆凝结在外甥女九岁那年，她永远九岁，只不过站在她面前的是个年轻女子，有一头短短支棱起来的金发、眼睛周围晒出皱纹的年轻女子。这充满异国风情的环境显得既熟悉又陌生。墙上挂着各色各样的画作，身上穿的是她从没见过的蓝色牛仔裤和黄色衬衫。身材比想象中更纤细，但是那双眼睛，那茉莉花的体香，和那一丝含羞带怯的微笑，仍然一模一样。

门打开了，是她。

是幽灵，是一个始料未及的提醒，带回她早已抛弃的人生。一抹回忆，像遗失的纪念物，重新浮现，逐渐变得具体和完整。她已经好一段日子没想起过妈妈了——是妈妈的回音反射翻版，就站在门口，万万没有想到的一幕。

"黛安姨妈？你是怎么找到我的？"

"艾瑞卡。"

她们在门口面对面站着，一动没动。狼狗冲上前去，咿咿呜呜闹着要进门。艾瑞卡把门完全打开，让两条狗可以进去，玛雅拉起黛安的手，推着她跟在狗后面进去了。狗们跑着穿过起居室，仿佛有任务在身似的往走廊去了。三个女人不知所措尴尬地默默站立着，像三角形的三个顶点，守护着圈在中间的许多秘密。

玛雅先开的口，“这位看起来像是你的亲戚噢，玛丽，你起码可以问声好吧？”

摆脱掉束缚，两人趋前一步，互相拥抱。黛安深呼一口气，吐出心头混杂的思绪，艾瑞卡则沉浸在片刻的宽容里。她们拥抱着，没说话，直到艾瑞卡放开手，后退一步离开姨妈。“对不起。”

“艾瑞卡，艾瑞卡，快让我看看你。”

“是我妈出什么事了吗？所以你才到这儿来？”

十年紧张片刻瓦解，故事像水坝崩溃一般流泻出来。“你一直都在这里啊，原来是这么回事啊。”

“是不是我妈？”

“不不不，不是你妈妈。虽然天知道你为什么不回家，你为什么觉得必须打那通电话，又非得那么神神秘秘不可。但这一切跟你妈妈无关，她很好。是你送去给她的那个小客人，让她难以应对。她在学校里惹麻烦，我很担心——我们都很担心那孩子。她站起来，当着全体三年级学生，说她是上帝派来的天使。她提到毁灭天使，我们以为那事……早就结束了。”她在艾瑞卡眼里看见迷惑不解的神色，于是转头对玛雅说，“她妈妈不知道拿那孩子怎么办才好。”

艾瑞卡惊得呆住了，沉浸在回忆里，泪水不绝于眶。一开口，那悲哀悔恨的语气便轻柔得任何一个生灵都不会被吵醒：“我的宝宝——”

10

诺拉一直在讲那座桥。自从在攀登架子上第一次看见那座桥的双拱和回纹状的缆绳时开始。在远处看来如此精巧美丽，她就一心想接近目睹这一壮丽的奇观。这座桥在他们住家活动范围之外，横跨莫农格希拉河，日日夜夜连结往来的交通，让人们可以来往于家和城市之间。关于这座桥的故事，诺拉总是央求肖恩多告诉她一些。对肖恩来说，他穿过那座桥很多次，搭公车或是开车——他爸爸的家人就住在河对岸——但是最近已没什么联系，而且他也从来没在桥上步行走过。那座桥的危险是个传奇。父母亲总是会告诫孩子们在那桥上会摔下去，会淹死，会永远永远的消失；年轻的男孩女孩从来都是被禁止靠近桥和它周围的地方的，只有年纪比较大的愣头青——那些懂得性、毒品和脏话意思的坏孩子，才会大胆藐视禁令。但是这些神奇的片断还是传个不住，就像暑假或鬼故事里讲的那样言之凿凿，说有个男孩喝了太多啤酒，或有个女孩愧悔绝望，不知是意外还是故意的，就这么掉进水里去不见了。

“拜托拜托嘛。”她说，“记得一月时在这里飞来飞去的那只猎鹰吗？我敢说，它的巢一定就在那座桥的钢架子上。它们喜欢占据制高点这样的有利位置。”

肖恩仔细看着她脸上的淤伤：“要是被人发现，麻烦可就大了。”

“我要给你看些东西，我保证，绝对不会让大人知道的。”

三月里的气温宜人，他们在这个月的第一个星期六偷偷溜跑出来，告诉奎恩太太去散散步，可不到一个小时，他们已经越过小院边上圈着篱笆的改建过的农舍，经过更加拥挤的街道就进入了市区，那些街道上面全是具有工匠风格、复原都铎王朝风格和正方形风格的各类住宅。在钢铁业兴盛时期盖给外来务工人员居住的棕色石头建筑和商铺店面，现在开始现出破败、无人照管的迹象。仅存的一家磨坊也只有一根烟囱，而且已经准备在秋天拆除。就业机会转到海外去了，只有上了年纪的老年居民在附近晃荡，无所事事地在海外退伍军人俱乐部和香烟铺子之间来往走动，买乐透彩票和下午的新闻报纸。排水渠里塞满了碎玻璃和烟头，破纸片在路面破损的人行道上四散飘飞。有家意大利餐馆关门歇业，无人问津。还有家肖恩记得跟爸爸去过的玩具店也变成了职业培训中心。街对面，在“玻璃及钢铁工人银行”精雕细刻蔓叶花饰的栏杆背后，有个男人背靠砖墙站着，两腿之间搁着只棕色袋子，面部表情像玩偶一样空洞无神。

顺着旧的有轨电车轨道走，他们拐过街角，那座桥立时现于眼前，在近处看起来，更大，更雄伟庄严。钢铸结构被漆成出租车那样的艳黄，带盖的铆钉大得像小孩子的头，把大梁钉在一起。格子状的桥臂拱起，高高耸入浅蓝的天空，等他们过了马路，走上桥面，对岸的景色暂时消失了。诺拉加快步伐，兴奋得蹦蹦跳跳的，而肖恩则放慢了脚步，不安加上恐惧在他的胃里翻腾。桥面上的人行道像一条窄窄的巷子，夹在两道围栏之间——一道是隔开来往车辆，另一道则是防止游客落水的栏杆。她在人行道上往前走了约摸两米，他这才意会到她是想跨过桥去。

“我不要！”他大喊大叫起来，“我不喜欢这座桥！”

“我有让你失望过吗？”诺拉伸出一只手臂，央求着他跟上来。他跑上前抓住她的手，确认她走在靠桥边的外侧。诺拉领着他克服恐惧和焦虑，来到桥中央。一排车辆驶过桥面，他们脚下微微震动。每一根柱子都支撑着围栏的一部分，老旧破碎有疤痕的水泥看起来随时会垮下来似的。桥面下方十五米，高涨的河水翻滚着，桥梁的立柱与拱臂投影在水面上，波光粼粼。他不敢放开她的手，但慢慢想办法压抑住自己紧张的情绪，抬眼看着桥外的景物。站在他身边的诺拉把脚趾从围栏边伸出去，身体紧紧靠着栏杆，外套从栏柱间的缝隙往外飞凸。他想让她后退，回到比较安全的位置上去，但她似乎浑然不觉任何危险，只是欣喜若狂地悬在空中，她仰头迎着风，面颊上的伤痕像颗红红的李子，一双眼睛藏在镜片后避开太阳。

他把心一横，抬头望着拱臂间优雅交错的缆绳。“没看见鸟窝啊。”他说，“现在咱们可以走了吧？”

“你不相信我，对吧，肖恩？”她甩掉他的手，张开双臂，“要怎么样你才能相信呢？是不是要从这里飞起来，飞得远远的才好？”

“别闹了，诺拉。”一股寒意贯穿全身，他觉得自己都快哭了。“我们可以走了吗？你吓着我了……”

"看见并且相信。"她指着河,树梢一阵颤动,一只猎鹰不知从哪里冒了出来,那鸟的叫声在河谷里回荡,它翅膀打开准备降落一些,张开爪子,停在一根铁柱上头,距离他们的头顶不过六米。"真酷呀!"诺拉说,"我们得带班上的同学来。现在你相信了吧?"

看见他脸上还是清清楚楚地写着怀疑,她双手合十开始祷告。他拉拉她的衣袖,很想快快离开这座桥。南方的地平线上出现了一团乌黑的东西,在水面上投映下一排黑暗。那团东西越飞越近了,声音也越来越响,那是刺耳嘈杂的鸟鸣声!此起彼伏的聒噪声越过他们头顶,遮天蔽日。而她黑色的瞳仁里则倒映着无数的翅膀。

11

浓香充溢了整个厨房——窗边挂着晒干的辣椒香,茶里的柠檬香,混杂着每次黛安一摸温热的瓷杯就飘散出来的檀香护手霜香味。炉子里烧的是牧豆树枝和山核桃木。两条狼狗像两只冬眠的熊,窝在炉边打着盹,那规律的呼吸声让周围更加寂静。三个女人都想开口说话,却都没有找到破冰的方法。品着茶,她们又小心地避免彼此目光的接触。黛安打量那花色样式古怪的窗帘:胡萝卜图案反复出现在黄色的田野上。样式古老的厨具,牛油果颜色缺了角的冰箱,深咖啡色的烤箱——都是从阿尔伯克基的跳蚤市场淘来的。粉刷过的墙面挂着一个朴素的木框,里面是一朵雏菊。黛安看着外甥女,心里回想着她年幼时的模样,很想知道染过的如此短的短发是不是某种什么伪装,是不是潜入地下隐蔽的方法。她的朋友玛雅在厨房里转来转去,看来以前就常在这里出入。

三个人等待着,希望能找点话来说。黛安看看手表想知道她们这样干耗着时间过去了多久,却意外发现手表已经停了。那两条狗从头到尾抖了一下，舒展了蜷曲的身体，只要玛雅从椅子上站起来，它们就随时准备尾随离去。玛雅微微一笑，终于了解了应该怎么做才对，于是看看黛安，再看看艾瑞卡。“我几个钟头前就应该带这两个小子回家，让你们讲讲私房话。晚些时候再给我打个电话吧，玛丽？很高兴见到你——”

“叫我黛安。”她站起身说，“我是黛安·西科纳。很抱歉之前对你说了瞎话。我只是觉得……如果我是个大老远来找女儿的妈妈，你可能会更愿意帮忙。”

“只要你开口，就会有收获。”玛雅张开手掌，拍拍大腿，两条狗就朝大门走去了。

艾瑞卡跟在玛雅后面，在大门口握着她的双手。“很抱歉，这么多谎言，她的，还有我的。”

“既然选择要隐瞒或者揭露某些事，就不必道歉。每个人都有权利选择。有些丑事我也从没对任何人提过啊——甚至连对米克或芬恩都没提过——尽管狗儿们只会听你说，不会评判你。”她轻轻亲了亲她的面颊，“只是要对姨妈好一点哦。”

艾瑞卡看见黛安把茶杯端到金属水槽那里，看得出黛安在强压着自己的好奇心，懒懒地冲洗着碟子。她把手贴在姨妈的肩上，跟她道歉。

“我是应该叫你艾瑞卡？还是玛丽？”

“我让你看些东西。”未等姨妈点头，她带着她穿过屋子后侧，走出门外，跨过堆满扭曲锈蚀的铁片和陶罐的院子。山坡一侧，她挖出一个朝南的山洞，大约有双车位的车库大小。一踏进山洞，黛安就马上发现这里采光很好，即使是在这天光渐弱的午后。开阔的空间让她想起童年那幢海边度假屋的景色来。房间正中有根大柱子支撑着屋顶，围在柱子旁边的则是一张原木圆桌。一束束画笔和调色刀摆在咖啡罐子里，还有十来种大小形状各异的玻璃瓶。手工制作的架子上摆着一小卷画布，几块胡桃木板，还有一些测量工具。而桌面沾染着各种各样的颜色，颜料到处都是，罐子里，管子里的，还有颜料粉。地板上也溅满了各种颜色，狂乱暴烈，仿佛被谋杀的小丑似的。石膏粉、清漆、松节油、树脂紧挨在一起，组成了有毒物体大联盟。一个工具箱里塞满了彩绘木头的工具，有看起来很吓人的雕刻刀，还有复印滚筒、松木印版、锌制凹板、凿子和石膏。黛安绕着桌子走，指尖轻触过这些她很不熟悉的工具，在一张新的画布前停下来，已经摊开钉上的画布面对着一张空凳子。她设想着艾瑞卡挥笔作画时会是个什么样的情景。“让我看看你的作品吧。”

“这四周围都是啊。”她像个游戏节目模特儿那样舞着双臂，可声音却变得低沉下来，“不喜欢的东西才会拿到镇上我工作的那家店去卖，或是每年一两次在圣塔菲或阿尔伯克基卖掉。舍不得卖的都存在这儿呢。”

四面墙上都是需要慢慢欣赏的作品。黛安慢慢绕着房间转，像周日置身于博物馆那样，仔细欣赏一幅幅画作。在另一个墙角有着另一系列作品。“祭坛画？今天早上在阿尔伯克基的一家咖啡馆第一次见过。”她走到近前细看。“可是我看得出来，这些都很有你自己的风格。”

“这是我开始自学画画时画的第一批……不算怎么好，而且还走了好多冤枉路，走了才知道自己想过什么样的日子。”

一张朴素如祭坛的桌子，它后面的墙上散落着七幅作品。离黛安最近的画的是个沉默寡言的州警，身穿深色制服，站在荒凉毫无生气的背景里，大地惨淡如白骨，天空幽暗似血，在上方铜色边际最深的一角，有只美洲鹰在黑暗中阴森森的盘旋。黛安踮起脚尖，伸长脖子凑近细看，看见警察的帽沿儿上有弗吉尼亚的地图轮廓，而他那副墨镜的两个漆黑镜片里则映照着熟悉的景象：原子弹爆炸的蘑菇云。他脸上的表情很容易被误读作喜悦。此系列的第二幅作品比较超现实主义，是一家老式快餐店的柜台场景特写。背景里一台奶昔搅拌机做出冒着泡泡的巧克力奶昔，机器旁边堆着六个包好的汉堡包，最顶端还有一个没包起来的三明治。但是从面包下冒出来的不是生菜，而是她撕成碎片用涂料涂成厚厚一团的二十元纸币。薯条做成的枪套,子弹在里面排得整整齐齐的。前方则是一张光洁的柜台,摆着盐和胡椒粉瓶,有两张男人的脸——嘴巴被塞上了,怒不可遏。

唯一的一张横幅作品刻意表现出朴素原始的传统画风来,类似桑迪亚咖啡馆里的民俗艺术。模仿圣母玛利亚与圣子的构图,画的是祖母和孙女,正面对着观赏者。那孩子端着装满牛奶的玻璃杯,白色的杯面上刻着隐隐约约几乎看不见的图案:一个骷髅和交叉的人骨。尽管笔法简略,但是一看见那副眼镜,露出满口牙齿的微笑,乱七八糟的头发和眼睛里幸福的光芒,黛安马上就认出这女孩是诺拉,但是那个老太太怎么看却都不像她姐姐玛格丽特。不过也许这就是艾瑞卡心目中妈妈多年后的模样,但这人绝对不是玛格丽特,她太老了,眼神里有某种疯狂。跳离画框之外的左边角落,有一只光着的脚和脚踝,以及巨大的白色翅膀的一角。

墙上这一系列作品的正中间是展示盒。黛安走近到一个感应器前,盒子底下就有一道小小的光线亮起来,透过金属上星罗棋布的孔射出来。乍一看,光线隐约照出一张被砸烂了的脸,那脸的头发上还有一个标志——那是一杆有扳机的钢笔。在这张破碎的脸旁边是一个卡通版的印第安女佣,就像蓝多湖奶油盒子上的女孩那样,捧的不是一个盒子,却是一个用奶油塑成的宝宝。这个女子旁边是个头上长出天线的男人,无神的眼睛瞪着一堆薄煎饼,隐隐可见融化的奶油和枫糖浆,耶稣的脸被烙在了煎饼表面。最后一幅祭坛画是个穿制服的女招待,头上顶着一个巨大的蜂窝头,约摸着得有脑袋的三倍大,在头发上栖息着七只黑鸟,一把手枪,还有一张写着“H-O-M-E”的公车车票。角落里站了一个瘦得像蜡烛,身高约一米的木制雕像。黛安以为那是个苦修的圣人,但是仔细一瞧,他胸前她本以为是十字架的东西却原来是条弹药带,装满弹药,而他握在手里的却是一把半自动机枪。“你的这些圣人都是谁呀?”

“这是十年前我离家出走后在路上碰到的人。在我误入歧途时,试着帮我或想警告我的人们。”

黛安抚着那个雕像，立即感受到疲惫和绝望，“那这个呢？”

“魔鬼。”

“你应该回家看看你妈妈。她和你画里的模样完全不一样了。”黛安走到那幅妇人与小女孩的画前面，“虽然我走到哪里都认得出这个孩子——跟诺拉一模一样。”

“谁？”

这一问倒大大出乎黛安的意料之外，黛安转头面对着她，指着那张画：“这是你妈妈和你女儿的画像呀。”

艾瑞卡用手掩住嘴巴，“可不是你想的那样……这小女孩只是我在路上碰见的——”

“可她看上去跟你女儿一模一样。”

艾瑞卡的目光在黛安脸上逡巡，想找出任何有残忍企图的蛛丝马迹，但却只看见姨妈的一脸迷惑。“从来就没有什么孩子呀。我是怀孕了，是的，没错，可是我并没有生下那孩子。”

“那诺拉呢？”黛安追问道，“她说她是你女儿。”

“我不认识什么叫诺拉的人……威利把我丢到荒郊野外，”艾瑞卡浑身颤抖着在椅子上坐下，双臂交叉抱住自己的腰，“你第一次提到那个孩子的时候，我还以为你说的是我当年怀的那个孩子，而不是现实中的女儿。”

“可是我见过她，跟她说过话——就是画里的这个小女孩。”

“她叫尤娜·嘉文。是我在路上碰上的九岁女孩。她妈妈丢下她不管了。我没有宝宝。”

“可是她和你妈住在一起，说她是你的女儿。玛格丽特干吗要在这种事情上撒谎呢？那女孩叫她外婆，也知道你住在哪里，做什么。是她告诉我怎么找你的。你女儿知道毁灭天使的一切——”

“我跟你说，”艾瑞卡厉声道，“没有诺拉这个人。”

12

又一个周末，洗过澡，头发还湿淋淋的，肖恩站在防风门边上，看着夕阳西下。光着脚上床之前，他享受着新鲜空气拂过皮肤的感觉，一动不动地看着划过寂寥天际的流星，它们反射着或红或橙的光，慢慢消逝。裤脚都短到脚踝之上，上衣又小又紧绷了，可他说什么也不愿意丢掉这套牛仔睡衣，这是老爸在他七岁生日时送给他的。街上，有个年龄稍微大点儿的男孩子骑着自行车一掠而过，想赶在天黑前回家。妈妈正在厨房里看着吱吱冒泡的砂锅，胳膊一不小心碰在烤箱架子上，不禁轻轻骂了一句。肖恩很怕星期天晚上的到来，因为上床前的最后这个小时代表了不用上学的自由时光就要到头了。通心粉和奶酪，苹果派，再有半小时看书或看电视时间，然后就是上床睡觉。他会独自躺在黑暗之中，而妈妈则消磨着时间，听听收音机什么的——得等她做完这些睡前的例行公事，屋里才能安静下来，那些吱嘎、呻吟、嘀嗒和敲打声似乎永不休止。

金星在地平线上升起，肖恩原本已经快要放弃希望了，以为没机会再许愿了——虽然他其实也不是百分百心甘情愿这么做，不过到目前为止，没有一个护身符带来所期待的结果。带着这样的想法来考验他的信心，总会带来不可避免的失望和质疑，在他看来，这些对命运和周围环境的质疑都是他不肯相信的。对着两盘简单寒酸的菜，母子二人一起祈祷并且感恩。妈妈对着他微笑，他是多么地愿意去相信啊。在她疲惫的眼睛里，有几分希望，希望他今夜能够早早入睡。

吃甜点时，肖恩问道："妈，你知道镇上那座桥吗？它离水面有多高？"

她正吞着一口牛奶，"十二或者十五米吧，我猜。"

"那河水有多深呢？"

"肖恩，为什么问这个？"

“学校里写报告用的。”他装作没事一般地转移话题，“你知道春天里的鸟儿什么时候回来？”

她叉起苹果派：“得等天气变得足够暖和以后吧，还要一个星期左右，三月中旬。大雪天在这附近我都见过知更鸟。搞不好是被天气给骗了，鸟儿提早回来了。”

他迫切渴望告诉她桥上发生的意外，告诉老妈摔下攀爬架停在半空中的那个男孩子的事情，告诉她动物的大游行，太阳拒绝下山的那个下午，纸折的鸟儿，平衡的玩具，指挥乌鸦，还有诺拉同时出现在两个地方的怪事。他想告诉老妈，自从诺拉来了以后，他生活中出现的种种征兆与奇迹。但是他又觉得自己的坦白只会带来更大的麻烦。他父亲已经跑得没影儿了，找都找不到，就算肖恩找到他，他也不会和儿子分享这样的秘密的。老师就更甭提了。同学们会笑话他所谓的证据，甚至还有更糟的，用嘲笑来折磨她。诺拉是唯一能倾听他心中烦恼的人，可他的烦恼就是诺拉。

稍后，乖乖躲在自己房间里的肖恩听见一架飞机飞过头顶，想起自己从未飞到过什么地方去。他渴望能飞起来，脸贴着玻璃，看着脚下的高山和森林，河流与桥梁，远去的屋顶和玩具似的汽车，赶着回家的如同蚂蚁般的人们，房屋的门与窗，他会透过自己的窗户，深深望进自己深色的眼睛里。诺拉说跳的时候，他会跳下桥去，他会飞起来。那日早上停在半空中的那只猎鹰张开翅膀，乘着稳稳的气流，在那里静静地飘着，只摇摆了一下，有根羽毛斜斜掉落，悬挂飞转在空中，最后无情地坠落到地面上。

13

“可怜的老婆婆，她是真累坏了。我们一直聊到凌晨三点钟，加上她这一路的奔波，还情绪波动这么大。"艾瑞卡压低声音，"她还在后面睡觉呢，说老实话，我自己也没精打采的。"

玛雅把前一夜喝的酒倒进有红斑的金属槽内，玻璃杯沿上还沾着口红，盘子上还沾着米饭粒和豆子。她伸出两根手指在水龙头下晃了晃试水温，等着冷水变热。

"把盘子杯子都放那儿吧。我早上冲了好久的澡，那个又老又旧的热水器还得好几个小时才能恢复运作呢。"艾瑞卡把狗放出去，它们穿过后院奔到工作室去了。寒风从半开的门缝中灌进来。"我老早之前就应该告诉你，玛雅，告诉你我为什么要到这里来。我还在念高中的时候，就跟这个男孩子私奔了。我们的目标是往西走，要去参加这个……邪教。我们要去参加革命，但是革命始终没来。毁灭天使要摧毁邪恶的一切来拯救世界，但是我们在途中迷路了……我们惹上了一些法律上的麻烦。再往后，我在阿尔伯克基发现自己怀孕了，而他却走了，只留下了几块钱，把我丢在一个陌生的地方。我觉得自己像个外星人一样，被甩在天边，一个怀了孕的火星人。"

艾瑞卡走到冰箱前，倒了一杯胡萝卜汁，一气喝光。玛雅坐在厨房的餐桌旁边，光线透过她的金发。

"我没办法保住孩子。当时我还不满十八岁……而且我也不能回家，就因为一路上我们惹下的麻烦。我们做了可怕的事情，所以我才会到这里来，所以我才会改名换姓。我的本名是艾瑞卡·奎恩，就像她告诉你的那样。"

"那她是来带你回家的？"

"我不能回去。要是警察知道我在这里就会来抓我。把我关到监狱里去，搞不好会更糟。我甚至都不敢冒险联络朋友，联系我爸妈——"她叹了口气，停了停，等待情绪平复下来。"我姨妈说他五六年前死了。"

"那个男孩？"

"不是。对，他也死了。可姨妈说的是我爸，我爸死了，就是这样。

躲在某个角落,却不知道自己抛下的一切也都改变了,以为没准儿有一天还会有机会,可一切都已经太迟太迟了。”一颗泪珠顺着她的脸颊滑落,她用手背抹掉。艾瑞卡五岁的时候觉得爸爸是个巨人,因为他用两根手指就可以圈住她的手腕。而最后一次见到他的时候,她是微微低下头亲吻他留着胡子的脸,道的晚安。

“那你想念他吗,玛丽?”

“我离家出走的时候很生他的气,气他隐瞒了那些可怕的秘密。但是随着时间流逝,你会从不同的角度来看待事情了,可以理解他们是为了过日子而必须那么做,必须瞒着所有的人,甚至包括瞒着自己。他是对的,最起码,在威利这件事来说。”

“和你私奔的那男孩?”

“黛安姨妈说,他在做炸弹的时候把自己给炸死了——就在他抛弃我之后的几个月。发生这样的事我也没觉得开心,但是另一方面,他死掉我也不伤心。他伤害了我,弄得我一无所有,你应该可以理解的吧。靠着他偷来的一些钱,刚刚好让我撑了一个来月,然后我又熬了三个月,苦哈哈、麻烦不断的三个月,才在机场外面的烘饼之家找到领位的工作……我当时还怀着孩子呢。我又花了两年时间才存够钱来到这儿,找到这个地方——还记得这面墙上的那个大洞吗?”

“我们第一次见面的时候,你正趴在地上刷地板……更像是在祈祷吧,”玛雅微笑着回想,“祈祷我过来帮你。”

艾瑞卡抓起她的手:“没错。”

外面传来指甲抓挠瓷砖的嚓嚓声,两条狗回来了。它们停下来闻了闻厨房里躁动的空气,再礼貌地摇头摆尾了一番,踱到走廊上去了。它们能够比人提前听见客房里的动静,在那里等着黛安的出现。黛安出来了,有那么一下子被眼前的陌生情景惊了一下,赶紧梳理着已经疲惫过度的记忆,梳理出一个头绪。“早上好,小魔头!”两只狗狗扬起鼻子,她来来回回地搔着它们毛茸茸的下巴。

往厨房走时,黛安被一块类似门槛的扁平松木绊了一下,双脚一滑飞了出去，她的双手挥在空中，像一座双叶磨坊风车一般拼命想保持住平衡，肥嘟嘟的大腿“呼”的一声磕在桌子边上。茶杯被撞得跌出茶碟，一个盘子摔到瓷砖地上，碎成一万片。狗儿们以为在玩新游戏狂吠不止，玛雅跳起来扶住黛安，艾瑞卡则忙着把狗狗嘘走，离那些碎片远些。

“圣父，圣子，圣灵！”她说，“你们想把房子吵塌了才罢休？你没事吧，黛安姨妈？”

“谁会在那儿钉上块板子呀？正好挡在房子正中间的交通要道上？这样会把人脖子摔断的。”她一瘸一拐地走向椅子，“我没事，可是这条腿再也不会像从前了。早上好早上好，玛雅，还有你，艾瑞卡还是玛丽，我随便叫一个啊。”

“我只不过把我们昨天晚上谈的事情告诉她了，关于玛丽·嘉文的传奇故事。”她把盘子碎片扫到簸箕里，再倒进垃圾桶。跟着用手一提，把茶壶放到炉上烧水。

黛安揉着痛处，在玛雅身边坐下。“换名字也不是什么大不了的事。小时候我还是黛安·姆林斯呢。后来又变成大乔·西科纳，一下子所有的人都以为我是意大利人。”

玛雅用手指在桌子上画着签名：“我在纽约布鲁克林出生时，叫苏菲·弗森格，但是我已经有三十年没提过这个名字了，把它留在了过去。”她抬起头来，不再看那隐形的签名。“玛雅是印度教里的一个概念，是我们用物质世界来掩盖心灵世界中的真相的方法——这也是我选择这个名字的原因。La vida es sueno（西班牙文：人生如梦）。”

透过大敞的窗帘，艾瑞卡看着那个男人走出冷杉树丛，抓住雕像撑住身体，站稳脚跟。他老了一些，头发白了，瘦了，还有点儿驼背，但是伤口却还是化着脓，浮肿的眼皮闭得紧紧的，衬衫上的血迹暗淡了，扩散成锅把手的形状。他右手握着一支像短跑的钢笔，滴着红墨水。就在艾瑞卡才想起他几秒钟之后，这个已经死掉的人已经朝着屋子走过来了。

“我之所以改名叫玛丽·嘉文……是因为艾瑞卡·奎恩杀了人。”

“杀了人？”黛安问。

“在俄克拉荷马州加里森溪的一家杂货店里。威利叫我拿着枪在外面等着，说要是店里有麻烦的话就开枪。麻烦还真的来了，他当时看起来像拿着一把枪，马上要开枪打威利，威利先开的枪，我也开了枪，我们吓得半死，逃走了。”

黛安站起来，走向她，说道：“你这个可怜的小东西，你不知道吗？那个人活下来了！——我们从FBI那里听说的，他是他们最好的线索之一。那人受了伤，可还活着。他对警察描述了你们的模样，只不过那时候你们早就跑远了。”

“他死了。”

“没有。”黛安坚称这一点。艾瑞卡懊恼的样子让她心痛。“你从来没听说过吗？”

院子里的微风吹得羽毛花环轻轻旋转，太阳烤干了大地。艾瑞卡全身无力地靠着厨房的操作台，然后慢慢滑到地板上，坐在那儿一言不发，一动不动，任凭姨妈在旁边滔滔不绝地一再告诉她说那个男人真的还活着。罪恶感折磨了她整整十年，已经渗进她骨子里，影响她的神经，扩散到肌肉、大脑和心脏。懊恼自己在俄克拉荷马杀了那个人，懊悔自己所失去的一切，懊悔自己所没能做到的一切。在胃里打的结块松开了，她觉得自己的内里仿佛被清洗了一遍，开始流泪，为了爸爸，为了妈妈，为了自己。困惑不解的狗儿走到艾瑞卡身边，坐在地板上，拱着鼻子碰触她的脸，想弄明白隐藏在她悲伤之后的气息。

她们走上山坡，三个怪异的姐妹：最老的那个拖着条一瘸一拐受伤的腿，粉红色的外套在风中翻飞；瘦得像根竹竿的女巫带着两个喘着粗气，来自地狱的狗；夹在两者中间的，是个逃避自己历史的难民，因为路上的坑洞而跌跌撞撞着，还时不时地踩到刚刚冒出头的仙人掌，只要有水汇聚，它们就能生长。一串哈雷机车从山上蜿蜒而下，朝着矿车客栈方向开去。摇摇欲坠的房子，大门突然开启，两个小孩子跑到泥地院子里，一个赤着脚的女人跟在后面冲出来，赶他们回屋。艾瑞卡对周围的一切视而不见，一门心思地沉浸在自己的世界里。迈左脚，再迈右脚，要不是黛安和玛雅的坚持，她根本就跟不上她们的脚步。三个人手挽着手，让她不至于在行进中跌倒，不至于在隆冬的太阳下融化掉。现在有了第二次机会，艾瑞卡最想做的事莫过于蜷缩起身子，再睡他个十年。可是姨妈一直喋喋不休，一直在念叨着那个奇奇怪怪的小女孩。

“这个孩子，”黛安说，“显然是个骗子。从一开始，她就说她是你女儿，被你从新墨西哥送回去的，紧跟着又说她是上帝派来的天使……不知道怎么回事，这件事上你妈也掺和进去了。”

“那她是不是天使呢？”艾瑞卡问。

黛安不以为然地哼了一声，玛雅把手放到艾瑞卡肩上，没有回答这个问题。

她们来到客栈前的台阶，门廊上晒太阳的大黄狗摇晃着站起，匆匆跑到马路上去了。走进阴暗的室内，艾瑞卡总算觉得好多了。毒辣的太阳光钻透了她的头，使她头痛欲裂。玛雅竖起两根手指：“两杯玛格丽塔。”接着又多竖起一根：“三杯好了，我也来一杯。”她们仨在小舞台旁边找到张空桌子，酒刚一上桌三人就喝开了，还一遍遍舔着嘴唇上的盐。

“我来说点实际的吧。”玛雅说，“你想要玛丽跟你一起回家，看看那小女孩是怎么回事吗——”

艾瑞卡眼中泛着泪光，凝望着不知名的远方，从“现在”游离开，而再次回到那纠结混乱的过去。

“可是枪击的事情怎么办？”玛雅问，“要是有人认出她来，向警方举报，她到现在会不会还有麻烦？法定追溯期是多长时间？是不是还有人在找她？”

艾瑞卡放下差不多喝光了的酒杯。“我们不只做了那么一桩案子……我们还偷了几辆车——有一辆甚至还给弄丢了——据我所知，威利还抢了四家店。”

"那不成了邦妮和克莱德，闻名于世的雌雄大盗[1]?"玛雅打趣道。

"其实还没那么糟了，只不过……我还是不想因为年轻不懂事做下的蠢事在牢里耗一辈子。我是很想帮你，帮我妈，可——"

黛安举起手指压住嘴唇，身体前倾，要大家围成一个三角，前额顶在一起了。她压低声音："我认识一个住在华盛顿的人，他可以告诉我们是不是还有危险。FBI 是不是还在通缉你。他是你妈以前的男朋友。"

艾瑞卡笑起来，还打了个很响的嗝。"我妈有男朋友？真想象不到啊。"

"你妈的事你不知道的还多着呢。她差点儿就跟他私奔了——跟你一样，也跟你当年差不多大。他叫杰克逊，特别爱你妈，可是礼教啊规矩啊那一套叫你妈不敢做什么……我们的事儿，你不知道的可多着呢。"

艾瑞卡想起爸爸来——俯身靠着病床，手里拿着毒针，面对受害者——"可是我不能冒险呀，我怕有人举报我。"

"我们可以信任杰克逊，况且……我可以编个理由打电话给他，然后假装不经意地问起你的案子。不过么，当局也不可能太认真找你。你都已经失踪了十年了呢，他们还不得以为你死了啊？或者逃到国外去了。"

"可是其他毁灭天使呢？"艾瑞卡问。

"都被抓了，除了你。而且也没人提起你。有两个想偷偷溜到加拿大去的，在温哥华渡轮上给逮着了。另一个因为威胁福特总统在柏克莱被逮捕。其他人逃亡了两三年，也全都被抓了，正在大牢里服刑呢。我想……这会儿可能已经出狱了吧。"

"我不想坐牢。我就是怕回家会被抓。"

---

① 邦妮和克莱德是美国史上有名的雌雄大盗。两人及其同伙在 1931～1934 年间，在美国中部所犯的抢劫、枪击案件，引起报纸传媒的热烈报道。两人于 1934 年 5 月 23 日于路易斯安那州遭执法者伏击，中弹死亡。

玛雅举起杯子："没问题的，你知道，只要你小心一点儿。遵纪守法，低调行事，口风紧，不和陌生人交谈——你过了这么久地下的生活，大家通通都把你忘了。你已经变成玛丽·嘉文了，大家只知道你这样一个身份。"

"敬玛丽·嘉文！"黛安也举起酒杯。她的高脚杯里还剩下一小口酒。三个杯子碰在一起，"叮"一声响，吓醒了睡在桌子底下的狗。

14

学生们带着单子和宣传品回家。通知单上是镶边印刷的文字，内容很是歇斯底里，说一年级发现学生头发上有虱子。宣传品上则是以图解的方式说明如何采取相应的预防措施，最后还附上一张头虱的放大图片。于是玛格丽特赶快让诺拉洗头，冲干净，再洗一遍，再冲干净，最后坐在大太阳下，仔细地梳开头发，检查头皮。梳子齿刷过湿漉漉的头发，跪坐着的诺拉烦躁不安地抠着指甲。玛格丽特坐在安乐椅上，专心致志地做着这个简单的工作，一边不让纠结的头发剐住梳子，一面对诺拉这头长度参差的头发啧啧称奇。每梳一下，她的手就抽痛一次，但她还是继续给她梳着。"谁拿剪子攻击过你吧，亲爱的？剪得跟狗啃的似的，后面长短不齐。"

"我自己剪的。"

"我们得去剪个像样的发型。"她用手摸摸女孩的头，"或许还来得及赶在复活节前……等天气再暖和点儿的时候，头发就不能藏在风帽里了。"

"我没有特别在意头发，都是随便剪剪就得了。"

玛格丽特用手托着诺拉的后脑勺，低头望着她淡色的眼睛。她脸上的淤痕已经变淡了，而且变成了两道。玛格丽特不敢用指尖碰她的脸,但还是顺着那伤痕的轮廓轻轻抚摸了。她在回想这个女孩,透过她柔嫩的皮肤,她的眼白和缩小的瞳孔,她的一头金发、她精致小巧的骨架和纹理,回想这个女孩子。再次浮现在她心中的不是艾瑞卡,而是她自己的童年,是她自己的影子。小时候,她的信仰非常虔诚,每顿饭前、每天睡前都要祷告,感谢上帝的恩赐,祈求上主佑护。小时候,她真心相信天使,相信有守护神停歇在她的肩头。从加百列尔到玛利亚,复仇的半迦勒,《出埃及记》中派来保护特殊人群的天使。但是她已经好几十年没想起过这些事了,一想到天使心里就只是威利·雷尼克那个扭曲的版本。还有就是在她悲伤痛苦时探望她的那个人,那个头上戴着软呢帽的男人,在她看来那人仿佛是被逐出天堂的,而现如今天堂的大门已经关闭了。什么都没有留下,渐渐淡忘的信仰只留下隐约的回声。直到这个女孩子的出现,诺拉,从天上掉下来。她才被刷洗得干干净净,焕然一新。那孩子脚底的皮肤一圈圈皱起来了,脚腕上的结痂掉进浴缸里,留下一块约摸一毛钱硬币大小清晰可见的粉红色。

玛格丽特帮诺拉把浴袍的领子往后翻好。"我们最近找个时间去逛街买东西,你觉得怎么样?得买几件新衣服给你,而且我也想带你到匹兹堡市区看看,要不就上动物园或儿童博物馆去。"她想象着两人手拉手过马路的情景。"今年夏天,说不定我还可以带你去我童年时去过的海边呢。"

诺拉打断她的白日梦,"在我住的地方,没人帮我剪头发,所以我就自己把手绕到脑袋后边剪。我学着照顾自己。"

"当然当然,你确实把自己照顾得很好。可是现在有我在,我希望你把这里当成自己的家,如果你需要剪头发,或想要一件复活节穿的新衣服,或者要到什么地方去参加什么特别的活动,只要让我知道就行了。"

"可是现在离复活节还有好长时间呢。"

"也没那么久嘛。春天总是在你不知不觉的时候就来了,然后就是夏天。或许我们可以邀请你那个小朋友一起来。"

"你对我实在太好了,奎恩太太。我真希望可以一直留在你身边。"

"你应该叫我外婆,就像我妹妹在这里的时候那样呀。以后就叫我外婆吧,我的家就是你的家。"

诺拉张开手臂,抱住玛格丽特的脖子。空气里满是婴儿洗发香波的味道。玛格丽特贴着她的脸说:"我想对你说句话,并不是因为我期待你的回答,而是有时候必须得说出口,你能明白吗?我爱你。"

诺拉抱她抱得更紧,紧得让玛格丽特差点儿喘不过气来。她说了一句话,可是玛格丽特听不见。玛格丽特什么都听不见了,只听见自己的心跳,只听见大海的低语,从小女孩唇齿之间灌到她的耳朵里。

15

透过小小的窗,艾瑞卡看着西面的群山随着飞机上升渐渐消失。飞机漂浮在云海上,放眼望去净是一整片亮眼的白,比雪还洁白,延伸的地平线,汇聚到一片无穷无尽的深蓝中。结了霜的椭圆形飞机舷窗局限了视野,整个宇宙被框在里边。

过去的一周,玛雅、艾瑞卡和黛安都在安排旅行的细节。她们计划让艾瑞卡用假名旅行,玛丽·嘉文人已不在了,她的人生却还是得继续。在诺拉突然现身的两个月之后,艾瑞卡和黛安从阿尔伯克基飞往华盛顿。黛安会打一些必要的电话,找杰克逊打听是不是还有人在追查这个逃犯,她是不是还有官司在身,然后她们打算开车到宾州去看玛格丽特,还有那个闯入她生活中的陌生小女孩。

"你信不信,我从来没有在云层上飞行过?"她对坐在身边的姨妈说,"我总是想象天堂就在这里。金色的大门,还有天使。我认识一个叫尤娜的小女孩,她住在幽暗的大森林里,一间奇妙的小木屋。我在她家里生病了,病得差点儿死掉。她们喂我清汤喝,晚上让我服安神茶。

我觉得她想让我留在那里,因为她知道前面会有麻烦等着我。”

“那她又是怎么回事呢?”

“尤娜的爸妈丢下她,没去越南,而跑到加拿大去了。后来就像我这样躲起来了吧,我猜,再不然就是死了,或走丢了。他们把孩子留在森林里的小木屋。她奶奶以为我们是她的儿子和儿媳妇,是回来找他们的小女儿来了。”

“你那时候还跟威利在一起?”

“威利,对。”她在小餐板上画着圈圈。“爱让人疯狂。一辈子就这么一次,我整天恍恍惚惚的,就只想要他——不只是性,虽然那也疯狂得不得了——而是想要他在我身边。只要有他在,周围的一切就全变得柔软。他可能是在隔壁房间,或者就在门外,但只要知道他在附近,我就觉得好得多。你曾经这样爱过吗?觉得自己完全放松,你的心,你的身体和灵魂全都得到了自由,所以你也想用同样的激情回报他?可是他不要我,不像我要他那样要我。最糟的是,这些东西伤害了你,拒绝了你的灵魂却可以不受到任何惩罚,尽管这样,身体的一部分依然在爱着。”

“听着跟你妈妈一样。”

“我妈和我爸?”

“你妈和你。”

“没错,我想我们都在无意之间伤透过别人的心。”

黛安盯着前方的座位,轻轻笑出声来。有个生意人喝了一口黑咖啡,查看着前一天的股市行情。一排十几岁的青少年玩着纸牌,时间在欢笑声中流过。有个年轻妈妈把宝宝抱在膝头,那个小男孩睁大充满好奇的眼睛,手指缠着妈妈的头发。妈妈满怀爱意地低下头亲吻宝宝的额头,手上的小说又翻过了一页。

“有些人就是特别有悲悯之心。”黛安说。

艾瑞卡用头抵着冰冷的窗,“或许就是因为这样,她才会缠着我不放,想办法留住我,那个尤娜。我回家了,我妈会怎么想?你为什么不告诉她说你是来找我带我回家的呢?”

黛安伸手拉着她外甥女的手臂,要她注意听,“我必须得亲自做这件事。要是我做到了,就能赢得你妈的信任。我从来没告诉过任何人,甚至没对你妈提过,你姨父是个,呃,该怎么说呢,是个好色之徒。当着我的面也会跟女招待或者女店员眉来眼去的。难道我不知道他的那些风流韵事吗?真不知道他把我当成什么了。有一次,就在海边,他甚至还想占你妈的便宜。你记得那几年的夏天吗?谁知道是怎么回事,大概是晒了太多太阳,喝了太多啤酒,大家都以为我在树荫下的吊床上睡着了。可我看见他了:那只毛茸茸的大手伸到你妈的泳衣带子下面,他的鼻子紧紧贴着你妈的脖子,你妈反手就赏了他一巴掌。我还记得他当时的样子呢,手掌摸着脸,她甩他嘴巴的地方,他活像被水母螫了一样,一脸不敢置信的蠢样儿,想不通她怎么能做出这样的事情。当然了……他从来没对我提过这事儿,八成已经忘得一干二净了。像他那样的男人,我敢肯定,绝不是第一次被拒绝了。可是你妈也从来不提,连一个字也没有,你知道吗,我刚开始觉得很受伤,事后好几年都没办法相信她——因为无论如何,她也应该告诉自己的妹妹的。可是,在你失踪之后,再之后你爸爸也去世了,我开始比较了解她的本性,理解了她的秘密和沉默。她,玛格丽特,生活在一个与众不同的世界里,一个她渴望能远离纷争的世界里。在打乔一巴掌的瞬间,她已经原谅了他。她把肩带拉好的那一刻,就已经把那一段记忆藏了起来。”

“我想象不出乔姨父会对我妈动手动脚……当然了,对你,我也觉得很抱歉。”

“很难相信吧?可是这件事和乔无关,他的脑袋反正是长在裤裆里了。这件事甚至也跟当个好姐姐、向无条件爱你的人吐露心声无关。这一切与秘密,你妈和你女儿有关——”

艾瑞卡瞪着她。

“那个假装是你女儿的孩子,或者应该这么说,假装是她孙女的孩子。玛格丽特利用她来让自己的世界重新恢复秩序。她编造了这个骗局以求找到宽恕。”

“她要宽恕谁?”

“我们每一个人都在寻求宽恕。”前排的那个小男孩站在他妈妈腿上往后看,望着在他视野之内旋转的一张张面孔。他的目光锁定了黛安,绽出一朵微笑来,希望借此也能引来同样的笑。可他赢得的不是一个微笑,而是两个充满赞赏的笑容。小男孩于是满脸欣喜,上蹿下跳,拍着手,咿咿呀呀地叫了起来。黛安转头对着外甥女说:“你……你要为离家出走而寻求宽恕,你妈则要为放你走而求得宽恕。”

“那诺拉和这一切又是什么关系呢? 她怎么知道上哪儿去找我或找我妈呢? 你觉得她是从哪里来的?”

那个小男孩唧唧咕咕地尖叫着,想引起她们的注意。“我可不敢猜这个,”黛安说,然后就和那个快乐的小男孩玩了起来。

16

后来的好几年,当那些一桩桩一件件事情变成为传奇之后,诺拉的行动就被称为“奇迹周”与“无辜者的诱惑”了。每一个上学的日子,诺拉都在讲天使和来世的故事。引诱了一小群孩子,沉醉在她的阳光明媚的话语里,以及她的一呼一吸所带来的激动之中。一个潮湿的三月清晨,在打第一堂上课铃前,一群人围着她站在学校门口的人行道上。

“时机接近成熟。”诺拉说,“如果你们相信,我会把我所有的秘密都告诉你们。我会回答你们提出的每一个问题,还为你们指明方向。”

在场的有五个三年级学生:肖恩·华龙,马克·贝拉吉欧,莎伦·霍珀,多丽·蒂尔曼和卢卡斯·福特。他们紧紧挨着,鼻子都冻得红红的,每一次呼吸都会哈出一团团白汽。学校的老师和同学从他们旁边绕过,匆匆忙忙地并没有留意这群人。

“首先，你们必须了解什么是永恒。日历和时钟都是用来计算时间的现代发明。很久很久以前呢，人们靠着观察月亮来分辨月份和星期，用日晷和遵照星星的规律来计算时辰，但时间这个东西其实是不能被计算和测量的。今天，三月四号，只是在向前与向后延伸的时间线上很多很多天中的一天而已。此时此刻的一分钟也只不过是时间线上的一个点。”

莎伦打了一个哈欠，连忙用手背掩住嘴巴。

“你相信长生不老的灵魂，对吧莎伦？”

“死掉以后，”她说，“你的灵魂会升到天堂……或者下到地狱。”

“永恒是向两个方向延伸的。没有开始，也没有结束。如果你得到永生，也就意味着没有开始，也没有结束了。”

卢卡斯问：“那生日怎么解释呢？你出生的那天？”

“我知道，”多丽说，“你出生之前在妈妈肚子里住了九个月。”

“没错。”诺拉道，“但是在那之前，你又在什么地方呢？”

“不在任何地方？”卢卡斯试着答道。

“要是时间线从一个点往两个方向延伸，而且被称之为永生，那就不可能有开始，也不会有结束——你就是你，你们就是你们，就这么简单啊。我要分享的第一个秘密是：你们一直都存在，而且会永远存在下去。”

上课铃响了，他们一片茫然地进了学校。这个早晨过得好慢呀：帕特森太太说个没完没了，却什么重点也没有。黑板上乱七八糟关于分数的题目，一道接着一道。午饭时间，六个孩子抓起纸袋和午餐盒，聚到他们在餐厅角落的桌子。吃着三明治和薯片，佐以东拉西扯的闲聊。他们等着诺拉吃完她那碗水蜜桃再开始说话。她用指尖在涂了蜡的餐桌上点了一个点，然后再画了一条线连接到终点。“真心相信的人就能征服时间。你们生命有多长或者多短并不重要，要是你们一直——”

“征服时间？你没办法让时间停住的啊。”多丽说。

肖恩低头看他吃剩下的吞拿鱼三明治，觉得有点儿反胃。

"快别这么一根筋。"诺拉说,"谁会数时间?"

莎伦举起手:"就像数到六十秒就是一分钟吗?"

"每数一秒,你就得念一声密西西比,否则就会数太快了。"肖恩说,"一密西西比,二密西西比……得像这样。我爸教过我怎么数。"他脸红起来,诺拉很快地拍拍他的手。

沿着餐厅长边的墙壁有座舞台,舞台正中间挂着一个大钟,滴滴嗒嗒走个不停。诺拉指着那迅速转动的指针。"等那根红色的指针走到这分钟到头的时候,你就开始数。"

他们把椅子从餐桌边推开,面对着舞台,专心盯着时钟走动。在诺拉所指定的那一刻开始小声地开始数数。只过了五秒,多丽和马克停了下来,不敢再数下去。莎伦和卢卡斯查看他们的手表,还没数到十全都停了。只有肖恩数完整整一分钟。但那根秒针还是一动也不动地停在原来的位置上。餐厅里的大部分孩子都没注意,只有坐在附近的三四个人对他们这一帮人全神贯注的模样十分好奇,这时候也才发现大钟完全没有工作,停掉了。也没出别的什么事儿。餐厅周围还是充满吃饭喝水的嘈杂声、餐具碰撞的哐当声,突然爆发的笑闹声和叱骂声音。在念到第六十次密西西比的时候,秒针突然抖了一下,又开始走。时间又重新开始。

那个星期还出现了另外六件标志性的事件。

星期一放学以后,又有两个孩子加入进来。诺拉带他们来到通往树林的小路,在分隔街道和树木之间的铺道上,她要孩子们围着她,闭上眼睛。在她的命令之下,他们一起睁开眼看着她张开的手掌,每根手指的指尖都闪着小小的白色火焰。她缩起手指紧握成拳,火焰就像风中的蜡烛一样立刻熄灭掉了。孩子们大吃一惊,继而是情不自禁的掌声。等别的孩子回家以后,马克对肖恩说,这是自从有位魔术师在"今夜秀"把一整笼鸽子变得不见了之后,他所看过最精彩的魔术表演。

第二天星期二早上,还没等孩子们睡醒,诺拉就在这七个孩子的梦里现身了，她坐在他们的床脚，单个细数他们父母所犯下的七宗罪[1]。那一整天在学校里，这群九岁的孩子比较着彼此的故事，印证着梦里的细节，都对相似的程度与故事的精确程度惊骇得无语。连那些原本只是怀疑自己爸妈犯了贪婪或通奸罪的孩子都知道，他们最深的恐惧和最隐秘的思想都已经被她察觉，不知道怎么搞的，诺拉已经知道了他们灵魂里的挣扎。

星期三中午，又有三个孩子听到传言了，继而加入到他们的午餐聚会里来，而且在当天下午就跟着她四处游荡，听她讲关于信念和先知的故事。她又带着他们走那条通往树林的小路，一团夏天才会出现的黑蚊子飞起来，绕着这些孩子飞舞打转。蚊子密集如云，突然从天而降，钻进了孩子们的嘴巴和鼻子，逼得他们飞跑回家，双手还不断在眼前挥舞驱赶着。

星期四，她的随从已经变成十二个了，他们一起偷偷溜进圣安妮教堂。在阴暗寂静的中殿，诺拉举起支铅笔，像摩西举起手杖那样口中念念有词，用力在长椅顶端一敲。周围的雕像随即有了动静。圣约瑟的手指紧抓着权杖，一尊泥塑的天使眨眨眼，圣婴在母亲膝上扭来扭去，十二个孩子中的一半见状吓得拔腿就跑，根本不相信自己的眼睛。留下来的则看到圣母玛利亚垂泪，看到受伤的耶稣开始滴血，以及其他无法解释的恐怖与离奇现象。

这些神秘事件的报告又重新成为学校走廊中的讨论中心。那十二个忧心忡忡的爸妈和一些道听途说那些传闻的家长们纷纷往学校打去电话。在这之前，大家原本只把这些传言当成是一个新到学校和社区的爱惹麻烦女孩所勾起来的幻想罢了。可现在不同了，加上家长的恶意与夸大其词，她的故事分量更重了。最热心虔诚的教友抗议的声音也是最大的，而那些什么都不信的无神论者此时也变成他们暂时的盟友。星期五早上，泰勒校长一到学校，已经有十四个留言等着他了。还

---

① 七宗罪：傲慢、贪婪、色欲、愤怒、暴食、嫉妒、懒惰。

不到九点钟，他又接到十几通转接过来的投诉电话。非天主教徒嘲笑会流泪的雕像是一些天主教徒搞出来骗人的勾当，《圣经》的含义被严格地按照字面意思拿来研读，“亵渎上帝”的罪名也被重新讨论。而天主教徒呢，虽然非常急切地愿意相信这个事件，却因为孩子们侵入教堂的行为而觉得被冒犯了。不可知论者和无神论者想知道的是公立学校怎么能容忍这种无稽之谈。好几个家长坚持认为诺拉·奎恩正是问题所在，有个孩子的父亲甚至雷霆大怒，大发了一把脾气，非说泰勒校长要是没办法保护他女儿不受这种宗教议论的干扰，他就要上美国公民自由联盟投诉去了。

通过大喇叭广播，泰勒校长叫诺拉到他办公室去一趟，中途离开正在上着数学课关于质数那个单元的讨论。学生哪里见过这样壮观的惩罚方式，二十几张好奇的面孔目送她走出教室。肖恩想象她走过长长的走廊，心里暗暗数着步子，可以想见她经过挂在墙上的二年级学生的自画像，贴在门上的三叶草和绿衣小矮妖[①]，经过音乐教室和散乱放着录音机和定音鼓的架子，经过静悄悄的图书馆，转过墙角到餐厅。再然后呢，她会慢慢从容地走进校长办公室。可就在她踏进校长室前，紧急报警警铃猛地响了。学生们兴奋地骚动着。帕特森太太看看钟，叹了口气，要大家在门口排成一列，召集同学们去清晨阳光明媚的操场。诺拉又一次施展神功回到了队伍里，带着惩罚被延期的微笑。

“这就是一次火警演习吧？”肖恩问她。

她没答话。别人都看着空无一人的建筑，她却望着教师停车场，好像在暗暗数着数，数字在递减中，七——六——五……几乎无法辨别，只看见她的嘴唇蠕动着。肖恩看着她倒数，三——二——，快念到一，肖恩的目光从她的嘴唇转移到她所凝视的物体上面。倒计时为零时，一声巨响吸引了所有人的注意力，一转脸，看见浓烟开始从一辆白色跑

---

① 一身绿装的小矮妖，是爱尔兰传说故事中的角色，他们是为仙子们制鞋的鞋匠，行动快速，喜欢恶作剧的小精灵。

车前冒出，接着又是轰隆一声，火焰炸翻了引擎盖子。

“我的宝贝！”泰勒校长大叫一声，朝心爱的汽车跑了两步，突然停住了步子。大火越烧越烈，在接近火焰中心处，一只鸟儿飞起，宛如浴火的凤凰。那是一只巨大的乌鸦，拍着宽大的翅膀，疯了一般呱呱大叫逃脱般飞向天空。诺拉的每一个信徒都在忙着寻找同样相信诺拉的其他信徒，大家彼此交换着眼神，想起他们相信诺拉后所亲历的种种神秘事件。等救火车拉好水管，结束火和水的这场大战之后，这十几个孩子围住诺拉，很想知道她在这场火警中到底扮演了什么样的一个角色。

“你是怎么办到的？”马克问。

“太不可能了，”马特说，“你和我们一样，离那辆车好远。”

多丽和大家的观点都不一样：“想避而不见校长，真是好笑的一招啊。”

孩子们越凑越近，诺拉挥手让他们退后，在她身体周围画出一道隐形的界线来，“最好别把天使惹毛了。”她眨了眨眼，咧嘴一笑。

“我不信你跟火灾有关系。”卢卡斯说，“我妈说根本没有天使，她说你就是一个怪人，要不就是个宗教狂。”

“你不记得我是怎么救你的了吗？我看得见你们心中所有的犹豫和怀疑，所以我会再表演一次给你们看的。”她抬眼望着清亮的天空，温暖且昭示着春天。别人也都注意到这美好的大晴天了，草地的绿意渐浓和花草树木的含苞待放。“天使之怒将降临充满疑心的人间。”

消防队员们忙着清理善后，老师和学生鱼贯回到教室，想方设法让这个星期五的下午变得正常起来。当天下午上到最后一堂课的时候，窗户开始震动，喀啦啦地响，狂风大作，外面的树木左摇右摆的，给风吹得弯下腰去。翻滚的云团让天空暗下来，教室里笼着阴影。碎片到处乱飞——被遗忘的枯树叶子、纸巾、包装纸，丢掉的作业本和曾经错放在其他地方的小纸条。一根跳绳飞过去，像被扯断的电话线。多丽擦好黑板回到自己座位上，她把手掌贴在窗上，却被灼热烫得缩了回来。可再小心地伸手一摸，多丽却又吓了一跳，因为玻璃已经又变得脆生生的冰凉。一些体积更加巨大的物体在地面上滚动着——垃圾箱的盖子，飞速旋转的足球，一个午餐托盘，一根碎裂的枫树枝。他们期待能有头奶牛从头顶飞过，或者是一座旋转着的农舍停在女巫皱皱巴巴的脚下。天空变暗，漆黑如墨。孩子们从窗子上看见自己忧心忡忡的倒影。

下了课走出教室，狂风袭来，孩子们全都尖声怪叫起来。没有几个孩子对陡降的气温有所准备，外套被吹得猛烈翻飞。毛衣被吹起，拖在背后硬邦邦的，好像知更鸟的翅膀。他们的双臂抱在胸前，低头避开强风，艰难地往家的方向走去。顺风行的孩子们觉得自己分分钟钟都可能会被吹上天去。一只鸟顶着狂风迅猛地拍打着翅膀，却无法前进，于是像风车似的往回退到安全的地方。狂风鞭打着大家的脸，孩子互道着再见。诺拉的随从们聚拢在人行道边上，冷得要死，迷惑不解，还很害怕。一缕缕卷发在诺拉脸庞周围飞舞，冷风吹得她的眼镜都起了雾，但似乎只有她对这场风暴浑然不觉。那群孩子和她走在一道，仿佛一群探险家不畏狂风扑面的侵袭，勇敢地朝着开阔的冰原前进。

自行车道旁边的林木形成了天然的屏障，这里的风势小了许多，但是枝叶的飒飒声和溪水奔流的声响还是让他们不能以正常的音量交谈。走到岔路口，诺拉停下了脚步，面向大家问道："现在你们该相信了吧？"她放声说。

多丽的黑眼睛里盈满眼泪，湿润润的。男孩们吸溜着鼻子，看着地面。肖恩站在她身边，拉着她的胳膊，大声吼了回去："快让风停下！"

"明天来找我，"她拔高声调，盖过风声。"明天三点，我会让你们见识更大的传奇的。"

这群诺拉的门徒举手挥别，点头表示同意。诺拉和肖恩跟大家分开走，踏上穿越树林的小路到奎恩家。走到篱笆那里，肖恩便注意到风已经停了，而等回到自己家，风完全消失了。

17

*母亲，妈妈，妈咪，妈，玛，玛格丽特，我的母亲。*从华盛顿特区开车到宾州途中，艾瑞卡和着车轮在高速公路上奔驰的节奏，暗暗念念有词。风声呼呼响着，从敞开的窗户灌进来，收音机时断时续，和姨妈有一搭没一搭地聊天。*我的母亲，我的母亲，我的母亲。*拼命想占得上风的那些回忆，大多数是最后一年那充满敌意的回忆：爸爸参战的历史，和堵在他们一家三口之间的感情高墙。她试着回想更早也更快乐的时光。在海滨沙丘上追逐打闹，抢着第一个迎向向往已久的夏天的广阔海洋。还有那些出其不意的风趣幽默，带着几分讽刺挖苦，让晚餐桌子上人人都哑口无言的谈话。拆开礼物前的那份期待和希望。可是回忆中，多数时间是妈妈的耐心倾听，听着她诉说那些或烦恼或伤心的事，然后给些祈祷、安慰或老生常谈的忠告。“一切都自有安排。”她喜欢拿这句话来安慰人。可是艾瑞卡知道，根本就没有什么安排，只有意外和欺骗，所以这种无关痛痒的话完全起不了什么作用。进入青春期以后，她每次跟她讲完话总是心里觉得空荡荡地走掉，或许对于玛格丽特来说，放手时唯一能做的只有说教。女儿和母亲之间毋须正式的道别。

“她现在老了，这是肯定的。”黛安说，“你失踪后，她一夜变老，好像突然跳过了其中那许多年。一天之内，我记忆中的姐姐离开了，留下了一个空壳子。直到诺拉的出现——”

我的母亲，我的。

被问到星期六下午急匆匆地要到哪里去时，肖恩大叫一声：“去外面!”冲过客厅,嘴里才喊着:“再见,妈!”防风门就在他身后“砰”的一声摔上了。伊芙那天太累了,略一迟疑,等她走到门廊察看时,他已经跑得不见人影了。她在街道两边东张西望,可肖恩早跑掉了。

“你对这个孩子的事知道多少,说真的?”那个暗中监视的人问道。帽子拿在手中,脸和手在当时看来是透明的。“她奇怪的行为和对圣灵的含沙射影已经在全镇传得沸沸扬扬了。小心啊。你妈准会这么说,安全第一。”

玛格丽特声音非常温和:“我妈最重礼数,惹得街坊四邻闲言闲语就可以算做是最大的罪孽了。”

“她对你的野性子相当不以为然。还有你对男人的选择。杰克逊——”

“请别跟我谈爱情。那东西让人灰心失望。”

“这个孩子不是你女儿。你也不大可能拥有这个天使诺拉。”他悄悄地溜了,瞬间消失得无影无踪,就像靠静电传送的广播一样。

“你想我怎么做?每天早上一睁眼,完全不知道我的孩子出了什么事吗?天天想她,想到我死那天为止吗?”她对着他原来所处的位置说,那里已经什么都没有了,只有回忆的影子。他永远离开了,她开始担心,他的消失是不是代表了有其他人将要踏进她的生活。

迎着午后的阳光,光彩照人的诺拉出现在客厅,在她面前,走到她和她的影子之间。“该做的都做完了,”诺拉说,“我不想迟到。现在可以走了吗?”

18

诺拉还是把他们带到那座桥那条河去了。

过往行人看见六个孩子的队伍并未觉得异样，只当他们是去看星期六的一场午后演出，要么就是上公园玩游戏，或者就只是在阳光普照的午后漫无目的地闲逛。诺拉、肖恩、莎伦和多丽走在前面，马克和卢卡斯则骑着单车在后面懒洋洋地兜着圈子。没有人阻止他们，没有人问他们要去哪里。孩子们像隐形人般淹没在钢铁之都的人流中，他们周围都是忙于生计和日常琐事的男男女女。

男孩们把单车停在街角，队伍排成一行走上桥去，诺拉领头，肖恩殿后。在桥的制高点，这帮孩子停下脚步，双手扶在栏杆上，望着脚下奔流的河水。缆绳上停着鸟儿，它们静静栖息在上头，等待着。远方，一艘运煤船看起来像个玩具，肮脏的甲板顺流而下。一辆旅行车放慢了速度，司机朝他们的方向看了一眼，然后继续往前方开去。诺拉灵活得像只蜘蛛猴子，身子往上一撑，坐在栏杆上，面对着其他人。她的两条腿在空中晃来荡去，手抓在栏杆扶手上保持着平衡，她无视周围的一切：广袤的天空，身后的巨大落差和滚滚的河水。一丝微风吹过，她的发丝被吹散，挡住了眼睛，她放开一只手，把发丝塞到耳背夹上。“如果你们真的存在过，”她说，“从一开始就存在的话，那就会永远存在，那么，对于生命的关注只不过是时光里的一声轻轻的叹息。人啊，总是忧心着所有的问题，大的小的，全都担忧着。不相信麻烦会自己过去，总是一如既往地担忧着。”

下面的五张脸仰望着她，充满了不确定：莎伦对着阳光眨巴眼，别人则举起手遮住刺眼的光线。桥下的河水显得愈发的黑，如同泼的墨。路边又有一辆车飞驰而过，碾过路面的凹坑，车轮发出打枪的爆破声。“真是完美的一天，”诺拉说，“用来飞翔。”

映入肖恩眼前的第一幅景象：其他孩子都加入到诺拉的行列里，像走钢索的人那样在栏杆上站稳脚跟，双臂不停地摆动以便保持平衡。他们站成一条直线，歪着头看向中间，谛听着她的指令。背光的五个轮廓和白晃晃的背景形成了鲜明对比，随着她一声令下，所有的孩子纵身跃入空气中，浮在空中的，风迎面而来，衬托着他们伸展开的臂膀和胸膛。有一瞬间那么安静，那么完美，那么优美，接着就像石头那样往下坠落，静静地快速地插入水中，划破水面，刀割一般，沉进水底，越来越慢，回旋起伏，跌落沉入淤泥之里。那几个孩子的眼中写满的都是不可思议，他们的身体随着冰冷的暗流一起飘荡起伏。映入肖恩眼前的第二幅景象则是他们像幼鸟那样排好队，展开双臂，滑翔上升，带着恩惠和惊喜，盘旋着飞向湛蓝的天空，像天使一样，一直飞，直到消失在深蓝色的天际之间，永远地消失了。不论在哪一幅景象里，肖恩都留在桥上，眼睁睁地看着其他孩子沉入水底或翱翔于天际，疑虑和恐惧牢牢钉住了他，让他留在原地不动，无力加入他们的队伍。

诺拉像游泳选手躬身准备起跳，她双脚踏上栏杆，脚趾用力抓紧，人行道上的孩子们做出要拯救她的姿势，可谁也没有挪动半步。一辆车门漆着玫瑰花的小货车嘎的一声来了个急刹车，诺拉闻声转过头去。肖恩趁机跑上前去抓住她的胳膊，血液在她的血管里呼呼奔流，和狂跳的心脏声。“打住！”肖恩说，“别跳，下来吧，我相信你——”

她大喊一声，任由身体跌落在人行道上。但他的手指还是牢牢扣着她的手腕。停下来的那辆小货车司机打开车门，秃脑袋探出车窗外，吓得目瞪口呆，没法站起身来。他认识这两个孩子，他邻居的外孙女和那个小男孩。“你疯啦？”帕特·德拉罗萨冲着诺拉大吼，“你们这些孩子赶紧滚开，离这座桥远点儿！你们在这里干什么？”

“我们要学习怎么飞，先生！”马克扯着嗓子喊。

“跟天使学。”莎伦补上一句。

“快滚！不是摔断了脖子，就是折到水里去。”

肖恩把她放开了，她的手腕留下一圈红印子。帕特·德拉罗萨等到这几个孩子在肖恩的带领下走到一个角落，这才打开后车门，飘散出花朵的香味。这时，警灯的红光蓝光也已闪映在大桥钢梁上，没有一丝抱怨，孩子们通通投降，把自己交给了警察。

19

晚餐是在一片沉默中度过的，两人都只是嚼着食物，时不常地彼此对视一眼。从警察带诺拉回家，交待了桥上发生的事情之后，玛格丽特就变得精神恍惚，差点儿连晚饭都忘了煮。头一次，她感到了恐惧，对这个小女孩和她危险举动的恐惧，她也不敢问太多，生怕问多了真相就会大白。稍晚些，她们坐在餐桌旁，小心翼翼地生怕说错任何一句话。玛格丽特炒了蛋，烤了几片面包，拿出两罐果酱。那天晚上其实也并非完全太平无事没有冲突：在警察刚离开后，玛格丽特就和诺拉干上了，玛格丽特滔滔不绝长篇大论，讲给她听躲开麻烦的必要性。之后还接到过德拉罗萨夫妇打来的电话，他们讲了一大堆莫名其妙的话，电话里的声音还带着惊慌呢，说有个陌生人到他们店里来打听诺拉的事，而玛格丽特只说那是迷信，偏执狂的做法，便匆匆挂断了那通电话。再之后玛格丽特又再次告诫提醒诺拉爬到高处有多么危险，责备她不应该跟小同学们乱编什么故事，恳请她再也不要谈什么天使了，要她答应这是最后一次。诺拉不愿意给出任何保证，只是答应了会乖乖的，好好的，会小心。“时间迫近了。”——一被问到为什么这么做的时候，她就会给出这样的答案。玛格丽特第一次对她这种神神叨叨的弃儿天性觉得有些不耐烦。暂时休战期间正餐也上桌了。她决定第二天早上再跟诺拉好好谈谈。晚餐时分玛格丽特仍然心存感激，庆幸还好没有造成任何伤害。这孩子就在眼前，舔着一勺子果冻里的水蜜桃，毫发无损安然无恙。

门外三声敲门声，随后又是防盗铰链吱吱嘎嘎地响，有个熟悉的声音扬声喊着：“哈罗——”“黛安姨婆！”诺拉大喊，从椅子上跳起来，铆足了劲全速冲刺一般冲到门厅。张开手臂，头抵着黛安的胸口，诺拉把姨婆搂得紧紧的。“我就知道你会来的。”

“乖点别闹，孩子。”黛安拍拍她的头说，“我姐姐呢？”

这时，玛格丽特刚好拐过墙角，看见失踪多年的女儿站在自己面前。

“我应该先打个电话过来，”黛安说，“可是我一直没有多大把握，直到今天，才敢肯定她会走出这一步——”

“妈。”艾瑞卡用两手掩住嘴巴，失声哭了出来。

“并且，我也想着带她回家来，然后亲眼看看你会有什么表情。玛吉？”

诺拉踱到暗处。

玛格丽特被惊得目瞪口呆，虽然身上的每一块肌肉都充满了反射性的力量，可她还是动弹不得。这个离她不过两米开外的“幽灵”，她的宝贝女儿。“艾瑞卡。”

艾瑞卡从黛安身边走过来，拥抱她，抱得紧紧的，好半天才放开手再打量着对方，她们亲吻，拥抱了再拥抱，跟玛格丽特脸贴脸骨头都被硌得微微酸痛。好长时间她们都没说话，只是心满意足地哭着，抚摸着，以证明这一切都是真的。

“真的是你吗？”玛格丽特问，尽管是她生命中最亲近的人，可她女儿此时却显得如此陌生。她盼着她回来盼得太久太久了，可祈祷得到回应时，却惊呆了。好像艾瑞卡只是到乔伊斯·格林家留宿了一夜，隔天早上就回来了似的。好像是掉进兔子洞里，又像土拨鼠那样跳出来，没留下任何影子。头天晚上她还是七岁的小孩子，第二天就变成了二十八岁的大人。她是雪地里的报春花，亦是夏蝉，来了又去，周而复始。容颜改变，可她依然是那个摇篮里的婴儿，是那个勇敢跃入惊涛骇浪里的弄潮儿，是那个拿到好牌就咯咯大笑的少女。她被风吹走了，随着风绕地球一圈又回来了。艾瑞卡再一次变回是她的了。

“爸爸的事，我很难过，很难过。我很怕再也见不到你了。”艾瑞卡匆匆瞥到了那孩子一眼，可手仍然搂着她妈妈的肩膀，现在在她脑子里除了母女重逢之外什么都装不下。黛安姨妈说的真没错,妈妈看起来比实际年龄要苍老了。忧虑憔悴,岁月摧残,风霜和担忧刻出的细小皱纹,两鬓花白,松弛的皮肤。玛格丽特饱受打击,历尽了沧桑。她被整日的担惊受怕压垮了。骨头的剧痛让玛格丽特难以承受,过了很久才领悟到女儿确切在眼前这一事实——她还是她的母亲,还没死。她坚韧不拔,如同她的悲伤那样。她就是宽恕的化身。

黛安带诺拉到厨房里去,有意给母女俩一些独处的时间。她们也有好一会儿没说话,只用思量的目光打量对方。"很意外再见到你妈妈?"黛安问,"或者我是不是应该说,是第一次见到?"

"你是怎么找到她的?"

"这你应该知道啊。我就是照你说的找的,到新墨西哥去了。问题是你怎么会知道她人在那里呢?"

"是外婆,"她说,又马上改口道:"奎恩太太以前收到过一封信,但是从来也没去找过她。我也没办法去,因为没人要我这样做啊……我知道只要告诉你她的下落,你就会去的。你那么勇敢。"

"勇猛得像狮子。"

诺拉把果冻罐子盖上盖,把脏碗碟放进水槽里。"从我们见面的那一刻起,我就知道你会去的。"

"那你怎么会知道呢? 难道又是你的另外一种神力吗?"

"不是。因为你是她妹妹——除了你没有别人。"

诺拉一个人坐在厨房的餐桌旁,画着一幅幅精致的画:有捕猎的大猫,黑影里的豹子,猛扑的老虎,一群攻击斑马的狮子。隔着一道墙壁,大人们的谈话像遥远的溪涧潺潺低回,她们的声音听来就是三部分:女儿与母亲的声音在相互应和,姐妹俩的交谈彼此抗衡,而那一阵阵的笑声则是和谐共鸣。独处,还是头一次,诺拉觉得自己听见门后头有人,可是她把鼻子贴在玻璃上,漆黑的夜,除了门上的玻璃,她什么都没看见。不论刚才是谁在那里,这时应该都已经离开了。隔壁交谈的频率和音调变化交替，客厅里不时传来“诺拉”二字，可诺拉完全没有兴致竖起耳朵去偷听。隔壁的人总归会想起的吧——把她一个人留在厨房里。九点半，艾瑞卡进了厨房，灌满了茶壶，还偷偷瞄了一眼诺拉。诺拉攥着铅笔，只是专心画画。“都画了什么啊？”艾瑞卡问，在诺拉对面的椅子上坐下来，一张一张仔细地打量起来。“都很棒。”

“谢谢。”她把那条线描完，然后放下铅笔。

“很高兴见到你，诺拉，我是艾瑞卡，这个你早就知道了。你可得叫我玛丽，尤其在你朋友面前。你能不能假装我是玛丽·嘉文，我是来这里做客来的——这样大家都不会有麻烦。”

“别担心这个，我挺能假装的。”

“我知道你能。”她端详着小女孩的脸，啧啧称奇不已。“很久很久以前，我遇到过一个非常像你的女孩子，她叫尤娜。她连长相都跟你差不多。同样的眼镜，同样的眼睛，同样的头发，她跟她奶奶相依为命，住在森林里的小木屋。”

“那她爸爸妈妈呢？”

艾瑞卡用指肚压着桌面，沾起一些面包屑。“我们也不是很清楚。可能是离家出走了，也可能是出了什么意外。不管发生了什么，反正他们把女儿留给奶奶，就再也没回来。”

“好悲伤的故事呀。”诺拉说，“她孤独吗？”

“是有一点。可是她很聪明，就像你一样，而且有相当丰富的想象力。尤娜也特别会假装。”

诺拉眼镜片后的眼睛飞快地眨了好几下，厚厚的镜片更是把那动作放大表露出来。她稍稍晃动了一下，好似一件突然对不上焦距的物体般模模糊糊。诺拉掉进自己的世界里，勉强挤出一个笑容，然后仔细看着她那张未完成的作品。“你们会马上把我送走吗？”

“当然不会。我妈和我得花点时间把事情先理出个头绪来。”

“我今天晚上睡哪里啊？”

“当然睡你自己的床呀。我们以后再聊……现在，你是不是该去亲亲那两个老太婆,然后上床睡觉啦?”

“晚安,玛丽。”

听到这个名字,艾瑞卡笑了,她拍拍小女孩的手,站起身去照料嘘嘘直叫的茶壶。

20

当妈的都行动起来了,要来拯救她们的孩子,那些如同高高盘旋在长线另一端的风筝和气球,不救,自己的孩子恐怕就会永远地飞走。铁了心,一定要挽救自己的子女脱离这座大桥的威胁。如果需要的话,她们甚至愿意纵身跃到那桥下幽幽的河水中去,在河底寻找,只求能有机会拉孩子们一把,让他们从已然陷进的麻烦里脱身,让他们能够大口喘气,恢复心跳,从噩梦中醒过来。整整一个周末,各种电话交替着,传递着信息,议论警方、桥上的孩子们,还有生活在她们之间的那个小小的危险分子——她不但在他们的学校里读书,而且就住在他们的社区里。就是这个诺拉,扰乱了家长们长期以来为孩子维护的秩序,他们共同的价值观也受到了威胁。到了周日晚上,一场抗议活动已经准备就绪。妈妈们联合起来准备与当局对话,把她们心里的所思所想讲给那些不知危险毫无防备的人听,铲除流传于家家户户的病毒。周一天刚蒙蒙亮,众人就聚集在了学校外面,手紧紧抓着他们心肝宝贝的肩膀,随时准备对泰勒校长来个伏击战。直呼其名,没在泰勒的名字后冠上“校长”或者“先生”,是为了逼迫校长采取必要的行动,就像刷掉墙壁上淫秽下流的涂鸦那样,以确保学校里再不会有任何有关天使的言论。

面对密密麻麻的人群,泰勒根本不知道如何来应付这群站在学校前院草坪旗杆下的母亲和小学生们。一看见这满眼的女人们,一下子就让本来就很低迷的心情更是荡到了谷底。自己那辆跑车给烧了,真是伤心得要死，上班只能用姐姐的大众轿车代步，泰勒一边从停车场出来一边诅咒着聚集的人群。嘴里念念有词，几乎迎面撞上怒火中烧的福特太太。只见福特太太胳膊下还夹着一个小男孩：满脸煞白，又羞又怕的样子。

“你必须得做点什么，得想法子处理处理奎恩家的小孩。”福特太太一开口，嘴巴边全是口水沫子。

“她就是个祸害，我女儿差点都给淹死了。”蒂尔曼太太也冲过来了，附和着福特太太。

没一会儿，泰勒就被团团围住了，只能一小步一小步地拖着往前走，这也几乎是在原地打转。霍珀太太个子小得像只老鼠，声音却洪亮得像大象。“那个女孩让他们去想一些他们根本就不应该想的事情。”她说。韦斯特太太晃着手指头，虽然她儿子都上五年级了。帕多克太太、霍珀太太和格林马金太太站成了爱尔兰三叶草的队形，费劲地说个没完没了。跟她儿子一样有着一双海鸥眼的曼苏尔太太这时看起来真有点疯狂了，拼了命想找个正确的用词。她们对着泰勒大声咆哮，走投无路之下，护犊子是她们唯一要做的事情。

人群中看不见任何一位父亲，因为少数那几个运气够好还有饭碗的人可不敢误工，不敢离开磨坊几个小时，到学校去对着校长鬼叫。世道艰难，没人敢和任何有权有势的人叫板。至于那些失业在家尚在等待钢铁业起死回生的父亲们，要么还躺在床上做着梦，要么就已经到工会大厅品上了这天的第一杯威士忌了。尽管男人们没有到场，但是这些父亲一听到老婆描述莫农格希拉河上发生的意外，便都对自家孩子所面临的威胁火冒三千丈。其中有几个父亲心里明白，他们的孩子是花衣吹笛手垂涎三尺的对象，他们那么单纯，单纯得无力抗拒任何的魔法，除了乖乖就范外不会干别的。父亲们趁母亲不注意的时候会偷偷松掉孩子身上的“绑”。他们矫正孩子行为的方式还算不那么直接——跟儿子打橄榄球、打猎或者钓鱼，用来分散他们的注意力。但是对女儿呢，却要小心，这份茫然让人不知从哪里下手，女儿现在还很嫩，还知道知恩图报。在她们把自己当成无药可救的白痴之前，当父亲的还有一段光彩的岁月可兹挥霍。但总有那么一天，当爹的也会不被放在眼里，要么低声下气地贿赂孩子，要么气哼哼的虚张声势，巴不得孩子们能待在原地不动，远走高飞的那刻不要那么快到来。自从一开始，父亲们就知道线迟早会断，所以每过一天悲伤就多了一分。而母亲们的眼睛则是一眨不眨牢牢盯住飘在蓝天上的孩子，真等到心碎的那天来临，也还是会被惊得目瞪口呆。

满心羞愧的孩子们对爸妈的介入超级烦恼，可活在妈妈的数落声中倒也不敢造次。六个小信徒里有五个背着双重的负担，一边是自己都没有多大把握的东西，另一边是无心惹出来的乱子。他们藏在妈妈的影子里，相比起大人们说的话来，他们更害怕的是同伴们的鄙视。在桥上被警察阻止后，小信徒们一个接着一个地背叛了诺拉。卢卡斯·福特和多丽·蒂尔曼彻底翻了供，表示压根儿没信过诺拉说的那套。莎伦·霍珀一个劲儿猛掉眼泪，说不知道应该相信什么不信什么。马克·贝拉吉欧撑得最久，他相信自己所体验过的感官证据和自己长期以来的训练让他能够接受有奇迹存在的可能。但是在爸妈开始谈到宣称自己比别人更接近上帝是亵渎、辱神，厚颜无耻的行径时，连他也退缩了。“奎恩这一家子，先是有个该死的疯丫头，现在又杀出来个外孙女，简直疯得像只大黄蜂。”他爸爸噼里啪啦好一顿数落。

学校草坪上，大家达成了协议，校方也做出了承诺。在适度让家长宣泄过情绪之后，泰勒答应会找那个学生好好谈谈，然后再找她外婆谈。“我把这事列进时间表里了，”泰勒说道，“只要你们让我进办公室，一定马上办。”为了息事宁人，他答应在这个星期找一天晚上跟所有忧心的家长们见面，倾听他们的埋怨，告诉大家他要采取的下一步举措。一步一步的退让妥协，每退让一步，他总是会扫视一眼愤怒人群背后的草坪，谨慎观察其他到校的学生和老师。他心里最想要的莫过于这些家长赶紧停止对他的叫嚣，尽快散去为妙，一想到这群乌合之众可能越聚越多，恐惧攻占了他。

母亲们松开了自己的儿女，这帮孩子一离开大人的掌控，就急匆匆跑进了教室。有几个稍微逗留了一小会儿，等着最后认可的拥抱或者说再见的眼神，而绝大多数都是抹头转身就走，急着想听真正的参与者所披露的事实真相。你们真的打算飞吗？你们真的相信她是天使吗？他们真的把你们丢到大牢里了？他们的妈妈还留在学校编织了一套共同的说辞，以及下一步行动的共识。还有十一位留得更久，直到诺拉·奎恩和肖恩·华龙出现在学校。

尽管老妈已经警告过了，但肖恩还是一如既往地去找诺拉。他像只猫一样无声无息地溜上奎恩家的门廊，敲敲门，可整个房子却像浸润在睡梦中一样无声无息。行车道上那辆租来的车让他察觉出有人来访，所以看见黛安那张迷惑的脸出现在门口时，肖恩并不特别意外了——只是黛安被吓了一跳，似乎该怎么开口说话问问题都不会了一样。待到记忆重新拨云见日，她终于想起他的名字来，招呼他进屋去。肖恩马上就察觉出房内较以往有些不同，陈芝麻烂谷子的老问题不见了，有新麻烦。黛安裹紧睡袍上的腰带，想去找诺拉，却又像找不到钥匙或鞋子那样像只没头的苍蝇。她看了挂大衣的挂钩，餐桌，甚至还找了楼梯底下的柜子。她压低声音叫着诺拉的名字，小心得像生怕吵醒熟睡中的婴儿那样。当诺拉好不容易从厨房里出来时，她也看上去像变了个人，变得驯服了，脸上没有了光泽，还挂着两个大大的黑眼圈。

“你起晚啦？”肖恩问。

“小声点儿，她们还在睡呢。”

先开始有那么一会儿他还挺纳闷，以为她病了，或者被警察撞见心里留下了阴影，但是当她把书包甩到肩膀上，跑过他身边时，他就知道自己得拼命加快步伐才能跟得上她了。

一看见那群女人像挤在峡谷里的羊那样聚集在学校门口，诺拉就放慢脚步，恢复到正常的速度了。她拦住肖恩，趁还没引起她们的注意先说几句。

“她回来了。”她说道，“就在昨天晚上。和我希望的一样。玛丽·

嘉文。”

“玛丽·嘉文是谁?”

诺拉不敢置信地冲他翻了记白眼。“她现在叫这个名字,奎恩太太的亲女儿,艾瑞卡。她隐居起来了。”

“就是失踪的那个女儿?”

那群人里有张脸转向他们这个方向,一只手指过来,手臂伸得直直的,像一把来复枪。迎风招展的旗帜在他们上方拍打着。

“就是她,时辰到了。”

那群妈妈们全看见她了,抬起头望过草地,气氛变得无比紧张。

肖恩对此还浑然不觉。“那奎恩太太一定很高兴。她是怎么找到她的呀?”

“是你和我指引的。听好了,你不能告诉任何人这件事。要是有人知道她在这里的话,警察就会把她抓走。他们认为她有罪,可是她已经为自己的罪孽付出代价了。答应我,你抵死也不说出去。”

肖恩竖起一根手指,在胸前画了个十字。

那些女人们在草地上挤成一团。

“你先走吧,自己走。”诺拉说。

咆哮的妈妈们抡起了拳头,加速朝他们走来。

“我要和你在一起。”

“你会后悔的……”

那些妈妈扑向了两个孩子,咒骂声中他们被撕成了碎片。

21

整个早上黛安都是恍恍惚惚的,心不在焉地打发孩子上学之后,黛安便开始欣赏这对母女的双人舞。每一次走过女儿身边,玛格丽特都忍不住要摸她一下，好像在确认着女儿的存在是真实、能持续下去的。每一次抚摸都像一次宣告“你是我的”。

黛安尽量找话说，背景音乐也飘荡在房间里，这些都是为了让这对母女摆脱掉面对彼此的那份尴尬。把茶壶放在炉头上，平底锅抹上奶油，面包也烤上了。

“我跟你的一位老朋友谈过了，玛琪，当然啦，是很小心谨慎地谈的。过了这么多年，杰克逊也没做什么伤害你的事。他只是比朋友多一点点，对吧？还是和以前一样英俊潇洒，他还是那么让人心动。他说这位玛丽——也就是艾瑞卡·奎恩——眼下还是通缉犯。只有两条路可走了，要么自首，偿清欠这个社会的债，要么就继续躲下去。”

“这个地方我不能待太久，妈。这里有太多人记得我。”女儿的一句大实话穿过厨房餐桌，瞬间刺入玛格丽特的胸口。她深吸了一口气，看着自己握在茶杯上的手。女儿向前探过身子，“什么时候你都可以和我一起到新墨西哥去。”

“可诺拉怎么办？”第二道冲击波向她袭来，玛格丽特瘫坐在椅子里。

黛安清清嗓子，把两盘煎蛋放在她们面前。“我也跟杰克逊谈过她了，当然是用假设的口吻聊的。听我讲了她的情况，杰克逊觉得她应该是个离家出走的孩子，我也同意这一点。说不定就是个被收养的孩子，一个孤儿。”

这个说法似乎让玛格丽特十分吃惊。艾瑞卡站起身走到妈妈身边去，蹲下来和她的目光持平，像个孩子一样。“说实话吧，妈。你是怎么找到她的？”

“她是半夜里来的，那一夜冷得要死，她几乎衣不遮体。我本来只打算留她一晚的，天亮就送她走。我让她睡在你的房间里，艾瑞卡，这样她就有个暖暖身子的地方。那天你要是看到她的样子，那可怜的小东西，你也一定会这么做。”

“那她有没有提过她是从哪儿来的？”黛安问。

“她说她待过很多地方，没有爹妈，问我可不可以让她住一阵子。那么久了，我都是一个人，那么寂寞——”

艾瑞卡揽住妈妈的肩头。玛格丽特歪着头靠在女儿胸前，感受着她血液奔流的声音。“我不知道为什么这么做，我垮了，垮了太久了，是她救了我。”

“可那孩子确实有点儿不对劲呀，”黛安说，“她是……她有妄想狂。在学校惹了那么多麻烦，现在还扯上警察了。搞不好她是从精神病院跑出来的呢……说不定她需要帮助。”

“我就是在帮她。”

“她一直说她是天使，是上帝派来的使者……真的吗?！醒醒吧！”她居高临下俯视着姐姐和外甥女，“你自己说她准备跳下桥的不是？可能会有人因此受伤甚至丢了性命。要是你想帮助她，起码要带她去看看医生吧，看看到底是哪儿出毛病了。她不是我们中的一分子，我们可不能一直这么假装下去啊。”

22

学校早广播时间，泰勒校长堵在帕特森太太的教室门口，曲起一根手指，示意她过来。老师才一转身背对学生们，就是一阵交头接耳，每个学生都立刻知道泰勒校长为什么会来。诺拉默默站着，等着被叫出去。当诺拉经过帕特森太太身边时，感觉到老师伸出手摸了她头顶一下。接下来的一个小时里，帕特森太太一直觉得手指刺痛，好像被冻伤了似的。

校长和诺拉并肩走过回廊，一片沉寂，谁也没有作声，两人只在转过墙角时互相瞥过一眼，以确定对方也走同一条道。关上办公室的门，泰勒先生松开了领带，解开衬衫的第一颗纽扣。抛开在公开场合时的严厉态度，校长勉强挤出丝笑容。诺拉也咧嘴笑笑，双手交叉摆在膝盖上。

“奎恩小姐，诺拉，你在友谊小学的这段时间可闹出了不小的动静啊。”

“两个月时间。”

“真的吗，才两个月？感觉怎么好像比这个长得多。你觉得我们学校怎么样？都还让你满意吗？”

“我很爱这里，泰勒先生，虽然对您车子的事我觉得很遗憾。”

“我的车？”意外发生以来，他还是头一回意识到爆炸有可能不是一场意外。可眼前女孩严肃庄重的神情立刻打消了他的这个念头。“噢对，别管那辆车了。我要和你谈的是另外一件事。我相信你已经注意到今天早上在学校外面的那些女士们——”

“您是说那些对着我和肖恩鬼叫的人吗？其中一个还用脏字骂我，脏得我都不能在这儿说。”

“那你该知道她们有多生气了。我要你明白，我没生你的气，没生你这个人的气，只是对整件事有些忧心。它已经对学校造成了困扰，第一次发生类似事情的时候，我和你外婆沟通过，她说绝对不会再发生了，可还是发生了……就像我说过的，我有点儿担心你，还有你的情绪。”

她在椅子上坐立不安的，窗外一抹艳红飞过，那是只北美红雀。

“诺拉，如果你跟你外婆都同意的话，我希望你和医生谈一谈——”

“精神科专家吗？泰勒先生。”

一只蓝鸟停在窗外的树枝上，愤怒高歌。

“是的，呃不，是咨询师而已，是受过训练的人，可以和你讨论一些你心里面的想法，讨论你所宣扬的那些事情。”

“可是我又没疯。”

他抬高音调，加快语速：“没人说你疯了，只不过是个可以帮你了解你在想些什么的人而已。”

“是有关天使的事吗？”

三只麻雀蹦蹦跳跳逗留在窗台外面。泰勒校长深吸一口气，吐出一声长叹。“你不能一直满世界的讲这些东西。你让自己在学校里的处境很危险呐——不止是在跟别的同学相处上，还包括跟帕特森太太和学生家长。你知道大家都是怎么说你外婆和你的吗？桥上的特技表演完全可能造成非常严重的后果，小姑娘，比你想象的要严重得多。要是有人摔进河里怎么办？曼苏尔太太说你应该被勒令退学，蒂尔曼太太说如果不马上开除你的话，她就要去找校务会。她们说是你灌输给她们的孩子这些危险的想法的。”

鸟儿全都飞走了。她不再盯着窗外看，把注意力集中在校长身上。

“现在我是尽量心平气和，我已经打电话到你家去过好几次了，可是没人听电话呀。所以你今天把通知单带回家，请你外婆来见我。或许我和她能把这个事谈透谈开，然后一起去见见其他家长，做个解释。我相信只要你道个歉，同意接受心理咨询，她们是会原谅你的。可是你必须讲真话。我不想看到你再给卷进任何麻烦中去了，奎恩小姐，可是我也不能再让学校受到这种干扰。我希望你能认真考虑一下，去看看医生。”

“事实绝对不像表面上这么简单，大家只会相信他们需要相信的东西。”

泰勒站起来走到门口，替她把门打开。“当然不会那么简单，奎恩小姐，但是你必须得明白一点，在这里我有我的职责。明天早上我一定要见到你外婆，一定要把通知单带回家。”

户外活动时间，肖恩和诺拉忙于找寻着春天的第一丝痕迹，没有察觉同学们都在刻意回避着他们。诺拉走到门外，指着从篱笆里探出头来的那一排盛开的血藤草，他们玩起了游戏，数着花朵以及别的从枯枝败叶里破土而出的植物。肖恩在棒球场挡球网后头的一堆湿土里找到一只绿色的小青蛙。诺拉在工具小棚旁边找到卷得像个蜗牛壳子的蕨类植物。一群知更鸟停在院子里，展示着它们土黄色的前胸。他们想数数看到底有几只，鞋上沾满了泥巴，臭气熏天，他们像探险家那样开心地回到教室里去。

驱逐抵制行动在午餐时间继续进行。肖恩和诺拉一走近，莎伦和马克就端起托盘挪到别的桌子去了。别的孩子在桌椅之间七拐八绕的，也在避免跟他们有任何接触。这样的隔离持续了一整天。在教室里也好不到哪儿去，没人跟他们讲话，他们说了任何话都会招来冰冷的眼光和断然的呵斥。课间休息时，大家又交头接耳，一场恶毒的阴谋在写满符号和缩写的纸条中酝酿着。

他们收拾好书包准备回家，诺拉拿起校长要带给奎恩太太的通知，对折，夹进语法书里，然后打开书桌盖子，把语法书塞进去。“今天一整天都没有人和我们说话，我不喜欢。”

“他们很生气，因为他们的爸爸妈妈很生我们的气。”肖恩应道。

“可是星期五的时候他们还相信的啊——”

“有时候大人就是可以让我们信，或者不信一件事。”

在行将驶离的校车上，第一波奚落总算来了。有个男孩摇下窗玻璃，对着经过车旁的两个孩子大喊：“疯——子——”

“还不滚啊，你们?”站在车前门台阶上的另外一个人附和道。一帮五年级学生在诺拉和肖恩经过时张开手臂上下挥动，她回头看见其中一个从鼻子中发出一声冷笑，还竖起中指。从学校回家的路程让他们暂时喘了口气，快走到自行车道尽头、接近奎恩家院子时，他们惊起了一窝哀伤的鸽子。鸽子哀叫着，扑打着翅膀飞到较高的枝头上去了，一会儿就没了踪影。飞起的鸟儿让肖恩分了神，没有注意到有人跳出来，直到那帮男孩围住诺拉他才看见。他走到她身边。

大部分是陌生且年纪大一些的男孩子，可是其中有两个是她的小信徒来着——卢卡斯和马特——还有他们班上的几个别的同学。“你为什么要这么做? 干吗要害我们惹上这么大的麻烦?”

“你就该待在疯人院。他们会用车子把你拉走的。”

"疯婆子!"有个男孩朝她吐口水。

"干吗不滚回去,从哪里来就飞回到哪里去啊!"

"天使,能保护你的其他天使哪儿去了?"

肖恩走到骂人的那个男孩面前,"离她远点儿,别惹她。"

"如果你是天使的话,那就给我们看看你的翅膀呀。我才不信你呢,大骗子。"

"给我们看你的翅膀呀,怪物。"那男孩步步紧逼诺拉。他比其他人高出一个头来,但肖恩一把推开了他。

"她说的是真话。别烦她——"

"娘娘腔!"那男孩说,"丫头片子,就知道跟天使女生混。"

"给我们看你的翅膀!"有个声音从后面传来,两个男孩走上前,抓住诺拉的上衣。肖恩想去帮她解围,可那个吐口水骂他的男孩跳起来,把他掀翻在地。其他人也围上来一顿狂殴,拳打脚踢,肖恩伸手护住脸。倒在地上,盲目地挥舞着拳头乱打,手肘一拐,打得那男孩鼻血横流。有人抬起穿靴子的脚踩住肖恩的手,他们为同伴挨了打而暴怒,下手更狠了,在肢体和拳头的冲撞挥舞之中,他听到了诺拉的惨叫,她的书被撕了一地,散落在树林里,衣服也给扯破了。正在此时,有个女人高声断喝,接着一团泥土像手榴弹般扔了过来,在碎石子地上炸开,惊恐万分的那帮男孩吓得魂飞魄散,流浪狗般四散落荒而逃。诺拉的上衣被扯破成两半,她垂着头弯下身子,露出赤裸的后背。她抽噎着,肩胛骨棱角鲜明地隆起,就像一对翅膀。那个年轻女子,从奎恩家的院子跑出来的女人救了他们。

23

玛格丽特和黛安在楼上照料着诺拉。老旧水管的水流声慢慢注满了浴缸，楼下厨房的水槽旁边，艾瑞卡拿一块旧的擦碗布蘸上凉水，轻轻按压擦拭着肖恩的脸和嘴角渗出的血。小心清理着肖恩脸颊、下巴上被小石子划破的伤口里的泥，艾瑞卡心疼得手不住地往回缩。楼上，听得见诺拉进到浴缸的动静，然后是她叫唤水太烫的声音，还有背景上玛格丽特和黛安这对老姐妹高一声低一声的道歉。处理完肖恩的伤，艾瑞卡退后一步，仔细打量着他，宛如从不同角度再做一番观察的艺术家。“没事儿啦，”她说，“伤口清理得很干净。”

艾瑞卡此番安慰听上去有些许玩笑的味道，肖恩只得回应了一个弱弱的微笑。她拉过他的手，肖恩也乖乖地让这个女人洗净他手掌和指关节上的伤口。等一切都料理停当、干干净净以后，他的手看起来就比较没那么古怪突兀了，而涂抹在伤口上的药膏，也让他从暴力惊吓中慢慢平复。女人说：“我是玛丽·嘉文。”

“我知道你是谁。”

“你一定是肖恩了。诺拉和奎恩太太常常提起你，讲的都是好话呢。”

“她是你妈妈。”

艾瑞卡拨开散落到眼前的发丝，男孩的话听起来像是指控一般，但是她立刻意识到，肖恩是诺拉唯一可以托付心事的朋友，知道这个秘密也是情理之中的事。突然现身的天使，迷失的女儿——表象之下藏着的另一个故事，他只是不小心被卷进旋涡里罢了。艾瑞卡很是好奇这个小男孩心里还守着其他什么秘密。

“我信得过，”肖恩对她说，“我不会告诉别人的。”他一开口，嘴角又渗出鲜血，她拿起毛巾轻轻压住，恰似轻柔一吻。

“我可不可以打电话让谁过来接你？你妈妈或是你爸？”

“我妈还在上班，我爸没跟我们住一起。”擦碗布下传出肖恩闷闷的声音，有些含糊不清。

她把手贴在他脸颊上，温暖的触感让他微微歪着头，闭上眼睛，享受着。楼上，浴缸的水放掉了，门拉开，诺拉跑出来，后面紧跟着两个低低安抚的声音。

诺拉下了楼，洗过澡的她像换了个人，双眼无神，湿淋淋的头发紧贴在头皮上，空气中散发着茉莉花洗发水的香味。跟在女孩身后的是被这场打斗吓呆了的两个忠实的跟班：黛安走起来一跛一跛的，腿一定麻了；玛格丽特忧心忡忡，又倦又乏，袖口被拉得低低的遮住了她红通通的双手。裹在厚厚浴袍里的诺拉光着脚踩过地板，一把搂住肖恩，把头靠在她曾经咬过的肩膀上，在他的衬衫上留下一个湿湿的印子。这番安慰和示好让肖恩羞得满面通红，可心里还是美滋滋地全盘接受了下来。

艾瑞卡注意观察着妈妈看那小女孩的神情：诺拉还没走呢，玛格丽特已经开始悲伤上了。在玛格丽特生活中，悲伤早已成为了希望的帮凶，心痛和渴望交替着，她太知道应该怎么做了。

五个人围坐在餐桌边，诺拉和肖恩把事情原原本本讲了一遍，从那些妈妈怎么开始抗议，攻击行动又是怎么结束的。两个孩子的叙述已经多少化解了大家内心的紧张——这是个由误解开始，最后以暴力收场的老段子。安神茶泡好上桌，也给两个小东西煮好了一小锅热巧克力。一副扑克也像变戏法一样摆在了大家面前。赢牌的人哈哈大笑，旁边输牌的人这才意识到中了招，各式匪夷所思的叫牌都能招来阵阵笑声。就这么，所有人心里的怒火和失望都渐渐平息了。到肖恩该回家的时刻，他们还都在一心期待能找到某种平衡，寻到通往彼此心灵的通道。

“你妈妈一定会很担心的。”玛格丽特说，“我陪你回家吧，肖恩，顺便再帮你解释一下身上这些青一道紫一道的淤痕。”

黛安站起来，对着他鞠了一躬。“我去开车，咱们的大英雄绝对得配上两个御用司机，英雄凯旋归来的战车就在外头恭候着呢。”

裹在大人的浴袍里的诺拉显得非常娇小，她陪肖恩走到门口，一个被恐惧和希望双重折磨得精疲力竭的孩子：湿湿的头发干了，乱糟糟纠结在一起，眼镜的镜片裂了，大概是下午弄坏的。镜片收纳着西下的夕阳，投射出七彩光芒。“谢谢你这么挺我。”

“没事儿。”

她压低了声音，耳语般：“也谢谢你相信。我永远不会忘记的。”

“好了好了，明天见吧。”肖恩避开她的目光。

诺拉与他挥手道别。回家路上，他开始想念她，真想再多留一会儿啊。

看着他们上了车，艾瑞卡坐在楼梯最底下一层，拍了拍身边的位置，示意小女孩也坐下来。诺拉侧身挨着艾瑞卡坐下，她们离得那么近，她用肩膀抵着诺拉的头，感受着彼此的存在，家里就她们俩，在家庭大团圆故事中扮演不同角色的两个人。“现在想谈谈吗？”艾瑞卡问，“说说，我该怎么帮你。”

“不用，我能照顾好自己。”

“一个人过日子有多久了？”

“一辈子了，很小的时候就这样。”

“这个地方我不能待，这你知道的。”

诺拉清清嗓子：“我猜是待不下去的。”

“我必须回新墨西哥去……想带我妈一起走。”

“你得尽可能留在她身边的，她情况不太好。”

“她会希望你也一起去的，”艾瑞卡说，“我也希望留下你，但是你和我都知道，你不属于那里。”

“我想留下来。”诺拉说，“为了她，为了我自己，也为了那个男孩子。他任由悲伤支配着自己。”

“他很坚强，挺你。他一定能找到宣泄内心情绪的出口的。”

“新墨西哥州真有郊狼和走鹃吗？”

“和卡通片里的可不一样。”

“那我不想去。”防风门外的天色变暗了，远远划过一道闪电。

“那告诉我，你当天使多久了？”

她没有回答。

艾瑞卡低下头,直勾勾地盯着诺拉的眼睛,那双躲在破裂镜片下哀伤的眼睛。“你从家里跑出来的吧?你家离这里很远吗?”

她还是没有回答,扭转头对着墙壁。

“你是来救我妈妈的吗?让我们母女重逢?”

“希望不是戏法,也不是奇迹。”

“诺拉,要是留下来,你的麻烦会永远没完没了的。他们觉得所有的一切都是你想象出来的。他们觉得你会对自己、对别的孩子造成危险。即使是真正相信天使的人,也不想看见有个天使生活在他们身边啊。他们会把你送走的,送到天晓得是什么地方的地方去。”

一片漆黑,影子越过漆黑的天空,几乎难以察觉,小鸟飞到高高的枝头上憩息,流星划过天际。各种等级的天使降临世间,他们被派来毁灭,被召来抚慰,或领命来护卫愤怒和无辜的生灵。祷告得到应允。艾瑞卡搂着诺拉的肩膀,拉得更近一些,心里盘算着各种各样的可能性。“你准备好回到你来的地方了吗?”

那孩子点点头,“你会告诉奎恩太太吗?你会告诉她时辰已经到了吗?”

24

星期二一大早,肖恩来找诺拉一起上学,可是出现在门口的是黛安,说诺拉身体不舒服,要卧床休息。星期三,门口贴着一张条,要他不用等诺拉,也拜托他别吵醒屋里的人。星期四,敲门没人答应,车道上黛安姨婆的车也不见了。友谊小学里传言漫天飞,说什么泰勒校长终于受够了天使的破事,停了诺拉的学。后来又因为帕特森太太在她的书桌里找到了夹在语法书里的通知单——校长给奎恩太太的那张通知——使得这件事的处分再次升级变成了永久开除——谁让诺拉不乖乖听校长的话呢。当然也有人就诺拉被踢出学校的做法提出异议。三年级学生之间还流传着这样一个版本:那天放学后学校的一帮小霸王围攻了诺拉,搞得她住院了,闹不好已经躺在太平间了。这个故事越传越神,完全颠覆了最初被群殴的那套说法,大家传啊,诺拉根本不是被那些流氓学生打死的,而是自己从镇上那座桥跳下去的,尸体给冲到下游不见了。以前追随她的那些孩子们,为自己缺乏对天使的信念而羞愧万分,便杜撰出这样一套说法:诺拉飞到天国去了,挥着她的翅膀飞走了,人世间的邪恶伤透了她的心。

不过这些流言蜚语对肖恩一点影响都没有,他知道大家通常会编出最耸人听闻的故事来解释他们所不理解的事。现在所有的人——孩子们,帕特森太太,泰勒先生,家长们都对肖恩表现出某种关心,因为这些人知道他脸上的伤口和淤青时刻提醒着曾经发生过的事,整桩事件他们谁也脱不了干系。那些在树林里攻击过他的男孩们也躲着肖恩,在走廊和教室里一看见他就闪,生怕被举报。当然这些天马行空形形色色的猜想和欺负他的男孩都算不了什么,最让肖恩困惑的是要如何回复到正常生活中去,还有如何面对奎恩家的空房子和不确定的未来。每天早上、下午经过奎恩家的时候,他都渴望看见些什么。星期五放学后他抄近路穿过她家后院时,觉得自己恍惚看到厨房的窗帘掀起又放下了。肖恩鼓足了勇气,决定绕过去,敲门试试看。

是奎恩太太开的门,她站在门槛上,手扶着门框,灰白的眉毛紧锁着,忧心忡忡的模样。她看起来魂不守舍疲倦得很。看着肖恩的眼神好像认定他是个幽灵,并非真实存在的人。

"诺拉还好吗?从星期一开始我就再没见过她了……我一直在想……"

她走到门廊上,砰的一声把门在身后撞上。天上的云越聚越多,玛格丽特抬眼看看天空再看看肖恩,大概风雨欲来啦。"肖恩,本来打算周末去看你和你妈妈的。"

"我只是路过看看——"

“她不在这儿了，肖恩。所以我才要去看你们。她不在这里了。”

“发生什么事了？她没事吧？”

“我不知道该怎么跟你说。她不是我外孙女。我们只不过假装——”

“这个我早就知道啊。”

玛格丽特清清嗓子，目光越过他头顶。“她最开始到处说她是天使的时候，我是有点儿担心，可没太放在心上。很多孩子都喜欢想象，都喜欢假装。”

“可是我亲眼见过的，奎恩太太。我看见过她做的事，她可以让时钟停摆，让天空起火，让鸟儿乍现。”

“你知道的是你自以为看见的事，肖恩，可说不准你自己也是在想象啊。”她把手搭在他肩上，重新思考着刚才说的话，“你爸爸离开以后，我知道你不好过。”

“这跟我爸没关系。她给我看过她嗓子眼里的星星。”

“她是个有病的孩子，肖恩，是个离家出走的孩子。我不知道她是怎么找到我家的，那时候我自己的心理也不太正常——能看见些根本不存在的东西。在我女儿回来之前，我都很不正常。”

肖恩拼命抑制着想哭的冲动，“等她回来的时候我能不能见见她？”

“告诉你啊，她不在这里了，走了，她让我带话给你——”

“你让她走的？你怎么能这样？”

“这是为了她好，”玛格丽特停了停，好像说出的话她自己都不相信。“去一个对她更好的地方。”

“可是，可是她不是疯子啊，她是个天使。”

玛格丽特看向远方。

“她救了你，她帮你把女儿找回来，你怎么能这么做？！”肖恩冲下台阶，跑进院子里。

“肖恩……”她喊道。

“你怎么能这样！我恨你！你怎么能不相信她！”

“孩子——”

“我恨你!”肖恩一叠声地大喊着,一路跑回了家。

白天将尽,光线渐渐变暗。肖恩家窗户外面,排成半月形的鸟儿顶着夜色飞向自己的巢穴。肖恩翻了个身,看着硬纸板做的马戏团马车、羽毛,还有那只蓝色的杯子。琢磨着诺拉到底是怎么离开的,眼前浮现出这样的情景:州政府派来的那个男人——戴着软呢帽子的邪恶男人——给她套上了只有给精神病人才穿的紧身衣,塞进货车,跟其他被关起来的逃跑分子一起运走。奎恩太太,她妹妹,还有她女儿就站在台阶上跟她挥手告别,她们的手帕在风里飘扬,直到看不见了才转身回屋,多么哀伤,活像一群刚参加完葬礼的人。

或者是这样的一幅画面:这回诺拉没有迟疑。爬上了桥栏杆,蓝色的河面上她高高地站立着,抬头凝视着光芒万丈的太阳,她屈下膝盖像鸟一样蹲着,张开她巨大的翅膀,凌空一跃。风在身下呼啸掠过,拍打着翅膀,越飞越高,越飞越高……不一会儿,她变得很小,越来越小了,像随风飘逝的气球。肖恩凝望着,目光紧紧追随着她,直到她变成一个小点,最后消失得无影无踪。

晚饭时妈妈过来看他。他说自己不饿,妈妈把手贴在他脑门上试了试温度。肖恩多希望妈妈可以在他身边多待一会儿啊,顶好永远守在他身边。只有妈妈凉凉的触摸才可舒缓他胸中的火焰。

25

“待售”的牌子是在复活节前一周竖起来的,肖恩完全没有注意到这个。他现在上学放学都不再抄以前的近道了,宁愿绕着走,绝对不再接近奎恩家。没有诺拉的教室已是那么让他不堪重负,如果再让肖恩天天看见那幢房子就更是折磨了。三年级那帮小信徒们继续神乎其神地吹嘘着发生过的事,对此肖恩完全没有兴趣参加。那些当初不屑一顾的人们,现如今却用他们星星点点的记忆,添油加醋拼凑出各种神奇的故事,赋予诺拉所没有的力量,忽略掉她真正拥有的能力。奎恩家搬走的消息一经确实,几天后新版本的故事就流传开来。有些人——大部分是孩子——相信了诺拉当初宣称的东西,回头看时,非常懊悔当初那样对待她。其他人,尤其是大人们,倒是相当乐于见到奎恩一家搬离小镇。没有人知道她们去了哪里,为什么离开,连隔壁的德拉罗萨夫妇都不知道。据说她们留下了一屋子家具,什么也没带,没跟邻居、朋友或是任何人道别就消失了。房子、家具和土地都委托一位住在华盛顿特区的黛安·西科纳代为出售。

季节更替,诺拉·奎恩的传奇也褪了色。五月时分,学生们已经在掰着指头数日子,期盼着暑假的到来。大家心里装满了夏日的游泳池、海边的旅行、少年棒球联盟,还有什么都不做、过着永无尽头天堂般无忧无虑的生活。时光流逝,大部分人已经忘了那个曾经为他们的生活增添过光彩的小女孩了,忘了动物饼干和移动的雕像,忘了烧掉的跑车和神秘消失的那一分钟。她和复活节装饰品,毛衣、雨衣一起被收了起来。刚开始还有别的孩子叫上肖恩一块儿玩,可他玩大富翁的时候老是苦着张脸,玩牛仔和印第安人的时候又无聊地打不起任何精神,久而久之便很少再有人找他玩了。学校的功课草草地敷衍了事,成绩也仅是勉强及格的水平。肖恩什么都不想做,只想一个人待着。

夏天到了,肖恩的愿望实现了——妈妈上班,把他一个人留在家里了,再没有谁会上门打扰了。整天他都无所事事,一个劲儿想忘掉诺拉。可他到末了还是非常想念诺拉,从来都不相信她会永远离开,这样的想法常常会袭上心头。父亲节到了,他想起曾经跟诺拉说过自己的爸爸,他下落不明的老爸。“他没有抛弃你,”诺拉说,“他只是迷失了自己。为他祈祷吧,他或许能找回自己的。”

六月底一个傍晚,肖恩骑着自行车经过友谊小学,他在那里坐了好一会儿，看着空空荡荡的校园。黄昏悄悄降临，萤火虫闪闪发亮，像成千上万颗星星在操场上闪烁。树林边缘的青蛙、蟋蟀齐声高唱，乐声充盈了寂静的校园。天黑下来了，想到这么晚都没回家，肖恩有点乱了阵脚。妈妈肯定会很生气的，想也没细想，肖恩径直走上了那条小路，穿过奎恩家院子的那条小路。上弦月光下，他在奎恩家的篱笆前停下步子。隔壁德拉罗萨家漆黑一片没有点灯。自从桥上那件事发生以后，他再也不敢和那位花店老板搭腔。院子荒芜了，没人照料，杂草疯长。房子卖不掉，因为这附近再也没人来买房子，再也没人搬过来了，只有搬走或者待在这里等死的。这幢房子像一只大黑盒子似的耸立在那里，像影子，而不是一个具体的物件儿。尽管如此，肖恩依然看见奎恩太太站在厨房的窗帘后头往外张望，依然看见诺拉若无其事、敏捷如猫一般跃过院子里的半圆木篱笆。他闭上眼睛，想在心里好好勾勒一下诺拉的样子。再次睁开眼睛的刹那，他看见诺拉房间的窗帘在微微摆动，像是个影子窜进房内。有一点肖恩十分肯定，刚到的时候屋里没有灯光，可这时候窗户却亮得像星星。往前靠近一些，能看见二楼流泻出来的亮光，看见窗帘随着若隐若现的微风轻轻飞舞。他忍不住再靠近了一些，把自行车靠在篱笆上，走过草地来到后门。敲了一声，无人应答，家里没人。真是太可笑了。他拧了拧门把，发现门并没有上锁。

厨房还像他记忆中的那么大，只是墙上的画不见了，其他一切都像原来一样：满是划痕的橡木桌子，椅子推到后头，像一家人才吃完饭起身离开的模样。挨间走过，肖恩觉得自己置身于一个废弃的博物馆里。奎恩医生的书房里，成排的医学书依然摆在原处未曾挪动，听诊器像蛇一般卷曲着，挂在老旧的衣帽架上。客厅里有几件私人物品不见了，剩下的有蒙着褪了色的阿富汗布料的旧沙发，布满灰尘的阅读台灯，堆在茶几底下的是他们旧的大富翁和转转倒，还有三月中旬的一本老杂志。有那么一下子，肖恩还在期待着奎恩太太和她妹妹会吃完晚饭回家来，心中的牧歌还是转瞬即逝了。空气里有着挥之不去的陈腐气息，楼梯底下有股特别强烈的刺鼻的恶臭。站在楼梯口，他内心激辩着，到底应不应该进一步去探究那道神秘灯光的源头。在她卧室紧闭的房门下，露出一丝最微弱的光线来，在黑暗中发着亮。肖恩轻声喊出了诺拉的名字。

他的声音惊动了什么，受惊后的鸣叫，紧接着拍翅而去慌乱的声音。肖恩踏上楼梯，每上一阶就停顿一下，再侧耳倾听，他无法确定声音是从上面传来的还是自己怦怦跳动的心脏。站在最高一级台阶，马上就要踏上楼梯平面时，他又再一次试着呼唤她的名字。“诺拉。”声音那么轻，带着沙哑，回应他的是绝对不可能听错的声响——翅膀鼓动起来的声音，好像十几双翅膀惊惶失措地拍打着，一阵风拉扯着紧闭的房门。

天使，他确定。门里边有天使，诺拉也身在其中。要不然就是七个毁灭天使来终结人世了，领头的就是他在噩梦里召唤来、戴着呢帽穿着大衣的那位天使。翅膀拍打的速度越来越急又相互撞击着。千万别伤害我，他扭动门把时自言自语。

猛然推开的房门裹挟着风灌进了房间，交错的两股风卷起了羽毛，上下翻飞，肖恩仿佛闯进了一个正在打着枕头大仗的战场。床上一片狼藉，锦缎床罩和毯子被扯开了，缝线绷裂。旁边倒着一盏亮着的台灯，灯罩上有一块褐色的痕迹，那是被灯光烧焦的地方。白色的粪便一圈圈粘在书架上。柜子顶上色彩斑斓的毛毯碎布条被编织成了鸟巢。是鸟，他这才明白。鸟从敞开的窗户飞了进来，撞翻台灯，碰到了开关。这里没有天使。肖恩笑了，笑自己的愚蠢，笑自己刚才的熊样。肖恩捡起台灯，放回到原来的位置上去，然后伸手准备放下窗帘，就在此刻，玻璃窗里折射出诺拉的身影，轻柔得像翅膀尖儿一样掠过他肩头，飞快地转身，他希望出现奇迹，希望看见她就出现在自己眼前。可是肖恩心中的祈祷也跟他的动作一样飞速，转瞬即逝去了踪影。站在空空荡荡的房间里，肖恩面对的只是自己映在黑夜玻璃上的影子。

26

在新墨西哥州安顿下来之后，玛格丽特开始叫艾瑞卡“玛丽”，就像是母亲为自己新生儿挑选的名字。转眼母亲节到了，玛丽张罗着为母亲准备一份礼物，这可是这么多年的头一次。选中了一张树林中野餐时拍的黑白照片，玛丽决定手绘为它着色，这件小小的作品就让它挂在玛格丽特的房间里吧。她用软芯铅笔涂上黑与灰，把自己的一头金发涂成棕色，在妈妈脸颊上添了些玫瑰红。玛雅周围金光四溢。至于黛安么，新添的一丝绿色让她的眼睛显得神采奕奕。画上几只小鸟，让它们栖息在几棵红松和矮松上，云朵给涂成了淡淡的褐，最后再让湛蓝的天空比天堂还蓝。每每坐下来为妈妈做这个礼物，玛丽就会回想起她们到卡森国家森林公园的那趟旅行，思绪飞回到她获得彻底宽恕的那天。

初春，她们四个人挤上了玛雅的吉普车，心血来潮地往北开去。这趟旅行既是让黛安在回家之前见识一下新墨西哥州的另一面，也让玛格丽特可以在经历人生巨变之后，平息一下内心的躁动不安。长久以来折磨她身体的疼痛已经舒缓了很多——女儿重回自己身边，健康回来了，自己也变得完整起来。她们在陶斯过了一夜，和游客一起购物，拍了好些圣芳济教堂①的照片，这个教堂因美国女画家欧姬芙而闻名于世，还去了镇子北部的印第安人村落走走逛逛。滑雪的人们在一个星期之前就已经离开桑格雷德克里斯托山了，但是山峦表面依旧被皑皑白雪所覆盖，太阳下山后冷空气袭来，恍若又回到了冬日时光。星期

① 圣芳济教堂建于 1772 年到 1816 年间，位于陶斯，被美国画家欧姬芙称作西班牙殖民时代遗留下最美丽的建筑，她的一幅画作让这个教堂闻名于世。

天早上一觉醒来，她们个个精神焕发，在玛雅的建议下买好了午餐的食品，驱车前往卡森国家森林公园，乘着正午的太阳，来个徒步大穿越。

她们身上裹着毛衣和厚外套，踏上了供新手使用的初级远足小径，穿行于常绿林间。清晨的太阳藏在厚厚的云层后头，锯齿状的冷杉树还是奋力地向着太阳的方向伸展。领头的玛雅潇洒自如地拄着一根山楂木拐棍，玛丽、玛格丽特和黛安依次跟在后面排成一列。尽管气温还是很低，灌木丛和野花还是在日渐增长的日光中吐出新芽，冒出花苞。鸟儿们哼着求偶的歌，有只棕毛的长耳大野兔紧张地在岩石间冒出个头，随即又在这几个女人喜悦的惊叫声里蹦跳着跑开了。考虑到玛格丽特的岁数和这些年不尽如人意的身体状况，她们没有理会玛格丽特的抗议，还是不时地停下来休息休息。

山上突然变天了，瞬间黑色笼罩，狂怒的冰雹从天而降，随后天上飘下了雪花。四个人各自狂奔着寻找庇护所。玛雅和玛丽藏在突出的岩石底下，在她们身后，五十米左近的地方，玛格丽特和黛安躲在一棵柏树下，正咯咯的像女学生一样笑个不停。

"真希望你能留下来，"玛格丽特对黛安说，"我会想你的。"

平生第一次，黛安抬手轻轻抚摸了一下姐姐的脸颊，稍纵即逝的一个动作，姐妹俩差点儿没意识到它所代表的意义。

"谢谢你，"玛格丽特说，"谢谢你带我女儿回来。谢谢你这么坚强，这么勇敢。"

"我愿意为你做任何事情。"

"为我这个让人恐怖的老姐姐吗？那个总是找你茬儿，一有麻烦就赖到你头上的那个姐姐吗？"

"你倒没有那么坏了。"噼里啪啦的冰雹声夹带着黛安的叫声，"当然你可以更信任我一点，让我走进你的心里去。"

玛格丽特抬起手来，用刚刚学到的那个动作轻轻抚着她的脸。把妹妹拥入怀里，她不禁微微喟叹时光流逝。"你说的没错，我们之间再也没有秘密了。"

“对于那个小女孩,我很遗憾。”她低头靠在玛格丽特肩上。

“诺拉?我知道。我知道。”她拍拍妹妹的后背,好像在安抚一个小女孩。

风暴来得快过去得也快,黑云转眼又飘向了下一个山峰,天空透明澄澈,太阳出来了。她们又走了一小时才停下来,在平坦的大岩石上铺好毯子,吃冷食午餐。一瓶葡萄酒神奇现身,被打开倒进四个塑料杯里。

“这里可真漂亮。”黛安说。

玛丽接口:“在你回去之前,我想让你看看为什么我会这么喜欢这个地方。”

玛格丽特伸长腿,身体往后一仰,沐浴在清冽的空气里。“我可以在这里待上一辈子,沉浸在爱默生①的世界里。‘森林中,我们找回理性和信仰。森林中,大自然可以修补生命中注定要发生的一切。’”

“你怎么会记得这些东西啊,妈?”

“我也上过大学呀,小姐,那时候脑袋里装的都是诗啊,文学和艺术。世间万物都有上帝的见证。你以为你身上的天分是从哪儿来的啊?”

不知是葡萄酒还是清新空气染红了脸颊,玛雅整个人都亮了起来,仿佛由身体内点燃的。“超验主义者②,”她说,“而且还是神学家。你是怎么让那个天使来你家的?玛丽告诉过我,说过你那个来自另一世界的客人。”

“哦,自从我们离开了以后,我每天都会想到她,也非常担心她。对诺拉,我还真是找不到合理的解释。对另一个人也是。”

黛安警觉地坐了起来:“怎么?不止一个?”

---

① 爱默生(1803—1882),美国散文作家、诗人、超验主义作家的代表,在著作中提倡接近大自然。

② 超验主义的核心观点是主张人能超越感觉和理性而直接认识真理,认为人类世界的一切都是宇宙的一个缩影。

“跟诺拉不一样，那个更像是一场噩梦，烦人的一种幻觉。这么多年，总是有个头戴软呢帽、身穿驼毛大衣的男人出现在我面前……这听起来很疯狂吧？可他的现身多少弥补了另一个人的消失。有个对象可以说说话，这样我也就不会自言自语了。”她喝完杯中酒，闭上眼睛，扬起下颏，迎着阳光。模仿着她的样子，其他人也全仰起脸来向着天空。对任何一个虔诚的朝拜者来说，她们看起来像是在忏悔，在祷告，顶礼膜拜某种可以感应到却看不见的东西。

“那是菩萨，”玛雅说，“是本应去到极乐世界，却不愿抛下众生的神，救苦救难的神。到处都有天使，奇怪的天使，每种信仰都有可以跟逝者沟通的方式。小女孩，老人，路途上的陌路人，你的朋友……安全起见，最好设想每个人都有可能是天使。”

她们一个接一个地睁开眼睛，朝着春天明媚的阳光。葡萄酒让她们有点轻飘飘的，于是她们丢掉垃圾，拎上空酒瓶往回走，没有留下任何曾经到此一游的痕迹，除了几张照片。

玛丽把剩下最后一部分画完——她最喜欢的部分。照片上的色调带出了贯穿她们全身的电流，只有妈妈和我。装进镜框，包好，系上装饰带。关上画室的灯离开，去给妈妈一个惊喜。

后 记

二零零五年六月

自己心爱的年轻姑娘就要跟别人订婚了，心碎的肖恩向老板请了两个礼拜的假，便踏上了去西南部的旅程。满心渴望回到童年的梦里，那时候他曾帮助过一个很特别的小女孩，帮她从现代神话，书，贺卡和一些电视节目里得以重生。那是他俩谁都没有亲眼见过的地方：魔力之地①，有动画片里的大峡谷，风蚀的石拱门，台地上的巨石——悬崖峭壁上屹立不倒的巨石。新墨西哥州代表着逍遥自在的走鹃，倒霉的郊狼，还有那些从 ACME 公司购买易爆物的桥段②。肖恩依然记得那个鬼镇的名字——马德里——是他和诺拉从地图上挖出来的地方，针孔那么丁点儿大的地方——曾经属于一个女人的家，那个被他和诺拉从往事中发掘出来的地方——玛丽·嘉文就住在那里。此番找她非常容易，不再像多年前的那场搜寻，不知她藏身于美国的哪个角落，也不像她妈妈的使者那样，连她的名字是什么都不知道。路线确定下来，肖恩便在阿尔伯克基租了辆车往山上开，顺着路牌来到绿松石小道。太阳明晃晃照得人睁不开眼，他把车停好，立刻感到下午三点足以烤焦脑袋的热气。大家都躲在可以避荫凉快的地方，就连流浪狗也不愿意挪开身子下阴凉的那块方寸之地。沿着长长的土坯砌成的回廊，是成排

---

① 魔力之地，美国新墨西哥州的别称。

② ACME 是“走鹃”卡通片里虚构的公司，此公司专门出售各式危险易爆物品，如 ACME 易爆网球。

的商店，肖恩琢磨着正好可以跟店里的店员和老板打探打探消息，不过他的运气可不怎么样。

进了一家小咖啡馆，里头有两个客人码好了一排弯弯曲曲的多米诺骨牌。那两人好像在这上面已经花了老半天功夫了，来回琢磨着每张牌的摆放位置，计算着各种的可能性。骨牌像尖尖的栅栏，摆在他俩的咖啡杯前。两人中年长的那个男人蓄着一丛遮住嘴巴的灰白胡子。他注意到站在门口的肖恩，冲他点点头，邀请他进来坐。

“请坐，哥们，喝点什么吧。”

年轻的那个男人冲着肖恩炫目地一笑，明艳照人如同太阳。

“我是来找人的。”

女招待端着一壶咖啡过来，为他倒了一杯。肖恩说这顿算在他账上，听罢年轻的那个男人便点了一份罂粟籽蛋糕。

“我们都在找人呀。”胡须男说，“告诉我，别怪我太直接……是不是找那个伤透你心的人？”

胡须男的朋友向前探探身体，越过桌上成堆的骨牌：“原谅他吧，他是个浪漫主义者，以为看得懂每一个愿意敞开心扉的人。”

肖恩想起他抛在身后的女孩，摇了摇头。“要找的是我小时候认识的人，住在马德里。”

年长的男人靠回椅背上，停顿了一下，想着他下面要说的话。“怪我怪我，我还以为自己很能洞察人心呢。男人大多这样，嘴上说不是不是，翻腾的欲望无非藏在下面而已。你要找的是谁，朋友？”

“你知道有个叫玛丽·嘉文的艺术家吗？”

罂粟籽蛋糕送上来了，年轻那位拿起来咬了一大口。

“Peregrino（西班牙文：朝圣者），”胡子男对年轻的那位说道，“Busca la verdad sobre los angeles（西班牙文：寻找天使的真相）。”

罂粟籽卡在牙缝里，他朋友说：“告诉他怎么去。”

他们告诉他应该怎么走，在纸巾上画下了她家的路线图。“陌生人都特别害怕她养在那里的怪物。”年轻那位说，“两条猎犬，体大如虎。

它们用鼻子一闻就知道谁是朋友谁是敌人。"

"我是朋友,"肖恩回答,"很久很久以前的朋友。"

"你别听他胡说八道,那两只狗就是两条小猫咪。我家这小子没事就冲着太阳发呆,又疯又瞎的。"

肖恩戴上心血来潮从隔壁男子服饰用品店买来的宽边牛仔帽,踏上小径往玛丽家方向走去。沿途路过漆成淡紫色和黄褐色的各式店面,里面摆满了被太阳烤焦了的货品。还经过一座古老褪色的西班牙式教堂,最后进入了一座座破破烂烂的小山丘,每走一步肖恩心里就添了一分忐忑不安。路途中,他放任自己于她们三个编织出来的幻景中,想象着她们坐在大农场里的情景:奎恩太太和女儿,还有诺拉。光秃秃的土地散发出热气,空气受阻变弯,形成一道道波纹。两条猎犬朝他狂奔而来,一开始肖恩以为是幻景,是刺眼的光和他的想象力造成的假象。可眼前的两条大狗快速地聚拢,分开,绕着他转来转去,像时钟上的两根指针,打量着他。肖恩静静站着,等待着。

"小子们。"有个女人喊道,这对猎犬竖起耳朵来,跑回她身边。从灌木丛里出来的女人穿着几乎及地的棉布白裙,手遮着眼睛。"对不起,先生。"她高声问道,"你迷路了?"

第一眼,肖恩没有认出她来,忘记了岁月在她脸上也留下了痕迹,可是细看之下她还是跟记忆中的那个人无比接近,绝对不会错的——早年间乱蓬蓬竖在头顶的金发已经长成了本来的棕色——除此之外,她看起来真的和他记忆中一模一样。他扯着嗓子回答:"玛丽?玛丽·嘉文?"

一身白衣的女人朝他走过来,两条猎犬紧随左右。"我认识你吗?"

他摘下帽子,抬起下巴。"我认识你,我认识你妈妈——"

"我妈?"

"玛格丽特·奎恩。在老家,宾州。我小时候认识你妈妈,还有诺拉。你还记得她吗?"

她竭力避开太阳光和阴影,想辨认出他的脸:"我不——"

“肖恩·华龙。”他伸手想和她握手，但她却走上前来，紧紧抱住了他，抱得出奇的紧。

“诺拉。”她在他耳边轻声说。两条狗哼哼唧唧，用鼻子试图把他俩拱开。“看看你，肖恩，都变成大人啦。多久了？得有二十年了吧？”

“我是来看你的——”

“过来，别站在太阳底下，可真不敢置信啊。”

她招呼肖恩进屋来，两个小孩直起身子望着他。他们在冰凉的石板地上玩着积木，堆出一座遥远的想象中的城市。肖恩蹲下来看着积木的建筑结构，玛丽一边介绍孩子们给他认识。“这是我儿子，科尔，六岁。这是乔西小姐，她喜欢人家叫她乔小妞儿。”四岁大的小女孩站起来，贴在妈妈身后搂住妈妈的腿。“这是肖恩·华龙先生，是大老远从宾州来看你们的。先在客厅坐一下吧，我去弄点喝的。”

小男孩飞快地上下瞄了瞄陌生人的脸，然后又继续玩他的积木，给他的玩具车架一条匝道。女孩子试图爬到妈妈臂弯里，把脸藏起来躲在妈妈怀里。肖恩腼腆地咧开嘴笑，站起来，抻平裤子上的皱褶，跟随玛丽进了隔壁房间，一个有些昏暗的客厅。房间堆满了艺术品和玛丽这些年在西部攒下的各式稀罕宝贝。最基本的装饰物有：镶嵌着琉璃色和青绿色珠子的带长角的头盖骨。山峦叠嶂和无垠的天空组成的风景画；一件裱在镜框里的“马德里矿工队”的棒球衫，旁边挂着一幅画：身挎手枪套的裸体女郎挥舞着两把左轮手枪。绑在壁橱架上的是一串羽毛，挂在墙上的是一幅红外线相片：印第安村落，空荡荡的院落里几只发着白光的狗。堆满图书的书架旁边的桌子摆着孩子和想来是孩子他爸的相片，看得出来有孩子与他做伴，相片上的男人非常快乐。房间里还有一张手绘照片：上面的女子瘦得像根芦苇，顶着一头乱蓬蓬的花白头发，脚边跟着两条狗，和土坯壁炉墙上那两只马赛克拼成的野兽遥相呼应。这张照片旁边是玛格丽特·奎恩那熟悉的面容，沐浴在阳光里，与微笑的女儿脸贴脸站在一棵杜松子树下。肖恩出神地看着她们的脸。这时候，玛丽已经端着两个大玻璃杯回来了。

“你妈妈？她还跟你一起住？”

“对对，那是我妈，这是在北部拍的，在陶斯那边的卡森国家森林公园。我们趁着春天去旅行，在她过来和我住的那一年。当时黛安姨妈也在，还有我朋友玛雅。真有意思的一次旅行啊。她钟爱远足，你知道吗？我妈。在她腿脚灵便的时候，特别喜欢户外活动。说户外可以让她恢复感知世间奇妙的能力。在那片高地上，放眼望去什么都没有，只有常绿树林、山丘和一望无际的天空。我妈妈很爱那里。”玛丽把一个杯子递给他，两人面对面坐下，她脸上浮现出一抹天使般幸福的笑容。

“我们到森林里去的时候，她看起来似乎忘掉了年岁和所有的麻烦，又变回了孩子。就在那一天，我们都找回了最美好的自己，与自然万物融为一体。”她停顿片刻，像是在重温着当年的情景，把镜框拿在手中，“你知道，这十年我一直都那么想她，她来这里后，我们共度的时光只有十个月。来后的好几个月后，才发现妈妈得了癌症。但是我还是很珍惜那段时光，是福气。”

“她过世了？”

“转年二月，情人节左右，八六年。不过我们总算是有机会在一起弥补失去的时光，我想她最后还是宽恕我了。”

“她当然宽恕你了，她心里装的只有你。”

隔壁房间的小男孩叫唤起来，玛丽连忙起身过去看看，嘴里说着抱歉。肖恩一个人坐在客厅，看着奎恩太太和她女儿的照片，心里充满了悔恨。玛丽回来，摇着头。“孩子会让你永葆青春的。你有小孩吗？”

他耸耸肩膀，表示没有。

“别等太久了。知道吗，只有自己当妈以后才真正了解了我妈所经历的一切。就像我才说的，我和妈妈获得了第二次机会。生活中这样的机会可并不多。”

“你说的没错，我本来还抱着一线希望，希望奎恩太太还在这里。我对她说的最后一句话是‘我恨你！’”

“我敢打赌她一定也原谅你了，无论你当时说了些什么。”

“那时候我气坏了，因为诺拉的事。你们离开以后，镇子上到处流传着各式各样有关她的故事。有人说你们把她送回孤儿院去了，还有人说她跳下桥去——”

“人真的很疯狂的，会臆造出很多东西。”

乔小妞尖嚎着跑进客厅，她哥哥紧追其后，嘴里念念有词。

“我并不太知道诺拉后来怎样了。我们应该带她——”

从客厅的另一头，两个孩子又追打过来，小女孩乐得吱吱尖叫，哥哥则低吼着，两条狗也激动得不得了，想加入这场游戏，咬着尾巴绕着客厅转圈圈。

“唉，这两个孩子……诺拉是在半夜消失的，只留下一张纸条，说她回家去了。当然了，我妈非常难过，有好几天，只要一想到不能带她一同离开，又不知道她人在何方，就觉得无法忍受。不知道这孩子从什么地方冒出来，又不知道再到哪里去。她从来没有——”另一个房间响起变本加厉的尖叫声，“我妈要我们去找她，可是没机会啊。再说了，我们怎么跟警察说呢？‘我们需要找一个小女孩，可我们不知道她的真实姓名，也不知道她从哪儿来的，最后她可能去了哪儿也不知道。还有啊，我是艾瑞卡·奎恩，还在你们系统的通缉名单上’。”孩子叫妈的声音在房间里回荡。“等一下。”

和平谈判在想象中的城市进行着，肖恩喝光了他的饮料，把杯子搁到桌上。这杯饮料像有魔力一般，让他浑身放松。玛丽拖着乔小妞回到客厅，肖恩一股脑把故事讲给了玛丽听，一个充满奇迹和美景的故事。肖恩回忆起了诺拉所展示出的各种神迹，天使能置身于时间之外的能力，以及他亲眼目睹她跑到屋外，跪倒在冰冷泥地上祷告的那个夜晚。他一边说，一边为每桩事情找出合乎逻辑的解释，可始终无法揭开关于诺拉本人的谜团。玛丽倾听着肖恩的叙述，只有需要澄清某个片段的时候才会打断他。玛格丽特·奎恩不在了，她女儿就是他唯一能对着敞开心扉的人。“我常常在想，她告诉我的事到底会不会是真的。”他说，“会不会真有可能。我不相信童话故事，而且这个年代天使这种东西只会出现在日历或贺卡上。可是，我还是一直很好奇，她到底是人还是天使，又为什么会闯入我们的生活。”

“Perdodo en los suenos(西班牙文：在梦中)，”坐得太久，身体都僵硬了，玛丽像猫一样舒展一下身体，女儿从她的腿上滑到地上，“迷失在我们梦里。”她对女儿说，“小妞，去找科尔，然后跟妈妈一起到工作室去。跟我来。”

猎犬们抽起腿立着身子抖抖灰尘，先行一步，肖恩紧随其后，不小心碰到她白裙的裙摆，瞬间身上的秘密不再压制着他，随风飘散而去。她打开工作室的百叶窗，一缕缕阳光照进漆黑的房间，一点点地驱走黑暗，整间工作室完整地呈现在他们面前。每样东西都让肖恩激动万分，他问了好多问题，关于工作室，还有那些工具和画笔，卷起的画布和绷画布的画框。玛丽带他详细浏览了一番，两个孩子猫在一个颜色艳丽的角落玩耍。在讲述工作流程的时候，玛丽是那么自信和满足，肖恩完全能够感受到工作带给她的快乐。

“这些是我很久以前画的天使，”她面前的墙上挂着几幅布满尘土的祭坛画。“这是我的第一次尝试。我的事……不知道我妈给你讲过多少。”

“我只知道诺拉编给学校听的那个版本，她说她和你住在新墨西哥州，到外婆这里来是因为你和你老公吵架。”

她凝视着角落里那幅背着子弹袋的圣者画像。“威利。”

“诺拉害得我以为这里遍地都是郊狼和走鹊呢。”

玛丽打开了话匣子，从跟男朋友偷偷离家出走的那个夜晚说起，告诉肖恩毁灭天使的事情以及他们想通过毁灭来拯救世界，让世界重生的宏伟计划。那些她一路上所遇到的陌生人，再讲到她被威利遗弃、失去孩子的情景。“他们都在警告我。”她说，伸手抚摩着墙上的人像。“警告我远离毁灭，回归上帝的恩宠。他们都想让我回家，趁还来得及，可我没听。”

她坐在凳子上，拿起一支画笔。“形形色色的天使，我们灵魂中所失去的东西,都会在我们醒来和需要帮助的时候被重新创造出来。就像你的诺拉。”

在玛丽肩膀后的墙上挂了一系列的抽象画,真人大小的画布上都只有一种颜色,只是色泽与阴影的浓淡不同。每一幅画都有个暗黑的影子,让人联想起人体来——叉开的手,屁股蛋,平坦的乳晕配上靶心状的乳头,一张脸,鼻子,双唇。画中的身体拼命想逃离开那些蓝色、红色和绿色,不知道是想融入画布里,还是要偷渡到另一个世界去。欲望终究变成了现实。

“那这些呢?”肖恩问道。

“我管他们叫《长崎天使》,这个故事讲起来会很长很长。”

肖恩走上前去,一张张仔细打量。“诺拉给我讲过你父亲的事,讲了在原子弹爆炸后他对那些可怜的人所做的事。”

画作里的人影往上挣脱,却卡在想象和现实之间,等着投胎到另一个世界。肖恩感受到了他们在脱离此生所受的苦痛,困在今生和来世之间,不知身在何方。

玛丽咬着画笔末端。“如果诺拉知道这件事,那一定是我妈告诉她的。我妈大概一直都知道,只不过从来没对我爸提过罢了。”

“或许这就是她特有的解脱及宽恕的方式。”

“或许我爸爸是那些逝者的天使,受困于怜悯和苦痛的浑沌世界中。”

一只狗轻轻地走过来,趴在她脚边。玛丽弯下腰,搔搔它眼睛间的硬毛。“这两条是玛雅的狗。我朋友玛雅前前后后养了好多猎犬。这是最后的两只。她也过世了,要我照顾它们。其实啊是它们在照顾我,还有孩子。”

“玛雅。”他微笑着说,“据《奥义书》[①]讲,世界笼罩着面纱。”

---

① 奥义书是古印度一类哲学文献的总称,是广义的吠陀文献之一。奥义书讨论哲学、冥想以及世界的本质。大多数奥义书成了研究神秘主义哲学的著作。

玛丽捂着嘴笑了。“对不起啊，肖恩，天知道呢！有可能玛雅说的是对的，也有可能诺拉是对的。谁能说清什么是真实，什么是幻觉呢？我们又为什么会相信自己眼睛看不见的东西呢？”小女孩在角落里大笑，叫妈妈过去看她做好的东西。

黎明来临之前，肖恩醒了，穿好衣服蹑手蹑脚地经过玛丽和丈夫丹的房间，经过两个蜷缩在床上的美丽梦乡中的孩子，不忍心叫醒他们，肖恩在厨房的餐桌上，写了一张便条，谢谢他们的盛情款待。他把那顶宽边牛仔帽留下给她儿子科尔，“暴土飞扬的道路带上它。”他从袋子里掏出一个小包袱，一层又一层的面巾纸包着的，打开包装纸，把礼物放在纸条上：“这是诺拉留下的唯一一件东西，送给你的小女儿。”猎犬抬起毛茸茸乱糟糟的脑袋，尾巴用力往地板上一砸，再见啦。天空渐渐变成紫红，趁着天光他找到了停车的地方，开车上路，一路向北。

蓝得像知更鸟蛋，小孩子巴掌那么大小，孩提时的想象，这个茶杯小得仿佛只能盛得住一声低语。一小时后玛丽醒来，在餐桌上找到那只茶杯。她倒吸了一口气，认出这个遗失已久的旧物，然后弯腰倾听着万千祷告的回音。

晨光乍现的，肖恩的车已经开过圣塔菲，眼前就是通往陶斯的路，挡风玻璃上印满着连绵的山峦，空气清凉而洁净。顺着卡森国家森林公园的路标一路向前，快到晌午时分抵达那里。离开空无一人的停车场爬上寂静的山冈，凝神倾听着大地的声音，一停下步子，四周恢复了死寂。他轻声低语着，和奎恩太太道别——那位本以为可以在这片孤寂大地中找到的奎恩太太。

奎恩太太是那样特别，在肖恩看来她比诺拉·奎恩还要神秘。他本想问问她，究竟为什么要为那个小女孩开门，又为什么要这么谨小慎微地编织谎言，捏造出失散多年的孙女的故事来。或许她也明白天使有存在的必要。天使，从欲望化身而来的天使。

他走到树林的一个缺口，从这里居高临下眺望出去，矮松和杜松子树无限延伸到远方的地平线，他从未如此形单影只过，古老的阳光里，一只黑鸟鸣唱着没有词的歌。坐在一块露出地表的花岗岩上，肖恩倾听着风的声音，看着不停变换的天空，敬畏可能会出现的东西，期待它的回归。